Alexandra Görner

Kein Moment zum Verlieben

Das Buch

Bei einer Gasexplosion im Herzen von London wird Cole schwer verletzt. Eine Unbekannte eilt ihm zur Hilfe, holt die Sanitäter und verschwindet danach genauso schnell, wie sie aufgetaucht ist. Doch Cole wird sich ewig an das Paar blaue Augen erinnern, das ihm Hoffnung und Kraft gab, als er dachte, sein Leben wäre vorbei. Stattdessen kann er nur einen Neuanfang wagen und zieht zurück in seine alte Heimat nach Cornwall. Auch wenn ihm da ein wenig freundlicher Empfang bereitet wird. Denn Cole ist nicht ohne Grund vor Jahren weggezogen...

Lana sucht noch Wochen später nach dem gutaussehende Unbekannten, den sie auf der Straße fand und dessen Namen sie nie erfahren hat. Nie erfahren hat, ob er überlebt hat. Doch schließlich gibt sie auf, widmet sich ihrer Berufung als Sozialarbeiterin im Frauenhaus. Ein Job, der schlaucht, und der einen Urlaub dringend nötig macht. Kurzerhand fährt sie zu ihrer Cousine nach Cornwall um dort wieder Kraft zu tanken. Und auf einmal steht der Mann vor ihr, den sie nicht mehr aus dem Kopf bekommt, obwohl sie ihn gar nicht kennt. Ihr Herz schlägt sofort höher, doch Cole hat eine dunkle Vergangenheit...

Die Autorin

Alexandra Görner ist 35 Jahre alt und lebt mit ihrem Mann und ihren beiden Kindern in einer kleinen Stadt in Sachsen. Sie arbeitet in einem Zuliefererbetrieb für die Automobilindustrie und schreibt nur in ihrer Freizeit. Die verbringt sie außerdem am liebsten mit ihrer Familie und natürlich mit tollen Büchern.

Alexandra Görner

Kein Moment zum Verlieben

Roman

FOREVER

Forever by Ullstein
forever.ullstein.de

MIX
Papier
FSC FSC® C083411

Originalausgabe bei Forever
Forever ist ein Digitalverlag der Ullstein Buchverlage GmbH, Berlin
September 2019 (1)

Umschlaggestaltung: zero-media.net, München
Titelabbildung: © FinePic®
Innengestaltung: deblik Berlin
Gesetzt aus der Quadraat Pro powered by pepyrus.com
Druck- und Bindearbeiten: CPI books GmbH, Leck

ISBN 978-3-95818-498-5

Kapitel 1

Cole

Manche Menschen behaupten, wenn man kurz davor ist zu sterben, sieht man sein Leben noch einmal wie in einem Film vor seinem geistigen Auge vorbeiziehen. Bei mir war das anders. Als ich zu Boden fiel, verschwendete ich keinen Gedanken an meine Vergangenheit. Ich bereute weder Fehler noch getroffene Entscheidungen. Denn ich konnte die Zeit nicht zurückdrehen, und daher lohnte es nicht, sich darüber den Kopf zu zerbrechen. Was mir wirklich Sorgen bereitete, war eher die Zukunft. Falls ich überhaupt eine haben sollte. Im Moment sah es ganz und gar nicht danach aus.

Aber eine Sache gab es dann doch, die ich von Herzen bedauerte, nämlich, dass ich es zeit meines Lebens nicht geschafft hatte, ein guter Vater für meine Tochter Roxy zu sein. Das war wirklich das Einzige, das mir unendlich leidtat. Allem Anschein nach würde ich gleich vor meinen Schöpfer treten, und ich hatte nicht besonders viel Gutes vorzuweisen, was ich der Welt hinterlassen würde. Den meisten Menschen, denen ich in meinem bisherigen Leben begegnet war, hatte ich nichts außer Kummer und Sorgen bereitet.

In den letzten fünf Jahren hatte ich eine Menge Jobs angenommen, um meinen Lebensunterhalt zu bestreiten. Auf einer Bohrinsel mitten im tosenden Atlantik zu arbeiten, war mir gefährlicher erschienen als in London mit meinen Kollegen auf einem Gerüst zu stehen, um die verspiegelten Fenster in ein neu gebautes Hochhaus einzusetzen. Zumindest bis gerade eben und diesem ohrenbetäubenden Knall, als Gott weiß was explodierte und der Boden unter mir schwankte, das Gerüst, auf dem ich stand, schließlich wegsackte und ich den Halt unter den Füßen verlor. Ich wurde meterweit durch die Luft geschleudert und stürzte dann einfach in die Tiefe.

Lana

Der Knall war so furchtbar laut, dass ich für ein paar Sekunden wie erstarrt war, bevor sich die Schockstarre auflöste und ich mich panisch umsah. Londons Bürgersteige waren wie jeden Morgen voller Menschen. Autos, die sich hupend durch die verstopften Straßen schoben. Passanten, die zur Arbeit eilten, zum Einkaufen gingen oder sonstigen Aktivitäten nachgingen, bevölkerten die Gehwege. Ich selbst war gerade die Stufen der U-Bahn-Station nach oben gestiegen, die Aprilsonne schien mir warm ins Gesicht, und während ich lächelte und mich einfach auf den heutigen Tag freute, war da dieser schrecklich laute Knall gewesen. Ich spürte, wie der Boden unter meinen Füßen zitterte, und dann folgte ich einfach meinem Instinkt, wie so ziemlich alle Menschen, die gerade unterwegs waren. Ich warf mich schreiend auf den Boden. Mein Becher Kaffee to go, den ich mir vorhin auf dem Weg zur Arbeit gekauft hatte, rutschte mir aus der Hand, und der Kaffee spritzte beim Aufprall auf den Asphalt gegen meine Beine. Für einen Moment fühlte ich die heiße Flüssigkeit durch meine Strumpfhose hindurch. Ich kümmerte mich aber nicht weiter um den Schmerz, auch nicht darum, dass ich mir mit Sicherheit gerade meine Knie auf der Straße aufgeschlagen hatte. Ich lag einfach nur da, zitterte vor Angst am ganzen Körper und hielt mir schützend die Hände über den Kopf. Ich wusste nicht, was die Explosion gerade eben ausgelöst hatte oder was eigentlich genau passiert war, aber unweigerlich kamen mir die Bombenanschläge aus dem Jahr 2005 in den Sinn. Die Menschen um mich herum schrien und kreischten panisch. Ein schreckliches Durcheinander war losgebrochen, und ich schaute vorsichtig unter meinen Händen hervor. Die Straße war mit Trümmerteilen übersät. Alles war voller Staub, Schutt und Glassplittern. Die Angst schnürte mir die Kehle zu, und mein Herz klopfte mir heftig gegen die Rippen. Dann folgte ich meinem zweiten Impuls. Ich rappelte mich auf, und dann sprintete ich einfach los und versuchte mich irgendwo in Sicherheit zu bringen. Während ich rannte, wich ich, so gut es ging, Trümmerteilen aus, trotzdem strauchelte ich zweimal und wäre um Haaresbreite hingefallen, aber jedes Mal schaffte ich es, mich auf den Beinen zu halten. Getrieben von der Angst, dass gleich eine weitere Explosion folgen könnte, rannte ich weiter, so lange, bis ich über etwas fiel, beziehungsweise jemanden.

Mit meinem rechten Arm schlug ich ungebremst auf der Straße auf, während der Rest meines Körpers auf einem Fremden zum Liegen kam. Während ich vor Schmerz einen Schrei ausstieß, gab er keinen Mucks von sich. Ich kämpfte das Bedürfnis, meine Flucht fortzusetzen, nieder. Stattdessen kniete ich mich heftig atmend neben ihm auf die Straße und versuchte, meine eigenen Schmerzen zu ignorieren und mich an den Erste-Hilfe-Kurs zu erinnern, den ich vor einer gefühlten Ewigkeit einmal besucht hatte. Aber mir wollte einfach nichts einfallen. Mein Kopf war wie leer gefegt. Der Mann war schmutzig, sein Körper, seine Kleidung, sein Gesicht, einfach alles war mit einer Staubschicht bedeckt. Er war so verdreckt, dass ich nicht einmal hätte sagen können, welche Haarfarbe er hatte. Mit heftig klopfendem Herzen checkte ich seine Atmung. Hoffentlich war er nicht tot, dachte ich angstvoll. Als ich den schwachen Puls an seinem Hals fühlte, stieß ich erleichtert die Luft aus. Seine Augen waren zwar geschlossen. Aber er lebte, allerdings schien er auch schlimm verletzt zu sein. Aus einer Kopfwunde sickerte Blut. Ein dunkles Rinnsal in der grauen Staubschicht. Einer seiner Hemdsärmel war zerfetzt, und ich erkannte eine Schnittwunde, aus der ebenfalls Blut sickerte. Sie schien mir ziemlich tief zu sein. Seine Fingerknöchel waren aufgeschürft, seine Jeans wiesen einen langen, längs über seinen Oberschenkel verlaufenden Riss auf. Sein anderes Bein stand in einem unnatürlichen Winkel ab. Mir wurde ganz anders zumute. Ich überlegte, was ich tun könnte, und blickte Hilfe suchend auf. Das Chaos war nicht abgeebbt. Aber mittlerweile heulten die Sirenen der Kranken- und Polizeiwagen. Ich erblickte bereits Notärzte und Sanitäter, die alle Hände voll zu tun hatten, und wusste, dass der Mann sofort ärztliche Hilfe benötigte. Gerade, als ich aufstehen und ihm diese Hilfe besorgen wollte, hielt er mich am Arm fest. Ich zuckte erschrocken zusammen, sah auf ihn hinab und blickte einen Moment später in die blauesten Augen, die ich jemals gesehen hatte.

Seine Lider flatterten, als er mit rauer, trockener Stimme hervorstieß: »Bin ich tot?«

Angesichts der Erleichterung, die ich über sein Aufwachen empfand, schossen mir sogar die Tränen in die Augen. Ich schüttelte schniefend den Kopf. »Nein, sind Sie nicht. Sie leben. Aber ich glaube, Sie sind schwer verletzt. Ich hole Hilfe. Ich bin gleich wieder da.«

Er brachte ein schwaches Nicken zustande. »Danke«, wisperte er, und dann fügte er leise hinzu: »Ich gehe nicht weg.«

Nur ungern ließ ich den Fremden allein auf der Straße liegen. Aber ich musste es tun, um Hilfe zu holen. Es dauerte viel zu lange, bis ich mit einem Sanitäter im Schlepptau zurückkam. Der Fremde hatte seine Augen wieder geschlossen, und ich befürchtete schon das Schlimmste. Aber dann öffnete er sie wieder, und der Sanitäter begann sofort mit der Erstversorgung. Das Einzige, das mich daran hinderte zusammenzubrechen, war das Adrenalin, das in meinem Körper pulsierte. Gleich darauf kamen zwei weitere Helfer dazu, und schließlich hievten sie den Fremden auf eine Trage. Während sie den Mann zu einem Krankenwagen schleppten, der in einiger Entfernung quer auf der Straße geparkt war, sagte der Sanitäter zu mir: »Kommen Sie mit. Sie brauchen ebenfalls einen Arzt.« Mit einem hastigen Nicken deutete er auf die Wunde, die unter meinen zerrissenen Jackenärmel zum Vorschein kam, und meine aufgeschürften Knie. Aber meine Verletzungen kamen mir so banal vor, dass ich den Kopf schüttelte.

»Ich komme schon klar«, behauptete ich und blieb einfach auf der

Straße stehen, während er ein gemurmeltes »Wenn Sie meinen« von sich gab und bereits zum nächsten Verletzten eilte.

Es gab so viele, die Hilfe brauchten. Meine Knie zitterten, als der Krankenwagen mit dem Fremden darin abfuhr. Ich ging ein paar Schritte, blieb dann aber stehen und ließ mich kurzerhand auf den Bürgersteig sinken. Niemand schien von mir Notiz zu nehmen. Erleichtert begriff ich, dass eine zweite Explosion bis jetzt ausgeblieben war. Ich atmete tief durch und besah dann meinen Arm. Erst jetzt nahm ich den Schmerz bewusst wahr. Das Blut ließ den Jackenstoff an meiner Haut kleben. Während ich mir meine Verletzung näher ansah, spürte ich, wie mir plötzlich schwarz vor Augen wurde, und der letzte Gedanke, der in mein Bewusstsein drang, war der, dass ich doch hätte Hilfe annehmen sollen.

• • •

»In ein paar Tagen werden Sie von der Verletzung nichts mehr spüren«, sagte Donna, eine wirklich nette Krankenschwester, zu mir, als sie meine Wunde am Arm versorgte.

Auf dem Bürgersteig war ich ohnmächtig geworden und erst im Krankenhaus wieder aufgewacht. Mittlerweile ging es mir allerdings schon besser. Donna richtete sich auf, als sie fertig war, und packte dann das nicht benötigte Verbandsmaterial zusammen. Den Rest entsorgte sie im Müll.

»Hatten Sie schon Gelegenheit, die Nachrichten zu verfolgen?«, fragte sie, und ich schüttelte den Kopf.

»Nein, leider nicht. Ist denn schon bekannt, was der Grund für die Explosion war?«

»Vorhin wurde in den Nachrichten gemeldet, dass es allen Spekulationen zum Trotz wohl kein Anschlag war. Wenn man den neuesten Mutmaßungen Glauben schenken will, hat es sich um eine Gasexplosion gehandelt.«

Überrascht blickte ich Donna an. Mir erschienen die Vorkommnisse des heutigen Morgens noch immer unwirklich.

»Eine Gasexplosion! Wie konnte das nur passieren?«, fragte ich und erwartete im Grunde gar keine Antwort. Ich hatte einfach nur laut gedacht.

Schulterzuckend erwiderte Donna: »Laut BBC soll das im Moment unklar sein. Die Behörden scheinen völlig im Dunkeln zu tappen, und die Ermittlungen laufen gerade erst an.« Dann fügte sie hinzu: »Ich denke, bis genauere Erklärungen vorliegen, werden vielleicht einige Tage oder sogar Wochen vergehen.«

»Ja, bestimmt«, erwiderte ich gedehnt und blickte nachdenklich auf meinen Verband.

»Stimmt etwas nicht?«, fragte Donna, der mein sorgenvoller Blick anscheinend nicht entgangen war.

Ich zögerte zu fragen, aber dann tat ich es doch.

»Ich suche jemanden, und ich dachte, dass er vielleicht in dieses Krankenhaus gebracht worden sein könnte«, begann ich. Donna schaute mich mit hochgezogenen Augenbrauen an. »Wie heißt denn dieser Jemand?«

Meine Wangen färbten sich rot, und ich kam mir wirklich albern vor. Aber aus irgendeinem Grund bekam ich den Fremden nicht aus dem Kopf. Seit er weggebracht worden war, musste ich an ihn denken.

»Genau darin liegt mein Problem. Seinen Namen kenne ich leider nicht. Das Einzige, das ich über ihn weiß, ist, dass er bei der Explosion schwer verletzt wurde und man ihn in ein Krankenhaus gebracht hat.«

Ich zuckte kurz mit den Schultern, dann fügte ich hinzu: »Ich weiß ja nicht mal, ob er überhaupt in dieser Klinik ist. Er könnte auch in einer anderen sein.« Ich spürte Donnas fragende Blicke auf mir und wurde verlegen. »Ich hätte einfach gerne gewusst, ob er okay ist«, erklärte ich, und Donna lächelte verständnisvoll.

»Tut mir wirklich leid, dass ich Ihnen nicht helfen kann. Aber wenn Sie eine Beschreibung des Mannes für mich hätten, könnte ich mich auf der Station umhören.«

Seine Augen waren blau, und sein Blick nahm einen sofort gefangen, dachte ich. Aber das konnte ich Donna natürlich nicht sagen. Schließlich wollte ich nicht, dass sie mich für vollkommen verrückt hielt.

»Danke für das Angebot. Aber lassen Sie nur. Am besten, Sie vergessen meine Frage einfach.«

Donna nickte. »Wie Sie wollen. Ich muss leider weiter. Die nächsten Patienten warten auf mich. Alles Gute für Sie.«

»Danke«, erwiderte ich, und nach einem aufmunternden Lächeln ließ sie mich allein.

Kapitel 2

Cole

»Wie geht es Ihnen, Mr Knox?«

Dr. Benson, mein behandelnder Arzt, schaute mich abwartend an, während eine Krankenschwester mein Krankenblatt studierte.

»Als wäre ich heute früh von einem meterhohen Gerüst gefallen«, erwiderte ich mit schwacher Stimme.

Beide verzogen ihre Lippen zu einem kurzen Lächeln.

»Freut mich, dass Sie schon wieder Witze machen können. Ich deute das als gutes Zeichen. Wissen Sie eigentlich, welch großes Glück Sie heute Morgen hatten?«, fragte er.

»Denke schon«, gab ich knapp zurück.

»Das Sie noch am Leben sind und keine noch schwerwiegenderen Verletzungen erlitten haben, grenzt an ein Wunder. Wenn Sie mich fragen, ich denke, Gott hat seine schützende Hand über Sie gehalten.«

Ich schnaubte und schüttelte leicht den Kopf.

Gott? Gewiss nicht, dachte ich. Alle, die mich kannten, würden behaupten, dass es mit Sicherheit nicht Gott gewesen war, der es heute gut mit mir gemeint hatte, sondern wohl eher der Teufel.

»Wann kann ich das Krankenhaus verlassen?«, wollte ich wissen, obwohl ich mich schlicht und einfach miserabel fühlte. Jeder Knochen in meinem Körper schmerzte.

Dr. Benson lächelte gutmütig. »Ich sagte lediglich, dass Sie unter den gegebenen Umständen keine ernsthaften Verletzungen erlitten haben. Nicht, dass Sie hier herausspazieren können, weil Sie wieder kerngesund sind. Mr Knox, nur zur Erinnerung: Sie haben eine Gehirnerschütterung erlitten, Prellungen, und ein paar Ihrer Rippen sind angebrochen, Ihr linkes Bein hatte einen offenen Bruch, den wir im OP richten mussten, um Ihnen nur einige der Verletzungen ins Gedächtnis zu rufen. Ich würde Sie also gerne noch ein paar Tage hierbehalten. Wenn Sie allerdings wirklich gehen wollen, dann nur auf Ihre eigene Verantwortung. Die Entscheidung liegt bei Ihnen. Ich kann Sie nicht zwingen zu bleiben.«

Er deutete mit einem leichten Nicken auf die Krankenschwester, die neben ihm stand und mich nun ebenfalls abwartend anschaute. »Donna kann Ihre Entlassungspapiere fertig machen. Aber wie gesagt, ich rate Ihnen dringend davon ab.« Er musterte mich mit einem prüfenden Blick, dann sagte er: »Ich werde später noch einmal nach Ihnen sehen und hoffe natürlich, dass ich Sie dann noch antreffen werde.« Während er nach einer kurzen Verabschiedung mein Zimmer verließ, hängte Donna mein Krankenblatt zurück an das Bettgestell.

»Dr. Benson weiß, was er tut. Sie können ihm vertrauen«, erklärte sie, während ich mich vorbeugen musste, damit sie mein Kissen aufschütteln konnte. Stöhnend lehnte ich mich wieder nach hinten, als sie damit fertig war.

»Wenn Sie es sagen«, erwiderte ich kurz angebunden und stöhnte leise vor Schmerzen.

»Ich bringe Ihnen gleich noch ein Schmerzmittel. Das wird Ihnen helfen.« Gerade als ich etwas erwidern wollte, meinte sie: »Und sagen Sie jetzt bitte nicht, dass Sie es nicht haben wollen. Vor mir müssen Sie nicht den Helden spielen. Ich sehe doch, dass Sie leiden.«

Sie verschwand schließlich mit einem kurzen Lächeln, und ich versuchte mich zu entspannen, was angesichts meiner jetzigen Situation schier unmöglich schien. Oh, Mann, ich hasste es, hier im Bett zu liegen und mich kaum bewegen zu können. Aber letztendlich sah ich ein, dass Dr. Benson recht hatte. Im Krankenhaus war ich momentan am besten aufgehoben. Also blieb ich hier, auch wenn ich meine Entlassung gar nicht erwarten konnte.

• • •

»Was hast du jetzt vor?«, fragte Jimmy Donelly, als er zwei Tage später mein Krankenzimmer betrat und sich langsam und mit schmerzverzerrtem Gesicht auf einen Stuhl, der vor meinem Bett stand, sinken ließ. Zischend stieß er die Luft aus und schloss für einen kurzen Moment die Augen.

»Geht's wieder?«, fragte ich, und Jimmy nickte, während er die Augen öffnete.

Donelly war ein Glückpilz wie ich gewesen und hatte die Explosion überlebt. Vier unserer Kollegen hatten weniger Glück gehabt.

Ich biss die Zähne zusammen, als ich mir meinen Pullover überzog. Die Jeans anzuziehen, war schmerzhaft gewesen, aber immerhin besser als in diesem dünnen Krankenhausnachthemd herumzulaufen, das im Nacken zugebunden wurde und dabei meinen Allerwertesten entblößte.

Als ich fertig war, ließ ich mich wieder auf mein Bett sinken und atmete für ein paar Augenblicke tief durch. Dann ebbte der Schmerz langsam ab, und ich konnte wieder klar denken.

Nachdenklich warf ich einen Blick aus dem Fenster. Es gab niemanden, der auf mich wartete, und keinen, der in den letzten Tagen zu Besuch ins Krankenhaus gekommen wäre, um mich zu sehen. Ich hatte keinen Notfallkontakt, und wenn ich das Zeitliche gesegnet hätte, hätte es mit Sicherheit keinen auch nur die Bohne interessiert. Da machte ich mir nichts vor. Mir kam die Frau in den Sinn, deren Gesicht plötzlich vor mir aufgetaucht war, als ich verletzt auf der Straße gelegen hatte. In all dem Staub, Schmutz und Chaos hatte sie wie ein Engel ausgesehen. Die Sonne hatte ihre braunen gelockten Haare leuchten lassen, und ich hatte die Erleichterung in ihrem Blick gesehen, als sie das erste Mal meine Stimme gehört hatte. Sie schien wirklich froh darüber gewesen zu sein, dass ich noch atmete. Und das, obwohl sie mich gar nicht kannte.

Mir fiel ein, was Dr. Benson über meine Verletzungen gesagt hatte. An Wunder glaubte ich nicht. Aber es schien, als könnte dieses Ereignis den Anstoß geben, endlich etwas an meinem Vagabundendasein zu ändern. Ich besann mich wieder auf Jimmys Frage. Und die Antwort, die eben noch schwierig schien, kam mir jetzt ganz leicht vor. Und dann erwiderte ich schlicht und einfach: »Ich glaube, es ist an der Zeit, meine Zelte in London abzubrechen und nach Hause zu fahren.«

Obwohl ich mir nicht sicher war, wo sich dieses Zuhause eigentlich befand. Mein kleines Apartment in London betrachtete ich jedenfalls nicht als solches. So viel stand schon mal fest.

Die dreckige Mietwohnung in Wadebridge, in der ich aufgewachsen war, war lange das einzige Zuhause, das ich kannte. Auch wenn dieses Zuhause eher einem Loch in einer Wand glich anstatt einer Wohnung. Und dann gab es noch das kleine Cottage weit weg von Wadebridge, dass ich mir gemeinsam mit Cherry, meiner Ex-Frau, gemietet hatte und in dem ich die bisher besten und glücklichsten Jahre meines Lebens verbracht hatte. Denn dort hatten wir gemeinsam unsere kleine Tochter aufgezogen. Zumindest bis zu ihrem fünften Geburtstag. Roxy war wahrlich das einzig Gute, das ich jemals hinbekommen hatte. Doch dann war auch dieses Leben vorbei gewesen, und nach der Trennung von Cherry hatte ich es nicht einmal hinbekommen, den Kontakt zu meiner Ex-Frau, geschweige denn zu meiner Tochter, aufrechtzuerhalten.

Im Moment wusste ich nicht, wo ich hingehörte, aber dass ich dem Tod um Haaresbreite von der Schippe gesprungen war, hatte mir doch sehr zu denken gegeben, und mir war klar geworden, dass ich mein Leben ändern wollte. Es einfach musste. Nach der langen Zeit des Umherreisens wünschte ich mir, wieder einen Ort zu finden, an dem ich mich zu Hause fühlte. Wo immer das auch sein würde, und noch etwas wollte ich unbedingt. Ich sehnte mich danach, meine Tochter wiederzusehen.

Eine Woche später wurde ich aus dem Krankenhaus entlassen. Wieder zu Hause, packte ich meine Sachen zusammen, kündigte meine Wohnung, regelte meine Angelegenheiten und machte mich auf den Weg nach Manchester, denn dort lebte Cherry mit Roxy seit einiger Zeit.

• • •

Als Cherry ein paar Tage später die Tür ihres Apartments in Manchester aufriss und ich ihr, auf ihrer Türschwelle stehend, entgegenblickte, fielen ihr fast die Augen aus dem Kopf.

Sie schnappte hörbar nach Luft, wie ein Fisch auf dem Trockenen, und ihre Wangen färbten sich rot.

»Was willst du hier?«, zischte sie und schien nicht gerade glücklich über mein Auftauchen zu sein. Aus der Wohnung drangen die Geräusche des Fernsehers, und automatisch versuchte ich einen Blick ins Innere der Wohnung zu erhaschen. Aber Cherry zog die Tür ein Stück zu und versperrte mir damit jegliche Sicht. Automatisch wich ich einen Schritt zurück und schaute sie ernst an.

»Das weißt du doch.«

Cherry blickte angespannt drein, sagte aber nichts, daher fügte ich hinzu: »Ich möchte einfach nur Roxy sehen.«

Ihre Miene blieb hart, während sie die Arme vor der Brust verschränkte und schließlich den Kopf schüttelte. »Das halte ich für keine gute Idee. Du solltest gehen.«

Aber ich hatte nicht vor einfach aufzugeben.

Ich atmete tief durch, dann bat ich: »Bitte, nur ganz kurz. Ich will meine Tochter doch nur einmal sehen. Seit ich sie das letzte Mal zu Gesicht bekommen habe ist so viel Zeit vergangen.«

Cherry schnaubte. »Glaubst du, das weiß ich nicht? Zehn Jahre, Cole. Zehn Jahre hast du dich nicht blicken lassen. Und jetzt kreuzt du hier auf und denkst, dass du uns mit deiner Anwesenheit einfach überfallen kannst. Wer sagt denn, dass sie dich sehen will? Und selbst wenn, Roxy ist sowieso nicht zu Hause.«

Ich glaubte ihr nicht. Denn es standen mehrere Paar Schuhe vor der

Tür, die eindeutig einem fünfzehnjährigen Mädchen gehören könnten. Ich vermutete, dass Roxy sehr wohl zu Hause war. Aber was sollte ich tun? Cherry der Lüge bezichtigen? Das würde sie nur noch wütender machen.

»Wie hätte ich euch auch besuchen sollen? Schließlich habe ich fünf Jahre im Gefängnis gesessen. Nur für den Fall, dass du dich nicht mehr daran erinnern solltest.«

Cherry schnaubte. »Keine Sorge, das habe ich bestimmt nicht vergessen. Allerdings fehlen dann immer noch weitere fünf Jahre«, warf sie mir vor.

Obwohl sie doch diejenige war, die mich nicht in Roxys Leben haben wollte. Daran schien sich bis heute nichts geändert zu haben. Ich konnte es Cherry ja nicht mal verdenken. Ich an ihrer Stelle hätte es vielleicht sogar genauso gemacht.

»Hast du Roxy wenigstens die Briefe gegeben, die ich geschrieben habe?«

Seit unserer Trennung schrieb ich Roxy jeden Monat einen Brief. Mittlerweile musste eine ganze Menge zusammengekommen sein. Cherrys Wangen färbten sich rosa, und ich wusste, dass meine Tochter keinen einzigen meiner Briefe zu Gesicht bekommen hatte.

»Hat sie denn nie nach mir gefragt? Ich bin schließlich ihr Vater«, wollte ich wissen und hatte dabei das Gefühl, dass mir jemand die Luft abschnürte.

»Doch, schon«, gab Cherry ausweichend zurück und fügte dann hinzu: »Aber du bist *nicht mehr* ihr Vater. Lediglich ihr Erzeuger und spielst in ihrem Leben keine Rolle.« Diese Worte zu hören war hart. Sie brachten mich beinahe um. Dafür brauchte es also keine Explosion und den Sturz von einem Gerüst, sondern nur eine Unterhaltung mit meiner Ex-Frau.

»Ich habe ein Recht darauf, Roxy zu sehen«, beharrte ich.

Cherry lachte freudlos auf. »Was willst du tun, Cole? Uns vor Gericht zerren und um Roxy kämpfen? Nach zehn Jahren Abwesenheit? Ich bitte dich!«

Zugegeben, ich hatte es in Erwägung gezogen. Den Gedanken aber dann wieder verworfen.

Bevor ich etwas erwidern konnte, fügte Cherry hinzu: »Denk noch nicht einmal daran, das zu tun«, warnte sie mich. »Erspare Roxy diesen Kummer, die Demütigung, vor Gericht Stellung zwischen uns beiden zu beziehen. Es wäre ja doch umsonst, oder glaubst du wirklich, dass es in England einen einzigen Richter gäbe, der dir das Sorgerecht zusprechen würde. Nein, Cole, diese Chance hast du vertan, als du kriminell geworden bist und dafür ins Gefängnis gehen musstest.«

Mühsam kämpfte ich meinen Zorn nieder. Und schaffte es nur aus einem Grund. Weil ich wusste, dass Cherry mit ihren Vorwürfen recht hatte.

Trotzdem konnte ich mir nicht verkneifen zu sagen: »Du hast von meinen kriminellen Geschäften gewusst und hast damals gut von meinem Geld gelebt, das ich damit verdient habe. Und heute tust du es auch noch.«

Cherry schnappte nach Luft. »Das stimmt nicht. Den Unterhalt bezahlst du für Roxy, nicht für mich. Dein Geld ist wahrlich das Letzte, was ich will, und jetzt geh endlich, und lass dich nie wieder hier blicken.«

Cherry wollte die Tür zuknallen, aber ich hielt sie mit meiner Hand offen.

»Habe ich mich nicht klar genug ausgedrückt?«, giftete sie. Ich war wütend, aber es war nicht hilfreich, diesem Zorn nachzugeben. Damit würde ich bei Cherry nichts erreichen. Außerdem fand ich, dass es schon genug böses Blut zwischen uns gegeben hatte. Ich wollte nicht mehr streiten. Davon hatte ich einfach die Nase voll.

»Würdest du Roxy bitte ausrichten, dass ich hier war«, bat ich und fügte dann hinzu: »Sie soll nur wissen, dass ich sie nicht vergessen habe und an sie denke.«

Cherry sah mich mit zusammengekniffenen Augen an, und ich fügte sicherheitshalber ein eindringliches »Bitte« hinzu.

Die Sekunden zogen sich endlos dahin, während ich darauf wartete, was Cherry antworten würde.

Sie seufzte lautstark auf, und dann schüttelte sie trotzdem den Kopf. »Das werde ich nicht tun. Wir haben uns ein Leben ohne dich aufgebaut, und ich finde, dass es ein wirklich gutes Leben ist. Das lasse ich mir von dir nicht kaputt machen. Halte dich von uns fern, Cole«, riet sie mir abschließend, und dann startete sie einen neuen Versuch, die Tür zu schließen.

Diesmal hielt ich Cherry nicht auf. Stattdessen drehte ich mich um, marschierte zu meinem Auto, stieg ein und fuhr los.

• • •

»Also, wie finden Sie es?«

Allison Barnes, eine Immobilienmaklerin, schaute mich gespannt an.

Wie ich es fand? Das Haus war eine heruntergekommene Bruchbude, sonst nichts. Und um die ehemalige Autowerkstatt, die ans Haus angrenzte, stand es nicht viel besser.

Ohne ihr zu antworten machte ich kehrt und marschierte durch die marode Tür nach draußen. Auf der Veranda blieb ich stehen und genoss für einen Moment die Aussicht. Die Lage des Hauses war allerdings einmalig. Ein richtiger Traum. Der Blick auf den glitzernden Ozean und Port Isaac entschädigte wirklich eine Menge. Aber mal im Ernst, nur jemand, der entweder völlig verrückt oder komplett verzweifelt war, würde dieses Haus kaufen.

»Warum steht das Haus schon so lange zum Verkauf?«, fragte ich mit einer Spur gesundem Misstrauen.

Es war schon seltsam, dass in einer Gegend wie Port Isaac eine Immobilie in dieser Lage so lange auf dem Markt war. Auch wenn sie so baufällig war wie diese hier.

»Ich will Sie nicht belügen, Mr Knox. Das wäre zum einen unprofessionell, und zum anderen entspricht das nicht unserer Firmenphilosophie. Das Haus liegt zu weit außerhalb und ist somit gerade für ältere Menschen unattraktiv, und die Jüngeren haben leider kein Interesse, in einer Kleinstadt wie Port Isaac zu bleiben und sich hier ein Leben aufzubauen. Die jungen Menschen zieht es dann doch eher in die Großstädte«, erklärte sie. In meinen Ohren klang das ziemlich einleuchtend.

»Mir gefällt die Einsamkeit«, sagte ich, und Mrs Barnes´ Gesicht hellte sich augenblicklich auf. Sie witterte ihre Provision. Denn egal, wie freundlich sie sich gab, aus Nächstenliebe machte sie diesen Job sicher nicht.

»Sonst noch etwas, das Sie mir verschweigen?«, fragte ich, und Mrs Barnes schüttelte den Kopf.

»Nein, ich habe Ihnen alles erzählt. Haben Sie Interesse an dem Haus?«, bohrte sie nach. Sie hatte sicher längst bemerkt, dass sie mich an der Angel hatte. Aber so leicht wollte ich es ihr nicht machen.

»Sie müssen mit dem Preis runtergehen«, erklärte ich, und Mrs Barnes schüttelte aus einem ersten Impuls heraus sofort den Kopf.

»Tut mir leid, aber das kann ich nicht. Der Preis ist nicht verhandelbar.«

Ich starrte sie mit hochgezogenen Augenbrauen an. »Im Ernst? Das Haus ist in einem derart schlechten Zustand, dass ich noch eine Menge Arbeit und noch mehr Geld hineinstecken müsste, sollte ich wirklich so wahnsinnig sein und es kaufen. Und das werde ich nur, wenn Sie mir ein bisschen entgegenkommen.«

Sie seufzte leise auf, und ich merkte, wie ihr Wille schwand. Im Grunde wollte sie sicher nur eines, die Bruchbude endlich loswerden. Ich wette, so nah an einem Verkauf wie gerade eben war sie sehr lange nicht gewesen.

»Also, was sagen Sie zu meinem Vorschlag?«

»Sie bringen mich wirklich in eine Zwickmühle«, sagte sie ausweichend, und dann fügte sie hinzu: »Na gut. Eventuell könnten wir Ihnen 5 Prozent vom Kaufpreis erlassen. Aber das muss ich vorher mit meinem Teilhaber besprechen«, erklärte sie, und ich zuckte mit den Schultern.

»Dann tun Sie das«, willigte ich ein, und Mrs Barnes nickte.

»Ich mache schnell einen Anruf, und dann unterhalten wir uns weiter«, sagte sie, kramte in ihrer überdimensionalen Handtasche und holte ihr Handy hervor.

»Bin gleich wieder da«, erklärte sie, während sie sich das Telefon bereits ans Ohr drückte.

Ich betrachtete das Haus. Es gab eine Menge zu tun. Neue Fenster, neue Fassade, neue Elektrizität, neue Böden, neue Heizungs- und Sanitäranlagen, und das war sicher nur der Anfang. Aber trotz alledem wollte ich es unbedingt haben. Vielleicht, weil es ganz und gar nicht perfekt war, so wie ich, und weil es sonst niemand haben wollte. Was irgendwie auch wieder auf mich zutraf.

Ich blickte Mrs Barnes entgegen, als sie auf mich zukam und dabei ihr Telefon zurück in ihre Tasche gleiten ließ.

»Mein Teilhaber ist einverstanden«, erklärte sie knapp. »5 Prozent Nachlass auf den Kaufpreis«, fügte sie hinzu.

Ich nickte und streckte ihr meine Hand entgegen. »Gekauft«, sagte ich, und Mrs Barnes strahlte von einem Ohr zum anderen.

»Sie werden es bestimmt nicht bereuen«, erklärte sie übermütig, und ich hoffte, sie würde recht behalten. Sicher war ich mir allerdings nicht. Doch das tat der Freude, endlich etwas Eigenes zu besitzen, keinen Abbruch.

Kapitel 3

Zwei Monate später

Lana

Gedankenversunken hockte ich an meinem Schreibtisch im Büro und starrte auf mein Tablet. Ich schaute mir Videos vom Tag der Explosion an, die im Internet kursierten. Zwei Monate waren seitdem verstrichen, und doch konnte ich nicht aufhören, nach *ihm* zu suchen. Es war seltsam, aber ich bekam den Fremden, über den ich buchstäblich gestolpert war, einfach nicht aus dem Kopf. Also suchte ich weiter nach ihm. Immer in der Hoffnung, sein Gesicht zufällig in einem der Videos zu erkennen. Bis jetzt hatte ich natürlich kein Glück gehabt, und selbst wenn er plötzlich in einem der Filme auftauchen sollte, was brachte es schon, dachte ich resigniert. Schließlich würde ich auf diese Weise seinen Namen trotzdem nicht erfahren, überlegte ich und rieb mir müde mit den Händen über die Augen. Ich sollte diese unsinnige Suche lieber aufgeben, dachte ich gerade, als mich die Stimme meiner Chefin aus meinen Gedanken riss.

»Hast du die Akte schon bearbeitet, die ich dir vorhin gegeben habe?«

Ich sah hoch, und Melissa musterte mich mit fragendem Blick. Mit einem knappen Nicken deutete sie auf mein Tablet.

»Ich kann nur hoffen, dass du dein Tablet für die Arbeit nutzt und nicht für private Angelegenheiten.«

Hitze kroch in meine Wangen, und mein Gesicht färbte sich rot. Melissa hatte mich sozusagen auf frischer Tat ertappt. Schnell beeilte ich mich zu nicken und schob mein Tablet hastig in meine Handtasche, die vor mir auf dem Tisch lag.

»Ja, klar«, stammelte ich. »Ich habe nur ...«

Bevor ich Melissa eine fadenscheinige Ausrede auftischen konnte, hob sie die Hand, und ich verstummte augenblicklich.

»Verschone mich bitte mit Ausflüchten. Du weißt genau, was ich davon halte, während der Arbeitszeit private Angelegenheiten zu erledigen. Du wirst diese Dinge in Zukunft in deiner Pause oder außerhalb deines Dienstes klären. Ich hoffe, wir verstehen uns.«

Mit knallroten Wagen nickte ich. »Ja, verstanden. Kommt nicht wieder vor«, gab ich kleinlaut zurück und wünschte mir sehnlichst ein schwarzes Loch herbei, das mich verschlucken würde.

Melissa hingegen nickte zufrieden. »Schön, dass wir uns diesbezüglich einig sind. Also, wie sieht es aus? Bist du mit der Akte durch?«

Um ehrlich zu sein, hatte ich noch nicht einmal angefangen. Aber das brauchte Melissa ja nicht unbedingt zu erfahren.

»So gut wie«, flunkerte ich und hoffte inständig, dass Melissa meine Lüge nicht durchschauen würde.

Während sich Melissa auf der Kante meines Schreibtisches niederließ, wechselte ich das Thema und fragte: »Gibt es eigentlich Neuigkeiten zu unserem Bauantrag?«

Melissas Blick verfinsterte sich augenblicklich. »Ja, leider. Der Bescheid ist gestern reingekommen. Die zuständige Behörde hat unseren Antrag leider abgelehnt.«

Ich stieß einen leisen Fluch aus. »Das darf doch nicht wahr sein«, schimpfte ich. »Die Steuergelder werden in diesem Land regelrecht verschleudert, aber für Dinge, die wirklich wichtig sind, soll kein Geld da sein? Das kann ich einfach nicht glauben«, ereiferte ich mich und geriet richtig in Rage.

Melissa nickte zustimmend. Und das war schon etwas Besonderes. Seit knapp acht Jahren war sie meine Chefin. Gleicher Meinung waren wir allerdings nicht immer. Während sich Melissa stets an Regeln und Vorschriften hielt, hörte ich eher auf mein Bauchgefühl. Allerdings musste ich zugeben, dass ich dadurch hin und wieder auch in Schwierigkeiten geriet.

»Du hast recht. Das ist wirklich eine Schweinerei. Wir wissen nicht mehr, wo wir die Frauen, die bei uns Schutz suchen, unterbringen sollen, und trotzdem will uns keiner helfen. Es ist frustrierend.«

Melissa klang resigniert, und auch das war eine Premiere. Sie arbeitete seit nunmehr über dreißig Jahre in diesem Frauenhaus in North Kensington, und normalerweise war Melissa die Sorte Mensch, die sogar mit den widrigsten Umständen zurechtkam und immer das Gute in jeder Situation sah. Aber heute wirkte sie müde und abgekämpft.

Mein Job als Sozialarbeiterin hatte mir seit jeher großen Spaß gemacht. Aber selbst ich musste zugeben, dass ich an manchen Tagen genauso ausgebrannt war.

Ich hatte keine Ahnung, wie viele Frauen ich in den letzten Jahren betreut hatte. Aber so viel stand fest, es waren eine ganze Menge gewesen.

»Tut mir leid, wenn ich euch unterbrechen muss«, sagte Maja, eine Kollegin, während sie ihren Kopf zu unserer Bürotür hereinstreckte. »Wir haben gerade einen Neuzugang bekommen.«

Melissa und ich tauschten einen kurzen Blick, dann eilten wir fast zeitgleich aus unserem Büro hinaus in den Flur und liefen die Treppe hinunter.

Die Frau stand noch immer auf der Türschwelle und blickte sich unsicher um. Ohne zu zögern ging ich ihr entgegen.

»Kommen Sie rein«, forderte ich sie mit sanfter Stimme auf. Sie wirkte durcheinander, und ich wollte sie nicht verschrecken. In ihren zitternden Händen hielt sie lediglich eine Plastiktüte. Unschlüssig blickte sie sich nach dem Taxi um, das gerade aus unserer Einfahrt rollte.

Behutsam griff ich nach ihrer Hand und versuchte vorsichtig, sie nach drinnen zu ziehen. Sie riss ihren Blick von dem Taxi los und schaute mir schließlich in die Augen. Sie sah mitgenommen aus, und es war ihr eindeutig anzusehen, dass sie heftig geweint hatte.

»Ich bin Lana«, stellte ich mich vor.

»Heather«, stammelte sie leise und ließ sich schließlich nach drinnen führen.

Als sie über die Schwelle getreten war, schloss ich die Tür hinter ihr.

Unschlüssig stand sie im Flur, trat nervös von einem Bein aufs andere. Langsam nahm ich ihr die Plastiktüte aus der Hand. Bestimmt waren darin all die Habseligkeiten, die sie auf die Schnelle hatte zusammenpacken können. Ich fragte mich, was ihr zugestoßen war. Jedes Schicksal ging mir nahe, und die Geschichten, die die Frauen zu erzählen hatten, machten mich jedes Mal aufs Neue betroffen.

»Ich nehme das für Sie«, sagte ich. Heather ließ die Plastiktüte nur widerwillig los. Aber schließlich überließ sie mir ihre Sachen.

»Am besten, Sie kommen erst einmal mit nach oben, in unser Büro. Dort würden wir gerne Ihre Personalien aufnehmen, und dann können Sie uns ganz in Ruhe erzählen, was passiert ist«, schlug ich ihr vor, und Heather nickte zögerlich.

»Lana, nicht so voreilig!«

Melissas Stimme ließ mich herumfahren. Mit hochgezogenen Augenbrauen musterte ich sie.

»Was ist denn?«, fragte ich knapp.

Melissas Blick huschte zwischen mir und Heather hin und her.

»Unser Haus ist voll besetzt«, warf sie ein, und ich glaubte schon, mich verhört zu haben. Aber dann fügte sie doch allen Ernstes hinzu: »Wir können niemanden mehr aufnehmen.«

Ich wandte mich wieder an Heather, die angesichts der Unterhaltung zwischen Melissa und mir ganz blass geworden war. Beruhigend drückte ich ihre Hand. »Keine Sorge, wir finden einen Platz für Sie«, versuchte ich sie zu beschwichtigen. Aber an ihrem gehetzten Blick glaubte ich zu erkennen, dass mir das gerade nicht besonders gut gelungen war.

Ich lotste Heather zu einer gemütlichen Sitzgruppe, die einen Teil unseres Foyers einnahm. Sanft drückte ich sie auf einen bequemen Sessel nieder.

»Bitte warten Sie einen Augenblick. Wir sind sofort wieder zurück.«

Heather nickte geistesabwesend, während ich die Plastiktüte vor ihren Füßen abstellte.

Chefin hin oder her. Mit Melissa hatte ich ein Hühnchen zu rupfen.

»Wir müssen uns unter vier Augen unterhalten«, zischte ich, als ich vor ihr stehen blieb.

Maja bekam rote Wangen und ergriff schnell die Flucht. »Ich gehe wieder an die Arbeit«, murmelte sie und verschwand dann eilig.

Ungehalten folgte ich Melissa, die bereits in den Nachbarraum vorangegangen war.

»Das kann unmöglich dein Ernst sein«, platzte ich heraus. »Wer weiß, was die Frau hinter sich hat, und nun findet sie endlich den Mut, zu uns zu kommen, und wir sollen sie wegschicken? Ich weigere mich, das zu akzeptieren«, sagte ich ungehalten.

Melissa presste die Lippen aufeinander. »Glaubst du, das tue ich gerne?«, herrschte sie mich an. »Aber was sollen wir denn machen? Wir haben kein Zimmer, geschweige denn ein Bett zur Verfügung.«

»Dann bringen wir sie woanders unter. In einem der anderen Frauenhäuser in der Stadt gibt es hoffentlich einen freien Platz«, erwiderte ich hartnäckig und fügte dann hinzu: »Wenn es sein muss, bezahle ich ihr ein Hotelzimmer oder quartiere sie in meiner Wohnung ein. Aber ich schicke sie nicht weg und zwinge sie damit, im schlimmsten Fall dorthin zu gehen, wo sie herkommt.«

Melissa stieß hörbar die Luft aus, rieb sich mit beiden Händen über das Gesicht. Dann straffte sie die Schultern und blickte mir fest in die Augen. »Gut«, meinte sie seufzend. »Dann lass uns versuchen, einen Platz für sie zu finden.«

Über Melissas Einlenken war ich erleichtert, und ich beeilte mich, zurück ins Foyer zu gehen. Als ich eintrat, stellte ich mit Schrecken fest, dass Heather verschwunden war. Ihre Plastiktüte war weg und der Sessel, auf den sie sich vorhin gesetzt hatte, leer.

»Sie ist weg«, stieß ich ungläubig hervor, als Melissa neben mir stehen blieb.

Melissa schwieg, während ich geistesgegenwärtig zur Haustür rannte und sie aufriss. Hastig sprintete ich die Einfahrt hinunter. Wir hatten Heather nicht lange allein gelassen. Sie konnte also nicht weit gekommen sein. Als ich am Ende der Einfahrt angekommen war, blieb ich auf dem Gehweg stehen und blickte mich nach allen Richtungen um. Aber von Heather keine Spur. Sie war weg. Ich stieß einen lauten Fluch aus. Das durfte doch nicht wahr sein.

Wütend stapfte ich zurück zum Haus. Als ich eintrat, war Melissa gerade wieder auf dem Weg nach oben Richtung Büro unterwegs. Hastig schlug ich die Tür zu und eilte hinter ihr her.

»Das ist alles deine Schuld«, platzte ich heraus. »Mit deinem Gerede hast du sie vertrieben.«

»Ich weiß, du bist gerade sehr wütend. Aber vergiss nicht, mit wem du sprichst«, wies sie mich zurecht.

Ich biss mir auf die Zunge und schluckte eine weitere giftige Bemerkung hinunter.

»Und jetzt solltest du wieder an die Arbeit gehen«, forderte mich Melissa auf und setzte ihren Weg nach oben fort.

Wütend blieb ich am Fuß der Treppe stehen und blickte Melissa nach. Wie konnte sie jetzt einfach zur Tagesordnung übergehen?

Mit heftig klopfendem Herzen versuchte ich mich zusammenzureißen. Es war zum aus der Haut Fahren. Die Ungerechtigkeit auf dieser Welt machte mich fertig. Schließlich ging ich zähneknirschend in unser Büro zurück und setzte mich wieder hinter meinen Schreibtisch. Aber in mir brodelte es, so wütend war ich. Auf Melissa, auf mich selbst. Auf diesen Hass, der unter den Menschen grassierte, und dieses politische System, unter dem anscheinend immer nur die Schwächsten zu leiden hatten.

• • •

»Ich habe mich so machtlos gefühlt, als Heather Hals über Kopf wieder verschwunden ist«, klagte ich am nächsten Mittag, als ich mit Rachel, meiner Freundin, in unserem Stammcafé saß und eine heiße Schokolade trank. Die Sonne, die heute Morgen noch von einem strahlend blauen Himmel geschienen hatte, verkroch sich nun hinter dicken Wolken, und es goss wie aus Kübeln. Dicke Regentropfen klatschten gegen die Fensterscheiben. Auf den Gehwegen eilten die Passanten vorbei.

Rachel seufzte leise auf. »Dieses Gefühl von Machtlosigkeit kenne ich nur allzu gut«, erwiderte sie resigniert. »Ich erlebe es fast tagtäglich.«

Rachel arbeitete hauptberuflich als Rechtsanwaltsgehilfin in einer angesehenen Londoner Kanzlei, und in ihrer Freizeit arbeitete sie ehrenamtlich zwei Nachmittage und Abende die Woche in einer Flüchtlingsunterkunft. Wir kannten uns seit ungefähr zweieinhalb Jahren, und heute waren wir gute Freundinnen.

»An manchen Tagen fühle ich mich so schrecklich ausgebrannt, dass ich am liebsten alles hinschmeißen würde. Aber dann schenkt mir jemand, dem ich geholfen habe, ein erleichtertes Lächeln, und daraus schöpfe ich dann wieder neue Kraft und den Mut zum Weitermachen«, erklärte Rachel, und ich wusste genau, was sie damit meinte, und nickte zustimmend.

»Ob du es glaubst oder nicht, aber seit gestern versuche ich diese Heather zu finden. Ich telefoniere mir die Finger wund. Bis jetzt ohne Erfolg. Ich hatte die Hoffnung, sie in einem anderen Frauenhaus zu finden. Aber niemand scheint auf meine Beschreibung zu passen.«

Rachel trank einen Schluck Kaffee, dann fragte sie: »Und, was machst du jetzt?«

Etwas ratlos zuckte ich mit den Schultern. »Wenn es nach Melissa geht, soll ich diese sinnlose Suche endlich aufgeben und mich wieder auf meine Aufgaben konzentrieren.«

Rachel schaute mich mit hochgezogenen Augenbrauen an. »Und, wirst du diesen Ratschlag annehmen?«

Ich schüttelte den Kopf. »Du kennst mich. Wenn ich mir einmal etwas in den Kopf gesetzt habe, dann kann ich nicht einfach loslassen und die Sache vergessen. Ich werde also weiter versuchen, Heather zu finden.«

Rachel lächelte. »Ich weiß«, erwiderte sie dann und fügte hinzu: »Pass bloß auf. Am Ende bekommst du wegen deiner Alleingänge noch echte Schwierigkeiten mit Melissa.«

Meine Wangen begannen zu glühen, denn durch Rachels Worte wurde ich nur allzu gut an den gestrigen Tag und meine heftige Diskussion mit Melissa erinnert.

»An einer Kündigung war ich gestern ziemlich nah dran«, gab ich verlegen zu.

Rachel nickte geistesabwesend, denn inzwischen bekam der Flachbildfernseher, der über dem Tresen hing, ihre volle Aufmerksamkeit. Ich folgte ihrem Blick, und gerade, als Rachel murmelte: »Schau dir das mal an«, erkannte ich in der Frau, deren Foto gerade über den Bildschirm flimmerte, Heather.

»Das ist sie«, rief ich aufgeregt, und alle Blicke richteten sich auf mich. Aber das war mir egal. Stattdessen sprang ich schnell von meinem Platz am Fenster auf und eilte näher an den Fernseher heran, damit ich den Beitrag besser verstehen konnte.

Und das, was ich hörte, ließ mir das Blut in den Adern gefrieren.

»Großer Gott«, stieß ich ungläubig hervor.

Die Worte des Nachrichtensprechers hämmerten in meinen Kopf, und ganz langsam manifestierten sich die Wortfetzen darin, und ich begriff die komplette Tragweite dessen, was er sagte.

Familiendrama. Frau am Morgen tot in ihrem Haus aufgefunden. Mehrere Messerstiche. Ehemann vorläufig festgenommen.

Mir wurden die Knie weich, und ich hatte das Gefühl, gleich umzukippen. Geistesgegenwärtig hielt ich mich an einem Barhocker, der am Tresen stand, fest, sonst wäre ich bestimmt wirklich gefallen.

Rachel stand mittlerweile neben mir.

»Bist du sicher, dass sie es ist?«, fragte sie und konnte ihren Blick wie ich nicht von den Nachrichten losreißen.

Mein Mund fühlte sich staubtrocken an. Während sich meine Finger in das weiche schwarze Leder des Barhockers gruben.

Während ich nickte, stieß ich hervor: »Ich bin ganz sicher. Das ist Heather.«

...

»Er hat sie umgebracht«, stieß ich wütend hervor, als ich in unser Büro platzte. Ich konnte es noch immer nicht fassen. Melissa schaute von ihrem Computer auf.

»Wovon sprichst du?«, fragte sie und schien verwirrt. Hatte sie denn heute noch gar keine Nachrichten gesehen?

Frustriert warf ich meine Tasche auf den Schreibtisch.

»Heather«, erklärte ich knapp, und endlich schien Melissa zu begreifen. Ihre Wangen liefen rot an, als sie wissen wollte: »Was genau ist passiert?«

»Ich habe es gerade in den Nachrichten gehört. Anscheinend hat Heathers Mann sie ermordet. Verdammt, wir hätten ihr helfen sollen«, stieß ich hervor. Ich war so zornig.

»Wir hätten nichts tun können«, erinnerte mich Melissa, und ihre Worte brachten mich auf hundertachtzig.

»Wie bitte?«, fragte ich ungläubig. »Ich finde, wir hätten eine Menge für Heather tun können. Sie nicht wegzuschicken, wäre eine fabelhafte Idee gewesen, wenn du mich fragst«, gab ich schroff zurück und konnte mir den Sarkasmus in meiner Antwort einfach nicht verkneifen.

»Du machst mich für Heathers Tod verantwortlich?«, fragte Melissa und erhob sich von ihrem Schreibtischstuhl.

Missmutig verschränkte ich die Arme vor der Brust und nickte schließlich. Sollte sie mich doch feuern. Im Moment war mir alles schnuppe.

»Du hast ihr Angst gemacht und sie damit vertrieben. Heather könnte noch am Leben sein. Aber du musstest sie ja unbedingt wegschicken.«

»Jetzt hör mir mal gut zu, Lana. Dieser Job ist nicht gerade leicht. Glaubst du etwa, dass ich die Frau gerne weggeschickt habe? Nein, gewiss nicht. Jedes Mal, wenn ich jemanden ablehnen muss, bricht es mir fast das Herz. Aber es gibt nun mal Regeln, an die ich mich halten muss. Wir können nicht mehr Menschen unterbringen, als wir freie Plätze zur Verfügung haben. Seit nunmehr vierunddreißig Jahren bin ich die Leiterin dieser Einrichtung, und du kannst dir nicht vorstellen, was ich in dieser Zeit alles erlebt habe. Dass Heather umgebracht wurde, ist schrecklich. Ich weiß, du brennst für diese Arbeit. Aber lass mich dir bitte einen Tipp geben: Wenn du diesen Job noch ein paar Jahre machen möchtest, rate ich dir, lass dich nicht zu sehr vereinnahmen. Wenn du es nicht schaffst, Berufliches und Privates zu trennen, besteht die Gefahr, dass du an deinen Aufgaben hier zerbrichst.«

Ich schaute Melissa an, und tief in mir drinnen wusste ich, dass sie recht hatte. Oft reagierte ich zu impulsiv und ließ mich zu schnell mitreißen, und leider war ich auch manchmal zu verbissen.

Aber so war ich nun mal, und ehrlich gesagt hatte ich auch keine große Lust, mich zu ändern.

»Das mag sein«, lenkte ich ein und fügte dann gefrustet hinzu: »Das ist alles so schrecklich unfair und vor allem sinnlos.«

Melissa seufzte leise auf. »Am besten, du gehst jetzt wieder an die Arbeit«, sagte sie schlicht und einfach.

Einen Moment lang starrte ich sie an und war über ihre scheinbare Gleichgültigkeit geschockt. Wie konnte sie nach dieser Nachricht mir nichts, dir nichts zur Tagesordnung übergehen? Ich fragte mich, ob ich in ein paar Jahren ebenso abgestumpft auf derartige Nachrichten reagieren würde.

Ich beobachtete Melissa noch einen kurzen Augenblick, während sie sich längst wieder den Papieren auf ihrem Schreibtisch zugewandt hatte. Seufzend ließ ich mich schließlich auf meinen Schreibtischstuhl sinken und schaltete meinen Computer ein. Ich versuchte an etwas anderes zu denken, aber Heather bekam ich einfach nicht aus meinem Kopf. Ich ließ den gestrigen Tag wieder und wieder Revue passieren und wünschte mir, die Zeit zurückdrehen zu können. Aber das ging nicht. Also versuchte ich, nach vorne zu schauen und mich auf meine Aufgaben zu konzentrieren, allerdings war das unglaublich schwer.

Gedankenversunken starrte ich auf meinen Bildschirm, ohne wirklich etwas zu sehen.

Erschrocken zuckte ich zusammen, als Maja plötzlich neben meinem Schreibtisch auftauchte und eine Akte darauf ablegte.

Betrübt sagte sie: »Ich habe es gerade in den Nachrichten gehört. Tut mir wirklich leid, dass es so weit gekommen ist.«

Wortlos nickte ich. »Ja, mir tut es auch wahnsinnig leid.«

Maja ließ sich auf der Kante meines Schreibtisches nieder und lächelte aufmunternd. »Bald wirst du auf andere Gedanken kommen. Du freust dich sicher schon auf deinen Urlaub. Hast du irgendetwas Bestimmtes vor?«

Für einen kurzen Moment schaute ich Maja verwundert an, und dann fiel es mir wieder ein. Meinen bevorstehenden Urlaub nächste Woche hatte ich bei all den Ereignissen der letzten Tage kurzzeitig vergessen. Dabei freute ich mich wahnsinnig darauf.

»Ich werde meine Cousine Isabella besuchen. Sie lebt in Port Isaac«, stammelte ich.

Majas Blick hellte sich auf. »Cornwall ist wunderschön«, sagte sie, und ich nickte.

»Finde ich auch.«

Ich deutete auf die Akte, die Maja mir eben gebracht hatte. »Ich schaue gleich rein«, erklärte ich, und sie nickte.

»Super. Ich hole mir einen Kaffee. Soll ich dir einen mitbringen?«

»Gerne«, erwiderte ich.

Während sich Maja von der Kante meines Schreibtisches erhob und davonging, um den Kaffee zu holen, zog ich mir die Aktenmappe heran und machte mich mit der Sachlage vertraut. Während ich die Papiere durchging, dachte ich an meinen Trip nach Port Isaac, und meine Laune besserte sich mehr und mehr. Ehrlich gesagt, konnte ich meinen Urlaub nun gar nicht mehr erwarten. Eine Auszeit nach all dem Chaos würde mir bestimmt guttun, und für Isabella war es sicherlich ein Leichtes, mich auf andere Gedanken zu bringen. Darin war sie einfach ein absoluter Profi.

Kapitel 4

Cole

Stirnrunzelnd schaute ich mich in der verlassenen Werkstatt um. Sie wirkte gespenstisch, fast so, als wäre der Besitzer überstürzt verschwunden und hätte alles stehen und liegen lassen. Ich betätigte einen Schalter an der Wand, um herauszufinden, wofür er war. Ruckartig und quietschend schob sich die Hebebühne ein Stück nach oben. An den Wänden standen Werkbänke und Werkzeugschränke. Eine dicke Staubschicht lag über allem, und das Erste, das ich tun musste, war für Ordnung sorgen.

Die Nachmittagssonne drang durch die verdreckten Fenster. In den Ecken hingen Spinnweben. Auf einem Tisch stapelten sich leere Dosen und Flaschen. In einer anderen Ecke türmten sich Autoteile, teilweise stark verrostet und kaum noch zu verwenden. Dann gab es noch einen angrenzenden Raum. Viel kleiner als der, in dem ich mich gerade aufhielt.

Ich stieß die Tür auf. Auch hier sah es so aus, als wäre der Besitzer Hals über Kopf davongelaufen. Auf einem verschmutzten Schreibtisch stapelten sich lose Blätter. Spinnweben hingen in jeder Ecke. Fenster und Fußboden waren genauso verdreckt. Ich zog hier und da einige Schubladen auf und fand Schreibutensilien und sonstiges Büromaterial. Ich seufzte leise auf. In den letzten beiden Monaten hatte ich das Haus auf Vordermann gebracht und während der Renovierung einen großen Teil meiner Ersparnisse aufgebraucht. Ich musste die Werkstatt unbedingt herrichten, damit ich endlich eröffnen konnte. War es Wahnsinn, ausgerechnet damit mein Geld zu verdienen zu versuchen? Auf jeden Fall! Vor allem, wenn man meine kriminelle Vergangenheit bedachte, in der ich ein ziemlich guter Autodieb gewesen war, zumindest so lange, bis ich verhaftet wurde. Aber ich wollte es trotzdem riskieren. Schließlich hatte ich auch einmal eine Ausbildung zum Mechaniker gemacht, und die sollte nicht umsonst gewesen sein.

Am Abend saß ich auf meiner Veranda. Ich streckte die Beine aus und lehnte mich entspannt auf meinem Stuhl zurück, während ich die Sonne betrachtete, die als roter Feuerball langsam am Horizont versank. Während ich die Aussicht genoss, überlegte ich mir, was in der Werkstatt zu tun war, und vor allem, was ich als Erstes erledigen musste. Schließlich begann ich damit, eine Liste anzufertigen, und je mehr Überlegungen ich anstellte und alles aufschrieb, desto besser konnte ich mir die Werkstatt in fertigem Zustand vorstellen.

Schließlich legte ich meinen Block beiseite und lehnte mich wieder entspannt zurück. Die Sonne versank vollständig im Meer und färbte den Himmel orange. Das Farbspiel sah wahrlich beeindruckend aus. Ehrlich gesagt, konnte ich mich überhaupt nicht daran erinnern, jemals einen so wundervollen Sonnenuntergang gesehen zu haben. Zufrieden schloss ich die Augen und hörte dem leisen Rauschen der Wellen zu, die gemächlich gegen den Strand rollten. Die Idee, herzuziehen war wirklich gut gewesen, dachte ich zufrieden und döste noch eine Weile vor mich hin, bevor ich ins Haus ging, um mich aufs Ohr zu hauen.

• • •

Die Sonne brannte auch heute wieder von einem wolkenlosen Himmel herab. Seit vielen Tagen hatte es nun schon nicht mehr geregnet. Die Erde war staubig und trocken, und für meinen Geschmack war es viel zu heiß. Ich hätte dringend eine Abkühlung gebrauchen können. Auch der

Wind, der sonst immer für eine frische Brise gesorgt hatte, blieb heute aus.

Ich schwitzte, und wäre ich von meinem Vorhaben, die Renovierung meiner Werkstatt so schnell wie möglich voranzutreiben, nicht so besessen gewesen, hätte ich für heute Schluss gemacht. Aber so schuftete ich weiter. Der Schweiß rann mir in Strömen über den Körper, während ich mit einem Brecheisen einen der alten Fensterrahmen aushebelte. In den letzten Tagen hatte ich damit begonnen, die Werkstatt zu entkernen, und heute waren die alten Fenster an der Reihe.

Das Motorengeräusch eines Autos ließ mich aufblicken. Ich hielt in meiner Arbeit inne und lauschte. Dann legte ich das Brecheisen beiseite und ging zum Fenster hinüber, das zur Straße lag. Mit der Hand wischte ich den Dreck von der alten Scheibe, um besser sehen zu können.

»Verflucht«, raunte ich, als der Streifenwagen langsam auf mein Haus zurollte.

Ich wandte mich vom Fenster ab. Mit der flachen Hand wischte ich mir den Schweiß von der Stirn. Während ich nach draußen trat, fragte ich mich, warum zum Teufel die Bullen hier antanzten.

Gerade als ich die Stufen meiner Veranda hinunterlief, stieg der Cop aus und schlug die Autotür hinter sich zu. Langsam näherte er sich meinem Haus. Ich blieb stehen, vergrub die Hände in den Taschen meiner dreckigen Jeans und blickte ihm regungslos entgegen.

Er kam näher, und je näher er kam, desto weniger traute ich meinen Augen. Mein Gegenüber blieb vor mir stehen, und ich blickte in ein vertrautes Gesicht. Bevor ich etwas sagen konnte, ergriff mein ehemals bester Freund auch schon das Wort: »Ich wollte mich selbst davon überzeugen. Also stimmen die Gerüchte, Cole Knox ist tatsächlich wieder in der Gegend.«

»Der Buschfunk war auch schon mal schneller, schließlich bin ich schon seit mehr als zwei Monaten wieder hier«, erwiderte ich äußerlich gelassen. Innerlich sah es ganz anders aus. »Ich hätte nicht gedacht, dass du mal ein Cop wirst, Rick.«

Rick zuckte mit den Schultern. »Tja, das Leben verläuft doch meist anders als geplant. Gerade du solltest das wissen.«

Ich nickte langsam. Und wie ich das wusste.

»Was treibt dich hier raus?«

Rick räusperte sich. »Ich hatte nicht vor, dir auf die Pelle zu rücken, aber die Gerüchteküche brodelt, und die Leute lassen mir einfach keine Ruhe. Ich will ehrlich sein. Nicht jeder in Port Isaac ist erfreut über dein Auftauchen.«

Das hatte ich bemerkt und hin und wieder auch zu spüren bekommen. Mit meiner Familie hatte ich früher in Wadebridge gewohnt. Aber das war hier praktisch um die Ecke, und jedem in der Gegend war der Name Knox ein Begriff.

»Die Leute wollen keinen Ärger, und ich hoffe, du hast nicht vor, welchen zu machen«, sagte Rick und schaute mich dabei herausfordernd an.

»Ich werde keinen Stress machen«, gab ich scheinbar ungerührt zurück, obwohl ich mich über das Geschwätz der Leute ärgerte.

Sie wussten nichts über mein jetziges Leben, aber anscheinend reichten Gerüchte nach wie vor aus, um sich eine Meinung über mich zu bilden.

»Gut. Ich wollte nur sichergehen.«

Für einen Moment starrten wir uns einfach nur an. Ich hatte lange nicht an Rick gedacht, und das, obwohl wir früher unzertrennlich gewesen waren, zumindest so lange, bis ich auf die schiefe Bahn geraten war. Das hatte damals das Ende unserer Freundschaft bedeutet.

Rick deutete mit einem knappen Nicken auf das Haus und die Werkstatt.

»Das Haus sieht jetzt richtig gut aus.«

Ich nickte, nicht ohne Stolz. »Es war auch eine Menge Arbeit. Momentan bin ich dabei, die alte Werkstatt zu renovieren.«

»Was hast du damit vor?«

Abwartend trat Rick von einem Fuß auf den anderen.

Ich lächelte ein bisschen schief und antwortete dann: »Das, mit dem ich mich am besten auskenne. Nach der Renovierung will ich sie neu eröffnen.«

Rick fielen fast die Augen aus dem Kopf.

»Meinst du das wirklich ernst?«, wollte er wissen und klang dabei reichlich ungläubig.

Ich zuckte kurz mit den Schultern. »Findest du das etwa daneben?«

Rick lächelte. »Wenn man die Tatsache bedenkt, dass du wegen schweren Autodiebstahls und dem Handel mit gestohlenen Autoteilen zu einer langjährigen Haftstrafe verurteilt wurdest, irgendwie schon. Glaubst du echt, dass dir jemand seinen Wagen anvertraut?«

Berechtigte Frage. »Das hoffe ich«, erwiderte ich knapp.

Nach einer kurzen Pause fügte Rick hinzu: »Mut kann man dir auf jeden Fall nicht absprechen.«

Dann verzogen sich seine Mundwinkel zu einem leichten Lächeln. »Wie dem auch sei. Ob du es glaubst oder nicht. Ich finde es nicht schlecht, dass du wieder da bist.«

Ich blickte Rick erstaunt an. Das nach all den Jahren und nach allem, was zwischen uns passiert war, aus seinem Mund zu hören überraschte und freute mich gleichermaßen.

»Danke«, gab ich zurück und wusste nicht recht, was ich sonst noch sagen sollte.

Das war auch nicht weiter schlimm, denn im nächsten Atemzug fragte Rick: »Sag mal, und es stört dich wirklich kein bisschen, dass es in deinem Haus spuken soll?«

Mit gerunzelter Stirn schaute ich Rick an. »Was soll das heißen, es spukt?«

Rick blickte mich ungläubig an. »Wie kannst du nichts davon wissen? Hast du denn noch keine ungewöhnlichen Geräusche gehört?«

Stirnrunzelnd schüttelte ich den Kopf. »Nein, habe ich nicht.«

Rick antwortete schulterzuckend. »Na ja, wie dem auch sei. Allerdings ist es kaum zu glauben, dass du in Wadebridge gewohnt hast und trotzdem nichts von den alten Spukgeschichten weißt. Ich meine, Wadebridge ist ja praktisch nur einen Steinwurf entfernt.«

Abermals schüttelte ich den Kopf.

»Nein, habe ich nicht, zumindest kann ich mich nicht daran erinnern, und wenn schon, ich glaube sowieso nicht an solchen Quatsch. Das ist nur dummes Gerede«, versicherte ich Rick, der mich weiterhin skeptisch betrachtete.

»Stand das Haus etwa wegen dieser albernen Gespenstergeschichte so lange leer?«, wollte ich wissen.

Lächelnd erwiderte Rick: »Volltreffer. Übrigens sind die Vorbesitzer alle Hals über Kopf geflohen, und jeder von ihnen hat später bei der Polizei das Gleiche gemeldet.«

Rick machte eine Pause, sicherlich um die Spannung zu steigern.

»Und das wäre?«, hakte ich nach.

»Die meisten haben ausgesagt, jede Nacht lautes Weinen und Wimmern gehört zu haben. Aber der Kerl, dem das Haus als Letztem gehört hat, der meinte, er hätte Türen zuschlagen hören. Dinge hätten nicht mehr an der gleichen Stelle gelegen, wo er sie kurz zuvor zurückgelassen hatte. Bilder hätten verkehrt herum an den Wänden gehangen. Irgendwann ist es dem armen Kerl zu viel geworden, und er hat das Haus mit allem Drum und Dran verkauft. Also, wenn du mich fragst, ich denke, an dieser Geistergeschichte ist tatsächlich etwas dran.«

Bevor wir unser Gespräch fortsetzen konnten, knisterte das Funkgerät an Ricks Gürtel.

»Tja, die Arbeit ruft. Ich sollte jetzt gehen«, meinte er knapp, während er das Funkgerät zur Hand nahm. »Wir sehen uns«, verabschiedete er sich.

Ich nickte: »Das würde mich freuen.«

Vielleicht konnten wir es irgendwie schaffen, unsere Freundschaft wiederzubeleben.

Während Rick zum Streifenwagen ging, wandte ich meinen Blick wieder der Werkstatt zu und strich mir die Haare zurück. Nachdenklich schüttelte ich den Kopf. Geister! Was für ein Unsinn.

»Eins muss ich noch wissen. Warum hast du mir damals nicht die Wahrheit gesagt?«

Erschrocken fuhr ich herum. Rick war stehen geblieben und starrte mich nun fragend an. Ich wusste genau, was er meinte, und schwieg trotzdem. Denn es war wirklich schwer zu erklären.

»Du hättest mir alles anvertrauen können. Warum hast du mir nicht gesagt, dass dich dein Vater so mies behandelt hat?«

Schulterzuckend erwiderte ich: »Ich wollte wohl nicht, dass du mich für einen Schwächling hältst.«

Rick schnaubte. »Soll das ein Witz sein? Das hätte ich nie getan. Du warst mein allerbester Freund. Meine Eltern haben dich immer wie einen Sohn behandelt, und wenn sie von den Misshandlungen gewusst hätten, dann hätten sie sicher etwas unternommen. Sie hätten dir geholfen«, fügte er nachdrücklich hinzu. »Alles hätte anders verlaufen können.«

Wahrscheinlich stimmte das sogar.

Ich schuldete Rick eine Erklärung, wusste aber nicht, was ich sagen sollte. Trotzdem versuchte ich es.

»Weißt du, ich habe mir immer so ein normales Leben gewünscht, wie du es hattest. Eltern, die mich lieben. Und da ich das nicht haben konnte, wollte ich wohl wenigstens den Schein wahren. Es wäre mir peinlich gewesen, wenn jemand aus der Schule gewusst hätte, was bei uns zu Hause Sache war. Obwohl ich mir heute sicher bin, dass genügend Leute es wussten.«

Rick schnaubte. »Ich habe es nicht gewusst. Erst als dein Dad, dein Bruder und du zum ersten Mal verhaftet worden seid, habe ich geschnallt, was bei euch zu Hause abgegangen ist, und dann wurde mir auch klar, warum du so oft in der Schule gefehlt hast.«

Ich lachte freudlos auf. »Meinem Vater war sowieso egal, ob ich zur Schule ging oder nicht.«

Rick schwieg einen Moment, und dann warf er mir vor: »Ich weiß jetzt, dass es dir damals verdammt schlecht gegangen ist, trotzdem hättest du das alles nicht tun müssen. Du hättest dich anders entscheiden können. Es hätte einen anderen Weg gegeben als in die kriminellen Fußstapfen deines Vaters und Bruders zu treten.«

Schweigend schaute ich Rick an. Im Grunde hatte ich keine Lust auf diese Unterhaltung, denn es brachte die Erinnerungen an meine Familie zurück. Und darauf hätte ich nur allzu gerne verzichtet.

Trotzdem erklärte ich: »Nein, den gab es nicht. Denn ab diesem Tag hat mein Vater aufgehört, mich zu verprügeln. Plötzlich habe ich dazugehört. Geliebt hat er mich nie. Aber von da an war ich mit ihm und meinem Bruder auf Augenhöhe.«

Rick starrte mich an. Ich wusste nicht, was er von meiner Erklärung hielt. Oder ob er es verstand. Aber das machte mir nicht besonders viel aus. Eine andere konnte ich ihm nicht liefern. Es war einfach die Wahrheit. Schließlich nickte er. Und bevor er etwas erwidern konnte, meldete sich erneut sein Funkgerät.

»Wir sehen uns noch«, sagte er schlicht. Dann drehte er sich um und ging zu seinem Wagen zurück.

Während ich Rick beim Einsteigen beobachtete, fragte ich mich doch, ob die Idee, herzukommen, wirklich so gut gewesen war. Ich hatte meine Vergangenheit verdrängt, und jetzt schien alles an die Oberfläche zu kommen. Die Dämonen erwachten langsam zum Leben.

Seufzend wandte ich den Blick ab. Ich sollte endlich weitermachen. Schließlich lag noch ein gutes Stück Arbeit vor mir. Während ich zur Werkstatt zurückging, fiel mir ein, dass ich noch eine Bestellung aus dem Eisenwarenladen am Hafen abholen musste. Ich warf einen Blick auf meine Armbanduhr. Es war fast Mittag, und der Laden würde bald für zwei Stunden schließen. Das sollte ich lieber gleich erledigen, dachte ich und machte mich daher sofort auf den Weg nach Port Isaac.

Kapitel 5

Lana

»Da bist du ja endlich«, rief Isabella schon von Weitem. Ich war gerade aus meinem Auto gestiegen, als Isabella die Stufen ihres Salons herunterlief und mir freudestrahlend entgegenkam. Ihre halblangen braunen Haare waren perfekt gestylt, und in der weißen, locker sitzenden Bluse und den Skinny Jeans sah sie schlicht und einfach umwerfend aus.

Ich schlug die Tür meines Autos zu und ging ihr ein paar Schritte entgegen. Überschwänglich umarmte sie mich, als ich vor ihr stehen geblieben war.

»Endlich bist du da«, sagte Isabella, während sie breit grinste und mich dann wieder losließ. »Dein letzter Besuch ist viel zu lange her.«

»Finde ich auch«, erwiderte ich lächelnd. Ich freute mich wahnsinnig, sie wiederzusehen. Isabella war wie die Schwester, die ich nie gehabt hatte.

»Hast du Hunger? Wir könnten zusammen Mittag essen«, schlug Isabella vor.

»Klingt super. Aber geht das denn so einfach? Kannst du deinen Salon wirklich so lange schließen?«

Ich wollte Isabella auf keinen Fall von der Arbeit abhalten. Aber die zuckte lediglich mit den Schultern. »Das geht klar. Ich habe in der nächsten Stunde keine Termine mehr. Das dürften wir doch schaffen, oder? Allerdings muss ich unbedingt in einer Stunde wieder zurück im Laden sein. Mrs Houston hat einen Termin zum Strähnchenfärben.«

Ich nickte vielsagend. An Mrs Houston erinnerte ich mich nur allzu gut. Die Frau war wirklich pedantisch, was die Pünktlichkeit betraf.

»Das bekommen wir hin«, erwiderte ich.

»Klasse. Und heute Abend bequatschen wir dann alles ganz in Ruhe«, schlug Isabella vor.

»Klingt super. Lass uns in Stans Restaurant gehen.« Nach der langen Fahrt bekam ich langsam aber sicher Hunger, und das Essen im *Blue Water* hatte ich wirklich vermisst. Nirgendwo schmeckte der Fisch so gut wie dort. Stan war wirklich ein fabelhafter Koch.

»Einverstanden. Dann komm mit«, sagte Isabella.

Isabella hakte sich bei mir unter, und wir machten uns zusammen auf den Weg. Nach ein paar Schritten merkte ich, dass ich meine Tasche im Auto vergessen hatte, und blieb abrupt stehen.

Isabella blickte mich fragend an. »Stimmt was nicht?«

»Meine Tasche liegt noch im Auto. Ich hole sie schnell. Geh doch schon mal vor, ich komme gleich nach.«

Isabella nickte. »Okay, dann bis gleich.«

Während ich eilig zum Auto zurückging, machte sich Isabella Richtung Restaurant auf den Weg.

Als ich einen Moment später im *Blue Water* ankam, hatte sich Isabella bereits an einen Zweiertisch auf der Terrasse gesetzt. Ich setzte mich zu ihr. Der Blick auf den Hafen und das Meer war spektakulär.

»Was möchtest du essen?« Isabella schob mir die Speisekarte zu.

Sorgfältig studierte ich die Karte und entschied mich schließlich für einen bunten Salat mit Lachsstreifen.

Als eine Bedienung an unseren Tisch trat, gaben wir unsere Bestellungen auf, und als wir wieder allein waren, lehnte ich mich entspannt auf meinem Stuhl zurück und genoss einfach den Augenblick.

»Bin gleich wieder da«, sagte Isabella und verschwand für einen Moment.

Derweil beobachtete ich ein paar Möwen, die ihre Kreise über dem Hafen und den tanzenden Fischerbooten zogen, die träge in den Wellen schaukelten. Die Sonne schien von einem strahlend blauen Himmel, und das Wasser glitzerte in einem türkisfarbenen Blau, wie man es sonst nur aus Büchern kannte. Nun spürte ich überdeutlich, wie sehr ich diesen Urlaub und die damit verbundene Auszeit von meinem Job benötigt hatte. Zufrieden ließ ich den Blick schweifen, um mich umzusehen. Während ich meine Sonnenbrille gerade rückte, fesselte etwas, beziehungsweise jemand, meine Aufmerksamkeit.

Isabella erschien wieder auf der Terrasse und ließ sich auf ihren Stuhl plumpsen. »Ich habe Stan nur kurz Guten Tag gesagt«, meinte sie, und ich nickte nur geistesabwesend.

»Lana, was ist denn los? Stimmt etwas nicht?«

Mein Herz vollführte einen Salto, und ich traute mich gar nicht wegzuschauen, aus Angst, dass *er* sich dann in Luft auflösen und einfach verschwinden könnte.

»Das ist er«, stammelte ich atemlos und schaffte es kaum noch still zu sitzen.

»Wer denn?«, wollte Isabella wissen und klang ein bisschen verwirrt.

»Der Kerl, über den ich am Tag der Explosion gestolpert bin. Ich habe dir von ihm erzählt. Erinnerst du dich?«, erwiderte ich ungeduldig, während ich von meinem Stuhl aufstand.

Isabella lachte laut auf. »Klar erinnere ich mich. Du hast ihn ja am Telefon nur gefühlte tausend Mal erwähnt.«

Isabella warf einen Blick über ihre Schulter. »Und wen meinst du jetzt genau?« Ihre Augen suchten die Umgebung ab.

»Ich meine den Typen, der die Kartons trägt und gerade über die Straße geht. Dunkelblonde Haare, schwarzes Shirt, blaue Jeans«, komplettierte ich meine Beschreibung.

Ich spürte Isabellas Blick auf mir ruhen, als sie sagte: »Ich hoffe, dass du nicht von Cole Knox sprichst. Einen anderen Kerl mit Kartons sehe ich nämlich leider nicht.«

»Du kennst ihn?« Meine Stimme drohte sich vor Aufregung zu überschlagen. Ich eiste meinen Blick notgedrungen von ihm los und starrte Isabella an, die jetzt nickte.

»Na und ob ich den Kerl kenne«, schnaubte Isabella verächtlich. »Er ist ungehobelt, starrsinnig und absolut gefühlskalt.«

Ich warf einen Blick auf Cole, der mittlerweile an seinem Auto angekommen war. Er kam mir nicht gefühlskalt vor, und als ich nach der Explosion auf ihm gelegen hatte, hatte er auch nicht so gewirkt. Mit hochgezogenen Augenbrauen schaute ich Isabella an.

»Warum sagst du das über ihn?«, hakte ich nach.

Isabella seufzte lautstark auf. »Ich habe dir doch erzählt, dass ich dieses Jahr im Veranstaltungskomitee des Klippenlaufs bin.«

Ich nickte. »Ja, ich erinnere mich daran.«

»In den letzten Jahren war einer der Versorgungspunkte immer auf dem Grundstück, das seit gut zwei Monaten ihm gehört. Also habe ich ihn gefragt, ob wir den Stand auch dieses Jahr am gleichen Platz aufbauen können, und er hat einfach Nein gesagt.«

Isabella schien immer noch vor Wut zu kochen, während sie weitersprach.

»Ich konnte ihn nicht einmal umstimmen, als ich ihm erklärt habe, dass wir mit dem Lauf Geld fürs Tierheim sammeln. Ich meine, mal im Ernst, wer ist nicht bereit, vernachlässigten Tieren zu helfen? Wir würden uns um alles kümmern, und er würde nicht mal merken, dass wir da sind. Aber weißt du, was er gesagt hat?«

In der Gewissheit, dass Isabella nicht wirklich eine Antwort erwartete, schüttelte ich trotzdem den Kopf.

»Er sagte, er würde es nicht mögen, wenn Fremde sich auf seinem Grund und Boden herumtrieben. Ist das eigentlich zu fassen? Ich meine, was macht der Typ denn dort draußen? Mal ganz ehrlich, wenn er so darauf erpicht ist, nicht gestört zu werden, muss ich mich doch ernstlich fragen, ob er etwas zu verbergen hat.«

»Nimm es mir nicht übel, aber das klingt ziemlich paranoid. Ich meine, nur weil er nichts für Tiere übrighat und lieber allein ist, bedeutet das ja nicht automatisch, dass etwas mit ihm nicht stimmt«, gab ich zu bedenken.

Erneut warf ich Cole einen Blick zu, er war gerade dabei, den letzten

Karton in den Kofferraum zu laden, und schlug gleich darauf die Klappe zu.

»Wie dem auch sei, ich muss unbedingt mit ihm reden«, sagte ich, während ich mir die Sonnenbrille in die Haare schob und dann hinzufügte: »Die letzten beiden Monate habe ich immer wieder nach ihm gesucht, und heute läuft er mir plötzlich über den Weg. Isabella, das ist einfach Schicksal, fast so, als müsste es passieren, als wäre es uns vorherbestimmt, uns an diesem Ort wiederzusehen.«

Ich musste mit ihm reden, bevor er wegfuhr. Aber was wollte ich ihm eigentlich sagen? Dass ich seine blauen Augen nicht mehr aus meinem Kopf bekam, dass mich sein Blick bis in meine geheimsten Träume verfolgte? Das klang doch verrückt. Bestimmt würde er mich für eine Irre halten. Ach verdammt, und wenn schon?

»Ich muss zu ihm«, stieß ich hektisch hervor. Nachdem er die Kartons eingeladen hatte, lief er um den Wagen herum und öffnete die Fahrertür.

Bevor ich losgehen konnte, um ihn aufzuhalten, stand Isabella ebenfalls von ihrem Stuhl auf und packte mich am Arm, um mich zurückzuhalten. Ich wollte mich befreien, begriff sie denn nicht, was auf dem Spiel stand?

»Wenn ich ihn nicht aufhalte, fährt er weg.«

»Jetzt beruhige dich doch erst mal«, riet Isabella, und ich wusste nicht, was das bringen sollte. Außerdem war ich ja ruhig.

»Ich bin die Ruhe in Person«, erwiderte ich und fügte dann hinzu: »Und jetzt lass mich endlich gehen.«

Isabellas Griff um mein Handgelenk wurde fester. »Nein, das tue ich nicht«, sagte sie mit fester Stimme.

»Hast du mir etwa gerade nicht zugehört?«, fragte Isabella aufgebracht.

»Was soll das denn jetzt?«, wollte ich verständnislos wissen und fügte dann dazu: »Natürlich habe ich das. Ich will trotzdem mit ihm reden. Ich muss es einfach«, sagte ich und konnte nur hoffen, dass Isabella verstand, warum ich so dringend mit ihm sprechen musste.

Aber bevor Isabella etwas erwidern konnte, tauchte Stan mit zwei Tellern an unserem Tisch auf.

»Hey, Lana«, begrüßte er mich freundlich lächelnd. Isabella ließ endlich meinen Arm los, und Stan stellte die Teller ab.

»Tag, Stan. Schön, dich wiederzusehen«, erwiderte ich, während ich mir über das Handgelenk rieb. Isabella hatte richtig hart zugepackt.

»Finde ich auch. Lasst es euch schmecken.«

Und schon verschwand er, und Isabella und ich waren wieder unter uns.

Ich schaute noch mal in die Richtung von Cole, der gerade rückwärts aus der Parklücke rollte.

»Na, toll. Jetzt fährt er weg«, meinte ich enttäuscht, und dann fragte ich Isabella erneut: »Was sollte das denn eben? Warum hast du mich festgehalten?«

»Ich wollte dich nur davon abhalten, einen Riesenfehler zu begehen?«

»Trotz deiner Vorbehalte ihm gegenüber glaube ich nicht, dass es ein Fehler ist, sich mit ihm zu unterhalten.«

Isabella seufzte leise auf. »Du weißt doch gar nichts über Cole, und davon mal abgesehen, was macht dich denn eigentlich so sicher, dass ausgerechnet er es war, über den du an diesem Tag gestolpert bist? Am Telefon sagtest du, dass du bei dem vielen Staub sein Gesicht gar nicht richtig erkennen konntest. Und nun glaubst du, ihn zu sehen, und das aus der Entfernung. Nimm es mir nicht übel, aber für mich klingt das einfach zu weit hergeholt. Ich glaube, du verrennst dich gerade in etwas.«

»Ich weiß, was ich gesagt habe. Allerdings weiß ich auch, was ich sehe, und er ist es wirklich. Glaub mir, bitte.«

Ich konnte mir ja selbst nicht erklären, warum ich mir so sicher war. Ich war es eben einfach.

Isabella schaute mich dennoch zweifelnd an.

Ihn hier zu treffen, grenzte wahrlich an ein Wunder. Ich hatte nicht mehr daran geglaubt, ihn je wiederzusehen, und plötzlich tauchte er einfach aus heiterem Himmel auf. In den letzten Wochen musste ich immer wieder an unsere Begegnung denken, und dabei hatte ich mich die ganze Zeit gefragt, was aus ihm geworden ist. Und jetzt bekam ich endlich die Chance, das herauszufinden.

»Ich weiß, wie stur du sein kannst, aber es gibt da ein paar Dinge, die du unbedingt über Cole wissen solltest, bevor du ernsthaft in Erwägung ziehst, mit ihm zu reden.«

Fragend blickte ich Isabella an. »Und die wären?«

Isabella deutete auf unser Essen. »Ich habe nur noch gut fünfundzwanzig Minuten Zeit, bis ich wieder öffnen muss. Lass uns trotzdem zusammen essen. Stan hat sich so viel Mühe mit der Zubereitung gegeben.«

Mir war jetzt ganz und gar nicht nach essen zumute. Ich war viel zu aufgeregt und neugierig, was Isabella über Cole zu berichten hatte. Doch ich musste ihr recht geben. Das Essen verkommen zu lassen, wäre wirklich zu schade gewesen. Also tat ich es Isabella gleich, setzte mich wieder an den Tisch und widmete mich meinem Salat, während Isabella zu erzählen begann.

»Also, wie gesagt, sein Name ist Cole Knox, und er ist vor ungefähr zwei Monaten nach Port Isaac gezogen.«

»Cole Knox«, wiederholte ich flüsternd. Der Klang seines Namens bescherte mir ein warmes Gefühl im Bauch. Sein Name gefiel mir.

Isabella musterte mich eindringlich.

»Oh je, diesen Blick kenne ich doch ganz genau«, sagte sie, und ich spürte die Hitze, die in meine Wangen stieg.

»Er gefällt dir tatsächlich«, stellte Isabella fest und schüttelte den Kopf. »Warum? Du hast bis jetzt keine fünf Sätze mit ihm gewechselt.«

Isabella wirkte verständnislos. Aber ich ließ ihre Bemerkung schlicht und einfach unkommentiert. Ich hatte keine Lust, mich zu erklären. Vor allem wollte ich nicht über etwas reden, das ich ja selbst nicht verstehen konnte.

So viele Fragen schwirrten mir durch den Kopf. Also plapperte ich einfach drauflos. »Welches Haus hat er denn gekauft?«

Ich stocherte in meinem Salat, während ich auf Isabellas Antwort wartete.

Sie schaute mich ernst an, und ich wusste, wie es ihr widerstrebte, mir von Cole zu erzählen. »Das alte Haus auf den Klippen, weißt du, welches ich meine?«

Stirnrunzelnd hakte ich nach: »Meinst du das, in dem es spuken soll? Weiß er das denn?«

»Bestimmt. Ich meine, jeder, der aus der Gegend stammt, hat die Geistergeschichten gehört. Ich denke, es ist ihm einfach egal.«

Ich zuckte mit den Schultern. »Na, wenn schon. Das würde ja nur heißen, dass er nicht abergläubisch ist. Und seien wir doch mal ehrlich, glaubst du etwa wirklich an Gespenster?«

»Natürlich nicht«, erwiderte Isabella sofort.

»Da hast du es. Ich nämlich auch nicht. Und das macht uns ja auch nicht gleich zu schlechten Menschen.«

Isabella legte ihre Gabel beiseite. »Es geht doch nicht um die alten Geschichten. Ich versuche dir lediglich zu erklären, dass er nicht der nette Kerl ist, den du dir in deiner Fantasie ausgemalt hast.«

»Ich verstehe trotzdem nicht, was das mit dem Haus zu tun hat«, gab ich starrköpfig zurück. Irgendwie hatte ich das Gefühl, ihn verteidigen zu müssen.

Isabella hielt inne und blickte mich ernst an. »Kannst du mir nicht einfach glauben, dass er wirklich nichts für dich ist und es besser wäre, du hältst dich von ihm fern?«

Trotzig schüttelte ich den Kopf und erwiderte: »Nein, du kennst mich, das kann ich leider nicht. Ich bilde mir nämlich lieber selbst ein Urteil.«

Isabella seufzte leise auf: »Das habe ich mir gedacht. Also gut, dann hör genau zu, was ich über ihn zu erzählen habe.«

Meine Neugier ließ mich nervös auf meinem Stuhl hin und her rutschen.

Isabella sah sich flüchtig um, aber im Moment war noch nicht viel los. Es war nur ein weiterer Tisch besetzt. Doch von den Leuten, die dort saßen, achtete niemand auf uns. Isabella beugte sich dennoch über den Tisch zu mir herüber.

»Er war mal im Gefängnis«, flüsterte sie verschwörerisch.

»Cole?«, rief ich entsetzt, und Isabella zischte mir zu, dass ich leise sein soll.

»Tut mir leid«, entschuldigte ich mich mit gesenkter Stimme. »War er wirklich im Knast? Was hat er denn getan?«, sprudelte ich heraus.

Isabella nickte. »Es stimmt wirklich, Rick hat es mir erzählt, und wenn es einer weiß, dann er ja wohl er.«

Ich kannte Rick von meinen früheren Besuchen in Port Isaac und wusste auch, dass er öfter zu Isabella ins Geschäft kam, um sich die Haare schneiden zu lassen.

Mein Puls raste, während ich auf die Antwort meiner zweiten Frage wartete.

»Bin mir nicht sicher«, erwiderte Isabella ausweichend. »Soweit ich weiß, wegen dutzendfachem Autodiebstahl und Hehlerei. Ob er noch mehr verzapft hat, weiß ich nicht. Jedenfalls musste er für mehrere Jahre einfahren.«

Ich schluckte schwer. Das war auf jeden Fall keine Kleinigkeit. Vielleicht hatte Isabella recht, und er war wirklich gefährlich. Leider machte mir das gerade viel weniger aus, als es sollte.

Jetzt, wo Isabella einmal in Fahrt war, konnte sie gar nicht mehr aufhören zu erzählen. »Rick und Cole müssen früher eng befreundet gewesen sein. Beide haben damals in Wadebridge gelebt. Cole zusammen mit seinem Vater und seinem Bruder.«

»Haben Coles Vater und sein Bruder denn nichts von Coles Kriminalität gewusst?«, wollte ich aufgeregt wissen. Der Salat wurde in der Hitze langsam welk, aber das war mir egal.

Isabella beugte sich abermals zu mir herüber und sprach leise weiter: »Klar haben die das gewusst. Angeblich muss die ganze Familie kriminell gewesen sein. Außerdem habe ich gehört, dass Cole seinen Bruder und seinen Vater bei seiner Festnahme verpfiffen hat, und deshalb soll seine Strafe gekürzt worden sein. Und Rick hat mir noch erzählt, dass die beiden ebenfalls im Knast gesessen haben. Sein Bruder soll deshalb total sauer auf ihn sein.«

Dann seufzte sie leise auf. »Erzähl Rick bloß nicht, dass ich geplaudert habe. Oh, Mann, ich komme noch in Teufels Küche. Das hat er mir als Freund erzählt, und ich hatte ihm eigentlich versprochen, das alles für mich zu behalten.«

»Keine Sorge. Ich werde dich nicht verraten. War das alles, was du über Cole weißt?«

Isabella dachte kurz nach, dann schüttelte sie den Kopf. »Ich glaube, dass er verheiratet ist, oder es zumindest war.«

»Wow, das wird ja immer besser«, meinte ich sarkastisch und gleichzeitig auch ziemlich enttäuscht. Irgendwie hatte ich mir das alles ganz anders vorgestellt.

»Was? Bist du jetzt überrascht, dass er sich nicht als der Traumtyp entpuppt hat, den du dir vorgestellt hast? Außerdem hat er auch eine Tochter«, fügte Isabella flüsternd hinzu. »Mehr weiß ich leider auch nicht. Aus Rick war nichts weiter rauszubekommen.«

Ich blickte Isabella nachdenklich an, und jetzt, nachdem ich das alles über Cole wusste, wünschte ich mir eigentlich, dass ich nicht so darauf versessen gewesen wäre, alles über ihn zu erfahren. Isabella griff nach meiner Hand und drückte sie aufmunternd.

»Ich sagte dir doch, dass er gefährlich ist und du dich lieber von ihm fernhältst. Lass dich nicht auf ihn ein. Ich glaube, Cole ist nichts heilig. Ein typischer Bad Boy. Und zwar einer von der schlimmsten Sorte. Und noch etwas, angeblich hat er keinen Kontakt mehr zu seiner Tochter, geschweige denn zu seiner Ehefrau. Für mich sagt das schon alles«, fügte Isabella vielsagend hinzu.

Ich schluckte schwer. Isabella hatte wohl doch nicht übertrieben, was Cole betraf.

Schließlich schob sie ihren leeren Teller von sich.

»Du siehst niedergeschlagen aus«, stellte sie fest, und ich nickte langsam. Das war ich auch. Niedergeschlagen, traurig und richtig enttäuscht.

»Irgendwie tut es mir sogar leid, dass ich dir das alles über Cole erzählt habe. Ich wünschte, es wäre nicht wahr. Aber das ist es leider.« Seufzend fügte Isabella hinzu: »Bis eben warst du noch enthusiastisch, als du von Schicksal und all diesem Kram gesprochen hast, und jetzt habe ich dir tatsächlich alles verdorben.«

Ich schüttelte schnell den Kopf. »Ach, Quatsch. Das ist doch nicht deine Schuld. Ich wollte doch unbedingt alles wissen und habe dich ausgequetscht.« Nach einer Pause fügte ich leise hinzu: »Jetzt bin ich mir gar nicht mehr sicher, ob ich ihn überhaupt treffen will.«

»Das verstehe ich. Aber das könnte schwierig werden. Port Isaac ist ein Nest. Ihm nicht zu begegnen, ist daher eher unwahrscheinlich. Früher oder später wirst du ihm bestimmt über den Weg laufen«, prophezeite Isabella.

»Kann sein«, erwiderte ich schulterzuckend. »Warum mache ich mir eigentlich Sorgen? Wahrscheinlich würde er mich sowieso nicht erkennen.«

Isabella warf einen Blick auf ihre Armbanduhr. »Tut mir wirklich leid. Aber ich muss jetzt endlich öffnen. Reden wir heute Abend weiter?«, fragte Isabella, und ich nickte. »Klar machen wir das. Und jetzt geh ruhig. Ich übernehme die Rechnung.«

»Das ist nett von dir. Ich werde mich dafür revanchieren, versprochen.«

»Macht es dir etwas aus, wenn ich schon mal zu dir fahre und meinen Koffer auspacke?«

»Überhaupt nicht. Du kennst ja dein Zimmer«, erwiderte Isabella und kramte ihren Schlüsselbund aus der Handtasche.

Sie löste einen Schlüssel vom Ring und hielt ihn mir entgegen. »Hier, für dich. Mein Zweitschlüssel. Dann fühl dich schon mal wie zu Hause.«

Lächelnd nahm ich den Schlüssel entgegen. »Das werde ich. Also, bis später.«

»Genau, bis dann«, flötete sie, und schon war sie verschwunden, um Mrs Houston die Strähnchen zu färben.

Ich lehnte mich wieder auf dem Stuhl zurück. Nachdenklich schaute ich zum Hafen hinunter und beobachtete die wenigen Leute, die auf der Straße vorübergingen. Hätte ich Isabella doch nur nicht ausgefragt, und hätte ich Cole lieber nicht gesehen, dachte ich frustriert. Jetzt, nachdem ich all diese Dinge über ihn gehört hatte, war alles anders. Nichts war magisch, und mit Schicksal und Vorsehung hatte das mit Sicherheit auch nichts zu tun. Und doch war da diese Stimme in mir, die trotz allem leise flüsterte: »Vergiss, was die Leute reden. Du hast ihn gefunden, das kann kein Zufall sein.«

• • •

Am nächsten Morgen wurde ich vom Rauschen des Meeres geweckt, und das war genauso schön, wie man es sich vorstellt. Ganz schläfrig öffnete ich die Augen und blinzelte gegen die Sonne an, die durch die offenen Fenster ins Zimmer flutete. Ich stand nicht sofort auf, sondern blieb still im Bett liegen. Einfach um diesen wundervollen Moment zu genießen. Im Haus war es ruhig, und ich wusste, dass Isabella längst zur Arbeit gegangen war. Gestern hatten wir bis in die späten Abendstunden auf ihrer Couch gesessen und über Gott und die Welt geredet.

Jetzt reckte und streckte ich mich langsam, schlug schließlich die Decke zurück und schwang die Beine aus dem Bett. Auf nackten Füßen tapste ich die Treppe hinunter und ging geradewegs in die Küche. Es duftete nach Kaffee und frischen Brötchen. Lächelnd blieb ich am Küchentisch stehen. Isabella hatte, bevor sie zur Arbeit gegangen war, den Tisch für mich gedeckt. Sie war so lieb und verwöhnte mich eigentlich viel zu sehr. Ich naschte eine Weintraube aus der Schüssel mit dem frischen Obst, die für mich auf dem Tisch stand. In einem Körbchen lagen ein frisches Brötchen und eine Scheibe knuspriger Toast. Es gab Marmelade und Joghurt und Müsli. Mir lief das Wasser im Munde zusammen.

Ich ging zur Kaffeemaschine und berührte die Kanne. »Noch heiß«, flüsterte ich und nahm die Kanne, um mir einzuschenken. Dann ließ ich mich an den Küchentisch fallen und entdeckte die Nachricht, die Isabella für mich geschrieben hatte.

Guten Morgen Lana,

ich hoffe, du freust dich über dein Frühstück. Lass es dir schmecken. Leider müssen wir die Wanderung heute Nachmittag ausfallen lassen. Ich habe im Salon leider länger zu tun als gedacht. Das holen wir aber unbedingt nach. Versprochen.

Bis später, Isabella.

Bedauernd legte ich den Zettel beiseite. Schade, ich hatte mich schon so auf unseren gemeinsamen Nachmittag gefreut. Während ich am Küchentisch saß und meinen Toast aß, warf ich einen Blick zum Fenster hinaus. Kaum ein Wölkchen zog am blauen Himmel vorüber. Ich überlegte, was ich mit dem Tag anfangen sollte. Und beschloss, dann einfach allein ein Stück spazieren zu gehen. Vielleicht könnte ich auch kurz bei Isabella vorbeischauen.

Nach dem Frühstück sprang ich unter die Dusche, zog mich an, und dann verließ ich ihr Haus. Während ich mich auf den Weg machte, genoss ich die Sonne und die leichte Brise, die heute vom Meer herüberwehte. Entspannt schlenderte ich durch die schmalen Gassen, und dann passierte es. Cole Knox verließ gerade die Post, und ich lief ihm auf dem Bürgersteig sozusagen direkt in die Arme.

Ich prallte gegen seine harte Brust, die unter einem schmutzigen Shirt versteckt war. Und als ich langsam aufblickte, schaute ich in diese unglaublich blauen Augen, und alles, wirklich alles, was Isabella über Cole gesagt hatte, wurde zur Nebensächlichkeit. Ich öffnete meinen Mund, um etwas zu sagen, aber ich war einfach sprachlos. Stattdessen starrte ich ihn an.

Er war schließlich der Erste, der sprach. »Tut mir leid, dass ich Sie um Haaresbreite umgerannt hätte«, entschuldigte er sich. »Geht es Ihnen gut?«

Er schien nett zu sein, fürsorglich. Für mich klang das gar nicht nach einem Verbrecher. Ein seliges Lächeln erschien auf meinem Gesicht, und ich konnte einfach nicht aufhören zu grinsen. Auch dann nicht, als meine innere Stimme brüllte: *Lana, du führst dich wie eine verdammte Irre auf! Jetzt reiß dich doch mal zusammen!*

Cole schaute mich mit gerunzelter Stirn an. »Ich habe gefragt, ob alles okay ist?«, wiederholte er langsam. Oh je, bestimmt dachte er gerade wirklich, dass ich verrückt war.

»Ja, ja«, stammelte ich verlegen. »Mir geht es gut. Nichts passiert.«

Cole musterte mich eindringlich, und mein Herz machte einen Hüpfer. »Dann ist es ja gut. Ich muss jetzt weiter«, sagte er knapp und nickte mir zum Abschied zu. Gerade als er seinen Weg fortsetzen wollte, packte ich ihn am Arm. Er blieb stehen und schaute mich fragend an. »Ist noch irgendetwas?«, wollte er wissen und wirkte nun ein bisschen mürrisch. Er hatte es vermutlich eilig. Ich würde ihn trotzdem nicht einfach weggehen lassen.

»Erkennen Sie mich denn gar nicht?«, platzte ich heraus und musste mich zwingen, seinen Arm loszulassen. Liebend gerne hätte ich ihn noch weiter festgehalten.

Mit zusammengekniffenen Augen musterte er mich und schien dabei zu überlegen, wo wir uns über den Weg gelaufen waren. Sein Blick glitt über mich, und mir wurde vor Aufregung ganz heiß. Dass er mich augenscheinlich nicht sofort wiedererkannte, dämpfte meinen Enthusiasmus gehörig. Allerdings musste ich ihm wohl zugutehalten, dass er an diesem Tag aufgrund seiner Verletzungen nicht ganz bei sich gewesen war. Der Moment zog sich scheinbar endlos dahin, und ich konnte mich einfach nicht mehr zurückhalten.

»Wir sind uns am Tag der Explosion begegnet. Ich bin die Frau, die über Sie gestolpert ist, während Sie verletzt auf der Straße lagen.«

Coles Augen weiteten sich vor Überraschung, und an seinem Gesichtsausdruck erkannte ich, dass er sich endlich erinnerte. Mein Herz schlug bei seinem Anblick schneller. Und ich nahm mir die Zeit, ihn genauer zu betrachten. Dunkelblonde Haare, die unglaublichsten Augen, in die ich je geblickt hatte. Gerade Nase, markantes Kinn und ein dunkler Bartschatten, der seine Wangen bedeckte. Er war groß und breitschultrig. Seine Haut wirkte, als hätte ihn die Sonne höchstpersönlich geküsst, und in den verschlissenen Jeans und dem verdreckten Shirt sah er tatsächlich hinreißend aus.

»Jetzt erinnere ich mich an Sie. Sie waren ganz schön schwer, als Sie auf mich gefallen sind.«

Meine Wangen färbten sich knallrot, während sich seine Mundwinkel nach oben bogen und er schließlich schmunzelte.

»Das war nur ein Witz, ehrlich«, meinte er grinsend. »Sie waren leicht wie eine Feder, falls Sie das beruhigt.«

»Geringfügig«, erwiderte ich knapp.

Einen Augenblick lang musterte er mich, dann sagte er: »Also, danke, dass Sie mir damals Hilfe besorgt haben. Leben Sie in Port Isaac?«, fragte er, und ich schüttelte den Kopf.

»Ich mache hier nur Urlaub«, erklärte ich, und Cole lächelte mich an, dass ich das Gefühl hatte, ein paar Zentimeter über dem Boden zu schweben.

»Ach so. Ich muss jetzt trotzdem weiter. Vielleicht laufen wir uns noch einmal über den Weg.«

Dann schickte er sich erneut an zu gehen, und abermals hielt ich ihn zurück. Falls er mich bis jetzt nicht für eine Verrückte hielt, dann auf jeden Fall jetzt.

»Nach der Explosion habe ich versucht, Sie zu finden«, gab ich zu, und nun, da ich einmal angefangen hatte zu reden, konnte ich nicht aufhören zu plappern. »Ich habe im Internet nach Ihnen gesucht. Aber da ich Ihren Namen nicht kannte, war das natürlich nicht von Erfolg gekrönt. Aber jetzt weiß ich, wie Sie heißen. Meine Cousine Isabella hat mir Ihren Namen verraten. Ihr gehört der Friseursalon, gleich die Straße runter«, plapperte ich und konnte gar nicht aufhören, wie ein Wasserfall zu reden. Mit hochgezogenen Augenbrauen hörte er meinem Redefluss zu, und seine Stirn legte sich mehr und mehr in Falten, während ich mich um Kopf und Kragen quasselte.

»Dass wir uns ausgerechnet hier und jetzt begegnen, ist bestimmt kein Zufall. Ich glaube, es ist Schicksal. Oh, Mann, ich kann nicht fassen, dass wir uns tatsächlich getroffen haben. Ich bin total aus dem Häuschen«, sagte ich und lachte jetzt wirklich wie eine Bekloppte. »Wollen Sie mit mir einen Kaffee trinken gehen?«, fragte ich urplötzlich und wusste gar nicht, was ich eigentlich tat.

Cole schaute mich eindringlich an. Sein Blick bohrte sich in meinen, und mein Herz drohte fast stehen zu bleiben.

Wieso konnte er denn nicht endlich etwas sagen?

Aber er blieb stumm wie ein Fisch. Stattdessen richtete sich sein Blick in die Ferne. Ich folgte seinem Blick und bemerkte, wie Cole zwei Männer anschaute, die gerade aus einem verrosteten roten Pick-up gestiegen waren. Seine Augen verengten sich zu Schlitzen, und er fixierte die beiden mit festem Blick.

Dann schüttelte er den Kopf, und ich wäre am liebsten im Erdboden versunken. Eine Abfuhr zu bekommen, fühlte sich verdammt mies an.

»Nein, danke. Für Kaffee habe ich jetzt keine Zeit.«

»Okay«, stammelte ich verlegen. Gott, war das peinlich. »Na ja, dann vielleicht ein anderes Mal.«

Und dann hatte der Typ doch echt den Nerv, noch mal den Kopf zu schütteln. Mann, welcher Grobian hatte den denn erzogen? Hatte der Kerl denn überhaupt kein Feingefühl?

»Hören Sie, ich bin Ihnen wirklich dankbar, dass Sie mir damals geholfen haben. Aber ich denke, dass wir den Kaffee lieber ausfallen lassen sollten. Ist wirklich nicht böse gemeint.«

Eine Abfuhr blieb eine Abfuhr. Egal, in welche Worte man sie verpackte.

Eine Erwiderung blieb mir im Hals stecken, weil ich viel zu beschäftigt war, mich in Grund und Boden zu schämen. Cole schien das allerdings gar nicht zu bemerken. Sein Blick ruhte noch immer auf dem roten schäbigen Pick-up und den zwei Typen, die jetzt an der Karosserie lehnten.

»Ich muss los«, sagte er abwesend, und dann ließ er mich zu allem Überfluss tatsächlich einfach stehen.

»Ich bin übrigens Lana«, rief ich ihm nach und hätte mir dafür am liebsten eine Ohrfeige gegeben. Kapierte ich es etwa echt nicht? Musste er mich noch mal abservieren, eigentlich war er ja deutlich genug gewesen.

Cole stieg in sein Auto, als hätte ich gar nichts gesagt.

Ich hätte auf Isabella hören sollen. In meiner Fantasie hatte ich mir unsere erste Begegnung immer wieder vorgestellt. Und jetzt war alles ganz anders verlaufen.

Mein vermeintlicher Traumprinz hatte sich als totaler Arsch erwiesen. Geknickt schaute ich ihm dabei zu, wie er rückwärts aus der Parklücke stieß und ohne einen Blick zurückzuwerfen davonfuhr.

Kapitel 6

Cole

»*Lana*«, flüsterte ich andächtig, als ich meine Autotür hinter mir zuschlug und den Schlüssel ins Zündschloss schob. Das war also ihr Name. Für einen flüchtigen Moment blieb ich untätig hinter dem Steuer sitzen und lehnte den Kopf zurück. Mir hämmerte das Herz vor Aufregung in der Brust, als ich einen kurzen Blick in den Rückspiegel riskierte. Lana stand regungslos auf der Straße und schien mein Auto anzustarren. Oh, Mann, sie sah toll aus, und ich konnte noch immer nicht glauben, dass wir uns ausgerechnet hier über den Weg liefen. Ein Blick in ihr Gesicht hatte genügt, um sie zu erkennen. Sie sah genauso aus wie an jenem Tag. Na ja, vielleicht nicht ganz genauso. Ihre Haare waren heute weniger zerzaust, und ihr Blick war nicht angst- oder sorgenvoll so wie damals, sondern gelöst und glücklich. Zumindest so lange, bis ich ihr Angebot, zusammen einen Kaffee trinken zu gehen, abgelehnt hatte.

Ich zwang mich, den Blick von ihr zu lösen, startete den Motor und rollte rückwärts aus der Parklücke auf die Straße. Aber einfach wegfahren konnte ich dann doch nicht. Ich musste sie noch einmal sehen. Also warf ich abermals einen Blick in den Rückspiegel. Lana war gerade dabei, sich umzudrehen und wegzugehen. Ich hätte mich gerne mit ihr unterhalten, dachte ich, als ich mich zwang, den Blick von ihr zu lösen und mich endlich auf die Straße zu konzentrieren. Als ich an dem roten schrottreifen Pick-up vorbeifuhr, an dessen Karosserie mein Bruder mit einem seiner bescheuerten Freunde lehnte, schaute ich demonstrativ geradeaus. Die Idioten verfolgten mich schon seit gestern, und das ging mir gehörig auf die Nerven. Allerdings wusste ich, dass sie nicht aus Spaß hinter mir her waren. Sondern weil Randy und ich eine Rechnung offen hatten, und die wollte er zweifellos begleichen. Dass ich ihn und Vater damals für einen Deal verpfiffen hatte, schien mein Bruder mir noch immer nicht verziehen zu haben.

Ich hatte keinen Schimmer, was Randy plante. Allerdings war ich mir sicher, dass er etwas im Schilde führte. Ich traute Randy nicht über den Weg und wusste, dass er zu so ziemlich allem fähig war. Er war skrupellos, genau wie unser Vater, und wenn er Vergeltung an mir übte, wollte ich nicht, dass irgendjemand, den ich gernhatte, dabei zu Schaden kam. Und irgendwie ahnte ich, dass ich Lana wahrscheinlich sehr, sehr gernhaben könnte, wenn ich sie erst einmal näher kannte. Also hielt ich es für besser, es erst gar nicht so weit kommen zu lassen. Deswegen hatte ich ihre Einladung schweren Herzens abgelehnt.

Jetzt musste ich trotzdem an sie denken und konnte noch immer nicht recht glauben, dass wir uns tatsächlich wiedergefunden hatten.

Mir gefielen ihre lockere, unkonventionelle Art, ihr Lächeln, ihre gute Laune, und die offenkundige Freude darüber, mich zu sehen, gefiel mir ehrlich gesagt am allermeisten. Sie trug ihr Herz eindeutig auf der Zunge. Spätestens als sie von Schicksal und all diesem Zeugs sprach, war mir das klar geworden. Sie zu enttäuschen, war mir wirklich schwergefallen, aber es hatte einfach sein müssen, dachte ich frustriert, als ich die Auffahrt zu meinem Haus hinauffuhr.

• • •

Seit ich heute Morgen aus Port Isaac zurückgekommen war, schuftete ich in meiner Werkstatt. Ich hatte mir kaum eine Pause gegönnt, denn ich wollte so schnell wie möglich fertig werden. Mir gingen langsam, aber sicher meine Ersparnisse aus, und ich musste dringend Geld verdienen. Die Eröffnung der Werkstatt hatte ich innerhalb der nächsten beiden Wochen geplant. Doch wenn ich mich jetzt umschaute, musste ich einsehen, dass ich wohl zu optimistisch gewesen war. Den Termin würde ich wahrscheinlich nicht halten können, nicht wenn ich weiter so langsam vorankam. In dem alten Gebäude steckte mehr Arbeit drin, als ich anfangs geglaubt hatte. Momentan war ich mal wieder damit beschäftigt, die Hinterlassenschaften meines Vorgängers zu entsorgen. Leider war weniger Brauchbares dabei, als ich gehofft hatte.

Motorengeräusche drangen an mein Ohr und ließen mich aufhorchen. Ich zog die Arbeitshandschuhe aus und ging nach draußen. Schien so, als bekäme ich gleich Besuch. Während ich meine Augen mit den Händen beschattete, schaute ich Rick entgegen, der sich in seinem Auto näherte.

Während Rick die Tür des Autos zuschlug, lehnte ich im Türrahmen und vergrub die Hände in den Taschen meiner schmutzigen Jeans.

»Was treibt dich her?«, fragte ich, als Rick vor mir stehen blieb.

Nach unserem letzten Gespräch war ich mir nicht sicher gewesen, ob er noch mal herkommen würde.

»Na ja, eigentlich bin ich nur hier, um dich zu warnen.«

Ich legte die Stirn in Falten. »Mich warnen, vor was denn?«, wollte ich wissen und verschränkte die Hände vor der Brust.

»Fang jetzt bloß nicht wieder mit diesen alten Geistergeschichten an.«

Rick schüttelte den Kopf. »Darum geht es nicht. Außerdem solltest du nicht fragen, vor was ich dich warnen will, sondern lieber, vor wem. Ich bin gekommen, um dir zu sagen, dass sich dein Bruder mit einem seiner miesen Freunde in der Gegend herumdrückt. Und ich denke, du weißt so gut wie ich, dass Randy deinetwegen hier ist. Und dass er nicht nur mit dir plaudern will, versteht sich von selbst.«

Seufzend strich ich mir die Haare zurück.

»Nett, dass du dir Sorgen um mich machst«, entgegnete ich, und Rick grinste. »Wer sagt denn, dass ich mir Sorgen um dich mache? Ich will mir nur Arbeit ersparen. Denn ich werde wohl derjenige sein, der deine Überreste aufkratzen muss, wenn Randy mit dir fertig ist.«

Ich erwiderte Ricks Grinsen. »Dein Motiv in allen Ehren und danke für den Tipp, aber ich hatte schon das Vergnügen, Randy und seinen Kumpanen zu sehen. Seit gestern sind sie hinter mir her und folgen mir auf Schritt und Tritt. Ehrlich gesagt, rechne ich jeden Augenblick damit, dass die beiden hinter einem Busch hervorgesprungen kommen.«

»So etwas in der Art hatte ich schon befürchtet.« Nach einer kurzen Pause fügte er hinzu: »Sei vorsichtig. Deiner Familie traue ich so gut wie alles zu.«

Schnaubend erwiderte ich: »Geht mir genauso. Ich passe schon auf mich auf.«

Rick nickte. Dann deutete er auf die Werkstatt. »Wie kommst du eigentlich voran?«

Freudlos lachte ich auf. »Eher mittelmäßig. Ich hätte nicht gedacht, dass es so aufwendig sein würde, die Werkstatt auf Vordermann zu bringen. Aber da hatte ich mich getäuscht.«

Für einen kurzen Augenblick zögerte ich, weil ich nicht wusste, ob ich Rick tatsächlich um Hilfe bitten konnte. Allerdings könnte ich die wirklich dringend gebrauchen. Na ja, immerhin war er hergekommen, und das hieß ja wohl, dass er unsere Freundschaft noch nicht vollkommen aufgegeben hatte und ich ihm nicht völlig egal war.

»Ich könnte Hilfe gebrauchen.«

Rick grinste. »Ich habe schon befürchtet, dass du das sagen könntest. Du hast Glück, ich habe heute meinen freien Tag.«

»Bedeutet das, ich kann auf dich zählen?«

Rick nahm die Sonnenbrille ab, während er nickte. »Kein großes Ding. Sag mir einfach, was ich tun soll.«

»Okay«, gab ich zurück und ging nach drinnen. Rick folgte mir. Es war das erste Mal, nein, das zweite Mal, dass ich dachte, dass es vielleicht doch kein so riesiger Fehler gewesen war, wieder nach Hause zu kommen. Das erste Mal war heute Morgen gewesen, als Lana wie aus dem Nichts vor mir gestanden und mich mit ihrem Lächeln vollkommen in ihren Bann gezogen hatte.

Lana

»Es war so peinlich«, klagte ich, als ich am späten Abend mit Isabella auf der Terrasse saß und mein Glas Wein leerte.

»Am liebsten wäre ich im Boden versunken. Ich meine, es ist doch wirklich ein riesengroßer Zufall, dass wir uns treffen, und dann frage ich ihn, ob er Lust auf einen Kaffee hat, und er sagt eiskalt Nein. Das ist ja wohl nicht zu fassen«, sagte ich, hielt Isabella mein leeres Weinglas hin und ließ mir nochmals einschenken.

»Danke«, sagte ich, nachdem ich einen Schluck getrunken hatte.

Dann blickte ich Isabella an. »Willst du denn gar nichts dazu sagen?«, fragte ich.

»Na ja, auch auf die Gefahr hin, dass du mir gleich den Kopf abreißt, aber ich habe dir doch gleich gesagt: Cole Knox ist ein Fiesling.«

»Sorry, aber da muss ich dich korrigieren. Du hast gesagt, dass er gefährlich ist. Nicht, dass er fies und gemein ist und Spaß daran hat, andere Menschen, in diesem Fall mich, zu demütigen. Und ich habe auch noch etwas von Schicksal gefaselt. Ich könnte mich in den Hintern beißen.«

Isabella lachte und schenkte sich selbst von dem Wein nach, bevor sie die leere Flasche auf den Tisch stellte und sich dann entspannt auf ihrem Stuhl zurücklehnte, während sie die langen Beine ausstreckte.

Ich tat es ihr gleich, streckte mich entspannt auf meiner Liege aus und richtete den Blick gen Himmel, um die Sterne zu beobachten, die dutzendfach am Firmament leuchteten. Der laue Abendwind trug das Rauschen der Brandung und das Donnern der Wellen, die gegen den Strand schlugen, zu uns herüber.

Gedankenversunken nippte ich an meinem Glas und spürte, wie ich langsam müde wurde. Der Tag forderte langsam, aber sicher seinen Tribut.

»Ich will ja nicht schon wieder davon anfangen. Aber wirst du jetzt endlich meinen Rat befolgen und dich von Cole fernhalten?«

Ohne den Blick abzuwenden, erwiderte ich: »Darauf kannst du wetten. Ich werde nie, nie wieder in seine Nähe kommen, und ehrlich gesagt hoffe ich, dass er mir bis zum Ende meines Urlaubs nicht noch einmal begegnet. Das wäre einfach zu peinlich.«

An eine neuerliche Begegnung mit Cole wollte ich lieber gar nicht denken.

Isabella nickte zufrieden. »Das wäre wirklich das Beste. Möchtest du noch etwas trinken? Wir könnten noch eine Flasche köpfen.«

Ich schüttelte den Kopf. »Lieber nicht. Für heute habe ich genug«, fügte ich schmunzelnd hinzu, stellte mein Glas ab und streckte mich auf meiner Liege aus.

Isabella griff sich unsere Gläser und die leere Flasche. »Okay, dann nehme ich alles mit nach drinnen. Ich bin müde und muss ins Bett, obwohl ich liebend gerne mit dir hier sitzen und den Sternenhimmel betrachten würde. Aber ich fürchte, wenn ich bleibe, nicke ich in den nächsten zehn Minuten ein.«

Ich lächelte. »Du siehst wirklich müde aus. Ruh dich aus, und lass uns morgen weiterreden. Musst du morgen eigentlich arbeiten?«, fragte ich.

»Nein, morgen ist der Laden geschlossen«, gab Isabella zurück, und ich schlug vor: »Wollen wir etwas zusammen unternehmen? Vielleicht können wir mit dem Boot rausfahren.«

Isabellas Boot lag im Hafen von Port Isaac, und bis jetzt hatten wir es immer geschafft, wenn ich zu Besuch war, mindestens einen Ausflug damit zu machen, und ich hoffte natürlich, dass es auch dieses Mal klappen würde.

»Von mir aus gerne. Lass uns morgen früh schauen, wie das Wetter ist, und spontan entscheiden, ob wir eine Tour machen oder nicht.«

Ich nickte. »Gute Idee. Macht es dir etwas aus, wenn ich noch ein bisschen hier draußen sitzen bleibe?«

»Nein, gar nicht. Mach nur. Bist du denn gar nicht müde?«

»Doch«, erwiderte ich lächelnd. »Aber ich finde, der Abend ist einfach zu schön, um schon zu schlafen.«

»Also, dann sehen wir uns morgen früh.«

Während Isabella im Haus verschwand, stand ich auf, holte mir eine Decke und machte es mir dann wieder bequem. Ich deckte mich zu und starrte nachdenklich zum Himmel hinauf. Während ich die Sterne beobachtete, lauschte ich dem Meeresrauschen. Unweigerlich musste ich an Cole denken. Was er wohl gerade tat? Mit aller Macht versuchte ich, Cole aus meinem Kopf zu bekommen. Was ziemlich schwierig war, da ich andauernd über unser Gespräch nachdenken musste. Und je mehr ich darüber nachdachte, desto mehr ärgerte ich mich über ihn.

...

»Lana, wach auf.«

Isabellas Stimme drang an mein Ohr, und ich öffnete langsam die Augen. Blinzelnd schaute ich sie an. »Wie spät ist es?«, fragte ich leise seufzend.

»Es ist bereits halb neun. Bist du etwa die ganze Nacht hier draußen geblieben?«

Während mich Isabella fragend anstarrte, rappelte ich mich von meiner Liege auf und streckte mich stöhnend.

»Ich bin wohl eingeschlafen. Ich fühle mich, als wäre ich überfahren worden.«

Lachend fragte Isabella: »Hast du immer noch Lust auf eine Bootstour? Das Wetter ist genau richtig für einen kleinen Ausflug.«

Ich war sofort hellwach.

»Ja, unbedingt. Lass uns zusammen rausfahren. Aber vorher muss ich noch duschen und etwas essen. Hast du schon gefrühstückt?«

Isabella schüttelte den Kopf. »Nein, noch nicht. Ich dachte, wir machen das zusammen. Allerdings müssen wir vorher einkaufen gehen.«

»Weißt du was? Das Einkaufen übernehme ich.«

Isabella wollte protestieren, aber ich schnitt ihr das Wort ab.

»Keine Wiederrede. Ich fahre gleich in die Stadt, aber vorher mache ich noch einen kleinen Umweg ins Bad.«

»Gut, dann decke ich in der Zwischenzeit den Tisch für uns.«

Eine gute halbe Stunde später saß ich im Auto und machte mich auf den Weg. Ich wäre zu Fuß gegangen, aber wir waren schon spät dran, und ich wollte nicht, dass unser Bootsausflug deswegen ins Wasser fiel.

Ein silbernes Messingglöckchen läutete, als ich die Tür aufstieß und die kleine Bäckerei betrat. Mir rutschte das Herz in die Hose, als ich Cole entdeckte, der in der Nähe des Tresens stand und darauf wartete, bedient zu werden. Am liebsten hätte ich kehrtgemacht und wäre überstürzt geflohen, aber zu spät. Cole hatte mich bereits gesehen.

Ein undefinierbarer Ausdruck huschte über sein Gesicht, den ich beim besten Willen nicht deuten konnte. Während er mir kurz zunickte, fragte ich mich unweigerlich, was er dachte? Freute er sich vielleicht doch ein ganz kleines bisschen, mich zu sehen, oder war es ihm eher unangenehm? Wohl eher Zweiteres. Die Abfuhr, die er mir erteilt hatte, war in meiner Erinnerung noch allgegenwärtig, und am liebsten hätte ich ihm ein paar Gemeinheiten unter die Nase gerieben. Einfach nur, um mich ein bisschen besser zu fühlen. Aber Cole war der Nächste in der Reihe, deshalb hielt ich den Mund.

»Zwei Croissants zum Mitnehmen, bitte«, sagte er, aber der Inhaber des Ladens, Hank Rodgers, schaute förmlich durch Cole hindurch.

»Die sind aus«, entgegnete Hank knapp, obwohl mindestens ein Dutzend Croissants in der Auslage lagen.

Cole starrte Hank an, ließ sich seine Gefühle allerdings nicht anmerken. »Dann nehme ich einen Bagel.«

Hank schnaubte. »Die sind ebenfalls ausverkauft.«

Auch das stimmte nicht. Auf den Regalreihen, die sich an der Wand hinter Hank auftürmten, standen Körbe mit Bagels und süßem Gebäck.

Okay, damit war es klar. Hank weigerte sich, Cole etwas zu verkaufen. Die Wut, die ich über Coles Verhalten gehabt hatte, verflog. Denn im Moment tat er mir einfach nur leid. Wie konnte Hank ihn nur so behandeln? In meinen Augen war das hundsgemein.

Cole schnaubte verächtlich. »Verstehe schon«, sagte er ernüchtert. Dann machte er kehrt und riss wütend die Tür auf. Unverhohlen starrte ich Cole hinterher, der aber blieb plötzlich auf der Schwelle stehen und schleuderte Hank entgegen: »Schieb dir deinen Fraß in deinen spießigen Arsch.«

Schnell schlug ich mir die Hand vor den Mund, um mir ein Lächeln zu verkneifen. Hanks verdatterter Gesichtsausdruck war wirklich Gold wert. Dann knallte Cole die Tür hinter sich zu, dass die Glasscheibe gefährlich klirrte, und verschwand aus meinem Blickfeld. Hank schnappte indes nach Luft, seine Wangen glühten vor Scham, denn die Blicke aller Anwesenden waren ihm gewiss. Er hüstelte verlegen, als er fragte: »Wer ist als Nächstes an der Reihe?«

Eine ältere Dame trat an den Tresen und gab ihre Bestellung auf. Ich versuchte mir in der Zwischenzeit tunlichst ein Grinsen zu verkneifen, allerdings gelang mir das nicht besonders gut.

Als ich endlich dran war, verlangte ich die Brötchen für Isabella und mich und ließ mir dann spontan noch zwei Croissants einpacken.

Als ich wieder im Auto saß, um zurück zu Isabellas Haus zu fahren, überlegte ich, wie ich ihr mein Vorhaben schonend beibringen konnte. Wenn ich ihr erzählte, was ich vorhatte, würde sie mir bestimmt den Kopf abreißen oder mich für absolut und vollkommen durchgeknallt halten. Im schlimmsten Fall einfach beides.

Wieder bei Isabella angekommen, drückte ich ihr die Tüte in die Hand und erzählte ihr, was ich vorhatte.

Isabella schaute mich erwartungsgemäß aus großen Augen an.

»Du machst was?«, fragte sie verblüfft und fügte dann hastig hinzu: »Ich hoffe, das ist ein Scherz. Nur zur Erinnerung, gestern Abend hast du gesagt, dass du hoffst, Cole nie wieder über den Weg zu laufen. Warum um alles in der Welt willst du dann jetzt zu ihm fahren?«

Ich trat unruhig von einem Bein aufs andere. »Ich weiß, was ich gesagt habe. Doch gerade eben, in der Bäckerei, hat er mir total leidgetan. Du hättest sehen sollen, wie mies Hank ihn behandelt hat, und deshalb dachte ich einfach, es wäre eine nette Geste, ihm die Croissants zu bringen.«

Isabelle erwiderte kopfschüttelnd: »Dich soll mal einer verstehen.

Tja, die Frage ist doch, ob er das überhaupt verdient hat. Aber da ich es mit ziemlich hoher Wahrscheinlichkeit nicht schaffen werde, dich von diesem Vorhaben abzubringen, werde ich es auch gar nicht erst versuchen. Doch vergiss bitte nicht, dass ich dich gewarnt hatte. Allerdings müssen wir den Bootsausflug dann ja wohl canceln.«

Ich nickte. »Ja, leider. Bist du sauer?«, fragte ich zerknirscht, und Isabella schüttelte glücklicherweise den Kopf.

»Nein, bin ich nicht.«

Ich nickte erleichtert, machte kehrt und stieg dann mit gemischten Gefühlen in mein Auto, um mich auf den Weg zu Coles Haus zu machen.

Nervös strich ich mir die Haare zurück, die mir der Wind nervigerweise immer wieder ins Gesicht wirbelte. Eben hatte ich an Coles Tür geklopft und wartete nun darauf, dass er endlich öffnete. Aber nichts passierte, gerade, als ich die Hand ausstrecken wollte, um noch einmal zu klopfen, wurde die Tür aufgerissen, und Cole stand plötzlich vor mir. Mein Herzschlag beschleunigte sich, während ich in sein überraschtes Gesicht schaute. Cole wirkte nicht minder überrascht, während er mich aus großen Augen anblickte.

»Was machst du denn hier?«, fragte er ungläubig.

»Ich habe dir etwas mitgebracht«, erwiderte ich und versuchte, während ich die weiße Papiertüte vor seinem Gesicht schwenkte, nicht allzu aufgeregt zu sein.

Mit hochgezogenen Augenbrauen blickte er mich an. »Was ist da drin?«

»Croissants«, entgegnete ich leicht verunsichert. Jetzt, da ich vor ihm stand, war ich schon viel weniger von der Idee herzukommen überzeugt. Cole hingegen schien immer noch reichlich baff über mein plötzliches Auftauchen zu sein.

Schließlich griff er zögerlich nach der Tüte. Seine Finger streiften meine, und diese flüchtige Berührung schaffte es, mir ein verheißungsvolles Bauchkribbeln zu bescheren. Mit klopfendem Herzen blickte ich ihm in die Augen. Spürte er das auch, oder bildete ich mir diese Anziehung zwischen uns vielleicht doch nur ein?

»Danke«, murmelte er und fügte dann hinzu: »Das wäre echt nicht nötig gewesen.«

Schulterzuckend erwiderte ich: »Kein Problem. Ich habe es gerne gemacht.«

Cole erwiderte nichts, während ich unbeholfen auf seiner Türschwelle stand und abwartend von einem Bein aufs andere trat.

Das Schweigen zwischen uns dehnte sich unangenehm aus, und je länger es dauerte, desto peinlicher wurde das Ganze. Oh, Mann, Isabella hatte tatsächlich recht gehabt. Es war verrückt gewesen, zu ihm zu fahren. Ich hätte lieber auf sie hören sollen.

»Okay, dann fahre ich mal wieder«, stammelte ich verlegen, bevor das Ganze noch unangenehmer wurde, und machte kehrt, um schleunigst wieder zu verschwinden.

»Danke noch mal für die Croissants«, rief er mir hinterher. Aber ich drehte mich nicht um, stattdessen musste ich mich zwingen, die wenigen Schritte bis zu meinem Auto nicht zu rennen.

Als ich wenig später Isabellas Terrasse betrat, schaute sie verwundert unter ihrem breitkrempigen Hut hervor.

»Du bist schon zurück?«

Verlegen nickte ich und ließ mich dann leise seufzend auf die freie Liege, die neben ihrer stand, sinken.

»Klar, ihm die Croissants zu bringen, dauert ja schließlich keine Ewigkeit«, gab ich anscheinend ungerührt zurück. Isabella warf mir einen zweifelnden Blick zu, den ich, so gut es ging, ignorierte. Aber ich ahnte natürlich, dass ich das Gefühlschaos in meinem Inneren kaum vor ihr verbergen konnte. Ich versuchte es trotzdem, indem ich das Thema wechselte: »Wollen wir jetzt doch etwas zusammen unternehmen?«

Isabella bohrte nicht weiter nach. Stattdessen erwiderte sie fragend: »Du meinst, wir sollten die Bootstour jetzt doch machen, oder magst du lieber die Wanderung nachholen, die ich letztens absagen musste? Ich meine, unser kleiner Bootsausflug läuft uns ja nicht weg.«

Ich überlegte kurz. Ich hatte schon Lust darauf, rauszufahren. Allerdings klang eine Wanderung auch ziemlich gut. Hauptsache, ich bekam endlich wieder den Kopf frei. Deshalb gab ich zurück: »Aber nur, wenn wir die Tour zum Leuchtturm machen.«

Isabella lächelte. »Super Idee. Lass uns am besten gleich losgehen.«

Ich hatte gehofft, meine Wanderung mit Isabella würde mich von den Ereignissen des heutigen Morgens ablenken. Aber nicht einmal die traumhafte Aussicht auf all die hübschen kleinen und einsam gelegenen Buchten, die schroffen Klippen und den Anblick der wogenden sprudelnden Wellen vermochte es, mich von den Gedanken an Cole abzulenken. Warum es mich wie magisch in seine Nähe zog, konnte ich selbst kaum verstehen. War es nur die Tatsache, dass wir uns an jenem schrecklichen Morgen in London begegnet waren? Hatte ich wirklich nur wissen wollen, was danach aus ihm geworden war, oder diente mir dieses gemeinsame Erlebnis vielleicht nur als Vorwand, um zu ihm zu gehen, und steckte womöglich längst etwas ganz anderes hinter meinem Verhalten? Ich kannte Cole kaum, und doch fühlte ich mich seltsam mit ihm verbunden.

All diese Dinge konnte ich mir selbst kaum erklären. Während ich hinter Isabella die Stufen des Leuchtturms erklomm, nahm ich mir trotzdem vor, ihn in Ruhe zu lassen. Es war offenkundig, dass er kein Interesse hatte, mich näher kennenzulernen, und ich sollte aufhören, mich immer wieder aufzudrängen. Normalerweise besaß ich mehr Selbstachtung. Cole ging es augenscheinlich gut. Mehr hatte ich nicht wissen wollen, und es war an der Zeit, sich mit diesem Wissen zufriedenzugeben. Die Frage war nur, ob ich das tatsächlich konnte? Denn einfach klein beizugeben lag so gar nicht in meiner Natur. Ich wusste, was ich wollte, und normalerweise, bekam ich es auch.

Kapitel 7

Cole

Ich staunte nicht schlecht, als Lana am nächsten Morgen erneut vor meiner Tür stand. So überrascht, wie ich war, so froh war ich auch, sie zu sehen. Schließlich hatte ich schon befürchtet, sie mit meinem ablehnenden Verhalten von gestern für immer verjagt zu haben. Zum Glück war sie so hartnäckig, dachte ich mit einer Spur Amüsiertheit, als ich in ihr Gesicht blickte.

Lana hob erneut eine weiße Papiertüte. »Also, ich war so nett, dir noch mal Croissants mitzubringen. Darf ich jetzt endlich reinkommen, oder lässt du mich wieder abblitzen?«, fragte sie geradeheraus. Ich war über ihre Forschheit überrascht. Und wusste im Grunde gar nicht, warum eigentlich. Schließlich war sie bei unserer Begegnung am Hafen schon sehr direkt gewesen.

Ich konnte ihr nicht länger widerstehen und den Croissants ehrlich gesagt auch nicht.

»Komm rein«, entgegnete ich deshalb knapp und hielt ihr die Haustür auf.

Während ich die Tür hinter ihr schloss, schaute sich Lana im Haus um und stieß einen leisen Pfiff aus.

»Wow, das Haus ist echt toll geworden. Ich kenne es noch von meinen früheren Besuchen hier. Es war ganz schön runtergekommen.«

Mit verschränkten Armen blieb ich neben ihr stehen. »Alles neu herzurichten, hat mich eine Menge Arbeit gekostet und noch mehr Geld.«

»Ja, aber all das hat sich scheinbar gelohnt, wenn ich dir das sagen darf. Also«, fragte Lana und wandte sich mir jetzt ganz zu. »Hast du Hunger, oder muss ich die Croissants wieder mitnehmen? Die sehen übrigens mal wieder ziemlich lecker aus.«

Sie hielt mir die Tüte hin. Ich zögerte einen Augenblick, dann griff ich zu.

»Eigentlich hatte ich Hank doch geraten, dass er sich die Croissants in den Hintern stecken soll«, erinnerte ich sie, während ich in die Tüte sah. Genauso lecker wie gestern.

Lana lachte. »Ich muss dich korrigieren, deine genauen Worte waren eher, dass er sich seinen Fraß in seinen spießigen Arsch schieben soll.«

»Ja, stimmt. Keine passende Wortwahl, ich weiß. Das hätte ich wirklich nicht sagen sollen.«

Lana betrachtete mich mit hochgezogenen Augenbrauen, dann sagte sie: »Ach, komm schon, jetzt tu nicht so, als würde es dir leidtun. Du hast es genossen. Man konnte es an deinem Gesicht sehen.«

Schmunzelnd erwiderte ich: »Ja, du hast recht. Ich habe alles genauso gemeint.«

»Wenigstens bist du ehrlich. Und gestern hast du sie schließlich auch gegessen«, erinnerte sie mich, und ich nickte. »Auch wieder wahr«, gab ich zurück.

Als ich mir ein Croissant aus der Tüte genommen hatte, gab ich sie an Lana zurück. »Du kannst das andere haben, wenn du möchtest. Ich denke, das ist nur fair.«

Grinsend nahm sie mir die Tüte aus der Hand. »Danke. Ehrlich gesagt, habe ich im Auto schon mit dem Gedanken gespielt zu kosten.«

Herzhaft biss Lana zu. »Schmeckt wirklich toll«, meinte sie kauend. »Also«, sagte sie dann, »weißt du eigentlich, dass es in deinem Haus spuken soll?«

Lana ließ sich auf meine Couch fallen und legte die Füße hoch, als wäre sie hier zu Hause.

Verwirrt schüttelte ich den Kopf. Dafür, dass wir uns gerade erst zum zweiten Mal länger unterhielten, fühlte sich unser Zusammensein gerade ziemlich vertraut an.

»Rick hat mich erst letztens das Gleiche gefragt. Rick ist übrigens ...«

»... der stellvertretende Polizeichef des Distrikts«, beendete Lana meinen Satz. »Ich kenne Rick bereits von meinen früheren Besuchen hier«, fügte sie erklärend hinzu, und ich nickte.

»Aber jetzt mal im Ernst. Glaubst du wirklich an diesen Hokuspokus?«

Sie zuckte kurz mit den Schultern. »Keine Ahnung. Eigentlich nicht. Aber ich finde die Geschichte, die sich um dein Haus rankt, schon ziemlich geheimnisvoll.«

Ich biss von meinem Croissant ab. »Da kann ich nicht mitreden. Ich kenne die Geschichte nämlich nicht.«

»Nicht?«

Lana schaute mich ungläubig an, und ich musste lachen.

»Ich sagte doch, ich glaube nicht an diesen Unsinn.«

»Dann erzähle ich dir die Geschichte am besten. Also, hör zu. Man erzählt sich, dass hier früher eine Frau zusammen mit ihrer Familie gelebt hat.«

»Was heißt früher? Das finde ich ziemlich ungenau. Wann soll das bitte gewesen sein?«

Lana seufzte frustriert auf. »Hör doch erst mal zu, bevor du mich mit Fragen löcherst.«

»Schon gut. Rede weiter.« Während Lana erzählte, aß ich mein Croissant weiter.

»Also, sie lebte zusammen mit ihrem Mann und ihrem Sohn in genau diesem Haus hier. Vielleicht haben die drei genau an dieser Stelle schon gesessen. So wie wir jetzt.«

»Komm endlich auf den Punkt«, meinte ich kauend, und Lana warf mir einen strafenden Blick zu. »Schon gut«, murmelte ich beschwichtigend. »Ich sage keinen Ton mehr.«

Lana seufzte leise, dann sprach sie weiter. »Eines Tages fuhr der Vater mit seinem Sohn zum Fischen aufs Meer hinaus. Den Erzählungen zufolge wurden die beiden dabei von einem heftigen Sturm überrascht. Das Boot muss gekentert sein, denn Vater und Sohn sind im aufgewühlten Ozean ertrunken.«

»Ist das alles?«, hakte ich nach. »Und deshalb soll das Haus verflucht sein? Klingt nicht gerade spannend, wenn du mich fragst.«

»Jetzt sei doch still«, zischte Lana. »Ich versuche dir hier eine geheimnisvolle, gespenstische Geschichte zu erzählen. Aber wenn du immerzu dazwischenredest, geht das nicht. Also hör auf, mich andauernd zu unterbrechen, okay?«

»Schon gut. Ich bin jetzt ganz Ohr. Versprochen«, flunkerte ich. Aber im Grunde interessierte ich mich gar nicht wirklich für die Geschichte. Wenn ich ehrlich war, gefiel es mir schlicht und einfach, zusammen mit Lana auf meiner Couch zu hocken und sie anzuschauen. Und das war irgendwie verrückt und total seltsam, wenn man unsere Vorgeschichte betrachtete. Allerdings versuchte ich die jetzt mal außer Acht zu lassen. Und an Randy oder meinen Vater und die Dinge, die sie sich vermutlich für mich ausgedacht hatten, wollte ich jetzt auch nicht denken.

»Wie blöd, jetzt habe ich den Faden verloren«, sagte Lana, aber gleich darauf lächelte sie. »Ich weiß es wieder. Also, jedenfalls sind die beiden im Ozean ertrunken. Angeblich hat die Frau die beiden über eine Woche später tot am Strand gefunden. Es heißt, dass sie beim Anblick ihres geliebten Mannes und ihres Kindes den Verstand verloren hat.«

Lana machte eine bedeutungsschwangere Pause, bevor sie theatralisch fortfuhr.

»Die Frau konnte nicht ohne die beiden leben. Es heißt, sie wäre vor Einsamkeit regelrecht verrückt geworden. Ein paar Wochen später ist sie den beiden ins Meer gefolgt. Wenn man der Legende glauben will, hallt Nacht für Nacht ihr lautes Wehklagen und Weinen von diesen Wänden wider.«

Lana starrte mich an und wartete wohl auf eine Reaktion meinerseits.

Ich zuckte kurz mit den Schultern. »War es das jetzt?«, fragte ich. »Ich will dich wirklich nicht schon wieder unterbrechen.«

Lana rollte mit den Augen. »Ja, das war die Geschichte. Findest du das Ganze denn gar nicht traurig?«

»Nicht besonders«, gab ich zu, »vor allem, weil es eben nur eine Legende ist. Eine Geschichte, die sich irgendwer irgendwann ausgedacht hat.«

Frustriert warf Lana die Hände in die Luft.

»Das ist keine Legende. Das Ganze ist genauso passiert. Zumindest behaupten das einige Einwohner der Stadt.«

»Lass mich raten, und andere behaupten sicher das genaue Gegenteil.«

Lana rollte mit den Augen. »Ja, kann schon sein«, gab sie kleinlaut zu. »Aber trotzdem, wie ist es möglich, dass dich diese Geschichte nicht berührt?« Lana streckte die Hand aus. Ich hätte zurückweichen sollen, tat es aber nicht. Ich blieb einfach sitzen, während Lana ihre Finger auf meine Brust legte. Das Einzige, das ihre Hände von meiner Haut trennte, war mein Shirt.

»Wow«, flüsterte Lana dann, während sie mir unentwegt in die Augen sah. »In deiner Brust schlägt ja tatsächlich ein Herz. Wer hätte denn das gedacht?«

Meine Haut schien unter ihren Berührungen Feuer zu fangen. Ich zwang mich, ruhig zu atmen, denn wie befürchtet gefiel es mir, dass sie mich berührte. Als sie auf mir gelegen hatte, war das mit Sicherheit auch sehr angenehm gewesen. Leider war ich damals zu sehr verletzt, um das zu genießen.

Langsam zog sie ihre Hand zurück, und ich hätte sie am liebsten festgehalten und sie an Ort und Stelle belassen. Lana faszinierte mich auf eine Weise wie keine andere Frau vor ihr. Nicht einmal bei Cherry war es so gewesen. Das war ziemlich verwirrend.

»Passiert dir das eigentlich häufiger?«, fragte Lana, während sie sich den letzten Bissen Croissant in den Mund schob.

Fragend musterte ich sie. »Was genau meinst du?«

Lana blickte kurz zu Boden. »Dass die Leute dich so mies behandeln. So wie Hank gestern.«

»Hin und wieder schon. Seit ich hergezogen bin, hat mich allerdings noch keiner seine Abneigung dermaßen heftig spüren lassen wie er.«

Ich stand auf, lief unruhig im Wohnzimmer auf und ab, während Lana scheinbar entspannt auf meiner Couch sitzen blieb.

»Also, was weißt du alles über mich?«, fragte ich sie unverblümt, und Lana starrte mich überrascht an. Ihre Wangen nahmen eine gesunde rote Farbe an, aber sie sagte nichts. Um den heißen Brei herumzureden brachte nichts. Mir war es lieber, wir spielten mit offenen Karten.

»Ach, komm schon«, forderte ich sie auf. »Irgendjemand hat dir bestimmt etwas über mich erzählt.«

»Ich habe schon einiges über dich gehört«, gab Lana schließlich ein bisschen widerwillig zu. »Ich weiß, dass du wegen Autodiebstahls und Hehlerei im Gefängnis gesessen hast und dass du verheiratet bist und eine Tochter hast.«

Ich schaute Lana eindringlich an. Sie wusste, dass ich im Knast war, und saß trotzdem hier auf meiner Couch? Das überraschte mich schon ziemlich.

»Ich *war* verheiratet«, korrigierte ich sie und fügte dann hinzu: »Aber alles andere stimmt.«

Seltsamerweise blieb Lana sitzen, anstatt davonzurennen.

»Wenn du das alles über mich weißt, warum bist du dann trotzdem noch hier?«, fragte ich und war auf ihre Antwort wirklich neugierig.

Lana zuckte kurz mit den Schultern. »Kann ich ehrlich zu dir sein, ohne dass du mich für verrückt hältst?«

Ich nickte. »Klar kannst du das.«

Mit klopfendem Herzen wartete ich auf ihre Antwort.

»Nach den letzten Tagen hatte ich mir wirklich ganz fest vorgenommen, nicht wieder herzukommen. Im Grunde weiß ich gar nicht, warum ich jetzt doch wieder hier bin. Ich kann es mir selbst kaum erklären. Es ist wohl einfach genauso, wie ich am Hafen zu dir gesagt habe:

Seit dem Tag, an dem ich auf dich draufgefallen bin, bekomme ich dich einfach nicht aus dem Kopf. Die ganze Zeit über habe ich mich gefragt, wer du bist, und habe überlegt, was aus dir geworden ist und wie ich dich am besten wiederfinden kann. Dann stehst du plötzlich vor mir. Deshalb laufe ich nicht davon. Ich weiß, du glaubst nicht an Schicksal und all diesen Kram. Ich schon, und dass wir uns wiedergefunden haben, ist in meinen Augen kein Zufall.«

Wortlos schaute ich sie an. Meine Gedanken überschlugen sich. Ich wusste nicht, was ich denken und was ich von dem, was sie gerade erzählt hatte, halten sollte. Es stimmte, am Hafen hatte sie schon einmal von Schicksal gesprochen, und nun tat sie es wieder, und ich wusste nicht, wie ich mich ihr gegenüber am besten verhielt. Der Gedanke, unser Wiedersehen wäre Vorsehung, gefiel mir irgendwie, auch wenn ich Realist war und nicht an Wunder, Schicksal oder Vorsehung glaubte. Meine Vergangenheit hatte mich das schmerzlich gelehrt.

An vieles, was am Tag der Explosion geschehen war, konnte ich mich im Nachhinein nicht richtig erinnern. Aber ihr Gesicht hatte mir immer wieder vor Augen gestanden. Dass ich sie je wieder treffen würde, hätte ich nicht geahnt, und glauben konnte ich es irgendwie immer noch nicht richtig. Mit zwiespältigen Gefühlen beobachtete ich Lana, die noch immer auf meiner Couch saß und nichts von alledem ahnte, was in mir vor sich ging.

So wahnsinnig gerne wollte ich daran glauben, dass uns eine höhere Macht zusammengeführt hatte. Und fast hätte ich ihr das auch gesagt, aber dann musste ich doch wieder an Randy und meinen Vater denken und an die Gefahr, in der Lana vielleicht schwebte, wenn sie sich in meiner Nähe aufhielt. Sie musste gehen, am besten sofort.

»Warum lagst du eigentlich damals verletzt auf der Straße? Wo warst du denn, als das Haus in die Luft geflogen ist?«, fragte Lana plötzlich und schaute mich fragend an.

»Ich stand auf einem Gerüst an der Hausfassade. Meine Kollegen und ich hatten den Auftrag, die neuen Fenster einzusetzen«, sagte ich und war mit der Situation irgendwie überfordert. Lana sollte endlich gehen, und gleichzeitig wollte ich, dass sie hierblieb. Das war doch alles total seltsam.

Lana seufzte leise auf. »Dann hättest du an dem Tag sterben können«, brachte sie es auf den Punkt.

»Bin ich aber nicht.«

Lana lächelte. »Ja, zum Glück.«

Dass sie offensichtlich mit mir flirtete, verwirrte mich nun vollends. Sie musste jetzt wirklich gehen, bevor unser Zusammensein in eine gefährliche Richtung lief.

»Dann hast du also in London gewohnt, bevor du nach Port Isaac gezogen bist.«

Ich nickte zur Bestätigung. »Und du?«, fragte ich dann.

Lana erwiderte: »Ich war gerade unterwegs zur Arbeit, als das Haus explodierte. Ich bin Sozialarbeiterin.«

Ihre Worte glichen einer kalten Dusche. »Sozialarbeiterin«, wiederholte ich leise. »Und wo arbeitest du genau?«, fragte ich nach.

»In einem Frauenhaus«, antwortete sie.

Eben war es mir noch schwer erschienen, Lana wegzuschicken. Jetzt nicht mehr.

»Du musst jetzt gehen«, forderte ich sie auf, und Lana starrte mich verblüfft an.

»Was, warum das denn?«, fragte sie verständnislos. »Wir haben uns doch gerade so nett unterhalten.«

Weil ich Sozialarbeiter nicht ausstehen kann, hätte ich ihr am liebsten gesagt.

Es lag nicht direkt an ihr. Ich hatte eben meine Erfahrungen mit Menschen von ihrem Berufsstand gemacht. Und jetzt, da ich wusste, welchen Job sie hatte, erschien sie mir einfach in einem anderen Licht. Auch wenn es seltsam klang. Doch anstatt ihr den wahren Grund zu sagen, log ich und meinte: »Ich habe noch zu tun.«

Lana schüttelte verständnislos den Kopf.

»Okay«, stammelte sie schließlich. »Ich bin schon weg.« Sie klang gekränkt.

Lana stand von der Couch auf, zögerte dann aber. Unsicher trat sie von einem Bein aufs andere, als würde sie darauf warten, dass ich sie doch noch bat zu bleiben.

Aber das tat ich nicht, und so drehte sie sich schließlich seufzend um und ging auf die Tür zu. Im Türrahmen blieb sie nochmals stehen und drehte sich zu mir um. »Vielleicht können wir ein andermal weiterreden, wenn du mehr Zeit hast, meine ich.«

»Mal sehen. Aber ich bin im Moment wirklich ziemlich beschäftigt.«

Lana nickte. »Schade«, flüsterte sie, dann verschwand sie nach draußen und schlug die Tür hinter sich zu.

Bevor ich ins Grübeln geriet, ging ich hinüber in meine Werkstatt. Dort hatte ich schließlich noch genug zu tun. Während ich mit der Renovierung weitermachte, schaffte ich es sogar, Lana aus meinen Gedanken zu verbannen. Aber dann setzte die Dämmerung ein, und es wurde langsam Abend. Seufzend rappelte ich mich auf, drückte den Rücken durch und betrachtete den noch feuchten Betonboden, den ich vorhin frisch gegossen hatte.

Schließlich kehrte ich zufrieden ins Haus zurück. Für morgen nahm ich mir vor, nach Wadebridge zu fahren. Bis zum Ende der Woche wollte ich die Wände fertig streichen, aber dafür brauchte ich dringend mehr Farbe.

Bevor ich unter die Dusche ging, machte ich einen kleinen Abstecher in die Küche, nahm mir ein Bier und ging auf meine Terrasse hinaus. Ich musste erst mal ein bisschen runterkommen. Gedankenversunken betrat ich die Terrasse und hätte vor Schreck um Haaresbreite meine Flasche fallen lassen.

Randy lümmelte lässig auf einem meiner Gartenstühle.

»Verdammt, was zum Teufel hast du hier zu suchen? Verschwinde, und zwar sofort!«

Dass er mir dauernd gefolgt war, ging mir mächtig gegen den Strich. Und hier wollte ich ihn schon gar nicht haben.

»Na, na, na, wer wird denn auf die Art mit seinem Bruder sprechen?«, fragte Randy, der mich aus eisblauen Augen anstarrte und dabei dämlich grinste. Während er langsam aufstand, fügte er hinzu: »Schließlich sind wir doch eine Familie.«

Am liebsten hätte ich ihm mit meiner Faust gezeigt, was ich von seinem Geschwätz hielt, aber im Moment schien es mir ratsamer, erst einmal abzuwarten, was als Nächstes geschah.

»Unser Wiedersehen hatte ich mir ein bisschen freundschaftlicher vorgestellt«, meinte Randy grinsend.

Am liebsten hätte ich den Clown hochkant rausgeschmissen.

»Das ist der Unterschied zwischen uns, ich hätte auf eine Begegnung gerne verzichtet«, erwiderte ich kalt. »Und jetzt hau endlich ab. Mein Bier wird warm«, setzte ich sicherheitshalber nach.

Wir mochten Brüder sein, aber der Hass und die Abscheu, die wir füreinander empfanden, waren schier grenzenlos. Früher hatte ich Randy bewundert. Wir waren richtige Freunde gewesen, und damals hatte ich geglaubt, es würde immer so bleiben. Unser ganzes Leben lang. Aber dann war doch alles anders gekommen.

»Ich wollte dich nur wissen lassen, dass ich nicht vergessen habe, was du getan hast.«

Ich schnaubte lachend. »Was, nimmst du es mir etwa immer noch krumm, dass ich dich und Vater damals bei den Bullen verpfiffen habe?« Grinsend fügte ich hinzu: »Nur damit du es weißt: Ich würde es jederzeit wieder tun.«

Randy trat näher an mich heran. Ich wich keinen Zentimeter zurück.

»Wir beide haben noch eine Rechnung offen, und ich bin nur hier, um dich daran zu erinnern.«

»Keine Sorge. Ich werde es schon nicht vergessen. Wenn das dann alles war, weißt du ja, wo die Haustür ist.«

Anstatt zu verschwinden, blieb er vor mir stehen und fragte tatsächlich: »Wer war eigentlich die Kleine, die heute aus deinem Haus kam?«

Dass Randy plötzlich auf Lana zu sprechen kam, erwischte mich kalt. Denn genau das hatte ich befürchtet. Randy sollte nicht merken, dass ich Lana sehr gern hatte. Sozialarbeiterin hin oder her.

Bevor ich etwas erwidern konnte, sagte Randy: »Sie ist süß. Vielleicht solltest du sie mir mal vorstellen. Ich hätte bestimmt viel Spaß mit ihr.« Er grinste anzüglich.

Mein Beschützerinstinkt schlug sofort Alarm, und ich würde alles tun, um Lana vor diesem Schwachkopf zu beschützen. Ohne Vorwarnung packte ich Randy am Kragen und zog ihn zu mir heran. Während er mich überrascht anstarrte, flüsterte ich gefährlich leise: »Versuch es bloß nicht. Du lässt sie in Ruhe, sonst schwöre ich bei Gott, ich breche dir alle Knochen.«

Randy wollte sich losreißen, aber ich packte fester zu. Als er nichts erwiderte, schüttelte ich ihn kräftiger. »Ich hoffe, wir verstehen uns«, raunte ich und hätte ihm zu gerne eine Ordentliche reingehauen, als kleiner Vorgeschmack sozusagen. Schließlich stieß ich meinen Bruder von mir. »Und jetzt hau ab«, riet ich ihm eindringlich.

Randy starrte mich an, und ich wusste, er würde das Geschehene nicht auf sich sitzen lassen. Ich konnte ihm förmlich ansehen, wie er mir Rache schwor.

Und tatsächlich. Bevor er ging, beteuerte er: »Dass du mir eben gedroht hast, wirst du bereuen.«

Dann machte er sich endlich vom Acker.

Vor Wut kochend blieb ich auf meiner Terrasse stehen und blickte ihm nach, wie er in seiner alten Karre davonfuhr.

Fluchend strich ich mir die Haare zurück. Das, was ich zu verhindern versucht hatte, war nun eingetreten. Ich hatte Lana einfach schützen wollen, und nun schwebte sie wegen mir doch in Gefahr. Wenn Randy ihr zu nahe kam, konnte ich für nichts garantieren. So viel war schon mal klar.

Lana

Nachdenklich beobachtete ich das Treiben am Hafen. Die Sonne war untergegangen, und die Dämmerung brach gerade herein. Die Lichter der Stadt spiegelten sich im Wasser, während die letzten Boote einliefen. Gemeinsam mit Isabella und Stan hatte ich es mir auf der Terrasse seines Restaurants gemütlich gemacht. Die beiden unterhielten sich angeregt. Worüber, blieb mir allerdings ein Rätsel, denn ich hörte nur mit halbem Ohr zu. Meine Gedanken kreisten ärgerlicherweise immer wieder um Cole und unsere Unterhaltung vom Vormittag. Jetzt hatte er mich schon wieder auflaufen lassen, überlegte ich und war richtig sauer auf ihn. Ich meine, was sollte das denn? Erst unterhielt er sich nett mit mir, und dann, zack, von einem Moment auf den nächsten, setzte er mich vor die Tür.

»Was meinst du dazu, Lana?«

Als mein Name fiel, wurde ich hellhörig. Leider hatte ich noch immer keinen Schimmer, wovon die beiden eigentlich gesprochen hatten.

»Was meine ich wozu?«, fragte ich nach und blickte Isabella und Stan abwartend an.

Isabella klappte die Kinnlade runter. »Du hast nicht zugehört, oder?«

Meine Wangen färbten sich rot, als ich zerknirscht erwiderte: »Ehrlich gesagt nicht. Aber jetzt bin ich ganz Ohr. Also, worum ging es denn?«

»Um den Marathon«, erklärte Stan und kritzelte etwas auf seinen Notizblock. Klar, jetzt fiel es mir wieder ein. Stan gehörte wie Isabella zum Komitee. Fragend schaute ich die beiden an. »Aber was habe ich damit zu tun?«, wollte ich wissen.

Während ich gespannt auf eine Antwort wartete, schenkte sich Isabella Wasser nach und trank einen Schluck, dann erwiderte sie: »Wir haben immer noch das gleiche Problem. Cole lässt uns nach wie vor nicht auf sein Grundstück.«

»Könnt ihr den Versorgungspunkt nicht einfach verlegen?«

Stan und Isabella schüttelten fast zeitgleich den Kopf.

»Nein, das geht nicht. Wenn wir das tun würden, dann lägen die Versorgungspunkte zu weit auseinander. Sein Land ist wirklich perfekt dafür.«

»Okay, verstehe. Allerdings weiß ich nicht, wie ich euch da helfen kann.«

Auf Isabellas Gesicht erschien ein kleines Lächeln.

»Aber ich weiß es«, sagte sie für mich ein bisschen zu vergnügt und fügte dann hinzu: »Ich weiß sogar sehr gut, was du für uns tun kannst.«

Jetzt war ich aber gespannt.

»Und was wäre das?«, fragte ich und ahnte irgendwie schon, dass mir Isabellas Antwort nicht gefallen würde.

»Na ja, du könntest vielleicht mal mit Cole darüber reden. Wie du weißt, habe ich ihn schon gefragt, aber das hat nichts gebracht. Vielleicht kannst du ihn ja überzeugen.«

»Was? Nein, das kann ich nicht«, erwiderte ich schnell und fügte dann sicherheitshalber hinzu: »Er würde niemals auf mich hören. Wie kommst du überhaupt auf diese verrückte Idee?«

»Ich dachte, ihr wärt jetzt so was wie Freunde«, wandte Isabella ein, und dann fügte sie hinzu: »Warum bist du sonst bei ihm gewesen?«

Cole und ich waren doch keine Freunde. Nein, ganz bestimmt nicht.

»Sind wir aber nicht«, klärte ich die beiden knapp auf. Ich hatte keinerlei Bedarf, näher zu erläutern, was zwischen mir und Cole vorgefallen war.

Schweigend verfolgte Stan unsere Unterhaltung. Sein Blick huschte von Isabella zu mir und blieb dann wieder an Isabella hängen. Langsam schüttelte er den Kopf.

»Wisst ihr was? Ich glaube, ich lasse euch jetzt lieber allein. Sicherlich werde ich in der Küche gebraucht, und ihr beiden könnt das ja dann gerne in Ruhe ausdiskutieren.«

Mit einem vielsagenden Schmunzeln stand Stan auf und verschwand.

Isabella schaute mich neugierig an. »Klingt fast so, als wäre dein Besuch bei Cole anders verlaufen als gedacht. Du hast mir noch gar nicht davon erzählt.«

Und eigentlich wollte ich das auch nicht. Oh, Mann, Isabella gegenüber zuzugeben, dass er mich buchstäblich rausgeschmissen hatte, mal wieder übrigens, war mir wirklich unangenehm.

Ich trank einen Schluck von dem Wein, der vor mir auf dem Tisch stand, und während ich weitersprach, drehte ich das Glas nervös zwischen meinen Fingern.

Dann atmete ich tief durch, blickte Isabella direkt ins Gesicht, und dann gab ich es zu. »Er hat mich vor die Tür gesetzt.«

Isabella schaute mich mit einem Blick an, der besagte: Siehst du, ich habe dir doch gleich gesagt, halte dich von dem Kerl fern.

Und tatsächlich wollte Isabella gerade den Mund aufmachen und etwas entgegnen, doch ich hinderte sie schnell daran, indem ich die Hand hob.

»Bevor du etwas erwiderst, will ich dir noch sagen, dass wir uns zuerst richtig nett unterhalten haben. Erst als ich ihm erzählt habe, dass ich als Sozialarbeiterin arbeite, hat er sich so seltsam verhalten. Kannst du dir vorstellen, warum?«

Isabella blickte nachdenklich drein, dann schüttelte sie den Kopf. »Nein, leider nicht. Ich weiß nicht viel über Coles Vergangenheit. Ich weiß nur das, was die Leute reden und was ich durch Zufall im Salon aufschnappe. Das war es dann aber auch schon. Vielleicht solltest du Rick fragen. Schließlich kennen sich die beiden seit der Kindheit«, schlug Isabella vor.

Ich dachte kurz über diesen Ratschlag nach, doch dann sagte ich: »Nein, das tue ich lieber nicht. Ich finde es nicht richtig, mich auf diese Weise einzumischen. Ich meine, wenn er mir etwas erzählen wollte, würde er es schon selbst tun.«

Isabella nickte zustimmend. »Du hast recht. Und was machen wir jetzt wegen des Marathons?«

Ratlos zuckte ich mit den Schultern. »Das weiß ich auch nicht.«

Isabella seufzte leise auf und schlug dann den Zettelblock zu, den Stan auf unserem Tisch hatte liegen lassen.

»Vielleicht sollten wir dann lieber ein anderes Mal darüber reden«, schlug Isabella schließlich vor.

Ich war ganz ihrer Meinung.

»Meinetwegen«, erwiderte ich schulterzuckend. »Ich weiß ja sowieso nicht, ob ich überhaupt noch hier sein werde, wenn der Lauf stattfindet.«

Isabella schaute mich mit hochgezogenen Augenbrauen an.

»Das hoffe ich doch. Eigentlich hatte ich sogar gedacht, wir könnten zusammen mitmachen.«

Um ein Haar hätte ich mich an meinem Wein verschluckt.

»Ich dachte, du bist im Veranstaltungskomitee.«

»Das bin ich ja auch. Ich werde trotzdem mitlaufen, und wie gesagt, ich hoffe eigentlich, du auch.«

»Vergiss es. Ich laufe doch keine zig Meilen«, erwiderte ich hüstelnd.

»Es ist für einen guten Zweck«, erinnerte mich Isabella und blickte mich eindringlich an, dann fügte sie hinzu: »Ach, komm schon, deine soziale Ader ist zu stark, um jetzt ernsthaft Nein zu sagen. Dass du anderen Menschen gerne hilfst, ist kein Geheimnis, und nun hättest du die Möglichkeit, Tieren zu helfen.«

Nach einer kurzen Pause fügte sie hinzu: »Denk nur an all die süßen kleinen Hundewelpen und die niedlichen Katzenbabys, die du mit deiner Teilnahme unterstützen könntest.«

»Was du da gerade tust, ist ziemlich hinterhältig«, sagte ich und trank mein Glas leer. »Du versuchst mich zu manipulieren.«

Isabella lächelte. »Funktioniert es denn?«

Seufzend schob ich das Glas von mir. »Ja, tut es leider.«

Isabella klatschte vor Freude in die Hände. »Super, dass du mitmachst. Das wird bestimmt lustig.«

Mit hochgezogenen Augenbrauen starrte ich Isabella an. »Lustig? Sicher nicht. Ich werde ins Schwitzen geraten und bestimmt auch Seitenstechen bekommen. Also, was soll daran bitte toll sein? Außerdem habe ich keine Ahnung, wie ich die Strecke schaffen soll. Ich war eine Ewigkeit nicht mehr joggen.«

Isabella winkte lässig ab. »Mach dir darüber keine Gedanken. Bis es so weit ist, hast du noch etwas Zeit, um zu trainieren. Und wenn der Lauf steigt, bist du bestimmt topfit.«

Zweifelnd schüttelte ich den Kopf. Ich wusste nicht recht, ob ich ihr glauben sollte. Eigentlich hatte ich mir meinen Urlaub nicht mit Sport verderben wollen.

Isabella stand auf und schob ihren Stuhl zurück. »Also, was fangen wir mit dem angebrochenen Abend an?«

Ich erhob mich ebenfalls von meinem Platz und schnappte mir meine Tasche, die ich vorhin über die Lehne gehängt hatte.

»Keine Ahnung, was schlägst du denn vor?«

Isabella dachte kurz darüber nach. »Wir könnten nach Wadebridge fahren und in eine der vielen Cocktailbars gehen.«

Ich war einverstanden. »Tolle Idee. Cocktails klingt echt perfekt. Dann lass uns zahlen, und dann können wir fahren.«

Eine halbe Stunde später saß ich neben Isabella im Auto. Während sie sich aufs Fahren konzentrierte, starrte ich zum Fenster hinaus. Als wir die gewundene Straße hinauffuhren, die an der Steilküste entlangführte, warf ich einen Blick zurück. Bei Dunkelheit sah Port Isaac wunderschön aus. Die Stadt schmiegte sich an die schroffe Küste, und die Lichter schienen in der Dunkelheit zu tanzen. Der Mond warf sein silberglänzendes Licht über die Stadt und das Meer. Nachdem wir um eine Kurve gebogen waren, kamen wir an Coles Einfahrt vorbei. In seinem Haus brannte Licht, aber die Werkstatt lag im Dunkeln. Was er wohl gerade tat, überlegte ich. Isabella fuhr weiter, und Coles Haus verschwand aus meinem Blickfeld. Seufzend richtete ich die Augen nach vorne und verbannte Cole schließlich aus meinen Gedanken.

Kapitel 8

Cole

Rick stieß die Tür auf, und ich stapfte missmutig hinter ihm her. Es war ein Fehler, mitzukommen, dachte ich jetzt schon zum dutzendsten Mal.

»Ich hätte lieber nicht mitfahren sollen. Aber ich musste mich ja unbedingt von dir überreden lassen«, murmelte ich, als ich hinter Rick eine überfüllte Bar in Wadebridge betrat.

Anstatt bis spät in die Nacht hier rumzuhängen, hätte ich besser zu Hause bleiben sollen. Für morgen hatte ich mir eine Menge vorgenommen. Die Werkstatt würde sich schließlich nicht von selbst streichen.

Während ich noch dabei war, mich an einen anderen Ort zu wünschen, packte mich Rick am Arm und lotste mich zum Tresen.

Heute Abend, als Rick plötzlich vor meiner Tür stand, wären mir vor Überraschung um ein Haar die Augen aus dem Kopf gefallen. Im ersten Moment hatte ich befürchtet, Randy wäre zurückgekommen, um wieder Ärger zu machen. Umso größer war daher die Verwunderung, Rick zu sehen. Wir unterhielten uns eine Weile. Sprachen über die Vergangenheit und die bevorstehende Eröffnung meiner Werkstatt. Das Gespräch war nett. Mochte sein, dass es nie wieder wie früher werden würde, aber dass Rick gekommen war, schien zumindest ein guter Anfang zu sein. Vielleicht war das hier etwas wie eine zweite Chance, und ich konnte den Mist, den ich damals gebaut hatte, wiedergutmachen. Und wenn ein Besuch in einer Bar für die Rettung unserer Freundschaft zuträglich war, dann sollte ich einfach in den sauren Apfel beißen, auch wenn sich alles in mir gegen die Anwesenheit hier sträubte.

Während sich Rick auf einen Barhocker sinken ließ, lehnte ich am Tresen. Wir bestellten unsere Getränke, und als wir sie bekommen hatten, blickte ich mich um.

Es war wirklich eine Menge los, was an einem Samstagabend natürlich nicht sonderlich verwunderlich war. Langsam ließ ich meinen Blick über die Menge schweifen. Alle Tische waren besetzt, ein paar Tanzwütige tummelten sich auf der Tanzfläche und bewegten sich mehr oder weniger gekonnt zur Musik. Im hinteren Bereich der Bar standen zwei Billardtische. Gelangweilt trank ich einen Schluck aus meiner Flasche. Am liebsten hätte ich Rick vorgeschlagen, sofort wieder nach Hause zu fahren, aber da wir gerade erst angekommen waren, ließ ich das lieber bleiben.

Und dann, als ich den Blick schon abwenden wollte, entdeckte ich plötzlich ein bekanntes Gesicht. Es war Lana, die lachend am Billardtisch lehnte und die Spitze ihres Queue mit blauer Kreide einrieb. Sie warf die langen Haare zurück, und ich konnte nicht anders als sie anzustarren. Es kam mir vor, als würde ihr Lächeln den ganzen Raum erhellen. Mein Herz begann zu rasen, und mein Puls schoss wie von selbst in die Höhe. Warum fühlte ich mich so zu ihr hingezogen? Wir kannten uns doch kaum.

Rick stieß mir den Ellenbogen in die Seite, und ich wandte mich ihm zu. Mit einem Nicken deutete er in Lanas Richtung. »Schau mal, wer da hinten ist.«

»Ich habe sie gerade gesehen«, erwiderte ich über die enorme Geräuschkulisse hinweg.

»Isabella ist auch da«, fügte Rick hinzu. Isabella. Den Namen hatte ich doch schon mal gehört, und dann fiel es mir auch schon ein. Richtig, das war dann sicher Lanas Cousine.

Rick erhob sich langsam von seinem Barhocker. »Lass uns zu den beiden rübergehen«, schlug er vor. Ich war mir allerdings nicht sicher, ob das wirklich eine gute Idee war. Nicht, nachdem ich Lana heute förmlich vor die Tür gesetzt hatte.

Ich wollte protestieren, als zwei weitere bekannte Gesichter auf der Bildfläche erschienen. Ich erstarrte, und dann fluchte ich lautstark.

Das durfte doch nicht wahr sein. Ich tauschte mit Rick einen kurzen Blick. Er sah mindestens so beunruhigt aus wie ich. Ohne nachzudenken stellte ich meine Flasche auf dem Tresen ab und lief Richtung Billardtische. Aus dem Augenwinkel sah ich, wie mir Rick folgte.

Es kostete mich eine Menge, nicht auf der Stelle auszuflippen und Lana zu packen und sie wegzuziehen, um sie in Sicherheit zu bringen. Zuzusehen, wie Randy neben ihr am Billardtisch lehnte und ihr die blaue Kreide aus der Hand nahm, während er sie anlächelte, ließ mich fast aus der Haut fahren. Wenn er sie auch nur einmal anfasste, würde ich ihn fertigmachen, dachte ich erbost. Es war schwer, meine Wut im Zaum zu halten, und als Randy seine Hand auf Lanas Rücken gleiten ließ, war ich kurz davor, mich auf meinen Bruder zu stürzen und ihn zu verprügeln. Ich spürte Ricks Hand auf meiner Schulter. Schien so, als hätte er meine Gedanken erraten.

»Reiß dich zusammen«, riet er mir, und ich wusste, dass ich gut daran täte, mich an seinen Ratschlag zu halten.

Bevor Lana mich überhaupt bemerkte, hatte mich Randy bereits entdeckt. Seine Mundwinkel verzogen sich zu einem breiten Grinsen. Und in diesem Augenblick wurde mir klar, dass es kein Zufall war, dass er ausgerechnet mit Lana eine Partie Billard spielte. War er ihr etwa gefolgt? Woher wusste er, dass Lana und Isabella hier waren?

Während ich auf die beiden zuging, fixierte ich Randy mit starrem Blick, als ich ihn anherrschte: »Du lässt sie sofort in Ruhe.«

Lana fuhr zu uns herum und blickte überrascht drein.

Mein Blick blieb an ihr hängen, und mein Puls kletterte in schwindelerregende Höhen. Aber dann konzentrierte ich mich wieder auf meinen Bruder, der immer noch neben Lana am Tisch lehnte und dabei dämlich grinste. Isabella stand etwas abseits und beobachtete das Ganze mit einer gewissen Skepsis.

»Cole, nett, dich zu sehen«, meinte Randy hinterhältig, und es juckte mich dermaßen in den Fäusten, dass ich mich kaum noch beherrschen konnte. Ich wollte meinem Bruder schon immer mal eine reinhauen, aber noch nie war das Bedürfnis, es wirklich zu tun, so groß gewesen wie jetzt.

Gerade als ich etwas erwidern wollte, tauchte sein Kumpel auf. In jeder Hand hielt er zwei Flaschen. Als er Rick und mich bemerkte, riss er überrascht die Augen auf. Ohne den Blick von uns abzuwenden, reichte er drei der vier Flaschen an Isabella, Lana und Randy weiter.

»Wenn ich gewusst hätte, dass ihr hier seid, hätte ich euch auch etwas mitgebracht.«

»Wir sind nicht hier, um etwas zu trinken«, erwiderte ich grimmig und trat einen Schritt auf Lana und Randy zu.

Fragend starrte sie mich an, während mich die Blicke meines Bruders förmlich töteten. Bevor sie Einwände erheben konnte, nahm ich sie bei der Hand und zog sie von Randy weg.

Er wollte mich aufhalten, aber bevor er ernstlich einschreiten konnte, wurde er von seinem Kumpel zurückgehalten. Der Typ war schlauer, als ich dachte, und Randy kochte sicherlich vor Wut.

»Was soll das denn?«, fragte Lana aufgebracht und versuchte mich abzuschütteln.

»Du kommst mit mir«, raunte ich knapp, als sie trotzdem weiterhin versuchte sich loszumachen. Ich hielt sie fester. Ganz sicher würde ich sie nicht Randy überlassen. Sie hatte keine Ahnung, auf wen sie sich gerade einließ.

Rick gesellte sich indes zu Isabella und nahm ihr den Queue aus der Hand. Er lehnte ihn gegen die Wand. Ich hörte, wie er zu ihr sagte: »Besser, du kommst auch mit.«

Isabella schaute ihn fragend an.

»Ich erkläre es dir später«, erwiderte Rick beschwichtigend, und Isabella nickte verwirrt.

Ich konzentrierte mich wieder auf Lana. Ohne auf ihre Proteste

Rücksicht zu nehmen, hielt ich sie weiterhin fest und zog sie von den Billardtischen weg und lief Richtung Ausgang.

Unter normalen Umständen würde ich mich nicht so aufführen. Aber das war leider keine harmlose Situation. Ich dachte daran, was Randy heute auf meiner Veranda über Lana gesagt hatte, und erneut packte mich die Wut. Am liebsten wäre ich umgekehrt und hätte ihm den Kopf abgerissen.

Während Isabella zusammen mit Rick am Tresen stehen blieb, lotste ich Lana nach draußen. Die Tür schlug hinter uns zu, ich lockerte meinen Griff, und Lana riss sich schließlich von mir los.

»Was sollte das denn eben?«, fragte sie, während ihre Augen vor Zorn Funken zu sprühen schienen. Und dann fügte sie hinzu: »Ich bin keine Puppe, mit der du machen kannst, was du willst.«

Als ob ich das nicht wüsste.

»Ich wollte dich nur aus mieser Gesellschaft befreien«, erklärte ich ohne Umschweife. Das tat Lanas Wut allerdings keinen Abbruch.

Stattdessen erwiderte sie: »Mit wem ich rede oder nicht, geht dich nichts an. Und außerdem, jetzt tu doch nicht so, als würde ich dich interessieren. Das hast du heute Nachmittag mehr als deutlich gemacht.«

»Das stimmt nicht«, gab ich zurück und machte einen Schritt auf Lana zu.

Ihre Brust hob und senkte sich in schnellen Atemzügen, und mein Blick heftete sich auf ihre vollen roten Lippen, die vor Zorn leicht zitterten.

Ich gestand es mir nicht gerne ein, aber ich fand sie wunderschön.

Lana schnaubte frustriert auf. »Halte dich aus meinem Leben raus«, fauchte sie und wollte wieder in die Bar zurückgehen. Doch bevor sie das tatsächlich tun konnte, hielt ich sie wieder am Arm fest. Wütend funkelte sie mich an.

»Lass mich sofort los«, zischte sie.

»Kann ich leider nicht«, gab ich zurück.

Lana kochte vor Wut, das konnte ich ihr ansehen.

»Hör auf, mich zu bevormunden«, stieß sie sauer hervor.

»Du weißt nicht, worauf du dich bei Randy einlässt«, versuchte ich zu erklären.

Aber auch diese Erklärung vermochte sie nicht zu beschwichtigen. Es brachte sie eher noch mehr auf die Palme.

Ich ließ sie los und trat notgedrungen einen Schritt zurück.

»Aber du weißt es, oder wie?«, fragte sie aufgebracht.

»Ja, verdammt. Ich weiß es«, gab ich zurück. Nach kurzem Zögern fügte ich hinzu: »Und ich weiß es deshalb, weil Randy mein Bruder ist, und du kannst mir glauben, von ihm hältst du lieber Abstand.«

Lanas Kinnlade klappte herunter, als sie mich ungläubig anstarrte. Als die Tür hinter uns aufging, fuhren wir beide erschrocken herum. Aber es waren nur Isabella und Rick, die nach draußen traten.

Isabella blieb neben Lana stehen. »Lass uns nach Hause fahren«, sagte Isabella und hakte sich bei Lana unter. Ohne ihre Zustimmung abzuwarten, zog sie Lana Richtung Parkplatz.

Während Isabella Lana wegzog, schaute sie sich immer wieder zu Rick und mir um.

Mein Herz trommelte mir vor Aufregung in der Brust.

»Ich habe es Isabella erklärt. Lass uns auch fahren«, schlug Rick vor, als Isabella und Lana schon die Autotüren zuschlugen und einen Augenblick später rückwärts aus der Parklücke auf die Straße rollten und schließlich davonfuhren.

Gedankenversunken nickte ich. »Ja, meinetwegen.«

…

Seufzend drehte ich mich auf den Rücken und starrte die Decke meines Schlafzimmers an. Es war mittlerweile fast drei Uhr morgens, und ich konnte partout nicht einschlafen.

Meine Gedanken kehrten zu Lana zurück, und ich ließ den gestrigen Tag noch einmal Revue passieren. Ich dachte an den Vormittag, als ich mit ihr auf meiner Couch gesessen und wir uns nett unterhalten hatten, und dann dachte ich natürlich auch daran, dass ich sie von Randy weggezogen hatte. Aber anstatt dass sie mir dafür dankbar war, fing sie an zu motzen. Dabei hatte ich ihr nur helfen wollen.

Frustriert schlug ich die Decke zurück und stand auf. Ziellos wanderte ich im Haus umher. Meine Gefühle für Lana überforderten mich. Alles war wunderbar gewesen, wenn man mal davon absah, dass mich die Leute hier hassten und meine Anwesenheit verfluchten. Aber dann musste sie ja unbedingt in Port Isaac auftauchen und mein Leben, das ganz langsam eine Struktur angenommen hatte, vollkommen durcheinanderbringen.

Nachdenklich blieb ich am Fenster in der Küche stehen und schaute hinaus. Die Wellen rollten gemächlich gegen den Strand, und der Mond tauchte das Land in silberglänzendes Licht.

Ich nahm mir ein Glas aus dem Schrank und füllte es mit Leitungswasser.

Während ich trank, überlegte ich, was ich jetzt tun sollte. Bei Lana entschuldigen, oder mich lieber von ihr fernhalten? Beides schien irgendwie keine Option zu sein, denn es lief wohl auf dasselbe hinaus. Lana bedeutete mir etwas. Wir waren noch nicht oft zusammen gewesen, doch das machte irgendwie nichts. Die wenigen Male hatten scheinbar gereicht, um es jetzt zu wissen. Allerdings war ich durch meine Gefühle für sie angreifbar geworden. Bevor ich Lana getroffen hatte, gab es nicht viel, was mir mein Bruder hätte wegnehmen oder wie er mich hätte verletzen können. Es hatte nur Roxy gegeben, die mir wirklich etwas bedeutete. Ich traute Randy vieles zu, aber nicht, dass er meiner Tochter etwas antun würde. Zum einen wohnte sie zu weit weg und war damit nicht gut greifbar, und zum anderen gehörte sie zur Familie, und wenn sie eines war, dann unschuldig. Sie konnte nichts für das, was zwischen Randy, meinem Vater und mir schiefgelaufen war. Doch bei Lana verhielt sich die Sache anders. Randy würde kaum davor zurückschrecken, sie zu benutzen, um es mir heimzuzahlen. Lana wäre dabei nur ein Kollateralschaden, dachte ich bitter.

Leise seufzend drehte ich mich um, stellte mein Glas auf der Küchenzeile ab. Im Dunkeln lief ich die Treppe in mein Schlafzimmer hinauf. Bei dem Glück, welches ich momentan hatte, würde ich wohl gleich über den Geist dieser geheimnisvollen Frau stolpern, von der Lana und Rick mir erzählt hatten und die angeblich in meinem Haus ihr Unwesen trieb, dachte ich grimmig.

Ich stieß die Tür meines Schlafzimmers auf, und überraschenderweise blieb tatsächlich alles ruhig. Keine Verrückte, die mich heimsuchte und weinend umherwandelte.

Genervt ließ ich mich wieder ins Bett fallen und deckte mich zu. Ich schloss die Augen, versuchte einzuschlafen, aber als ich eine knappe Dreiviertelstunde später immer noch wach lag, gab ich auf.

Lana wollte mir einfach nicht aus dem Kopf gehen, aber während ich nachgedacht hatte, hatte ich auch eine Entscheidung getroffen. Ich wollte nicht, dass Lana etwas geschah, und deshalb beschloss ich, mich von ihr fernzuhalten. Wie schwer konnte das schon sein? Schließlich machte sie hier nur Urlaub, und wenn der vorbei war, würde sie zurück nach London fahren, und alles wäre wieder genauso wie vorher. Ja, so würde ich es halten.

Abermals schlug ich die Decke zurück und rappelte mich auf. Wenn ich sowieso nicht schlafen konnte, dann konnte ich ebenso gut in meine Werkstatt gehen und damit beginnen, die Wände zu streichen. Etwas Farbe hatte ich noch übrig, und dann würde ich morgens nach Wadebridge fahren und neue besorgen.

Ich zog mich an und ging wieder runter in die Küche. Dort kochte ich Kaffee und nahm meinen Becher dann mit hinüber in die Werkstatt. Ich betätigte den Lichtschalter und begann mit der Arbeit. Als die Sonne langsam aufging und der Tag heranbrach, ließ ich die Farbrolle in den leeren Eimer fallen. Zufrieden begutachtete ich die Wände, die ich fertig hatte. Es fehlten also nur noch zwei. Aber bevor ich weiterarbeiten konnte, musste ich nach Wadebridge fahren, und das erledigte ich am besten gleich. Nach einem ordentlichen Frühstück, verstand sich.

Kapitel 9

Lana

Gedankenversunken ging ich die Straße entlang. Nach diesem katastrophalen gestrigen Abend brauchte ich ein bisschen Ablenkung, und was wäre wohl geeigneter als eine kleine Shoppingtour, um mich auf andere Gedanken zu bringen? Deshalb hatte ich heute Morgen spontan beschlossen, nach Wadebridge zu fahren und ein bisschen durch die kleinen Boutiquen zu schlendern, von denen Isabella schon so oft geschwärmt hatte. Am liebsten wäre ich gemeinsam mit ihr hergekommen. Aber leider musste Isabella arbeiten. Vielleicht konnten wir das während meines Urlaubs noch nachholen, überlegte ich gerade, als ich fast wieder gegen etwas lief. Besser gesagt, jemanden. Vor Schreck ließ ich das Essen fallen, das ich mir gerade gekauft hatte.

»Können Sie denn nicht aufpassen?«, fragte ich ärgerlich und schaute genervt auf meinen Kaffeebecher und den Donut hinunter, die jetzt neben meinen Sandalen auf der Straße lagen.

Leise schimpfend bückte ich mich und wollte den leeren Becher und die Reste meines Donuts aufheben, um beides zu entsorgen. Plötzlich kniete noch jemand neben mir auf dem Bürgersteig. Als ich den Kopf hob, blickte ich überraschenderweise in Coles Gesicht. Der Blick aus seinen blauen Augen beschleunigte meinen Herzschlag.

»Ich kann nicht glauben, dass wir uns hier begegnen. Herrje, das ist kein Schicksal, sondern das Werk des Teufels«, fügte ich stocksauer hinzu. Cole war wirklich der letzte Mensch auf diesem Planeten, den ich im Moment sehen wollte.

Bevor ich zugreifen konnte, schnappte er sich den leeren Becher, während ich den malträtierten Donut aufhob.

»Du schuldest mir etwas zu essen«, sagte ich grimmig.

Während ich aufstand, erhob sich Cole ebenfalls. Bis jetzt hatte er noch keinen Ton gesagt, und wahrscheinlich war das auch besser so. Sonst würde ich ihm vermutlich an die Gurgel springen. Ich war nämlich immer noch mächtig sauer auf ihn. Gestern hatte er sich wie ein Neandertaler aufgeführt.

»Jetzt gib mir schon den Becher«, forderte ich ungehalten und streckte die Hand danach aus.

»Ich werfe ihn für dich weg. Ist kein Problem, wirklich.«

»Nein, das kann ich selbst. Ich brauche deine Hilfe nicht, bei gar nichts«, erwiderte ich. »Und jetzt gib schon her.«

»Wollen wir uns jetzt wirklich wegen eines blöden Pappbechers streiten?«, fragte Cole ruhig, während er mir den Becher reichte und mich versöhnlich anschaute. Diesen Blick konnte er stecken lassen, dachte ich aufgebracht und riss ihm den Becher aus der Hand. Dann drehte ich mich um und stapfte wütend davon. Cole folgte mir und hielt mich am Arm fest. Somit zwang er mich zum Stehenbleiben. Ich wirbelte zu ihm herum und befreite meinen Arm aus seinem Griff.

»Was ist denn noch?«, fragte ich aufgewühlt.

Zum ersten Mal, seit ich Cole kannte, machte er einen verunsicherten Eindruck auf mich.

Er atmete tief durch, dann erwiderte er: »Nach gestern Abend hatte ich mir fest vorgenommen, mich von dir fernzuhalten. Doch nun treffen wir uns hier, und ich denke, dass du mindestens eine Erklärung wegen meines Verhaltens verdient hast.«

Cole schaute mich abwartend an. Ich wollte weiterhin wütend auf ihn sein. Aber nun, da er vor mir stand und mich eindringlich ansah, machte er es mir nicht gerade leicht.

»Ich glaube, das kannst du dir sparen. Denn Rick hat schon versucht, Isabella deine Beweggründe zu schildern, und sie hat sich Mühe gegeben, es mir zu erklären«, erwiderte ich.

Cole nickte langsam.

»Dann möchtest du meine Version der Geschichte also nicht hören?«, fragte er gedehnt.

Klar wollte ich das, dachte ich. Aber ich schüttelte trotzdem den Kopf.

»Nein«, gab ich zurück, und Cole schaute mich derart überrascht an, als hätte ich ihm gerade eine runtergehauen. »Ich gehe jetzt«, fügte ich hinzu und wartete nicht ab, ob er noch etwas erwidern wollte. Stattdessen drehte ich mich um und ging davon. Dieses Mal versuchte er mich nicht zurückzuhalten. Ich wusste nicht, ob das gut oder schlecht war. Irgendwie wünschte ich mir, er hätte mich aufgehalten. Mittlerweile hatte ich ihn irgendwie gern, und das war vollkommen verrückt. Er war störrisch und abweisend und stieß mich immer wieder aufs Neue vor den Kopf. Ich sollte ihn wirklich nicht mögen, und doch tat ich es. Solche Typen wie er sollten mich doch eigentlich abschrecken. Und doch zog er mich immer wieder in seinen Bann.

• • •

Isabella war noch bei der Arbeit, als ich am Nachmittag wieder zurück in Port Isaac war und mein Auto vor ihrem Haus parkte. Nachdem ich die Tüten ins Haus getragen hatte, überlegte ich, was ich mit dem Rest des Tages anfangen konnte. Ich angelte mein Handy aus der Handtasche und rief Isabella an.

Nach einer Begrüßung fragte ich sie: »Hast du Lust, heute noch ins Kino zu gehen?«

»Tut mir leid. Ich befürchte, daraus wird nichts. Mein Terminkalender ist rappelvoll.«

Isabella lebte für ihren Salon. Oft arbeitete sie auch nach dem offiziellen Ladenschluss weiter.

»Schade, dann ein anderes Mal«, gab ich zurück und war richtig enttäuscht. Ich hatte keine große Lust, den Tag allein zu verbringen. »Kann ich dir denn irgendwie helfen?«, fragte ich. Aber Isabella verneinte. »Im Moment nicht. Hör zu, Lana, ich kann jetzt wirklich nicht länger reden. Tut mir echt leid«, vertröstete sie mich. »Aber ich muss jetzt auflegen. Bis später.«

Dann klickte es auch schon in der Leitung, und Isabella hatte aufgelegt.

Enttäuscht ließ ich mein Handy zurück in meine Handtasche fallen und ging nach draußen auf die Terrasse. Ich lehnte mich über die Brüstung und genoss die unbeschreiblich schöne Aussicht. Gedankenversunken beobachtete ich die Möwen, die ihre Kreise über dem Meer zogen. In weiter Ferne konnte ich ein paar Boote ausmachen, und ich beobachtete die Wellen, die stetig gegen den Strand schlugen.

Und dann entdeckte ich Isabellas Fahrrad, das an die Hauswand gelehnt war, und schon hatte ich eine Idee. Grinsend lief ich ins Haus zurück und dann zur Haustür hinaus.

Lachend trat ich in die Pedale, während mir der Fahrtwind um die Nase wehte. Ich hatte kein bestimmtes Ziel, sondern fuhr einfach drauflos. Es schien eine Ewigkeit her zu sein, dass ich das letzte Mal mit dem Rad unterwegs gewesen war.

Aber es machte Spaß, richtig viel Spaß, und so fuhr ich einfach weiter. Immer den schmalen Weg entlang. Das Gelände wurde steiler. Stieg mehr und mehr an. Zu meiner Überraschung hatte ich keine Probleme, durchzuhalten. Meine kleine Radtour war ein gutes Training für den bevorstehenden Klippenlauf, dachte ich, und so trat ich weiterhin kräftig in die Pedale. Während ich den Weg entlangradelte, kam ich an wilden Moorlandschaften und fruchtbarem Ackerland vorbei. Als der Weg einen Abzweig nahm, hielt ich an. Mein Herz klopfte schneller, denn plötzlich fand ich mich vor Coles Einfahrt wieder.

Ich wollte gerade weiterfahren, als plötzlich die Tür seiner Werkstatt aufschwang. Cole trat heraus, und leider entdeckte er mich sofort. Für einen Moment fühlte es sich so an, als würde mein Herz vor Aufregung zum Stillstand kommen.

Cole schaute mich an, er zögerte, das konnte ich aus der Distanz erkennen. Doch dann hob er plötzlich den Arm und winkte mir zu. Anstatt weiterzufahren, schien ich am Boden festgewachsen zu sein, während ich Cole, der jetzt langsam auf mich zukam, entgegenblickte.

Als er vor mir stehen blieb, sagte ich leise: »Ich hatte nicht vor, herzukommen. Keine Ahnung, warum ich bei dir gelandet bin.«

Cole lächelte schüchtern, als er vorsichtig erwiderte: »Du redest immerzu von Schicksal, langsam beginne ich auch daran zu glauben. Schon seltsam, dass wir uns andauernd begegnen.«

Nach einer kurzen Pause fügte er hinzu: »Du hast gesagt, ich würde dir noch einen Donut schulden. Damit kann ich zwar nicht dienen, aber ich könnte dir ein Sandwich anbieten.«

Ich sollte wirklich fahren, das wusste ich genau. Meine innere Stimme schrie es regelrecht hinaus.

Dass er nicht gut für mich war, war mir klar, aber trotzdem beschloss ich zu bleiben. Warum auch immer!

»Na gut«, sagte ich, und Cole klang richtig erleichtert, als er antwortete: »Dann komm.«

Ein bisschen nervös schob ich mein Fahrrad neben Cole her, während wir die Einfahrt hinaufgingen.

»Hör zu«, begann Cole. »Irgendwie ist von Anfang an alles schiefgelaufen.« Er zögerte, dann fügte er hinzu: »Vielleicht können wir noch einmal ganz von vorne beginnen. Ohne den Sturz vom Gerüst, versteht sich.«

Cole lächelte, und mein Bauch kribbelte verheißungsvoll.

Ich versuchte lässig rüberzukommen, während mein Herz vor Aufregung hüpfte.

»Na ja, wir könnten es zumindest versuchen«, erwiderte ich, und Cole nickte. »Das wäre wirklich schön.«

Ich lehnte mein Fahrrad gegen die Wand und folgte Cole in seine Küche.

»Was möchtest du zu deinem Sandwich trinken? Im Angebot hätte ich Wasser, Orangensaft, Milch und Bier«, fragte Cole, während er vor seinem geöffneten Kühlschrank stand und mich dann abwartend anschaute.

»Einen Orangensaft.«

Verstohlen beobachtete ich ihn dabei, wie er mir ein Glas füllte und es mir dann über den Tisch hinweg zuschob.

»Nimm deinen Teller mit«, forderte er mich auf, und dann meinte er lächelnd: »Ich will dir etwas zeigen.«

Gespannt folgte ich Cole durchs Haus. An seiner Bodentreppe blieb er stehen.

Cole deutete die steile Treppe hinauf. »Wir müssen hier hochsteigen«, sagte er. »Soll ich deinen Teller oder dein Glas tragen?«

Ich schüttelte den Kopf. »Nein, es geht schon. Was willst du mir denn zeigen?«, hakte ich nach.

Cole lächelte geheimnisvoll. »Warte es ab. Gleich wirst du es sehen.«

Stufe für Stufe stiegen wir die Treppe nach oben, und ich genoss dabei den kurzen Blick auf Coles Kehrseite, die wirklich sehr appetitlich aussah.

Als wir oben waren, stieß Cole die Luke zum Dachboden auf und bückte sich leicht, um sich nicht den Kopf zu stoßen.

Gespannt folgte ich ihm.

»Stolper nicht über den alten Kram, der hier überall herumliegt«, warnte mich Cole und warf mir dabei einen Blick über die Schulter zu.

»Ich gebe mir Mühe«, erwiderte ich grinsend.

Es war albern, aber ich war irgendwie aufgeregt. Sicher, es war nur ein alter Dachboden, aber irgendwie fand ich es auch spannend, aufregend und geheimnisvoll, mit Cole hier zu sein. Lächelnd stellte ich fest, dass all diese Eigenschaften irgendwie auch auf ihn selbst zutrafen. Vielleicht fühlte ich mich ja deshalb zu ihm hingezogen. Es schien, als würde mit Cole keine Langeweile aufkommen, und jedes Mal, wenn ich mit ihm zusammen war, stand ich irgendwie unter Strom. Man wusste nie so recht, was als Nächstes geschah.

Cole wartete auf mich. Als ich neben ihm stehen geblieben war, lächelte er mich an.

»Da wären wir«, flüsterte er, während seine Augen geheimnisvoll aufblitzten.

»Jetzt spann mich nicht länger auf die Folter«, bat ich.

Cole wandte sich von mir ab, und dann öffnete er eine Holztür. Sie war verzogen, und die Scharniere quietschten, als er sie langsam aufstieß.

»Du darfst vorgehen«, sagte Cole, während er beiseitetrat.

»Ein Witwensteg«, flüsterte ich überrascht, als ich durch die Tür aufs Dach hinaustrat. »Wow«, flüsterte ich begeistert.

Die Aussicht war unglaublich schön. Mir blieb vor Staunen schier die Luft weg.

Von hier oben hatte man eine wundervolle Aussicht auf die steilen, zerklüfteten Klippen, das tosende, sprudelnde Meer und die malerischen kleinen Buchten.

Meine Haare wurden vom Wind zerzaust, als ich mich zu Cole umdrehte, der mittlerweile hinter mir stand und mich anblickte.

»Gefällt es dir?«, fragte er.

Sein Blick nahm mich gefangen, und ich wagte kaum zu atmen aus Angst, diesen einmaligen Moment zu zerstören. Ich umklammerte meinen Teller und mein Glas und war ganz froh, beides in den Händen zu halten. Denn das hielt mich davon ab, auf die Idee zu kommen, ihn zu berühren.

Vielleicht hätte ich mir mehr Mühe geben sollen, sauer auf ihn zu sein. Aber er machte es mir wirklich sehr, sehr schwer.

»Es ist unglaublich schön«, erwiderte ich leise.

Cole nickte, ohne den Blick von mir abzuwenden.

»Ja, unglaublich schön, das trifft es auf den Punkt.«

Meine Wangen färbten sich rot. Denn ich war mir gerade nicht sicher, ob er noch von der Aussicht sprach.

»Wollen wir uns setzen?«, fragte er schließlich.

Ich ließ mich neben Cole auf den Boden sinken.

Wir lehnten uns entspannt an die Hauswand, und ich streckte die Beine aus. Mein Glas Orangensaft stellte ich neben meinem Oberschenkel ab.

»Ein toller Platz«, sagte ich grinsend, als ich das Sandwich vom Teller nahm und hineinbiss. »Sehr lecker«, murmelte ich kauend. Cole lächelte, und mein Herz machte einen weiteren kleinen Hüpfer.

Und dann blickten wir einfach aufs Meer hinaus. Es war schön, hier zu sein und dem Rauschen des Ozeans zu lauschen.

Schließlich stellte ich meinen leeren Teller zur Seite.

Ich fürchtete, wenn ich jetzt etwas sagte, würde ich diesen Augenblick bestimmt zerstören. Aber es gab ein paar Dinge, die ich unbedingt wissen wollte, und deshalb sagte ich: »Vorhin wollte ich deine Version der Geschichte nicht hören. Aber jetzt schon.«

Cole schaute mich überrascht an. Dann atmete er tief durch.

»Wirklich?«, fragte er sicherheitshalber nach. Bevor ich etwas erwidern konnte, fügte Cole hinzu: »Die Wahrheit könnte für dich ziemlich erschreckend sein«, warnte er mich.

»Keine Sorge«, beruhigte ich ihn. Während ich an meinen Job dachte, erklärte ich: »Ich glaube, du kannst nichts sagen, was ich nicht schon gehört habe.«

Cole musterte mich angestrengt. »Denkst du dabei an deine Arbeit als Sozialarbeiterin?«, wollte er wissen.

Ich nickte. »Aber jetzt reden wir nicht über mich, sondern über dich.«

Cole wandte den Blick von mir ab, lehnte den Kopf offensichtlich entspannt nach hinten und starrte aufs Meer hinaus.

Cole

Ich atmete tief durch, versuchte Zeit zu schinden. Wenn ich Lana von meiner Vergangenheit erzählen wollte, wo sollte ich dann beginnen?

Wahrscheinlich am besten ganz von vorne, überlegte ich.

»Hör zu, wenn du doch nicht mit mir darüber sprechen willst, ist das okay«, sagte Lana einfühlsam und tastete vorsichtig nach meiner Hand. Ihre Finger lagen auf meinen, und das war das beste Gefühl, das ich seit Langem empfunden hatte.

Und es gab mir wohl auch den Mut, endlich etwas zu sagen.

»Mein Vater war, seit ich denken kann, in kriminelle Machenschaften verstrickt. Drogen, Waffen, Hehlerei. Man kann sagen, er hat die ganze Bandbreite abgedeckt. Verdammt, er hatte seine Finger überall im Spiel, und als Randy alt genug war, war es fast schon eine Selbstverständlichkeit für meinen Vater, dass mein Bruder in seine Fußstapfen trat.«

Mein Blick heftete sich auf ein paar Möwen, die über dem tosenden türkisblauen Atlantik gegen den Wind anflogen.

Resigniert fügte ich hinzu: »Lange Zeit dachte ich, ich wäre anders als mein Vater und mein Bruder. Irgendwie besser. Aber das war ich nicht. Sonst wäre ich nicht auf die schiefe Bahn geraten. Trotzdem glaube ich, dass mein Vater mich seit dem Tag meiner Geburt gehasst hat. Er pflegte zu mir zu sagen, dass ich den Charakter meiner Mutter hätte. Und sie hat er mindestens genauso verachtet wie mich. Wahrscheinlich hat er mich deshalb andauernd verprügelt.«

Nach einem kurzen Moment des Schweigens erzählte ich Lana von dem Tag, an dem ich das erste Mal das Gesetz brach.

»Es war an einem Samstagabend, ich war erst vierzehn Jahre alt, die beiden sagten, sie wollten mit mir ins Kino gehen. Ich erinnere mich noch sehr genau daran, wie überrascht und glücklich ich darüber war. Aber die beiden haben mich reingelegt. Sie hatten nie vor, etwas mit mir zu unternehmen. Stattdessen sind sie an jenem Abend in ein Autohaus eingebrochen, und ich musste draußen Schmiere stehen. Das war meine erste kriminelle Tat.«

Ich spürte Lanas Blicke auf mir, aber ich schaffte es nicht, sie anzuschauen. Wenn ich es getan hätte, dann hätte ich nicht weitererzählt. Aber ich wollte ihr alles sagen.

»Na ja, und so ging es eben weiter. Die beiden haben mich immer öfter mitgenommen, und ich habe es zugelassen. Damals war Rick mein bester Freund gewesen. Allerdings wusste er nichts von meinen kriminellen Eskapaden. Er hat nicht mitbekommen, dass ich Autos aufgebrochen und geklaut habe. Er hat es erst bemerkt, als ich ein knappes Jahr später zum ersten Mal verhaftet wurde.«

»Zum ersten Mal?«, wiederholte Lana fragend, und ich nickte. »Ja, ich wurde zu einigen Monaten Jugendhaft verurteilt. Als ich wieder rausgekommen bin, hatte ich fest vor, ein gesetzestreuer Bürger zu werden. Ich machte eine Ausbildung zum Mechaniker, und ich war richtig gut. Ich war wirklich dabei, mich zu ändern. Doch diese Rechnung hatte ich ohne meinen Vater gemacht.«

Ich zögerte, und dieser Moment bot Lana Zeit zu fragen: »Was ist danach geschehen?«

Ich hasste es, mit diesem Teil meiner Vergangenheit konfrontiert zu werden. Und trotzdem sprach ich weiter.

»Ich hätte Nein sagen können. Schließlich war ich mittlerweile alt genug, mich gegen ihn zur Wehr zu setzen. Aber er und mein Bruder waren die einzige Familie, die ich hatte. Also ließ ich mich wieder von ihnen verleiten. Die beiden haben mich mitgenommen. In jener Nacht haben wir gleich zwei Autos geklaut, auf Bestellung, versteht sich. Und mein Vater verstand es, meine Ausbildung zum Automechaniker für seine Zwecke zu nutzen.«

Ich seufzte leise.

»Als alles vorbei war, spendierte mir mein Vater ein Bier. Er ging sonst nie irgendwo mit mir hin. Er sagte, jetzt wäre ich einer von ihnen. Seit diesem Tag hat er nie wieder die Hand gegen mich erhoben. Na ja, wahrscheinlich hätte er es auch so nie wieder getan. Denn mittlerweile war ich kein kleiner Junge mehr, sondern ein Kerl von 1 Meter 80, der sich nicht mehr einfach herumschubsen ließ. Aber mein Vater war schlau. Er wollte die Kontrolle über mich behalten. Ich ließ mich nicht mehr von Prügel oder Drohungen einschüchtern. Deshalb stellte er mir in Aussicht, wonach ich mich, seit ich denken konnte, sehnte, und band mich an sich, als er es mir gab. Ich sehnte mich nach Beachtung, nach Vertrauen, nach Liebe, nach irgendetwas, was einer Familie ähnelte. Von da an war es leicht. Wir drehten ein kriminelles Ding nach dem anderen. Das ging Jahre so weiter. Mein Vater freute sich, denn ich wurde mehr und mehr wie er und mein Bruder. Auf dem Höhepunkt meiner kriminellen Karriere lernte ich dann auch Cherry, meine Ex-Frau, kennen, und wir bekamen unsere gemeinsame Tochter Roxy.«

»Wie alt ist Roxy denn jetzt?«, fragte Lana.

»Vor einigen Wochen ist sie 16 geworden«, erwiderte ich, und dann fügte ich hinzu: »Irgendwann reißt jede Glückssträhne. Eines Tages wurden wir verhaftet. Als ich das zweite Mal ins Gefängnis kam, war Roxy gerade mal fünf, und Cherry und ich haben uns währenddessen scheiden lassen.«

»Wusste Cherry von deinen kriminellen Aktivitäten?«, hakte Lana nach, und ich nickte nachdenklich. »Ja, sie wusste es, und zwar von Anfang an.«

»Was Roxy angeht, wir haben im Moment keinen Kontakt. Obwohl ich versucht habe, ihn aufrechtzuerhalten, indem ich ihr Briefe geschrieben habe, viele Briefe. Doch ich bin mir ziemlich sicher, dass Cherry ihr keinen einzigen gegeben hat.«

»Das ist unfair. Roxy ist doch auch deine Tochter. Du bist ihr Vater und hast Rechte. Sie kann sie dir nicht einfach wegnehmen.«

»Ich weiß. Aber ich weiß auch, dass ich kein guter Umgang für Roxy bin, und mittlerweile glaube ich sogar, dass Cherry gar nicht so unrecht hat. Wahrscheinlich ist es besser, dass ich kein Teil ihres Lebens bin.«

»Warum hast du keinen anderen Weg gewählt? Ich meine, als du volljährig geworden bist, hättest du von zu Hause weggehen können. Aber du bist dortgeblieben. Weshalb?«

Schulterzuckend erwiderte ich: »Mein ganzes Leben lang hat mir mein Vater eingeredet, dass ich nichts wert bin, zu nichts tauge und es niemals zu etwas bringen werde. Wenn du ein Kind bist und man dir diese Dinge immer und immer wieder vorbetet, dann glaubst du sie irgendwann. Vor allem, wenn es deine Familie ist, die so über dich denkt.«

Lana schwieg, starrte auf unsere Hände und drückte sanft zu. Ich lächelte, während sie ziemlich traurig aussah.

»Was ist zwischen dir und deinem Bruder vorgefallen? Woher rührt diese offene Feindseligkeit zwischen euch?«, fragte Lana schließlich und blickte mir direkt ins Gesicht.

»Als ich zum zweiten Mal verhaftet wurde, schnappten sie nicht nur mich, sondern auch Randy und meinen Vater. Mir wurde ein Deal angeboten. Ich musste nur gegen meinen Vater und meinen Bruder aussagen, und ich würde zwei Jahre von meiner Haftstrafe erlassen bekommen.«

»Lass mich raten, du hast es getan.«

Ich nickte. »An dem Tag haben sie mir Rache geschworen, und ich zweifle keine Sekunde daran, dass sie es mir doppelt und dreifach heimzahlen werden. Und jetzt glaube ich, dass sie dich mit reinziehen könnten, einfach nur um mich zu verletzen. Zumindest hat Randy diese Andeutungen gemacht«, fügte ich hinzu und hoffte, ihr damit keine Angst zu machen.

Und tatsächlich wirkte Lana nicht sonderlich beunruhigt.

»Macht dir das gar keine Angst?«, fragte ich nach.

Lana schüttelte den Kopf. »Eigentlich nicht«, gab sie ungerührt zurück und erklärte dann: »Während meiner Arbeit bin ich schon häufiger bedroht worden. Bis jetzt nichts als leere Phrasen, und ich gehe davon aus, dass Randy sich nur wichtigmachen will. Sonst nichts.«

»Randy war der Grund, warum ich mich lieber nicht mit dir anfreunden wollte. Aber je öfter wir uns begegnen, desto mehr spüre ich, dass ich dich sehr gerne mag. Weißt du, ich versuche dich zu beschützen«, flüsterte ich und lehnte meinen Kopf vorsichtig an ihren.

Lana schaute lächelnd zu mir auf. »Gerade fühle ich mich sehr beschützt.«

Mein Herz setzte einen Schlag aus, wirklich wahr.

»Was ist eigentlich mit deinem Vater? Will er sich auch an dir rächen?«

Ich schnaubte verächtlich. »Das würde er mit Sicherheit gerne. Aber er kann nicht. Soweit ich weiß, ist er ziemlich schwer erkrankt. Leberzirrhose im Endstadium. Daher denke ich nicht, dass von ihm Gefahr ausgeht.«

Lana nickte nachdenklich, während sie meine Hand drückte.

»Was ist eigentlich mit deiner Mutter? Bis jetzt hast du sie noch gar nicht erwähnt?«

Meine Mutter war ein heikles Thema. Ich ließ Lanas Hand los und stand auf.

»Du musst nichts mehr sagen«, beruhigte mich Lana. »Ich verstehe das.«

Während ich aufs Meer hinausblickte, erwiderte ich: »Nein, ich möchte es dir erzählen.«

Ich überlegte, wo ich beginnen sollte. Am Anfang meiner Kindheit oder lieber an dem Moment, der das Ende einleitete?

Am Ende, entschied ich.

»Eines Nachts hörte ich Geräusche im Flur. Ein leises Scharren. Davon bin ich aufgewacht. Ich weiß noch, dass ich auf nackten Füßen in den Flur gelaufen war, um zu sehen, woher das Geräusch kam. Dort stand meine Mutter. Sie trug ihren besten Mantel und in ihrer Hand einen Koffer. Ihren überraschten Gesichtsausdruck werde ich nie vergessen.«

Ich zögerte weiterzusprechen. Nach all den Jahren und nach allem, was passiert war, fiel es mir immer noch schwer, über das damals Erlebte zu reden. Es schmerzte noch immer wahnsinnig.

Lana drängte mich nicht weiterzusprechen. Sie wartete einfach ab, was als Nächstes geschah.

Leise räusperte ich mich, bevor ich fortfuhr. »Ich war erst sechs, aber dass sie dabei war, uns zu verlassen, erkannte ich sofort. In jener Nacht habe ich sie angefleht, mich mitzunehmen.«

Ich zögerte, als ich spürte, wie mir die Kehle eng wurde und es mir die Luft abschnürte. Ich konnte förmlich hören, wie Lana den Atem anhielt und ihr Herzschlag ins Stocken geriet.

»Sie hat genau gewusst, dass mein Vater Randy und mich verprügelte, und sie hat mich trotzdem dagelassen. Sie hat uns beide zurückgelassen«, sagte ich, und Lana schnappte hörbar nach Luft. »Bevor sie ging, hat sie mir allerdings versprochen, mich nachzuholen. Sie hat es versprochen, und ich habe ihr geglaubt.«

Seufzend löste ich meinen Blick vom tiefblauen Ozean und wandte mich zu Lana um.

Mittlerweile war sie aufgestanden und näherte sich mir jetzt ganz langsam. Sie streckte die Hand nach mir aus, und ich verflocht meine Finger mit ihren.

»Ich habe sie nie wiedergesehen«, sagte ich knapp.

Ich hatte den Satz noch nicht zu Ende gesprochen, als Lana sich gegen mich drängte. Sie lehnte ihren Kopf gegen meine Brust und schlang die Arme tröstend um meinen Oberkörper.

»Es tut mir leid«, flüsterte sie an meinem Shirt.

Ich zog sie näher an mich und beugte mich zu ihr hinab. Mit dem Kopf auf ihrer Schulter erwiderte ich: »Ich weiß. Mir auch.«

Lana einfach nur zu halten, war unglaublich schön. Viel schöner, als ich es mir überhaupt vorgestellt hätte. Wie hatte ich auch nur eine Sekunde daran denken können, sie wegzuschicken und mich so von ihr fernzuhalten?

»Darf ich dich noch etwas fragen?«, flüsterte Lana gegen meine Brust.

»Du kannst alles tun«, erwiderte ich und meinte es tatsächlich so.

»Wie ist eigentlich der Name deiner Mutter?«

»Sie hieß Mary«, erwiderte ich knapp. »Mary Knox.«

Lana blickte zu mir auf. »Hieß?«

Ich nickte, dann erwiderte ich: »Sie ist seit Jahren tot.«

»Das wusste ich nicht«, gab sie leise zurück und lehnte sich wieder an mich.

Ich dachte, Lana hätte jetzt genug gehört, aber dann fragte sie: »Weißt du, wie deine Mutter gestorben ist?«

Ja, das wusste ich. Ein weiterer Tag, der sich auf ewig in mein Gedächtnis eingebrannt hatte.

»Ich war noch nicht lange acht und an dem Tag gerade erst aus der Schule nach Hause gekommen. Ich erinnere mich nicht mehr daran, was ich damals falsch gemacht hatte. Aber egal. Mein Vater fand immer einen Grund, um mich zu verprügeln. So war es auch an diesem Tag. Als er mit mir fertig war, habe ich ihn angeschrien, dass Mum bald kommt und mich abholt. Auch nach all den Jahren habe ich noch daran geglaubt. Dabei hatte sie mich längst vergessen. Mein Vater hat nur gelacht und mir gleich noch eine Tracht Prügel verpasst, und während er mich schlug, hat er gesagt, dass sie nie wiederkommt, weil sie längst tot ist.«

Lana lag in meinen Armen, während ich hinzufügte: »Ich habe keine Ahnung, an welchem Tag und warum sie gestorben ist. Ich weiß noch nicht mal, wo sie begraben liegt. Mittlerweile hätte ich es rausfinden können, aber ich habe nie nachgeforscht.«

Lana blickte abermals zu mir auf, während meine Hände über ihren Rücken abwärtsglitten. Mein Herzschlag beschleunigte sich, während mein Blick auf ihrem unglaublichen Mund ruhte. Ich hätte sie so gerne geküsst.

»Eine Frage habe ich noch«, sagte Lana.

»Noch eine?«, gab ich zurück. »Hast du denn noch nicht genug gehört?«

»Du musst nicht antworten, wenn du nicht möchtest«, erinnerte sie mich, aber ich schüttelte den Kopf.

»Schon gut. Ich sagte dir doch, du kannst mich alles fragen, und ich will dir alles erzählen.«

Lana blickte mich angestrengt an.

»Verrätst du mir noch, warum du diese Aversion gegen Sozialarbeiter hegst? Magst du uns generell nicht, oder kannst du nur mich nicht leiden?«

Leicht lächelnd drückte sie sich gegen mich. Die Sonne versank langsam am Horizont und färbte den Himmel in kräftiges Orange und Rot.

»Um ehrlich zu sein, mag ich dich gerade ziemlich gerne«, flüsterte ich.

»Also, was ist denn nun der Grund?«, fragte Lana nach.

»Der Moment ist gerade so schön, ich möchte ihn eigentlich nicht mit weiteren Erzählungen aus meiner Vergangenheit zerstören. Aber wenn du unbedingt möchtest, dann sage ich es dir«, gab ich zurück, ohne sie loszulassen, und dann erklärte ich: »Als meine Mutter weg war, ließ sich von Zeit zu Zeit eine Sozialarbeiterin bei uns blicken. Sie wusste Bescheid. Wusste, wie es Randy und mir bei unserem Vater erging. Sie hat nichts dagegen unternommen, sondern hat sich dafür entschieden, uns in dieser Hölle zurückzulassen.« Freudlos lachte ich auf. »Das hatte sie mit unserer Mutter gemeinsam. Nimm es mir bitte nicht übel, aber seitdem kann ich Menschen deines Berufsstandes einfach nicht ausstehen.«

Lana presste die Lippen aufeinander. Eigentlich wartete ich darauf, dass sie den Job verteidigte, aber das machte sie nicht.

»Habe ich diesen besonderen Moment jetzt doch kaputt gemacht?«

Lana schüttelte den Kopf. »Hast du nicht. Ich habe dir eine Frage gestellt, und du hast sie beantwortet. Das war´s.«

Nachdenklich saugte Lana an ihrer Unterlippe, dann presste sie sich wieder ein bisschen näher an mich, und ich neigte den Kopf zu ihr hinab.

»Weißt du, was diesen Moment ganz besonders machen würde?«, flüsterte sie mir ins Ohr. Ihr Atem kitzelte mich am Ohrläppchen, und mein Herz hämmerte vor Aufregung in meiner Brust.

»Was denn?«, gab ich schwer atmend zurück.

Lana lächelte. »Das hier«, raunte sie und drückte ihre Lippen auf meinen Mund.

Es kam mir vor, als würde der Boden unter meinen Füßen schwanken.

Ich erwiderte Lanas Kuss, genoss es, ihre Lippen auf meinen zu spüren. Ich hielt meine Augen geschlossen, konzentrierte mich nur auf Lana und die Empfindungen, die sie in mir auslöste. Die Intensität, mit der sie mich küsste, war berauschend, und ich wünschte wirklich, dass dieser Moment hier weit oben auf meinem Dach niemals enden würde.

»Was ist das?«, raunte ich schwer atmend.

»Was ist was?«, gab Lana im ersten Moment verwirrt zurück.

Notgedrungen ließ ich von ihr ab. »Ich glaube, du vibrierst.«

»Das ist mein Handy«, sagte Lana schließlich lächelnd, während sie sich von mir löste und die Hand in ihre Hosentasche schob. Einen Augenblick später hielt sie ihr Telefon nach einem flüchtigen Blick aufs Display triumphierend in die Höhe.

»Das ist Isabella. Eigentlich müsste sie noch im Salon sein. Aber vielleicht ist sie auch schon zu Hause und fragt sich jetzt, wo ich abgeblieben bin«, erklärte sie kurz.

Die Sonne war längst untergegangen, und die Dämmerung hatte bereits eingesetzt.

»Ich glaube, ich sollte lieber rangehen. Bevor sie sich Sorgen um mich macht.«

Ich nickte und trat zurück.

»Dann mach das lieber. Nicht, dass sie noch einen Suchtrupp nach dir losschickt.«

Lana ging zwei Schritte, um ungestört telefonieren zu können. Während ich aufs Meer hinausblickte, atmete ich tief durch. Ich war mir nicht sicher, wo wir im Moment standen. Ich war mir über meine eigenen Gefühle nicht im Klaren, und Lanas konnte ich auch nicht einschätzen. Es war wohl besser, nichts zu überstürzen, dachte ich gerade, als Lana ihre Hand auf meine Schulter legte.

Ich fuhr zu ihr herum und schaute sie fragend an. »Was wollte Isabella denn von dir?«, wollte ich wissen und biss mir gleich darauf auf die Zunge. »Sorry, ich wollte nicht zu neugierig sein«, schob ich schnell hinterher.

Aber Lana winkte lächelnd ab. »Keine Sorge. Das ist kein Geheimnis. Ich hatte ihr einen Kinobesuch vorgeschlagen. Heute Nachmittag sah es so aus, als würde daraus nichts werden, doch jetzt klappt es doch.

Allerdings muss ich nicht mitgehen. Isabella würde das sicher verstehen.«

Lana zögerte, doch dann fügte sie hinzu: »Ich könnte auch hier bei dir bleiben.«

Das Angebot war verlockend. Sehr, sehr verlockend.

Und ich hätte liebend gerne Ja gesagt. Aber ich wusste auch, wohin es führen würde, wenn sie blieb. Wir würden uns wieder küssen und wahrscheinlich noch einen Schritt weitergehen. Und im Moment fand ich es besser zu warten, obwohl mein inneres Ich gerade lauthals schrie: Du Blödmann, worauf eigentlich?

Ich griff nach Lanas Hand, zog sie noch einmal in meine Arme und flüsterte dann: »Ich glaube nicht, dass Isabella das verstehen würde. Allerdings wünsche ich mir nichts mehr, als dass du hierbleibst, aber ich denke, für heute ist es besser, wenn ich dich nach Hause bringe.«

Lana wich so weit zurück, dass sie mir in die Augen blicken konnte.

»Wirklich?« Sie wirkte überrascht, und ihr ungläubiger Gesichtsausdruck brachte mich zum Lachen.

»Das hättest du sicher nicht gedacht, oder?«, fragte ich und konnte meine Hände, die jetzt locker auf ihrer Taille lagen, trotz der guten Vorsätze nicht von ihr lassen.

»Also ehrlich gesagt hatte ich vorhin einen ganz anderen Eindruck. Dass du mich jetzt schon wieder wegschickst, überrascht mich dann doch.«

»Glaub mir, ich bin mindestens genauso überrascht wie du. Aber ich denke, wir sollten nichts überstürzen«, erwiderte ich und ließ schweren Herzens meine Hände sinken.

»Ach, und warum nicht?«, fragte Lana, während sie meine Hände nahm und zurück auf ihre Taille schob und mich dabei herausfordernd anblickte.

Während ich in ihre Augen schaute, wusste ich selbst nicht mehr, warum ich eigentlich warten wollte. Aber dann rief ich mich zur Ordnung.

»Ich will erst noch ein paar Details aus deinem Leben wissen, bevor wir den nächsten Schritt machen.«

»Oder wir unterhalten uns danach«, wisperte sie jetzt wieder näher an meinem Mund. Und bevor ich irgendwelche Einwände erheben konnte, drückte sie ihre Lippen auf meine, und ich seufzte leise auf. Ich fing sofort Feuer.

Meine Hände glitten wieder auf ihren Po, und ich drückte sie härter an mich. Verflucht, ich wollte sie so sehr. Und sie wollte mich. Also warum dem Verlangen nicht einfach nachgeben? Der Moment war schlicht und einfach perfekt. Doch dann vibrierte ihr Handy abermals in ihrer Hosentasche.

»Ignoriere es einfach«, flüsterte Lana zwischen mehreren heißen Küssen. Doch der Anrufer gab nicht auf.

Frustriert stöhnte ich auf und schob sie dann entschlossen von mir. »Ich glaube, das ist ein Zeichen.«

Lana nickte. »Ja, genau. Und zwar dafür, dass ich das blöde Ding geradewegs ins Meer werfen sollte.«

»Nein, das bedeutet, dass du rangehen musst und ich dich jetzt endlich nach Hause bringen sollte.«

Lana zog ihr Handy aus der Tasche, warf einen kurzen Blick aufs Display.

»Isabella«, sagte sie und fügte dann hinzu: »Schon wieder.«

Während Lana das Gespräch annahm, griff ich nach ihrer Hand und lotste sie nach drinnen.

An meiner Haustür blieb sie stehen, und ich tat es ihr gleich. Abwartend blickte ich Lana an.

»Also, ich merke schon, ich kann dich nicht umstimmen. Allerdings hoffe ich, dass es dir nicht zur Gewohnheit wird, mich vor die Tür zu setzen«, scherzte sie.

Ich lächelte. »Keine Sorge. Beim nächsten Mal lasse ich dich bestimmt nicht so einfach gehen. Ich will dich nur ein bisschen näher kennenlernen.«

Entschlossen öffnete ich die Haustür, und Lana ging hinter mir her.

»Warte, was ist mit Isabellas Fahrrad?«

»Deswegen mach dir keine Gedanken. Auf der Ladefläche meines Pick-up ist genug Platz. Und jetzt komm lieber, bevor Isabella hier auftaucht, um dich persönlich abzuholen.«

Kapitel 10

Lana

»Ähm, hallo, Erde an Lana! Sag mal, hörst du mir überhaupt zu?«

Isabella riss mich aus meinen Gedanken, die sich mal wieder um Cole drehten.

»Sorry, ich glaube, ich war kurz abgelenkt.«

Isabella seufzte lautstark auf. »Weißt du, erzähl mir lieber nicht, woran du gerade gedacht hast. Denn im Grunde möchte ich gar nicht wissen, was du mit Cole auf seinem Dach getrieben hast.«

Vorhin hatte ich Isabella von meinem unvorhergesehenen Date mit Cole erzählt. Aber dann begann der Film, und wir mussten unsere Unterhaltung auf später verschieben. Jetzt war später. Während die Ausgangstüren lautlos auseinanderglitten und wir das Kino verließen, zog ich den Reißverschluss meiner Jacke nach oben. Der Wind zerzauste meine Haare, als ich den Blick kurz nach oben richtete. Dutzende Sterne leuchteten am Himmel.

»Also, wollen wir noch etwas trinken gehen, oder sollen wir gleich nach Hause fahren?«, fragte Isabella, und ich wandte meinen Blick ab. Gemeinsam schlenderten wir den Bürgersteig entlang. Die meisten Bars und Restaurants waren gut besucht, und ich hatte keine große Lust, schon zurückzufahren. Im Moment war ich nicht müde, ganz im Gegenteil. Ich war viel zu aufgekratzt, um jetzt schon ins Bett zu gehen.

»Welche Bar schlägst du vor?«, fragte ich daher.

»Ich habe eine Idee. Komm mit«, meinte Isabella enthusiastisch, und wir machten uns gemeinsam auf dem Weg.

• • •

Als wir Stunden später auf dem Heimweg waren, saß ich hinter dem Steuer, während Isabella auf dem Beifahrersitz Platz genommen hatte. Ich dachte, sie wäre eingeschlafen, aber dann regte sie sich plötzlich. Nun schien es, als würde sie lediglich gedankenversunken zum Fenster hinaussehen.

»Und ihr habt wirklich nicht über den Lauf geredet?«, fragte sie plötzlich in die Stille hinein, und ich fuhr erschrocken zusammen.

»Nein, leider nicht«, erwiderte ich, während ich den Blinker setzte und auf die Straße nach Port Isaac einbog.

»Warum eigentlich nicht? Du hattest doch versprochen, ihn wegen des Versorgungspunktes zu fragen.«

Ich warf Isabella einen flüchtigen Blick zu, bevor ich mich wieder auf die Straße konzentrierte. Während ich mit Cole zusammen gewesen war, hatte ich an vieles gedacht, nur nicht an diesen Lauf.

»Nicht ganz. Ich sagte lediglich, dass ich es mir überlegen werde. Aber zu meiner Verteidigung muss ich vorbringen, dass ich wirklich vorhatte, mit ihm darüber zu sprechen. Aber dann haben wir über so viele andere Dinge geredet, dass ich es glatt vergessen habe. Sei bitte nicht enttäuscht. Sobald wir uns wiedersehen, werde ich ihn fragen. Ich verspreche es dir hoch und heilig«, schwor ich und spürte Isabellas skeptische Blicke, mit denen sie mich taxierte.

Anstatt etwas zu erwidern, schwieg sie vorerst.

»Jetzt hör schon auf, mich anzustarren«, sagte ich schließlich und fügte dann hinzu: »Sag mir lieber, was dich bedrückt. Wir können über alles reden. Daran hat sich hoffentlich nichts geändert.«

»Nein, natürlich nicht«, erwiderte sie. »Ich halte es einfach für keine gute Idee, dass du dich weiterhin mit Cole triffst. Ich weiß natürlich, dass du ihn magst. Trotzdem halte ich nicht viel von ihm.«

Dass ich ihn mochte, war stark untertrieben, dachte ich.

»Du kennst ihn gar nicht richtig, um dir eine ehrliche Meinung über ihn zu bilden«, erwiderte ich.

»Mag sein. Aber das machst du ja auch nicht«, gab Isabella zu bedenken.

Ich warf ihr einen kurzen Seitenblick zu, und dann erklärte ich: »Seit unserer Unterhaltung heute habe ich schon das Gefühl, dass wir uns viel näher gekommen sind.«

Während ich Isabellas zweifelnden Blick ignorierte, musste ich an den Kuss denken, und sofort kribbelte es in meinem Bauch verheißungsvoll.

Isabella wusste nichts davon. Ich hätte es ihr so wahnsinnig gerne erzählt und konnte diese Neuigkeiten kaum für mich behalten. Aber weil sie Cole nicht mochte, beschloss ich, es ihr nicht zu erzählen.

Schließlich parkte ich das Auto vor dem Haus, der Motor erstarb, als ich den Schlüssel aus dem Schloss zog. Isabella gähnte neben mir. Mittlerweile war ich auch ziemlich fertig.

»Lass uns reingehen«, sagte ich, löste den Gurt und öffnete die Fahrertür. Mir war es im Moment lieber, nicht mehr über Cole zu reden. Isabella schien das zum Glück genauso zu sehen.

»Ich wünschte, ich würde bereits im Bett liegen«, erwiderte Isabella, als sie neben mir ins Haus ging, das Licht anknipste und sich müde über die Augen rieb. Die Haustür fiel ins Schloss, und ich folgte ihr in die Küche.

»Möchtest du auch ein Glas Wasser?«, fragte sie, während sie sich ein Glas aus dem Schrank nahm.

»Nein, danke, für mich nicht.«

Ich beobachtete Isabella, während sie ihr Glas unter dem Wasserhahn füllte und dann einen Schluck trank. »Was ist eigentlich mit unserem kleinen Bootsausflug? Denkst du, den können wir noch nachholen, bevor mein Urlaub vorbei ist?«

Isabella stellte ihr leeres Glas in die Spüle. »Aber sicher. Du bist schließlich noch fast zwei Wochen hier. Da werden wir es doch wohl schaffen, mit dem Boot rauszufahren. Lass uns nur erst den Klippenlauf hinter uns bringen«, schlug Isabella vor, und dann fügte sie hinzu: »Übrigens habe ich in zwei Tagen einen Termin mit dem Komitee. Wir haben wirklich noch eine Menge zu organisieren. Ich will echt nicht noch mal nerven, aber wir brauchen Coles Antwort zwecks des Versorgungspunktes dringend.«

»Gleich morgen frage ich ihn. Wirklich«, erklärte ich nachdrücklich.

Isabella gab sich zufrieden und nickte.

»Ich sollte jetzt endlich ins Bett gehen. Morgen wird ein anstrengender Tag. Ally ist noch immer krank. Und ich versuche irgendwie ohne ihre Hilfe über die Runden zu kommen.«

Isabella war die Inhaberin des Salons, und Ally arbeitete seit ein paar Jahren für sie. Leider fiel sie nun schon seit einigen Wochen aus. Die Arme hatte sich den Fuß gebrochen.

Isabella tat mir leid, deshalb bot ich ihr noch mal meine Hilfe an. Ich hätte sehr gerne etwas für sie getan. »Es muss doch irgendetwas geben, wobei ich dir zur Hand gehen kann«, sagte ich.

Isabella überlegte einen Augenblick.

»Na ja, es gäbe schon ein paar Dinge, bei denen du mir behilflich sein könntest. Du könntest zum Beispiel das Telefonieren für mich übernehmen. Dann müsste ich nicht dauernd meine Arbeit unterbrechen, um ans Telefon zu rennen und Termine zu vereinbaren.«

»Das bekomme ich hin«, erwiderte ich, und Isabella lächelte mich selig an.

»Das würdest du wirklich tun?«, fragte sie sicherheitshalber nach, und ich nickte.

»Aber sicher«, gab ich sofort zurück.

Isabella grinste. »Also, das wäre wirklich, wirklich toll.«

Überschwänglich umarmte sie mich und drückte mich an sich. »Du bist einfach die Beste.«

»Du bist nicht die Erste, die mir das sagt«, gab ich breit grinsend zurück.

• • •

Am nächsten Tag stand ich wie versprochen hinter dem Tresen in Isabellas Salon und übernahm den Telefondienst für sie. Und was soll ich sagen? Isabella hatte recht, das Telefon klingelte andauernd. Kunden riefen an, um Termine zu vereinbaren, um Termine zu canceln oder zu verschieben. Ich hatte also gut zu tun, und somit kam auch keine Langeweile auf. Ganz im Gegenteil, der Vormittag verging wie im Flug.

Mittags schloss Isabella ihr Geschäft für eine Stunde. Die Mittagspause verbrachten wir zusammen im *Blue Water*.

Das Restaurant war gut besucht, als wir durch die Tür traten und nach zwei freien Plätzen Ausschau hielten. Wir hatten Glück, auf der Terrasse gab es noch einen Zweiertisch, der eigentlich nur auf uns gewartet hatte.

»Ich weiß gar nicht, wie ich dir für deine Hilfe heute danken soll«, sagte Isabella, als wir uns gesetzt hatten und ich gerade dabei war, in der Speisekarte zu blättern.

»Kein Ding«, erwiderte ich und bot dann an: »Wenn du möchtest, dann helfe ich dir gerne wieder. Ich bin schließlich noch eine Zeit lang hier.«

»Du hast doch Urlaub und solltest dich eigentlich entspannen. Und deine freie Zeit nicht mit Arbeit verbringen«, meinte Isabella und klappte währenddessen ihre Karte zu.

»Ich bin entspannt, und zwar vollkommen«, erwiderte ich schmunzelnd. »Also, möchtest du meine Hilfe, oder nicht? Ich habe wirklich nichts dagegen. Glaub mir, sonst würde ich es dir nicht anbieten.«

Isabella seufzte leise auf. »Wenn das so ist, dann nehme ich dein Angebot natürlich dankend an. Und jetzt lade ich dich auf jeden Fall zum Mittagessen ein, als kleine Gutmachung sozusagen.«

Als ein Schatten auf unseren Tisch fiel, blickte ich in der Annahme auf, dass es Stan war, der unsere Bestellungen aufnehmen wollte. Mir blieb vor Überraschung fast das Herz stehen, denn es war nicht Stan oder einer seiner Mitarbeiter, der an unseren Tisch getreten war. Es war Cole, der jetzt vor uns stand und charmant lächelte.

Meine Wangen färbten sich rot, als ich Isabella einen kurzen Blick zuwarf. Sie ließ Cole keine Sekunde aus den Augen.

»Was machst du denn hier?«, fragte ich reichlich nervös. Ich wusste genau, was Isabella von Cole hielt, und ich konnte nur hoffen, dass sie jetzt keine Auseinandersetzung vom Zaun brach.

»Ich wollte mir etwas zum Mittagessen besorgen, und da habe ich euch zufällig entdeckt. Kann ich mich kurz zu euch setzen?«, fragte er und wechselte mit Isabella einen kurzen Blick. Nervös hielt ich die Luft an.

»Du kannst meinen Platz haben«, meinte Isabella, während sie ihren Stuhl zurückschob und aufstand.

»Ich verschwinde mal schnell«, fügte sie vielsagend hinzu und murmelte, während sie an mir vorbeiging: »Bin gleich wieder da.«

Während Cole sich setzte, schaute ich Isabella nach, die gerade die Terrasse verließ und nach drinnen ins Restaurant verschwand.

»Sie ist nicht besonders gut auf mich zu sprechen, stimmts?«, wollte er wissen, und ich nickte.

»Denke schon. Ich werde dir lieber nicht erzählen, was Isabella über dich denkt«, erwiderte ich vielsagend.

»Ja, das ist wahrscheinlich besser. Also, was hast du heute noch vor?«

Cole lehnte sich über den Tisch hinweg zu mir herüber und schaute mir direkt in die Augen. Mein Blick ruhte auf seinen Lippen. Allein ihm gegenüberzusitzen machte mich ganz konfus.

»Heute helfe ich Isabella aus. Im Laden ist jede Menge zu tun, und gerade habe ich ihr angeboten, ihr auch die nächsten Tage noch behilflich zu sein«, erklärte ich und zwang mich, meinen Blick von seinem verführerischen Mund loszureißen.

Coles Augenbrauen schossen in die Höhe. »Während deines Urlaubs?«, fragte er überrascht nach.

»Ja«, erwiderte ich lachend. »Was habt ihr nur alle mit meinem Urlaub? Ich tue Isabella gerne einen Gefallen. Außerdem ist es ja nicht so, als hätte ich anderweitig besonders viel zu tun.«

»Ich dachte nur, wir beide könnten zusammen etwas unternehmen?«

»Bittest du mich gerade um ein Date?«

Mein Herzschlag beschleunigte sich, während ich auf seine Antwort wartete. Cole lächelte, brachte damit meinen Puls zum rasen, und meine Atmung geriet ins Stocken, als er erwiderte: »Ja, genau, das tue ich. Ich bitte dich um ein richtiges Date. Also, was sagst du dazu? Hast du Lust, etwas mit mir zu unternehmen?«

»Isabella schließt ihr Geschäft gegen fünf. Danach hätte ich also Zeit.«

Coles Lächeln verstärkte sich.

»Klingt gut. Dann treffen wir uns.«

»Soll ich zu dir kommen?«

Er schüttelte den Kopf. »Nein, ich hole dich ab.«

Schmunzelnd sah ich ihn an. »Wie bei einer richtigen Verabredung?«

Cole nickte. »Genau.«

Als Isabella die Terrasse betrat, schob Cole seinen Stuhl zurück, um ihr Platz zu machen. Doch bevor er ging, beugte er sich zu mir hinab und flüsterte mir ins Ohr. »Bis später, und bring Badesachen mit.«

Dann richtete er sich auf, nickte Isabella zu, machte kehrt und verschwand.

Isabella ließ sich wieder auf ihren Stuhl sinken. Während sie sich die Haare zu einem Pferdeschwanz band und dann ihre Sonnenbrille zurechtrückte, fragte sie: »Hast du schon mit ihm wegen des Versorgungspunktes gesprochen?«

»Nein«, erwiderte ich kopfschüttelnd. »Bis jetzt noch nicht. Aber das mache ich noch. Verlass dich auf mich. Ich treffe mich heute noch mit ihm, und glaub mir, mittlerweile kenne ich Mittel und Wege, um ihn zu überzeugen.«

Gerade als Isabella etwas erwidern wollte, trat Stan an unseren Tisch.

»Was darf es denn sein?«, fragte er, während er einen Schreibblock und einen Stift zückte. Wir gaben unsere Bestellungen auf, und Stan machte sich die entsprechenden Notizen.

Nachdem Stan wieder verschwunden war, sagte Isabella: »Das kann ich mir vorstellen. Allerdings bin ich nicht sicher, ob ich Einzelheiten hören will.«

Ich lachte. »Keine Sorge. Die behalte ich lieber für mich. Aber jetzt mal im Ernst. Ich danke dir, dass du vorhin nett zu Cole warst.«

Isabella zuckte mit den Schultern. »Mittlerweile habe ich mich an deine schmachtenden Blicke gewöhnt, die du ihm immerzu zuwirfst, sobald er in der Nähe ist. Das bedeutet allerdings nicht, dass ich ihn sonderlich gut leiden kann. Sorry.«

»Schon okay. Das kann ich akzeptieren. Aber hey, ich schmachte Cole überhaupt nicht an«, wehrte ich grinsend ab.

»Oh doch, das tust du«, hielt Isabella dagegen. Lachend fügte sie hinzu: »Gib doch einfach zu, dass du total auf ihn stehst.«

Meine Wangen liefen rot an. Isabella hatte recht. Ich war vollkommen verrückt nach Cole.

»Dazu sage ich lieber nichts«, erwiderte ich mit hochrotem Kopf.

Während Isabella mich mit weiteren Fragen löcherte, die ich lieber nicht beantworten wollte, sah ich erleichtert, dass ein Kellner, der zwei Teller auf seinen Händen balancierte, auf unseren Tisch zuhielt.

Ich atmete leise auf, als er beide vor uns abstellte. Und mich somit vor weiteren neugierigen Fragen bewahrte. Wenn Isabella den Mund voll hatte, konnte sie schließlich nicht reden. Und das erschien mir im Moment gut zu sein.

• • •

Am späten Nachmittag stand Cole vor Isabellas Tür. Lachend öffnete ich, und ein einziger Blick aus seinen blauen Augen, ließ mich dahinschmelzen. Ich musste an Isabellas Worte denken und strahlte übers ganze Gesicht.

»Du scheinst ja richtig gute Laune zu haben«, bemerkte Cole und verzog die vollen Lippen zu einem hinreißenden Lächeln, das meinen Herzschlag vor Freude galoppieren ließ.

»Ich musste nur gerade an eine Unterhaltung mit Isabella denken. Ist nicht der Rede wert«, wiegelte ich ab und trat nach draußen. Nachdem ich die Tür hinter mir geschlossen hatte, gingen wir auf Coles Auto zu. Er hielt mir die Tür auf, damit ich einsteigen konnte, danach ließ er sich auf den Fahrersitz sinken.

Während er das Auto aus der Parklücke steuerte, fragte ich: »Wo fahren wir eigentlich hin?«

Cole warf mir einen kurzen Seitenblick zu und lächelte schelmisch. »Hast du einen Badeanzug dabei?«

»Nein, aber ich habe einen Bikini unter meinem Kleid.«

Cole grinste noch ein bisschen breiter. »Perfekt. Dann geht es an den Strand.«

Entspannt lehnte ich mich im Sitz zurück, während mir der Fahrtwind durch die heruntergekurbelten Fenster um die Nase wehte. Verstohlen blickte ich zu Cole hinüber, der voll und ganz auf die Straße konzentriert zu sein schien. Versonnen betrachtete ich ihn. Besah sein Profil und seine blauen Augen, die von langen dunklen Wimpern eingefasst waren. Dann seine gerade Nase, die vollen Lippen und den Dreitagebart, der seine Wangen bedeckte.

Der Anblick seines Mundes ließ meine Gedanken abschweifen, und wieder dachte ich, dass Isabella recht hatte. Denn im Moment schmachtete ich Cole tatsächlich an wie ein pubertierendes Schulmädchen. Er war einfach süß. Ich verkniff mir ein albernes Kichern.

»Warum starrst du mich an?«, fragte Cole plötzlich, und ich zuckte überrascht zusammen.

Er hatte mich voll erwischt.

»Tu ich doch gar nicht«, behauptete ich hastig, während meine Wangen bestimmt mal wieder verräterisch zu glühen begannen.

»Hör auf, es zu leugnen. Du hast mich angestarrt und dabei bestimmt an etwas gedacht. Also, woran?«, fragte Cole, während er den Blinker setzte und links abbog.

Ich hatte immer noch nicht die geringste Ahnung, wohin wir genau fuhren und warum wir uns überhaupt die Mühe machten, mit dem Auto wegzufahren, wenn wir den Strand doch direkt vor der Nase hatten.

Ich besann mich auf Coles Frage und erwiderte lachend: »Nein, das werde ich bestimmt nicht tun.«

Cole warf mir einen fragenden Blick zu. »Warum nicht? Glaubst du, du kannst es mir nicht erzählen?«

Ich ließ ihn einen Moment zappeln, dann erwiderte ich: »Nur wenn du nicht darüber lachst.«

Cole lehnte entspannt im Sitz, eine Hand lag locker auf dem Lenkrad, die andere auf dem Schaltknüppel.

»Versprochen«, sagte er knapp und hielt die Augen nach vorne auf die Straße gerichtet.

Eigentlich war ich nicht besonders schüchtern. Doch mit Cole über meine Gedanken und Gefühle zu sprechen, fiel mir gerade nicht leicht.

»Ich habe gedacht, dass du ziemlich süß bist«, gab ich nun trotz allem zu und fragte mich im gleichen Moment, ob ich noch ganz bei Sinnen war. Ich meine süß, gab es eigentlich ein Adjektiv, das weniger auf Cole zutraf?

Der Satz hatte meinen Mund gerade erst verlassen, da prustete Cole auch schon los.

»Süß? Hast du mich gerade wirklich süß genannt?«, fragte er amüsiert, und ich bereute meine Ehrlichkeit sofort wieder.

»Ich will nicht süß sein«, erwiderte er, während er das Tempo des Autos drosselte und schließlich auf einen schmalen Kiesweg einbog. In Schrittgeschwindigkeit fuhren wir die unbefestigte Straße entlang.

»Ich finde ja, wenn du mich süß nennst, ist das mindestens so schlimm, als würdest du zu mir sagen, dass ich nett bin.«

Jetzt war ich diejenige, die breit grinste. »Was ist daran bitte so schlimm? Nimm es doch einfach als Kompliment.«

Cole schüttelte langsam den Kopf. »Nein, nein. Süß gefällt mir nicht. Ich fände anziehend gut, oder heiß. Eben einfach irgendetwas in diese Richtung.«

»Oh, wow, von dir eingenommen bist du wohl gar nicht?«, fragte ich grinsend. »Jetzt nenne ich dich erst recht süß.«

Cole zuckte lässig mit den Schultern. »Eigentlich nicht. Allerdings schmeicheln mir die Blicke schon, die du mir zuwirfst«, zog er mich feixend auf, und ich versetzte ihm einen Fausthieb gegen die Brust.

»Lass das«, zischte er. Lachte dabei allerdings noch breiter.

»Hey, hör auf, mich zu schlagen, oder soll ich mein Auto zu Schrott fahren?«

»Na ja, aufgrund der geringen Geschwindigkeit, die wir gerade fahren, und in Anbetracht der Tatsache, dass du Mechaniker bist, dürfte die Reparatur deines Wagens ja kein Problem für dich sein«, erwiderte ich gelassen.

»Darauf will ich es nicht ankommen lassen«, meinte Cole gut gelaunt, und dann fragte er: »Möchtest du wissen, woran ich denke, wenn ich dich anschaue?«

Diese Frage ließ meinen Puls in die Höhe schnellen.

»Woran denn?«

Cole steuerte sein Auto auf einen kleinen Parkplatz oberhalb der Klippen. Er schaltete die Zündung aus, löste den Gurt und drehte sich dann zu mir. Sein Blick schien mich mit Haut und Haar zu verschlingen.

Langsam lehnte er sich zu mir herüber, und ich kam ihm mehr und mehr entgegen. Seine Hände glitten in meine Haare, und mein Atem beschleunigte sich. Sanft zog er mich zu sich heran. Ich schmiegte mich in seine Arme und traute mich kaum Luft zu holen.

»Daran«, flüsterte er.

Seine Hand glitt meinen Rücken hinab. Er hielt mich fest. In diesem Moment gehörte ich ganz ihm. Er beugte sich vollends zu mir herüber, und dann küsste er mich. Leise seufzend erwiderte ich den Kuss. Verlor mich in den sanften Liebkosungen seines Mundes und konnte nicht genug davon bekommen. Meine Gefühle überwältigten mich, während ich mich näher an ihn drängte. Unser Kuss wurde heißer, intensiver, und dann hielt Cole plötzlich inne.

Mein Brustkorb hob und senkte sich in schnellen Atemzügen, als er seine Lippen von meinen löste und mich langsam von sich schob. Fragend schaute ich ihn an, während meine Augen auf seinem Mund ruhten.

»Was machst du?«, fragte ich und konnte meinen Blick nicht abwenden. Mein Herz klopfte zum Zerspringen in meiner Brust, als ich es endlich schaffte, ihm wieder in die Augen zu schauen.

In einer flüchtigen Geste befeuchtete er seine Lippen, und dann erwiderte er: »Du erinnerst dich doch sicher noch an unser Gespräch, das wir auf meinem Dach geführt haben, oder?«

Langsam nickte ich. »Ja, ich habe es nicht vergessen.«

Cole lächelte. »Und genau deshalb sollten wir lieber aufhören, uns zu küssen. Lass uns an den Strand gehen, und dann erzählst du mir etwas von dir. Über dein Leben und deine Vergangenheit weiß ich schließlich so gut wie gar nichts.«

Resigniert seufzte ich auf. »Na gut. Aber bevor wir über mich reden, muss ich dich noch um etwas bitten.«

Cole beugte sich zu mir herüber. »Und was wäre das?«, fragte er interessiert.

Ich zupfte am Saum seines Shirts und zog ihn noch ein bisschen näher. Während ich ihm tief in die Augen schaute und versuchte, meinen Charme zu versprühen, flüsterte ich: »Isabella hat mich gebeten, noch einmal mit dir über den Versorgungspunkt zu sprechen.«

Cole seufzte, strich sich die Haare zurück und ließ sich in seinen Sitz zurückfallen.

»Also darum geht es schon wieder. Ich hoffe, du bist nicht nur deswegen mitgekommen«, wollte er wissen und bedachte mich mit einem argwöhnischen Blick.

Ich schüttelte sofort den Kopf. »Nein, natürlich nicht«, wiegelte ich ab. »Ich bin hier, weil ich hier sein will.«

Doch dann zögerte ich kurz: »Na ja, eigentlich wollte ich nicht direkt hier sein, denn als ich dieser Verabredung zustimmte, nahm ich nicht an, dass wir das Date in deinem Auto verbringen werden.«

Cole lächelte. »Du hast recht. Wir sollten die verbliebene Zeit nutzen. Na, komm schon, lass uns gehen.«

Bevor er jedoch die Fahrertür öffnete, hielt er inne und warf mir noch einen kurzen Blick zu. »Was den Versorgungspunkt betrifft, da musst du dir übrigens etwas einfallen lassen, um mich umzustimmen.«

»Keine Sorge, ich werde mir Mühe geben«, entgegnete ich, und Cole grinste breit.

»Das werden wir dann ja sehen.«

Mit diesen Worten stieg er aus und schlug die Tür hinter sich zu. Ich beeilte mich, es ihm gleichzutun, und folgte Cole aus dem Auto. Als ich um den Wagen herumlief, wartete er auf mich und streckte mir lächelnd die Hand entgegen.

Mit einem leichten Nicken deutete er auf meine Tasche, die über meiner Schulter hing.

»Die sieht schwer aus, soll ich dir vielleicht tragen helfen?«

Bereitwillig überließ ich ihm meine Tasche.

»Wow, was hast du da reingepackt, Steine?«

Leichtfertig zuckte ich mit den Schultern und erwiderte: »Na ja, eben alles, was ich für einen entspannten Nachmittag am Strand brauche. Eine Decke, ein Handtuch, einen Wechselbikini, Sonnencreme, etwas zu trinken ...«

»Okay, verstehe schon«, unterbrach mich Cole und streckte dann lächelnd die Hand nach mir aus. Gut gelaunt ergriff ich sie, und dann machten wir uns gemeinsam auf den Weg zum Strand.

Der Kies knirschte unter meinen Sandalen, als wir das Auto hinter uns ließen und Richtung Klippen unterwegs waren. Seevögel zogen ihre Kreise, der Wind ließ meine Haare um meinen Kopf wirbeln. Cole hielt meine Hand immer noch fest in seiner. Gemeinsam gingen wir weiter den Weg entlang, bis zu einer Stelle, an der die Klippen abflachten. Er deutete auf den Beginn einer Treppe, die wohl schon vor sehr langer Zeit in Stein gehauen wurde.

»Die führt direkt hinunter zum Strand.«

Cole ließ meine Hand los. »Ich gehe voran«, erklärte er und fügte dann hinzu: »Sei vorsichtig. Die Stufen sind steil und glatt. Man kann leicht ausrutschen.«

»Danke für die Warnung, aber ich denke, ich komme schon zurecht.«

Cole schmunzelte. »Etwas anderes habe ich auch nicht erwartet.«

Er wandte sich lachend ab und stieg dann Stufe für Stufe nach unten. Ich folgte ihm und achtete darauf, nicht hinzufallen.

Nach genau 63 Stufen kamen wir endlich an.

Ich streifte mir die Sandalen von den Füßen und grub meine Zehen lächelnd in den warmen Sand.

Dann warf ich einen Blick zurück, die Treppen nach oben.

»Der Rückweg wird nicht besonders lustig werden«, sagte ich, und Cole lachte.

»Ach, komm schon, das schaffst du doch sicher mit links.«

Cole griff wieder nach meiner Hand. »Und jetzt komm.«

Gemeinsam schlenderten wir über den menschenleeren Strand. Ich zwang mich, ihn nicht permanent anzustarren, stattdessen richtete ich meinen Blick auf unsere Hände, die einander festhielten.

Schließlich blieben wir stehen, der laue Wind wehte um unsere Nasen, und die Sonne schien warm auf uns hinab.

Cole ließ meine Tasche in den Sand fallen, und während ich noch damit beschäftigt war, meine Decke und mein Handtuch hervorzukramen, zog sich Cole bereits das Shirt über den Kopf. Blinzelnd schaute ich auf und starrte seinen nackten Oberkörper an.

Mein Blick ruhte auf seiner glatten, gebräunten Haut, den breiten muskulösen Schultern, dem durchtrainierten Oberkörper, der sich zu einer schmalen Taille verjüngte.

Trotz des Geräuschs der Brandung war mein geflüstertes »Wow« sicher deutlich zu hören gewesen.

Denn Cole grinste breit. »Deinem Aufseufzen nach zu urteilen gefällt dir, was du gerade siehst.«

Ich erwartete, dass sich meine Wangen augenblicklich rot färbten, aber nichts dergleichen geschah.

Stattdessen richtete ich mich auf, blickte Cole in die Augen und nickte zur Bestätigung. Lächelnd erwiderte ich: »Ja, du hast recht. Mir gefällt tatsächlich sehr gut, was ich gerade sehe. Und weißt du, was ich sogar noch besser fände?«

Cole kam näher. Sein Körper schirmte mich vor der Sonne ab.

»Was denn?«, raunte er und hielt mich mit seinen Blicken gefangen.

Langsam streckte ich meine Hände nach ihm aus. Berührte mit meinen Fingerspitzen seine nackte Brust. Bedächtig strich ich über seinen durchtrainierten Oberkörper nach unten, und Cole folgte jeder meiner Bewegungen mit seinen unglaublich blauen Augen.

Neckisch zupfte ich am Saum seiner Badeshorts. »Die könntest du auch ausziehen«, schlug ich unverblümt vor.

Cole grinste breit. »Sagt die Frau, die immer noch ihr Kleid trägt.«

Ohne zu zögern zog ich es mir über den Kopf und ließ es am ausgestreckten Arm in den Sand fallen.

Cole schluckte schwer, während er mich mit intensiven Blicken bedachte.

»Besser?«, fragte ich lächelnd.

»Besser«, wiederholte er nickend.

»Gut, dann kommen wir wieder zu deinen Shorts.«

Cole lachte lauthals auf. »Dir ist wirklich jedes Mittel recht, um mich nackt zu sehen, stimmt´s?«

Ein Grinsen huschte über mein Gesicht. »Aber sicher«, erwiderte ich leichtfertig.

Cole trat erneut näher zu mir heran. Seine Daumen schoben sich langsam unter die Träger meines Bikinis. Vor Aufregung hielt ich den Atem an, während er sich zu mir herunterbeugte. Sein Atem kitzelte mich an meinem Ohr, als er flüsterte: »Du musst dich noch etwas gedulden.«

Seufzend stieß ich die Luft aus, bevor meine Lungen noch kollabierten. Cole zupfte neckend an meinen Trägern und ließ sie dann los.

Aber anstatt zurückzuweichen packte er mich plötzlich an den Hüften und hob mich unvermittelt hoch. Als wäre es das Normalste der Welt, schlang ich meine Beine um seine Taille und die Arme um seinen Hals, um mich festzuhalten.

»Was machst du?«, wollte ich überrascht wissen, während er mich etwas fester packte. Und dann trug er mich scheinbar unbeirrt Richtung Wasser, und ich wusste sofort, was er vorhatte.

»Untersteh dich«, befahl ich ihm und fügte dann sicherheitshalber hinzu: »Lass mich sofort runter.«

Zappelnd versuchte ich mich loszumachen. Cole ignorierte meine Befreiungsversuche. Stattdessen meinte er grinsend. »Spar dir deine Kräfte für später auf. Ich hoffe, du bist eine gute Schwimmerin.« Seine Augen funkelten amüsiert, als er mich anschaute.

Und schon watete er ins kühle Wasser. Als mich die ersten Spritzer trafen, kreischte ich auf und klammerte mich an Coles Schultern fest.

Unbeirrt ging er weiter. Das kalte Wasser schien ihm ganz und gar nichts auszumachen.

»Wenn du mich ins Meer wirfst, dann wirst du es wirklich bereuen«, drohte ich ihm, erntete aber nur ein weiteres Lachen seinerseits.

»Tja, ich bin gespannt, was du auf Lager hast. Aber bis ich deine schreckliche Rache zu spüren bekomme, denke ich, eine kleine Abkühlung würde dir guttun.«

Das Wasser reichte mir mittlerweile bis über den Hintern, und gerade, als ich einen letzten Versuch unternehmen wollte, um Cole von seinem Vorhaben abzuhalten, stürzte er sich auch schon gemeinsam mit mir in die kühlen Fluten des Atlantiks.

Erschrocken schrie ich auf, hielt die Luft an, als das Wasser über mir zusammenschlug und wir untertauchten. Sekunden später durchbrachen wir die Wasseroberfläche zusammen, und ich schnappte wieder nach Luft. Ich klammerte mich noch immer an seinen starken Schultern fest.

Nach Atem ringend starrte ich Cole an und hätte ihm am liebsten eine runtergehauen.

»Siehst du, so kalt ist das Wasser doch gar nicht«, meinte er zwinkernd, während er weiter mit mir hinausschwamm. Meine Arme lagen jetzt locker um seinem Hals. Meine Beine hatte ich nach wie vor um seine Hüften geschlungen. Langsam gewöhnte ich mich an die Temperatur des Wassers.

»Egal, was du sagst, es wird nichts an der Tatsache ändern, dass ich vorhabe, an dir Vergeltung zu üben.«

Cole hauchte mir einen Kuss auf den Mund. »Und wie kann ich dich davon abhalten?«, fragte er und küsste mich wieder. Seine Hände strichen langsam über meinen Rücken, wanderten hinab zu meinem Hintern, während wir uns langsam im Wasser bewegten.

Ich hielt Coles Blicken stand, drängte mich dann näher an ihn und entlockte ihm mit meinen Bewegungen ein leises Seufzen.

Mit hochgezogenen Augenbrauen blickte ich ihn an und hatte eine wunderbare Idee. Was er konnte, das konnte ich schon lange.

»Gar nicht«, erwiderte ich und strich mit meiner Hand sanft über seinen Oberkörper nach unten. Ich betastete seine Muskeln und glitt mit meinen Fingern tiefer und tiefer abwärts. Sehnsuchtsvoll öffnete er den Mund, als ich an der Ausbeulung seiner Badeshorts innehielt.

»Gefällt dir das?«, fragte ich, und Cole stieß einen Laut der Zustimmung aus.

»Ja«, raunte er und versuchte mich zu packen. Aber ich entwand mich geschickt seinem Griff. Stattdessen umkreiste ich ihn, schwamm um ihn herum und strich dabei mit den Händen über seine starken Schultern und hauchte Küsse auf seine feuchte Haut. Cole stöhnte leise auf, als ich mich erneut an ihn drängte und meine Hand abermals nach unten wandern ließ. Meine Finger zupften am Bund seiner Badeshorts, und Coles Atmung beschleunigte sich zusehends.

»Was hast du vor?«, fragte er atemlos.

Leicht lächelnd erwiderte ich: »Dich völlig verrückt machen.«

Cole lachte auf, während meine Hand unter den nassen Stoff schlüpfte.

Schwer atmend erwiderte er: »Das gelingt dir hervorragend.«

Seine Hand glitt in meine Haare, er umfasste mich und zog mich zu sich heran. »Ich will dich, und zwar auf der Stelle«, stieß er mühsam hervor.

Er presste sich gegen mich und küsste mich verlangend. Angesichts dieses Kusses musste ich selbst um Fassung ringen. Wenn ich nicht aufpasste, gewann er am Ende noch die Oberhand. Denn gerade wollte ich ihn mindestens genauso sehr.

Bevor ich schwach wurde, zog ich meine Hand aus seiner Hose und schob ihn von mir.

»Tut mir leid, ich muss dich enttäuschen. Wie war das noch gleich? Wolltest du mich nicht näher kennenlernen, bevor es zwischen uns körperlich wird?«, säuselte ich und machte keinen Hehl daraus, dass ich ihn gerade nachäffte.

Cole schüttelte leise fluchend den Kopf, und ich konnte mir ein Lächeln nicht verkneifen.

»Das ist die reinste Folter, weißt du das eigentlich?«

Ich blickte unschuldig drein, als ich erwiderte: »Tja, du warst derjenige, der warten wollte. Und was soll ich sagen? Genau das tun wir jetzt.«

Flüchtig strich ich wieder mit der flachen Hand über seine Erektion und entlockte Cole abermals ein verlangendes Stöhnen.

»Ich werde schon mal ans Ufer schwimmen«, und schon paddelte ich los.

»Ich komme mit.« Cole folgte mir sofort und kraulte neben mir her. Als wir wieder Grund unter den Füßen hatten, watete ich an den Strand. Amüsiert stellte ich fest, dass Cole langsamer wurde und schließlich hinter mir zurückblieb. Mittlerweile waren wir nicht mehr allein am Strand.

Lächelnd warf ich ihm einen Blick über meine Schulter hinweg zu, während ich gemächlich aus dem Wasser stieg.

»Ich gehe schon mal vor und genieße die letzten Sonnenstrahlen.« Grinsend deutete ich auf seinen Unterleib, der unter der Wasseroberfläche verborgen war. »Wie mir scheint, brauchst du noch einen Moment, bis du aus dem Wasser herauskommen kannst.«

Abermals stieß Cole einen kleinen Fluch aus.

Lachend drehte ich mich um, während er im Wasser stehen blieb. Ich wusste, dass er mir nachschaute. Seine Blicke brannten mir förmlich ein Loch in den Rücken. Abermals lugte ich über meine Schulter, und tatsächlich schaute er mir gebannt nach.

Zufrieden wandte ich meinen Blick ab und hielt auf unsere Decke zu. In dem Wissen, Cole zumindest ein bisschen um den Verstand gebracht zu haben, streckte ich mich entspannt aus und schloss lächelnd die Augen. Mein Plan hatte bis jetzt recht gut funktioniert.

• • •

Blinzelnd schaute ich Cole an, der sich geräuschvoll neben mir auf die Decke fallen ließ.

»Ich dachte schon, du hättest dich verlaufen«, meinte ich schmunzelnd, während ich mich auf die Seite rollte und meine Augen mit der flachen Hand beschattete.

Cole schaute mich feixend an. »Kann es sein, dass du dich gerade über mich lustig machst?«

Ich lachte. »Ja, irgendwie schon«, gab ich zu und deutete dann auf ihn. »So wie es scheint, hast du dich jetzt wieder im Griff.«

Cole rollte sich langsam auf den Bauch. »Schon mal daran gedacht, dass dieser Schein trügerisch sein könnte?«

Überrascht schaute ich ihn an.

Cole hingegen blieb vollkommen gelassen, so als hätte er mir nicht gerade zu verstehen gegeben, dass er mich nach wie vor wollte.

»Also«, sagte er schließlich gedehnt, »dass du in London lebst und als Sozialarbeiterin arbeitest, weiß ich ja schon. Aber ich würde gerne noch mehr über dich erfahren.«

»Ehrlich gesagt, ist mein Leben nicht besonders spannend, und ich verstehe nicht, warum du so erpicht darauf bist, etwas darüber zu wissen. Aber damit du endlich aufhörst, mir Fragen zu stellen, werde ich dich in die Geheimnisse meiner Vergangenheit einweihen«, erwiderte ich leichthin und rückte dann ein bisschen näher an Cole heran. Obwohl ich im Grunde gar nicht wusste, was ich ihm über mich erzählen sollte. Mein Job war recht spannend, allerdings glaubte ich nicht, dass Cole Interesse hatte, darüber etwas zu erfahren. Mein Privatleben hingegen war in letzter Zeit nicht gerade aufregend gewesen. Damit würde ich ihn kaum vom Hocker reißen können, dachte ich, als Coles Hand auf meine Hüfte glitt. Mit seinen Fingerspitzen zeichnete er kleine Kreise auf meine erhitzte Haut. Die Sonne schickte ihre letzten warmen Strahlen über den Strand, bevor sie als roter Feuerball am Horizont verschwand.

Während sich der Strand langsam leerte, sagte Cole: »Ich bin übrigens ganz Ohr. Also, jetzt erzähl schon.«

Leise seufzend rollte ich mich auf den Rücken und betrachtete die wenigen Wolken, die am Himmel vorüberzogen.

Coles Hand ruhte jetzt bewegungslos auf meinem Bauch, während ich endlich zu sprechen begann.

Ich ratterte ein paar Details aus meiner Vergangenheit herunter. Aufgewachsen, zur Schule gegangen, und so weiter und so fort. Unterdessen begann Cole damit, mich zu streicheln. Seine Fingerspitzen strichen sanft über meine Haut und verursachten mir dabei wohlige Schauer. Ich versuchte meine Gefühle zu kontrollieren und ruhig zu atmen, aber ich musste zugeben, dass mich Coles Berührungen mehr und mehr durcheinanderbrachten, und es dauerte nicht lange, und mein Redefluss geriet immer wieder aufs Neue ins Stocken.

»Ähm, wo war ich gerade?«, stammelte ich und unterdrückte mit Mühe ein Seufzen, als Coles Finger an den Innenseiten meiner Oberschenkel langsam hinab und dann wieder hinaufglitten.

Belustigt gab er zurück: »Du hast gerade über deinen Vater gesprochen.«

»Ja, stimmt«, erwiderte ich atemlos und versuchte mich wieder auf unser Gespräch zu konzentrieren.

»Er arbeitet in London als Arzt«, stieß ich dann mühsam hervor, während er mich weiter berührte. Er schien sich einen Spaß daraus zu machen, mich derart verrückt zu machen. Hatte der Kerl eigentlich eine Ahnung, welche Gefühle er gerade in mir auslöste?

Prompt bekam ich meine Antwort, denn Cole beugte sich jetzt über mich und raunte mir verführerisch ins Ohr.

»Ich muss zugeben, Rache ist wirklich süß.«

Mit heftig klopfendem Herzen sah ich Cole ins Gesicht, während er unbedarft wissen wollte: »Welches Fachgebiet?«

Seine Finger zupften am Bund meines Bikinihöschens, und ich hielt unweigerlich die Luft an.

Ja, es war offensichtlich. Er hatte wirklich Freude daran, mich um den Verstand zu bringen.

»Geburtshilfe«, brachte ich mühsam hervor.

Seine Finger glitten unter den weichen Stoff, aber bevor er mich wirklich berühren konnte, hielt ich sein Handgelenk fest. Cole hielt in seiner Bewegung inne und bedachte mich mit einem herausfordernden Blick.

»Ist das dein Versuch, mich aufzuhalten?«

In meinem Bauch tanzten Dutzende Schmetterlinge, und am liebsten hätte ich ihn einfach zu mir heruntergezogen, um ihn zu küssen und endlich bis zum Äußersten zu gehen. Aber ein letzter Funken gesunder Menschenverstand hielt mich davon ab.

»Jämmerlich, ich weiß. Ich riskiere es trotzdem.«

Während ich Coles Arm festhielt, schaute ich mich am Strand um und atmete schließlich erleichtert auf.

Cole konnte wohl Gedanken lesen, denn er raunte ganz dicht an meinem Ohr: »Keine Sorge. Niemand hat auf uns geachtet, und mittlerweile sind alle gegangen.«

Und bevor ich auch nur die Chance hatte, irgendetwas zu erwidern, befreite Cole sein Handgelenk aus meinem Griff und rollte sich plötzlich auf mich. Mit den Unterarmen stützte er sich rechts und links neben mir ab. Meine Hände glitten auf seine Schultern und wanderten dann seinen starken Rücken hinab. Cole küsste mich neckend. Liebkoste meinen Mund mit seinen Lippen, während ich ihm drängend entgegenkam.

Cole seufzte leise auf, während er an meinem Hals flüsterte: »Ich will dich so sehr. Du hast keine Ahnung, wie wahnsinnig ich dich brauche.«

Atemlos gab ich zurück: »Doch, ich denke, ich weiß es ziemlich genau.«

Cole hielt inne, schaute in meine Augen. »Willst du mich auch?«, fragte er leise.

Als Bestätigung zog ich ihn noch näher zu mir heran, und Cole ließ es lächelnd zu. Seine Stirn ruhte auf meiner, als ich erwiderte: »Unbedingt«.

In einem Augenblick lag er noch auf mir, und im nächsten Moment war er schon aufgesprungen und hatte nach meiner Hand gegriffen, um mir ebenfalls aufzuhelfen. Völlig überrascht kam ich neben ihm auf die Beine.

Cole schubste mich regelrecht von der Decke herunter und packte dann alles eilig in meine Badetasche. Während er sich sein Shirt über den Kopf zog, warf er mir mein Kleid zu. Problemlos fing ich es auf und streifte es mir ebenfalls über den Kopf.

Ich wusste genau, warum er sich plötzlich so beeilte, dennoch sagte ich grinsend: »Erstaunlich, wie eilig du es gerade hast.«

Cole warf sich meine Badetasche über die Schulter und griff schließlich nach meiner Hand.

»Komm mit«, sagte er und zog mich auch schon mit sich. Lachend stolperte ich neben ihm her. Meine nackten Zehen versanken im warmen Sand, als ich Cole eilig Richtung Treppenaufgang folgte.

Am Fuß der verwitterten Steinstufen hielten wir inne.

Cole wandte sich grinsend zu mir um. »Wer als Erster oben ist«, meinte er. So schnell wir konnten, stiegen wir die Treppen nach oben. Erklommen Stufe um Stufe.

»Gewonnen«, rief ich atemlos, als wir oben angekommen waren, und klatschte freudig in die Hände. Cole kam zu mir, ließ meine Badetasche fallen und umarmte mich überschwänglich. Schließlich hob er mich schwungvoll hoch, und ich lachte laut auf, während er mich zu seinem Auto trug und mich auf den Beifahrersitz verfrachtete.

Bevor er die Tür zuschlagen konnte, sagte ich: »Vergiss meine Tasche nicht.«

Cole lachte nur und verschwand. Aber ich konnte sehen, wie er sie vom Boden aufhob, und als er die Fahrertür aufriss und sich auf den Sitz fallen ließ, warf er meine Tasche vorher auf den Rücksitz.

Feixend schaute er mich an. »Zufrieden?«

Ich nickte. »Zufrieden.«

Cole ließ den Wagen an und trat dann aufs Gas, sodass der Kies unter den Reifen spritzte.

»Dann nichts wie los.«

Lachend lehnte ich mich im Sitz zurück. Cole hatte es wirklich sehr eilig.

...

»Halt dich gut fest, Baby«, raunte er, kurz bevor er seine Lippen verlangend auf meinen Mund presste. Lachend schlang ich die Arme um Coles Hals, während er mich packte und mühelos hochhob. Küssend taumelten wir auf die Eingangstür seines Hauses zu.

Cole hielt mich ganz fest, und ich vertraute ihm vollkommen. Er trug mich die wenigen Stufen nach oben. Als wir vor seiner Tür stehen blieben, fragte ich zwischen intensiven Küssen: »Deine Schlüssel, wo sind die?«

Cole fluchte an meinem Mund. »In meinem verdammten Auto«, stieß er dann frustriert hervor, während ich auflachte. »Wir müssen sie holen«, sagte ich und blickte in seine blauen Augen.

Aber er schüttelte lediglich den Kopf. »Keine Chance. Ich gehe bestimmt nicht zurück. Denn ich halte es wirklich keine Sekunde länger aus.«

»Ach ja«, säuselte ich und stieß mein Becken sanft gegen seinen Unterleib.

Cole stöhnte und umfasste meinen Po ein bisschen fester. Sein Blick fesselte mich, als er erwiderte: »Du treibst mich in den Wahnsinn. Ist dir das eigentlich klar?«

Verlangend küsste ich ihn. »Vollkommen klar«, erwiderte ich. »Was ist mit deiner verschlossenen Tür?«

Cole zögerte einen kurzen Moment, dann huschte ein Lächeln über sein Gesicht. »Festhalten«, meinte er knapp, und eine Sekunde später drehte er sich mit dem Rücken zur Tür und warf sich mit voller Wucht dagegen. Ich schrie überrascht auf, als die Haustür mit Schwung gegen die Wand flog.

»Du bist verrückt, vollkommen und total verrückt.«

Cole grinste diabolisch. »Und schon wieder hast du recht. Ich bin verrückt, und zwar nach dir.«

Während er mich nach drinnen trug, küsste er mich wieder. Unsere Münder verschmolzen regelrecht miteinander, und je länger wir uns küssten, desto weniger klar konnte ich denken. Ich wollte nur noch mit ihm zusammen sein.

Keiner von uns beiden machte sich die Mühe, die Haustür zu schließen, stattdessen taumelten wir durch seinen Flur.

»Schlafzimmer oder Couch?«, raunte Cole, während er Küsse in meiner Halsbeuge verteilte.

»Das ist mir gleich«, erwiderte ich, während ich seufzend den Kopf zur Seite bog, und dann fügte ich stöhnend hinzu: »Ich will nur noch mit dir zusammen sein.«

Cole keuchte leise auf, und tatsächlich schafften wir es weder zu seiner Couch noch in sein Bett. Wir kamen nur bis zur Treppe, die in die erste Etage hinaufführte.

Während ich auf einer der Stufen saß, beugte er sich über mich. Ich konnte sehen, wie sich sein Brustkorb unter schnellen Atemzügen hob und senkte, während er mich mit Blicken förmlich verschlang.

Seine Hände glitten auf meine Oberschenkel, und dann schob er langsam mein Kleid nach oben. Zentimeter für Zentimeter entblößte er meine Haut. Dann hielt er inne, betrachtete mich und lächelte versonnen. Gerade schien er es gar nicht mehr eilig zu haben. Vor Aufregung hatte ich einen richtigen Kloß im Hals. Mein Herzschlag lief auf Hochtouren, während ich in sein Gesicht blickte, in dem ich problemlos jede Gefühlsregung ablesen konnte.

Seine Hände strichen bedächtig von den Außenseiten meiner Oberschenkel zu den Innenseiten. Ich zitterte, stöhnte leise auf und packte Cole an seinem Shirt.

»Komm her«, raunte ich und zog ihn zu mir hinab. Während seine Lippen federleicht auf meinem Mund ruhten und er mich küsste, schob er seine Finger unter meinen Slip. Ich stöhnte auf und hielt ihn fester. »Du fühlst dich unglaublich an«, flüsterte Cole, während er mich streichelte. »Wirklich, ganz unglaublich.«

Stöhnend lehnte ich mich nach hinten, während Cole meine Bikinihose schließlich über meine Oberschenkel nach unten zog und sie dann achtlos fallen ließ. Ich öffnete meine Beine, und er beugte sich lächelnd über mich.

»Ich will dich ganz nackt sehen, und zwar unbedingt.« Coles Augen leuchteten auf, und dann half er mir hoch. »Mein Schlafzimmer ist oben«, raunte er, während wir bereits eilig die Treppen hinaufliefen.

Als Cole die Tür hinter sich mit dem Fuß zukickte, packte er mich auch schon, hob mich hoch und trug mich zum Bett. Lachend ließen wir uns darauf fallen, küssten uns und fingen damit an, uns auszuziehen. Wir hatten es eilig, uns die wenigen Klamotten vom Leib zu reißen. Und als wir endlich vollkommen nackt waren, beugte sich Cole wieder über mich, küsste mich, glitt mit seinen Lippen hinunter zu meinem Dekolleté. Streichelte und berührte mich und trieb mich damit vollkommen in den Wahnsinn. Seufzend bäumte ich mich unter Cole auf, drängte mich gegen ihn, berührte und massierte ihn, bis er verlangend aufstöhnte. Mein Gehirn drohte sich abzuschalten.

Doch mit dem letzten Funken Verstand sagte ich: »Wir brauchen ein Kondom.«

Cole schüttelte den Kopf. »Nein«, sagte er dann. »Wir werden sicher mehr als eins brauchen.«

Er schenkte mir ein verwegenes Lächeln, streckte die Hand aus und zog die Nachttischschublade auf. Als ich den Inhalt der Schublade erblickte, lächelte ich breit.

»Du bist wirklich gut vorbereitet«, sagte ich und schaute ihm dabei zu, wie er ein Kondom aus der Schublade angelte.

Cole ließ sich neben mir auf die Matratze fallen, und ich rollte mich sofort auf ihn.

Bevor er etwas sagen konnte, nahm ich ihm das Kondom aus der Hand. »Lass mich das machen«, sagte ich und riss die Folie auf.

Coles Brustkorb hob und senkte sich in tiefen Atemzügen.

Gebannt schaute er mir dabei zu, wie ich ihm das Kondom überzog. Seine Hände hielten das Bettlaken umklammert, während ich ihn berührte. Als ich fertig war, entspannte er sich ein wenig. Ich beugte mich zu Cole hinunter, hauchte Küsse auf seine durchtrainierte Brust.

»Ich wusste, dass wir beide so enden würden«, flüsterte ich.

Coles Hände strichen über meinen Rücken, dann packte er meinen Po. Ohne Vorwarnung rollte er sich wieder auf mich, und ich schlang die Beine um seine Hüften.

Cole schüttelte kaum merklich den Kopf. »Es endet nicht. Es beginnt gerade.«

Während er das sagte, schob er sich in mich hinein. Ganz langsam und Zentimeter für Zentimeter. Ich genoss das Gefühl, es brachte mich schier um den Verstand. Stöhnend bog ich den Kopf zurück, drängte ihm mein Becken entgegen, und dann schaltete sich mein Gehirn tatsächlich ab. Ich konnte nicht mehr denken, sondern nur noch fühlen. Und das, was ich fühlte, war unglaublich. Während unsere Körper miteinander zu verschmelzen schienen, hatte ich das Gefühl, noch nie so glücklich gewesen zu sein wie in diesem Moment.

Cole

Schläfrig lag ich in meinem Bett. Lana lag mit geschlossenen Augen neben mir. Sie barg ihren Kopf an meiner Schulter. Ihre langen Haare kitzelten mich im Gesicht, als ich den Kopf zur Seite neigte, um sie besser anschauen zu können.

Mir ging das Herz auf, als ich sie betrachtete. Ich hatte das nicht geplant, wollte ihr eigentlich aus dem Weg gehen. Tja, dachte ich, das war gründlich schiefgelaufen.

Eigentlich hatte ich Lana näher kennenlernen wollen, bevor wir miteinander im Bett landeten. Das war mir nur bedingt gelungen. Klar hatte sie mich mit Informationen aus ihrer Vergangenheit gefüttert, aber um das Thema, was mir seit unserem Zusammensein auf meinem Dach im Kopf herumging, hatten wir bis jetzt einen Bogen gemacht.

Es war wirklich verrückt, aber ich wollte nicht, dass Lanas Urlaub zu Ende ging und sie nach London zurückkehrte.

Vorsichtig strich ich eine Strähne ihrer braunen Mähne aus ihrem Gesicht.

Bei ihrem Anblick musste ich lächeln.

Lana regte sich neben mir. Eigentlich hatte ich sie nicht aufwecken wollen. Verschlafen streckte sie sich und kuschelte sich dann wieder an mich. Sie rollte sich auf die Seite. Ihre Hand glitt auf meinen nackten Bauch.

»Bist du schon lange wach?«, fragte sie und klang immer noch reichlich müde.

»Nein, ich bin gerade erst aufgewacht.«

Lana blickte zu mir auf, und mein Herzschlag beschleunigte sich. Ihr Lächeln trieb meinen Puls in die Höhe.

»Hast du gut geschlafen?«, wollte ich wissen und drehte mich ebenfalls auf die Seite.

Lana nickte kurz und erklärte dann: »Um ehrlich zu sein, viel zu gut. Ich hätte noch ewig schlafen können.«

»Ich hatte wirklich nicht die Absicht, dich zu wecken«, erklärte ich, aber Lana schüttelte lächelnd den Kopf und rückte dann näher zu mir heran.

»Nein, ich bin froh darüber. Schließlich will ich pünktlich bei Isabella im Salon sein. Was hast du heute eigentlich vor?«

»Dich vernaschen«, gab ich prompt zurück und grinste Lana an. Aber bevor ich mich über sie beugen konnte, um sie zu küssen, hielt sie mich zurück.

»Untersteh dich«, sagte sie streng, konnte sich ein Lächeln aber nicht verkneifen.

»Jetzt mal im Ernst. Was hast du vor?«

Seufzend streckte ich mich neben Lana aus und starrte an die Decke. Dann sagte ich: »Ich muss in der Werkstatt noch ein bisschen was vorbereiten. Schließlich will ich bald eröffnen.«

»Stimmt. Hast du eigentlich etwas Besonderes für den großen Tag geplant?«

Ich zuckte mit den Schultern. »Nein, eigentlich nicht. Ich werde eben einfach eröffnen und hoffen, dass die Werkstatt gut angenommen wird und ich mir nach und nach einen wachsenden Kundenstamm aufbauen kann.« Lana schwieg, was mich dazu brachte zu fragen: »Findest du das nicht gut?«

»Eigentlich dachte ich, du würdest es ein bisschen spektakulärer machen.«

Ich lachte leise auf. »Spektakulärer? Es ist eine Autowerkstatt. Wie sollte ich das deiner Meinung nach anstellen?«

Lana setzte sich abrupt im Bett auf. Die Decke glitt über ihre nackten Brüste nach unten, und ich seufzte leise auf.

Lana redete so unbeschwert weiter, als wäre sie nicht nackt und würde mir damit nicht vollkommen den Verstand rauben.

»Mir würde eher Kaffee und selbst gebackener Kuchen vorschweben. Gratis natürlich. Luftballons, vielleicht ein bisschen Musik oder eine Tombola für die Kinder.«

»Kinder? Welche Kinder? Wie gesagt, es ist eine Autowerkstatt.«

Lana ignorierte meine Einwände, stattdessen sinnierte sie: »Du könntest auch einen Clown engagieren. Darauf fahren die Kids echt voll ab. Oder wie wäre es mit Ponyreiten? Das kommt immer gut an.«

Ich setzte mich im Bett auf und küsste Lana, um sie zum Schweigen zu bringen. Ihre Brüste drückten sich gegen meinen nackten Oberkörper. Verdammt, wen interessierte schon die blöde Eröffnung? Ich wollte nur noch mit Lana zusammen sein. Langsam versuchte ich sie wieder auf die Matratze zu drücken. Aber Lana schob mich von sich.

Reichlich frustriert starrte ich sie an. Was Lana dazu anstachelte, belustigt zu lächeln.

Grinsend deutete sie auf ihre nackten Brüste. »Kann es sein, dass dich mein Anblick gerade ziemlich anmacht?«

Ich atmete tief durch. »Rein zufällig hast du recht.«

»Dann sollte ich die mal wieder wegpacken.« Lana wollte nach der Decke greifen, aber ich hielt ihre Handgelenke fest.

»Noch nicht«, bat ich. »Du siehst so wunderschön aus.«

Ich hätte sie pausenlos anschauen können.

Lana lächelte. »Danke für das Kompliment. Dann erlaube ich dir, mich weiter anzustarren, und während du das tust, könntest du mir ja sagen, was du von meinen Vorschlägen hältst.«

Es fiel mir schwer, mich auf irgendetwas anderes zu konzentrieren. Aber ich gab mir wirklich Mühe.

»Okay, was deine Tipps betrifft: Erstens hasse ich Clowns, und zweitens kann ich nicht backen. Daher würde ich es lieber auf meine Art machen, und jetzt bestrafe mich bitte nicht, indem du dir die Decke nach oben ziehst.«

Lana lächelte. »Keine Sorge. Ich bin schließlich kein Unmensch. Und jetzt mal im Ernst. Was meinst du mit du willst es auf deine Art machen?«

»Ich hatte an Rabattkarten gedacht. Nach fünf Reparaturen gibt es einen Ölwechsel gratis.«

Lana zuckte lächelnd mit den Schultern.

»Auch eine gute Idee. Nicht so gut wie die Luftballons und der Kuchen. Aber okay.«

Lächelnd küsste ich sie. »Schön, dass ich deine Zustimmung habe. Wirst du eigentlich zur Eröffnung kommen?«

Lana erwiderte meinen Kuss. »Das lasse ich mir doch nicht entgehen«, gab sie schmunzelnd zurück. Weil wir uns gerade so nett unterhalten, was ist denn nun mit dem Versorgungspunkt für den Küstenlauf? Ich muss Isabella unbedingt eine Antwort geben.«

Ich rutschte näher an Lana heran, küsste sie auf die Schulter, während meine Hand auf ihren Rücken glitt. Das Gefühl von nackter Haut auf nackter Haut war berauschend. »Du kannst Isabella sagen, dass sie ihren Versorgungspunkt auf meinem Grundstück einrichten dürfen. Von mir aus können sie auch zehn Stände aufbauen. Mir ist das gleich. Allerdings habe ich noch eine Bitte, und zwar an dich.«

Lana schaute mich fragend an: »Und die wäre?«

Ich atmete tief durch. Eigentlich wollte ich nicht davon anfangen. Aber ich konnte sie nach ihrem Urlaub nicht einfach nach London zurückkehren lassen. Dafür war ich zu gerne mit ihr zusammen.

»Jetzt sag schon.«

»Bleib hier«, bat ich.

Lana lachte. »Wirklich gerne, aber ich sagte dir doch, dass Isabella auf mich wartet. Ich muss mich beeilen, ehrlich gesagt, bin ich jetzt schon zu spät dran. Aber wir können uns heute Abend treffen.«

»Ich spreche nicht von heute«, unterbrach ich Lana und fügte dann sicherheitshalber hinzu: »Ich rede davon, dass du nicht nach London zurückfahren sollst. Du könntest hier bei mir bleiben?«

Lana starrte mich mit weit aufgerissenen Augen an. »Wie bitte? Du machst doch hoffentlich einen Scherz!«

Ich schluckte schwer und bereute es, davon angefangen zu haben. Aber jetzt konnte ich nicht mehr zurück. Lana sollte einfach wissen, was Sache war.

»Eigentlich habe ich es ernst gemeint«, gab ich zu.

Lanas ungläubiges Lächeln verschwand aus ihrem Gesicht. Sie seufzte tief, und dann erwiderte sie: »Wie stellst du dir das denn vor?

Mein ganzes Leben spielt sich in London ab. Dort leben meine Familie und meine Freunde. Das kann ich nicht alles aufgeben.«

Das wäre sicher ein guter Zeitpunkt gewesen, um etwas zu sagen, aber ich wusste nicht, was, deshalb hielt ich den Mund.

Lana griff nach meiner Hand. »Hör zu, ich mag dich wirklich gerne. Mit dir zusammen zu sein macht wahnsinnig Spaß. Die letzte Nacht war unglaublich, du bist unglaublich.«

»Okay, stopp. Hör auf, mir Honig um den Mund zu schmieren. Machst du gerade mit mir Schluss? Es klingt nämlich verdammt danach.«

Ich wollte ihr meine Hand entziehen, aber Lana hielt mich fest.

»Auf keinen Fall«, sagte sie sofort. »Ich will damit nur sagen, dass wir beide doch von Anfang an gewusst haben, dass das zwischen uns nur eine lockere Affäre werden kann. Wir können keine Zukunft haben«, erklärte sie schonungslos, und ich hätte nicht gedacht, dass mich ihre Reaktion so fertigmachen würde. Keine Ahnung, was ich erwartet hatte, auf jeden Fall nicht das.

Ich wollte mich abwenden, aber Lana hinderte mich daran.

»Cole, komm schon. Mach jetzt keine große Sache daraus. Lass uns einfach unsere gemeinsame Zeit genießen. Leider muss ich jetzt gehen, aber wir könnten uns wirklich heute Abend treffen. Vielleicht gehen wir was essen«, schlug Lana vor, und ich wusste nicht, ob ich einfach so weitermachen konnte, so als ob wir dieses Gespräch nie geführt hätten.

»Was sagst du dazu?«, drängte sie.

Ich nickte schließlich. »Meinetwegen«, erwiderte ich, und Lana gab mir einen schnellen Kuss auf den Mund.

»Das ist gut. Ich sollte mich jetzt beeilen. Bevor ich in den Salon fahre, muss ich mich umziehen gehen.«

»Mir gefällst du sehr gut, wenn du nackt bist.«

Ihr Lächeln sorgte dafür, dass es in meinem Bauch auf herrliche Weise kribbelte. Ich wusste, Lana wollte nach Hause, trotzdem küsste ich sie sanft auf den Mund. Mein Unterleib zog sich verlangend zusammen. Oh Mann, wie sollte ich je von ihr genug bekommen?

Lana öffnete seufzend die Lippen und drängte sich näher an mich. Unser Kuss wurde schnell intensiver. Mein Gehirn schaltete sich ab, ich konnte nur noch daran denken, wieder in ihr zu sein. Langsam drückte ich sie auf die Matratze zurück und rollte mich auf sie. Seufzend schlang Lana die langen schlanken Beine um meine Hüften. Ich war so nah dran, so verdammt nah dran. Aber dann musste sie mich ja unbedingt aufhalten.

»Warte, warte«, stieß Lana atemlos hervor.

Ich schüttelte unmerklich den Kopf, während meine Lippen auf der zarten Haut ihres Halses abwärts wanderten.

»Ich wüsste echt nicht worauf«, gab ich leise zurück, während ich damit fortfuhr, sie zu küssen und zu berühren. Ich glitt nach unten, genoss es, sie langsam, aber sicher aus der Fassung zu bringen und ihren Widerstand zu brechen.

Lana bog sich mir seufzend entgegen, drückte den Kopf ins Kissen, als ich mit meiner Zunge langsam ihren Bauchnabel umkreiste.

»Du machst mich ganz kirre«, wisperte Lana, während sie eine Hand im Laken verkrallte und mit der anderen in meinem Haar wühlte.

Ich lachte an der zarten Haut ihres Bauches, und Lana stöhnte leise seufzend auf. »Das ist übrigens Absicht. Es freut mich allerdings, dass es funktioniert.«

»Oh, Gott«, stieß Lana hervor, als ich meinen Weg nach unten fortführte. »Nicht so förmlich. Nenn mich Cole.«

Lana lachte auf. Ein sexy Lachen, das mein Herz schneller schlagen ließ.

»Wir müssen damit aufhören.« Lanas Protest ging in ihrem Stöhnen unter.

»Das möchtest du nicht wirklich«, erwiderte ich, und Lana keuchte auf, als ich meinem Ziel sehr, sehr nahegekommen war.

»Isabella rechnet fest mit mir.«

Stöhnend bog sie den Rücken durch. Sie seufzte, und es kam mir vor, als könnte ich ihr Herz schlagen hören. Ihre Beine zitterten unmerklich, und der Gedanke, dass ich für ihren momentanen Gemütszustand verantwortlich war, gefiel mir äußerst gut.

»Sie wird es verstehen«, flüsterte ich und küsste die Innenseiten ihrer Oberschenkel.

Es gefiel mir, sie an den Rand des Erträglichen zu treiben. Aber schließlich hielt ich es selbst kaum noch aus. Und das war es dann, ich hörte auf, mich um Lanas Proteste zu kümmern, die mit jedem Millimeter, den ich meinem Ziel näher kam, sowieso verstummten. Ich genoss einfach den Augenblick. Genau wie sie es vorgeschlagen hatte. Wen interessierte schon das Morgen, oder das Übermorgen, wenn das Hier und Jetzt so unglaublich toll war?

Und dann widmete ich mich voll und ganz ihrer empfindsamsten Stelle, und Lana quittierte mein Engagement, indem sie leise meinen Namen stöhnte und mich anflehte, nicht aufzuhören. Als ob ich das je getan hätte!

Kapitel 11

Lana

»Bitte entschuldige, dass ich zu spät komme«, sagte ich, während ich in Isabellas Friseursalon stürmte.

Isabella war gerade dabei, einer Kundin die Haare zu waschen, als ich in ihr Geschäft platzte.

Während ich mir schnell meine Strickjacke auszog und meine Tasche unter dem Tresen verstaute, hielt Isabella für einen Augenblick inne und musterte mich kurz. Lächelnd zuckte sie mit den Schultern, als würde sie mir sagen wollen, kein Problem, und dann widmete sie sich wieder den Haaren von Mrs Foster.

Da ich Isabella im Moment nicht bei der Arbeit stören wollte, beschloss ich, so wie gestern einfach den Telefondienst zu übernehmen, und tatsächlich klingelte Isabellas Anschluss nur einen Augenblick später.

Die nächsten anderthalb Stunden verbrachte ich wieder damit, Termine zu verschieben, zu streichen oder neu zu vereinbaren.

Als die Mittagszeit gekommen war, verabschiedete Isabella die letzte Kundin für diesen Vormittag, indem sie sie zur Tür brachte. Dann drehte Isabella ihr Türschild von *Open* auf *Closed* und setzte sich zu mir an den Tresen.

»Wie sieht es aus, hast du Hunger? Wir könnten zum Essen wieder ins Restaurant gehen«, schlug Isabella vor, als sie es sich auf dem Hocker bequem machte und die Beine übereinanderschlug.

»Von mir aus gerne. Ich bin schon ziemlich hungrig.«

Ich dachte an Cole und an unser gemeinsames Frühstück, das viel zu kurz ausgefallen war, weil wir mit anderen Dingen beschäftigt gewesen waren.

»Du siehst total glücklich aus«, sagte Isabella plötzlich, während ihr wissender Blick auf mir ruhte.

Meine Wangen liefen hochrot an.

»Du hast mit Cole geschlafen«, stellte Isabella ernüchtert fest, und mir blieb nichts anderes übrig als es zuzugeben. Außerdem hatte ich eh nicht vor, es ihr zu verschweigen. Wir standen uns so nahe, dass ich es ihr unbedingt anvertrauen wollte. Auch wenn ich wusste, was sie davon halten würde.

»Es war nicht geplant. Sondern ist einfach passiert«, erklärte ich und hatte plötzlich das Gefühl, ich müsste mich rechtfertigen, was natürlich Quatsch war.

Isabella musterte mich nachdenklich. Da sie nichts zu alledem sagte, fuhr ich fort: »Und so führte eben eins zum anderen.«

Isabella räusperte sich leise. »Du meinst wohl eher, es führte direkt in sein Bett.«

»Ja, so ähnlich«, meinte ich vage und dachte an unser kleines Intermezzo auf Coles Treppe.

Isabella schwieg, und ich trat nervös von einem Fuß auf den anderen.

»Hast du gar keine Meinung dazu?«, fragte ich schließlich, und Isabella stieß hörbar den Atem aus.

»Doch, schon«, erwiderte sie und fuhr dann nach kurzem Zögern fort: »Allerdings bin ich nicht sicher, ob du die überhaupt hören willst.«

Angestrengt blickte ich Isabella an. »Klar will ich das. Wir sind schließlich die besten Freundinnen. Das sind wir doch noch, oder?«

Isabella nickte sofort. »Na klar sind wir das. Wo denkst du denn hin? Du bist wie eine Schwester für mich. Eine kleine Meinungsverschiedenheit ändert daran doch nichts.«

Erleichtert atmete ich auf. Das war beruhigend zu hören.

»Ich weiß, du hegst gewisse Vorbehalte gegen Cole. Doch wenn du mich fragst, sind die vollkommen unberechtigt.«

Isabella presste die Lippen zusammen.

»Nimm es mir bitte nicht übel. Aber ich glaube, du bist nicht gerade objektiv. Seitdem du ihm begegnet bist, hat er dir total den Kopf verdreht. Ich für meinen Teil traue Cole einfach nicht über den Weg. Ich meine, er war schließlich schon mal im Gefängnis.«

»Hat nicht jeder eine zweite Chance verdient?«, warf ich ein, und Isabella seufzte tief auf. Langsam war ich diese Diskussionen leid.

»Nicht für mich«, gab sie dann zu. »Eigentlich will ich damit nur sagen, du hast jeden Tag mit einer Menge schräger Typen zu tun. Manche von ihnen sind gefährlich, andere harmlos. Und Cole macht auf mich den Eindruck, dass er zu der gefährlichen Sorte gehört. Im Moment hat es den Anschein, dass du nicht imstande bist, rational zu denken. Sonst würdest du dich bestimmt nicht auf einen Typen wie Cole einlassen.«

Es ärgerte mich, und es machte mich traurig, dass Isabella einen solch schlechten Eindruck von ihm hatte. Ich hätte sie gerne bekehrt, aber ich wusste nicht recht, wie mir das gelingen sollte.

Bevor ich etwas auf ihre Anschuldigungen erwidern konnte, sagte Isabella: »Ich kann nur hoffen, dass du weißt, was du tust. Bei Cole habe ich immer das Gefühl, dass er etwas im Schilde führt«, meinte sie abschließend.

»In Anbetracht dessen, dass du bis jetzt nur flüchtig mit Cole gesprochen hast, finde ich das alles ein bisschen paranoid.«

Isabella erwiderte schulterzuckend. »Ich würde es eher vorsichtig nennen.«

»Ich dachte, du hättest deine Meinung über Cole inzwischen geändert. Schließlich habt ihr euch im Restaurant ganz nett unterhalten.«

Meine Enttäuschung konnte ich nur schwer zurückhalten.

»Ich versuche es ja, aber ich kann einfach nicht aus meiner Haut. Irgendetwas stört mich an ihm«, erwiderte Isabella und zuckte mit den Schultern. »Ich weiß auch nicht, was.«

Nachdenklich drehte ich den Kugelschreiber zwischen meinen Fingern, während ich über das nachdachte, was Isabella gerade gesagt hatte, und dann erwiderte ich: »Ich muss zugeben, dass ich im Moment in Bezug auf Cole tatsächlich nicht objektiv bin. Und das liegt einfach daran, dass ich ihn wirklich gerne mag. Sehr, sehr gerne, um genau zu sein.«

»Bist du in Cole verliebt?«, wollte Isabella geradeheraus wissen, und ich sah keinen Grund, ihr die Wahrheit zu verschweigen.

»Am Anfang war ich einfach nur glücklich, ihn gefunden zu haben. Aber je öfter ich mit ihm zusammen war, mit ihm rede, desto mehr fühle ich mich zu ihm hingezogen.«

Ich schwieg einen Moment, dann ergänzte ich: »Also, um deine Frage zu beantworten, ja, ich denke schon, dass ich mich wirklich in Cole verliebt habe.«

Isabella starrte mich mit hochgezogenen Augenbrauen an.

»Was passiert jetzt zwischen euch? Dein Urlaub ist doch bald vorbei.«

Ich zögerte, ihr von Coles Bitte zu erzählen. Aber dann tat ich es eben doch. »Er hat mich gebeten, hierzubleiben.«

Stirnrunzelnd fragte Isabella: »In Port Isaac? Etwa für immer?«

Ich nickte. »Das ist verrückt. Ich weiß.«

»Ja, irgendwie schon. Ich meine, dein ganzes Leben spielt sich in London ab. Was hast du ihm denn geantwortet?«

»Ich habe ihm genau das gesagt, nämlich das das irre wäre und ich nicht aus London weggehen kann.«

Isabella drückte meine Hand. »Ich denke, es ist bestimmt besser so. Obwohl es natürlich toll wäre, dich hier zu haben. Aber ich an deiner Stelle würde nicht einfach so mein ganzes Leben über den Haufen werfen.«

Isabella hatte bestimmt recht. Oder etwa nicht?

Bevor ich antworten konnte, klopfte jemand gegen die verschlossene Tür. Gleichzeitig schauten wir auf. Eine von Isabellas Kundinnen wartete draußen.

»Oh nein, jetzt haben wir unsere Pause verpasst«, meinte Isabella seufzend und erhob sich, um die Tür zu öffnen. Das war es dann mit dem Mittagessen, dachte ich, während mein Bauch leise grummelte.

Als Isabella mit der Kundin im Schlepptau am Tresen vorbeimarschierte, raunte sie mir im Vorbeigehen zu: »Im Aufenthaltsraum habe ich ein paar Kekse. Du kannst dich gerne bedienen.«

»Das ist die Rettung«, flüsterte ich zurück und ging einen Augenblick später los, um von den angepriesenen Keksen zu probieren.

Ich machte es mir auf einem Stuhl bequem und blätterte in ein paar Zeitschriften, die auf dem Tisch aufgefächert waren, und bediente mich aus der Keksdose.

Als die Tür aufschwang und Isabella plötzlich den Raum betrat, zuckte ich zusammen.

»Hast du mich erschreckt«, stieß ich hervor und wischte mir ein paar Kekskrümel von meinem T-Shirt, während ich die Zeitschrift zurück auf den Tisch legte.

»Ich hoffe du hast mir ein paar übrig gelassen«, sagte Isabella und ließ sich neben mir auf einen Stuhl fallen. »Ich sterbe nämlich gleich vor Hunger.«

Grinsend schob ich ihr die Keksdose zu. »Was ist mir deiner Kundin?«

»Die sitzt bei einem Cappuccino in der Lounge, macht ein Kreuzworträtsel und wartet darauf, dass die Einwirkzeit für die neue Haarfarbe, die ich ihr eben aufgetragen habe, verstrichen ist. Also habe ich ein paar Minuten«, erwiderte Isabella und schnappte sich einen Keks, von dem sie gleich darauf ein Stück abbiss.

»Was hast du eigentlich heute nach Geschäftsschluss vor?«, fragte ich.

Isabella zuckte mit den Schultern. »Nichts Besonderes. Was möchtest du denn tun?«

»Na ja, ich hatte vor, noch einmal nach Wadebridge zu fahren. Bei meinem letzten Ausflug in die Stadt habe ich in einer Boutique ein wirklich hübsches Kleid entdeckt. Ich überlege, es zu kaufen.«

Isabella lächelte. »Auf eine kleine Shoppingtour hätte ich schon Lust. Was dagegen, wenn ich mitkomme?«

Ich schüttelte sofort den Kopf. »Nein, gar nicht. Komm nur.«

Der Signalton des Weckers, den Isabella vorhin mitgebracht und vor sich auf den Tisch gestellt hatte, sprang an, und Isabella erhob sich von ihrem Platz.

»Zeit, die Farbe aus den Haaren zu waschen«, erklärte sie und ging auf die Tür zu.

Auf der Schwelle blieb Isabella plötzlich stehen.

»Oh, nein«, sagte sie und drehte sich zu mir um. »Mir fällt gerade ein, dass ich heute am frühen Abend ein Treffen mit dem Komitee habe. Das war mir komplett entfallen. Dann wird aus unserem Stadtbummel leider nichts. Tut mir echt leid. Bitte sei nicht enttäuscht. Ich fühle mich total mies. Du kommst extra her, um hier Urlaub zu machen, und dann habe ich kaum Zeit, gemeinsam mit dir etwas zu unternehmen. Stattdessen lasse ich dich noch für mich schuften.«

»Mach dir darüber keine Gedanken«, erwiderte ich. »Es macht mir übrigens Spaß, zusammen mit dir im Laden rumzuhängen.« Ich erhob mich ebenfalls und ging auf die Tür zu. Schließlich wurde es auch für mich Zeit, wieder an die Arbeit zu gehen.

Und gerade als Isabella von ihrem Treffen gesprochen hatte, war mir auch die Sache mit dem Versorgungspunkt eingefallen, und bevor Isabella mich danach fragen konnte, kam ich ihr zuvor, indem ich sagte: »Übrigens habe ich mit Cole gesprochen. Er ist mit eurem Versorgungspunkt einverstanden.«

Isabellas Gesicht hellte sich auf, während sie erleichtert in die Hände klatschte. »Habe ich dir schon mal gesagt, dass du einfach toll bist?«

Ich lachte. »Ja, hast du«, erwiderte ich.

»Ich kann es gar nicht erwarten, den anderen Mitgliedern die guten Neuigkeiten zu erzählen. Ohne deine Hilfe hätte er mit Sicherheit niemals zugestimmt.«

»Schon möglich. Aber jetzt hat er es ja getan.«

Isabella nickte, während sie die Tür öffnete. »Ich muss dann wieder«, sagte sie und ging zurück ins Geschäft. Zufrieden folgte ich ihr, und während Isabella wieder an die Arbeit ging, schnappte ich mir die benutzten Farbschälchen, um sie zu reinigen. Die nächsten beiden Stunden verbrachte ich damit, abgeschnittene Haare, die auf dem Boden lagen, zusammenzufegen, Handtücher zu wechseln und die Körbchen mit den Proben aufzufüllen, die im Laden überall verteilt standen. Ich hatte also gut zu tun, und die Zeit verging wirklich wie im Flug.

Am frühen Nachmittag klingelte mein Handy. Als ich den Namen des Anrufers auf dem Display las, machte mein Herz einen freudigen Hüpfer.

»Hey«, sagte ich, als ich das Gespräch angenommen hatte.

»Wie geht es dir?«, fragte Cole am anderen Ende der Leitung. Seine Stimme bescherte mir Schmetterlinge im Bauch.

»Ziemlich gut. Bleibt es bei heute Abend?«

»Deswegen rufe ich an. Ich muss unsere Verabredung für heute leider absagen. Tut mir wirklich leid.«

»Nicht du auch noch«, erwiderte ich geknickt.

»Wer hat dich noch versetzt?«

»Isabella«, erwiderte ich und fügte dann hinzu: »Eigentlich wollten wir heute am späten Nachmittag zusammen nach Wadebridge fahren. Aber vorhin ist ihr eingefallen, dass sie heute eine Sitzung mit dem Komitee des Klippenmarathons hat. Übrigens habe ich ihr erzählt, dass du mit dem Versorgungspunkt einverstanden bist. Isabella ist richtig happy.«

Cole lachte. »Bedeutet das, dass ich bei ihr Pluspunkte sammeln konnte?«

»Vielleicht«, gab ich vage zurück und fragte dann: »Was ist dir eigentlich dazwischengekommen?«

Cole zögerte mit einer Antwort. Dann erklärte er: »Ich schulde jemandem einen Gefallen, und wenn ich das erledigt habe, habe ich vor, noch in der Werkstatt zu arbeiten.«

Schweigen dehnte sich zwischen uns aus. Ich hätte Cole gerne gefragt, was das denn für ein Gefallen war. Aber irgendwie traute ich mich nicht. Ich meine, wenn er es mir verraten wollte, würde er es ja tun.

»Bist du noch dran?«, fragte Cole plötzlich.

»Ja, klar«, erwiderte ich hastig und versuchte meinen aufkeimenden Argwohn zu verdrängen.

»Sehen wir uns bei meiner Eröffnung?«, wollte er wissen.

»Auf jeden Fall«, erwiderte ich.

»Das ist toll. Ich muss dann los. Wir sprechen uns später«, verabschiedete er sich.

»Sicher. Bis später.«

Und schon hatte er aufgelegt.

»Alles okay?«, fragte Isabella, während sie am Tresen lehnte und ich mein Handy zurück in meine Handtasche schob.

»Ja, es ist alles gut.«

Isabella musterte mich nachdenklich.

»Ehrlich gesagt, siehst du gerade nicht so aus. Bist du sicher, dass alles in Ordnung ist?«

Ich atmete tief durch, und dann erzählte ich ihr von dem Gespräch, das ich gerade mit Cole geführt hatte.

Isabella hörte schweigend zu, aber je länger ich sprach, desto misstrauischer blickte sie drein.

»Findest du es nicht seltsam, dass er dir nicht erzählt, was er vorhat?«

Schulterzuckend erwiderte ich: »Keine Ahnung. Er ist nicht verpflichtet, mir alles zu sagen.«

Isabella nickte. »Natürlich nicht. Aber warum sollte er dir vorenthalten, was er macht?«

An Isabellas Gesichtsausdruck konnte ich erkennen, dass sie in ihrer Fantasie gerade ein paar Verschwörungstheorien aufstellte. Ich unterdrückte ein leises Seufzen.

»Keine Ahnung. Ich habe ja auch nicht näher nachgefragt.«

Isabella blickte missmutig drein. »Weißt du, was ich befürchte?«

Am liebsten hätte ich »Nein« gesagt. Ich wollte gar keine Vermutungen von ihr hören. Letztendlich machte sie mich mit ihren Mutmaßungen nur verrückt. Aber das brachte ich natürlich auch nicht übers Herz, deshalb erwiderte ich: »Was denn?«

»Was ist, wenn er wieder illegale Geschäfte macht«, meinte Isabella vielsagend, und ich rollte mit den Augen.

»Ach, komm schon. Das ist verrückt. Warum sollte er das denn tun? Er weiß doch, was auf dem Spiel steht, sollte er je wieder gegen das Gesetz verstoßen.«

Isabella schwieg. Mit Sicherheit dachte sie gerade darüber nach, wie sie meine Argumente am besten widerlegen konnte.

»Warum erzählt er dir denn sonst nicht, was er ach so Wichtiges vorhat? Die Sache stinkt doch zum Himmel«, fügte sie abschließend hinzu. Isabellas Worte brachten mich dazu, an Coles Erklärungen zu zweifeln. Und das war ein wirklich blödes Gefühl.

• • •

Während Isabella beim Treffen mit dem Veranstaltungskomitee war, fuhr ich allein nach Wadebridge. Denn das war immerhin besser als einsam und verlassen am Strand oder in Isabellas Garten abzuhängen.

Lächelnd hielt ich die Papiertüte mit dem hübschen Sommerkleid darin, das ich mir eben gekauft hatte, in den Händen und schlenderte den Bürgersteig entlang. Das Wetter war traumhaft, und ich nahm mir Zeit, die wunderschön dekorierten Schaufenster zu betrachten. Schade, dass Isabella nicht hier war. Wir hätten sicher viel Spaß miteinander gehabt.

Als ich an einem kleinen Café vorbeiging, blieb ich stehen. Es duftete köstlich. Nach frischem Kaffee und leckerem Gebäck. Deshalb zögerte ich auch nicht lange und folgte dem herrlichen Duft nach drinnen.

Das Café war gut besucht. Aber ich hatte Glück und entdeckte einen freien Zweiertisch in einer Nische nahe am Fenster. Als ich mich gesetzt hatte, blätterte ich in der Speisekarte, die auf dem Tisch bereitlag.

Alles klang wirklich lecker, und ich konnte mich kaum entscheiden, was ich mir aussuchen sollte. Schließlich entschied ich mich für einen Tee und Scones.

Ich gab meine Bestellung auf, und während ich wartete, zog ich ein Buch meines Lieblingsautors aus meiner Handtasche und vertrieb mir die Zeit, indem ich ein paar Zeilen las.

»Hey, Lana.«

Erschrocken blickte ich von meinem Buch auf und schaute gleich darauf in ein Paar stahlblaue Augen. Mein Puls flatterte, als ich erkannte, wer da vor mir stand.

»Hallo«, stammelte ich und lief rot an. Randy war wirklich der letzte Mensch auf Erden, mit dem ich mich jetzt unterhalten wollte.

Besser gesagt, mit dem ich mich überhaupt unterhalten wollte.

»Das ist ja ein Zufall«, meinte er lächelnd und deutete auf den leeren Stuhl an meinem Tisch.

Setz dich jetzt bloß nicht zu mir, dachte ich und wurde in seiner Gegenwart etwas nervös.

Leider bestätigten sich meine Befürchtungen, denn gleich darauf fragte Randy: »Was dagegen, wenn ich mich zu dir setze?«

Instinktiv wollte ich den Kopf schütteln. Aber bevor ich ihn abwimmeln konnte, indem ich behauptete, dass ich noch einen wichtigen Termin hatte, wurden auch schon mein Tee und mein Essen serviert, und ich konnte diese Ausrede glatt vergessen.

Randy nutzte die Gelegenheit, um sich auch einen Tee zu bestellen, dann ließ er sich mir gegenüber auf einen Stuhl sinken.

Ich gab vor, mich auf meine Bestellung zu konzentrieren, und wünschte sehnlichst, er würde wieder verschwinden. Doch Randy lehnte sich entspannt auf seinem Stuhl zurück und schien recht zufrieden mit sich zu sein.

»Du weißt hoffentlich, dass du mir noch eine Revanche schuldest«, begann er. Fragend blickte ich von meiner Tasse auf.

Randy lachte, während er sich zu mir über den Tisch beugte. Ich musste mich schwer beherrschen, um nicht zurückzuweichen.

»Revanche?«, fragte ich stirnrunzelnd.

Lächelnd nickte Randy. »Genau, und zwar im Billard.«

Mir fiel der Abend in dieser Bar ein, als ich mit Randy und Isabella gespielt hatte und Cole aus heiterem Himmel auftauchte, mich plötzlich gepackt und mit nach draußen gezogen hatte. An jenem Tag war ich so schrecklich wütend auf Cole gewesen, und dann hatte er mir von seiner Familie und von Randy erzählt, und ich hatte es verstanden.

»Nein, danke. Ich habe keine Lust auf eine weitere Partie Billard«, erwiderte ich knapp und wünschte einfach, dass er endlich gehen würde. Aber dann wurde sein bestellter Tee serviert, und das bedeutete, er würde bleiben, mindestens so lange, bis er die Tasse ausgetrunken hatte.

»Ach, komm schon, hast du etwa Angst, gegen mich zu verlieren, oder hat dir mein Bruder verboten, dich mit mir zu unterhalten?«

Seine hartnäckige Fragerei ging mir gegen den Strich. Weil mir eine Diskussion mit ihm sinnlos erschien, erwiderte ich einfach gar nichts und schwieg stattdessen. Randy wartete auf meine Antwort, allerdings dachte ich nicht im Traum daran, ihm eine zu geben.

Dann lachte er freudlos auf. »Ich fasse es nicht. Das hat er wirklich getan«, sagte er plötzlich und klang dabei reichlich überrascht.

Wunderte er sich etwa wirklich darüber?

Im Grunde wollte ich keine Unterhaltung mit Randy beginnen, denn dann würde er wohl niemals verschwinden. Und seine Anwesenheit nervte gewaltig. Allerdings konnte ich seine Bemerkungen nicht einfach hinnehmen.

»Cole hat mir gar nichts verboten«, erwiderte ich angriffslustig. »Ich kann tun und lassen, was ich möchte, und mir dir reden will ich eben nicht«, sagte ich geradeheraus und fragte mich augenblicklich, woher ich plötzlich den Mut genommen hatte, ihm all diese Dinge ins Gesicht zu schleudern.

Randy schwieg einen Moment. Meine verbale Attacke hatte ihn scheinbar nicht vollkommen kaltgelassen.

»Ich finde es sehr schade, dass du so über mich denkst«, sagte er dann leise und drehte gedankenversunken seinen Löffel in der Hand.

Es fiel mir schwer, ihm dieses enttäuschte Getue abzukaufen. »Nur eine Sache ist noch ein bisschen trauriger«, fügte er hinzu. »Schließlich ist Cole mein Bruder, und dass er dich gegen mich aufgehetzt hat, ist wirklich enttäuschend.«

Geräuschvoll stellte ich meine Teetasse ab und blickte Randy an. Schon seltsam, dachte ich, Randy sah Cole unheimlich ähnlich. Und doch waren die beiden grundverschieden. Wenn Cole mich anschaute, war sein Blick warm, und ich fühlte mich an seiner Seite geborgen und gut aufgehoben. Randys Augen waren mindestens so blau wie Coles, aber bei ihm fröstelte ich, so kalt waren die Blicke, die er mir zuwarf. Selbst sein Lächeln konnte diese Kälte nicht kompensieren.

»Tu nicht so, als würde dir dein Bruder etwas bedeuten. Cole hat mir genug über dich erzählt, dass ich es besser weiß«, sagte ich. Denn ich war keine Marionette, mit der er spielen konnte. Es würde ihm nicht gelingen, Cole und mich gegeneinander aufzubringen.

Überrascht blickte er drein, und auch, wenn er sich große Mühe gab, es zu verbergen, glaubte ich doch die Bosheit in seinem Blick zu sehen, und in diesem Moment wusste ich, dass Cole in Bezug auf Randy nicht übertrieben hatte. Randy führte etwas im Schilde. Die Frage war nur, was?

Dass er vorhatte, sich an Cole zu rächen, war für mich jetzt schon fast offensichtlich.

Als er nichts erwiderte, konfrontierte ich ihn mit diesem Verdacht.

»Du willst es Cole wegen damals heimzahlen, stimmt´s?«

Randy schwieg, und ich schob derweil entschlossen meinen Stuhl zurück, um aufzustehen. Doch ich kam nicht weit, weil Randy blitzschnell nach meinem Handgelenk griff.

»Das ist Schwachsinn«, sagte er und klang etwas versöhnlicher. Selbst die Kälte schien für den Moment aus seinem Blick verschwunden zu sein.

»Lass mich los«, zischte ich leise. Wenn er nicht sofort seine Hände von mir nahm, würde ich schreien, und dabei wäre es mir egal, dass das Café voller Leute war.

»Nur wenn du bleibst und mir zuhörst«, erwiderte er gelassen, während ich innerlich vor Wut kochte.

Ich wollte mich nicht erpressen lassen. Aber es interessierte mich tatsächlich brennend, was er zu erzählen hatte. Widerstrebend setzte ich mich wieder auf meinen Platz, und Randy ließ mich endlich los.

Ich rieb mir das Handgelenk, während er einen Schluck Tee trank.

»Fang an«, forderte ich ihn ungehalten auf.

Randys Blick bohrte sich in meinen. Wenn er dachte, er könnte mich einwickeln, dann hatte er sich getäuscht.

»Keine Ahnung, was Cole dir erzählt hat. Klar, lange Zeit war ich ihm nicht gerade freundschaftlich gesonnen. Aber das hat sich geändert. Ich meine, er ist immerhin mein Bruder und womöglich bald der letzte Verwandte, den ich habe.«

»Der letzte?«, fragte ich nach.

Randy nickte und wirkte plötzlich etwas mitgenommen.

»Mum ist tot, und Dad wird es auch bald sein. Er ist krank. Hat Cole dir davon erzählt?«

Ich dachte an unser Gespräch auf seinem Dach zurück und nickte. »Ja, das hat er. Leberzirrhose, richtig?«

Jetzt war es an Randy, zu nicken. »Die Ärzte geben ihm nur noch ein paar Wochen.«

Ich dachte an all die Dinge, die Cole mir über seinen Dad erzählt hatte, weil ich kein Mitleid mit dem Mann empfinden wollte und mit Randy im Grunde auch nicht.

»Ich weiß, Cole glaubt, dass ich ihm eins reinwürgen will. Aber er irrt sich. Er ist mein Bruder, und ich liebe ihn trotz allem. So etwas würde ich niemals tun. Schade, dass er mir das nicht glaubt. Außerdem bin ich auf Bewährung. Wenn ich Mist baue, wandere ich wieder in den Knast, und eins kannst du mir glauben, dahin will ich nun wirklich nicht zurück.«

Er gab sich geläutert, aber ich traute ihm trotzdem nicht.

Nach kurzem Schweigen fügte Randy hinzu: »Mir ist schon klar, dass es eine große Bitte ist. Aber könntest du nicht mit Cole reden? Ich würde mich gerne mit ihm aussöhnen. Leider hört er mir nicht zu, wenn ich mit ihm sprechen möchte.«

Randys Bitte brachte mich in eine Zwickmühle, denn eigentlich wollte ich mich nicht einmischen.

Und das war auch der Grund, weshalb ich den Kopf schüttelte. »Sorry, aber das kann ich nicht. Das müsst ihr selber klären.«

Randy nickte langsam und machte dabei einen enttäuschten Eindruck. Meinte er dieses Getue ernst, oder spielte er nur den Geläuterten?

»Okay, das verstehe ich natürlich. Leider wird Cole bestimmt nicht mit mir reden wollen. Na ja, ich kann es ihm auch nicht verdenken.«

Nachdenklich schaute ich Randy an und wusste einfach nicht, was ich von seinem Verhalten und von diesem Gespräch halten sollte. Daher beschloss ich, ihm ein bisschen auf den Zahn zu fühlen. Es konnte doch nicht schaden, seine Version der Geschichte zu hören. Vielleicht konnte ich ein paar Details aus seiner Vergangenheit herauskitzeln.

»Über die Vergangenheit zu reden fällt sicher keinem von euch leicht«, begann ich zögernd und beobachtete Randys Reaktion. Seine Miene blieb regungslos, und das spornte mich dazu an, mich noch weiter vorzuwagen. »Weißt du vielleicht, wo eure Mum begraben liegt? Ich glaube, ihre letzte Ruhestätte zu kennen, würde Cole unheimlich guttun. Er gibt es zwar nicht zu, aber dass sie euch damals alle verlassen hat, kann er bis heute nicht vergessen.«

Augenblicklich veränderte sich etwas in Randy, er versuchte seinen Gemütszustand zu verbergen, aber ich bemerkte es trotzdem, und auch die Kälte war in seinen Blick zurückgekehrt. Langsam schüttelte er den Kopf.

»Ich war nicht auf ihrer Beerdigung. Keiner von uns war da«, ließ er mich wissen.

Ich war zu neugierig, um jetzt nicht weiter nachzubohren.

»Erinnerst du dich noch an den Tag, an dem sie weggegangen ist?«, fragte ich.

Randy zögerte einen Moment, und ich ahnte, dass er erst überlegen musste, welche Geheimnisse aus seiner Vergangenheit er preisgeben konnte, besser gesagt, wollte.

Ich drängte ihn nicht, sonst würde er den Mund wahrscheinlich gar nicht mehr aufmachen.

»Ich habe geschlafen«, erwiderte er, und ich musste mich zusammennehmen, um nicht laut aufzuseufzen, vor Enttäuschung.

»Doch dann bin ich aufgewacht«, fuhr er plötzlich fort, und ich wurde sofort hellhörig.

»Ich habe Mum mit Cole flüstern hören, aber heute erinnere ich mich nicht mehr daran, über was die beiden damals gesprochen haben«, erwiderte er schulterzuckend und fügte dann hinzu: »Am nächsten Morgen war sie verschwunden.«

Die Enttäuschung war groß. Etwas wirklich Interessantes hatte Randy leider nicht zu berichten gehabt.

Während ich ihn eindringlich anschaute, trank er seine Tasse leer und stellte sie dann auf den Tisch zurück.

»Wirst du doch ein gutes Wort bei Cole für mich einlegen?«, fragte er noch einmal, und ich zögerte mit einer Antwort. Das animierte Randy dazu, hinzuzufügen: »Ich würde wirklich gerne einige Dinge aus unserer Vergangenheit wiedergutmachen. Aber dafür muss er mir eine Chance geben, und das würde er vielleicht, wenn du ihm gut zuredest.«

Ich räusperte mich leise. »Also gut, ich werde sehen, was ich tun kann. Aber ich verspreche dir nichts«, fügte ich nachdrücklich hinzu. Ich wollte nicht, dass er sich zu große Hoffnungen machte.

Ich kannte Coles Meinung zu seiner Familie, und ich wusste, dass er mit keinem von ihnen etwas zu tun haben wollte, was ich irgendwie verständlich fand.

»Ich gehe jetzt«, sagte ich und schob meinen Stuhl zurück, um aufzustehen.

Randy nickte. »Okay, danke, dass du mir zugehört hast«, meinte er zum Abschied. Bevor ich ging, schenkte er mir ein Lächeln, aber anders als bei Cole reichte es nicht bis zu seinen Augen. Die schienen nach wie vor unnahbar und kalt.

Schließlich verließ ich das Café und war verwirrter denn je.

Nach meiner kleinen Plauderei mit Randy war mir das Einkaufen schlicht und einfach vergangen, deshalb fuhr ich früher nach Port Isaac zurück als anfangs geplant.

Die Reifen meines Autos knirschten im grauen Kies von Isabellas Einfahrt.

Ihr Wagen stand bereits in der Auffahrt. Ich stieg aus und ging dann schnellen Schrittes auf die Tür zu. Bestimmt war sie zu Hause.

»Hey, bist du da?«, rief ich laut, als ich die Haustür aufgestoßen hatte und eingetreten war.

Leise ließ ich die Tür ins Schloss fallen und lauschte. Aber es blieb alles still.

Ich ließ meine Handtasche im Flur fallen und streifte mir dort auch die Sandalen von den Füßen.

Dann tapste ich auf nackten Füßen durchs Haus auf der Suche nach Isabella. Ich fand sie schließlich im Garten, sie döste in ihrem Lieblingsliegestuhl und hatte Kopfhörer in den Ohren. Ihre Augen waren geschlossen. Kein Wunder, dass sie mich nicht gehört hatte.

Und auch jetzt hatte sie mich noch nicht bemerkt. Vorsichtig berührte ich sie an der Schulter. Ich wollte sie wirklich nicht erschrecken, aber sie zuckte zusammen und riss die Augen auf. Schwer atmend legte sie ihre flache Hand aufs Herz.

»Hast du mich erschreckt«, stieß sie hervor, während sie sich die Kopfhörer absetzte.

»Sorry. Das war wirklich nicht meine Absicht«, erwiderte ich.

»Natürlich nicht«, gab Isabella zurück und ließ langsam die Hand sinken. »Ich hatte nur nicht damit gerechnet, dass du so früh aus Wadebridge zurückkommst.«

Zufrieden hielt ich die beige Papiertüte in die Höhe und lächelte triumphierend.

»In der Boutique gab es das Kleid noch genau ein einziges Mal in meiner Größe«, erzählte ich fröhlich. Indes grinste Isabella breit. Zum

Glück schien sie sich mittlerweile von dem Schreck erholt zu haben, den ich ihr versetzt hatte.

Sie berührte den weichen Stoff des Kleides und nickte anerkennend. »Du hast nicht übertrieben. Es ist total schön.«

»Das ist es wirklich. Du kannst es dir gerne mal ausleihen«, bot ich großzügig an und hatte tatsächlich nichts dagegen. Mit Isabella war ich bereit, so gut wie alles zu teilen. Früher war das schon so gewesen, und heute hatte sich daran nichts geändert.

Ich legte das Kleid schließlich in die Tüte zurück und ließ mich dann neben Isabella in einen Gartenstuhl fallen. Seufzend legte ich die Füße hoch. Das war schön!

»Wie war eigentlich dein Treffen mit dem Komitee?«, fragte ich, während ich den Kopf entspannt anlehnte und es Isabella gleichtat. Mit geschlossenen Augen blinzelte ich gegen die Sonne an.

»Super«, entgegnete Isabella. »Ich soll dir noch mal vielen Dank ausrichten. Als ich erzählte habe, dass Cole dem Versorgungstand auf seinem Grundstück zugestimmt hat, konnten es einige gar nicht glauben. Wir sind mit der Planung durch, und am kommenden Wochenende geht es ja dann auch schon los. Freust du dich auf den Lauf?«, fragte Isabella.

Ich warf ihr einen zweifelnden Blick zu.

»Die Frage meinst du jetzt aber nicht ernst, oder?«

Isabella lachte. »Doch, eigentlich schon. Ich für meinen Teil freue mich sehr darauf.«

»Meine Freude hält sich allerdings in Grenzen«, gab ich zu und versicherte dann, »was aber nicht bedeutet, dass ich nicht vorhabe, mein Bestes zu geben.«

»Das hatte ich auch nicht angenommen.«

Isabella lehnte noch immer entspannt im Stuhl, als ich die Augen aufschlug und mich aufrichtete. »Kommst du eigentlich zu Coles Eröffnung?«, fragte ich und wusste im Grunde schon, dass sie Nein sagen würde. Aber Isabella überraschte mich, als sie plötzlich nickte.

»Ich habe nicht vor, mir dieses Ereignis entgehen zu lassen«, erwiderte sie schmunzelnd.

»Ich muss zugeben, mit dieser Antwort hätte ich jetzt am allerwenigsten gerechnet. Wie das denn auf einmal?«

Isabella antwortete schulterzuckend. »Du tust mir einen Gefallen und nimmst am Lauf teil, und ich tue dir eben einen Gefallen und komme zur Eröffnung. Ich finde das nur fair. Außerdem habe ich noch einmal über das nachgedacht, was du gesagt hast. Vielleicht hast du recht, und ich war zu hart, was meine Meinung über Cole betrifft.«

Lächelnd wollte ich etwas erwidern, aber Isabella stoppte mich, indem sie die Hand hob.

»Das bedeutet aber nicht, dass wir in Zukunft die besten Freunde werden«, bremste sie meinen Enthusiasmus.

Was nicht weiter schlimm war. »Damit kann ich mich zufriedengeben«, erwiderte ich.

»Was hat er eigentlich an seinem großen Tag geplant? Kuchen, Kaffee, bunte Luftballons? Hoffentlich gibt es Musik. Hey, vielleicht hat er ja sogar eine Band engagiert.«

Ich zerstörte Isabellas Fantasien nur ungern. Aber es musste sein. »So ähnlich waren auch meine Vorschläge, aber Cole hat sich die Eröffnung anders vorgestellt. Deshalb wird es nichts davon geben«, erklärte ich.

Enttäuscht seufzte Isabella auf.

»Was soll das denn für eine Eröffnung sein?«, fragte sie argwöhnisch, woraufhin ich lächeln musste.

»Er hat eine Rabattaktion geplant. Fünf Reparaturen, und dafür gibt es einen Ölwechsel gratis.«

»Klingt langweilig«, erwiderte Isabella, und ich konnte mir ein Grinsen nicht verkneifen.

»Hast du eigentlich Hunger, oder hast du in Port Isaac gegessen?«, wollte Isabella wissen, während sie mich fragend anblickte.

Ich dachte an den Besuch im Café und meine Unterhaltung mit Randy und überlegte, ob ich Isabella davon erzählen sollte. Doch ich beschloss, es für den Moment lieber für mich zu behalten.

»Nein, habe ich nicht.«

»Wie wäre es mit einem leckeren Salat?«, schlug Isabella vor, und ich nickte sofort.

»Klingt toll«, erwiderte ich. Gemeinsam gingen wir ins Haus in die Küche, um Abendessen zu machen.

Den Abend mit Isabella zu verbringen lenkte mich zumindest kurzzeitig von Randy ab. Aber als ich später allein in meinem Bett lag und mich unruhig hin und her wälzte, kehrten meine Gedanken doch wieder zu ihm zurück. Ich musste auch an seine Bitte denken. Wollte ich wirklich mit Cole darüber reden, fragte ich mich. Im Grunde nicht, denn ich hatte keine Lust, zwischen die Fronten zu geraten. Herrje, die Situation war verzwickt. Das plötzliche Klingeln meines Handys ließ mich zusammenzucken. Mit klopfendem Herzen richtete ich mich auf, nahm es vom Nachttisch und warf einen Blick aufs Display. Coles Name erschien, und mein Herzschlag beschleunigte sich noch mal um ein Vielfaches.

Ich musste mich zwingen, ruhig zu bleiben. Im Lügen war ich wirklich nicht gut, dachte ich und versuchte mich eilig damit zu trösten, dass es genau genommen ja gar keine Lüge war. Ich verschwieg Cole lediglich, dass ich mit seinem verhassten Bruder gesprochen hatte. Das war wirklich etwas völlig anderes, redete ich mir schnell ein. Doch die Sache mit der Selbsttäuschung funktionierte ganz und gar nicht. Nervös quiekte ich ins Telefon: »Hey.«

Kapitel 12

Cole

»Hey, wie war dein Ausflug nach Port Isaac?«, fragte ich und klemmte das Handy zwischen Ohr und Schulter. Längst war es später Abend, aber vor dem Schlafengehen musste ich unbedingt Lanas Stimme hören.

Außerdem würde es noch eine Weile dauern, bis ich wirklich ins Bett kam, dachte ich mit einem Anflug von Frustration. Der Gefallen, den ich Rick heute getan hatte, hatte mich in meiner Planung für die Eröffnung ziemlich zurückgeworfen. Trotzdem würde ich natürlich versuchen rechtzeitig fertig zu werden.

»Ganz toll«, sagte Lana am anderen Ende der Leitung und klang dabei reichlich angestrengt.

»Freut mich zu hören«, gab ich zurück, aber dann fragte ich sicherheitshalber nach: »Ist alles okay bei dir?«

»Aber sicher. Es ist alles wunderbar«, erwiderte sie sofort. Auch wenn sie mich vom Gegenteil überzeugen wollte, hatte ich doch das Gefühl, dass etwas nicht stimmte. Dass etwas wirklich ganz und gar nicht in Ordnung war.

»Bist du schon aufgeregt wegen deiner Eröffnung?«, wechselte Lana das Thema.

»Nicht besonders«, erwiderte ich. »Allerdings habe ich noch ein paar Kleinigkeiten zu erledigen, bevor es losgehen kann.«

»Okay, dann will ich dich wirklich nicht länger von der Arbeit abhalten. Wir sehen uns«, sagte Lana hastig.

Also gut, hier war definitiv etwas faul. Fragte sich nur, was.

Bevor Lana auflegen konnte, hielt ich sie in der Leitung, indem ich fragte: »Was machst du denn gerade? Bist du zu Hause?«

»Ja, klar. Wo soll ich denn sonst sein?«, gab sie zurück und hörte sich verdächtig nervös an.

»Das war nur eine Frage, ich wollte dir nichts unterstellen.«

Lana lachte künstlich. »Schon okay, das hatte ich auch nicht angenommen.«

Je seltsamer sie sich verhielt, desto dringender wollte ich herausfinden, was heute passiert war. Denn als wir vor ihrem Ausflug nach Port Isaac miteinander gesprochen hatten, schien mir noch alles in Ordnung zu sein.

»Nimm es mir nicht übel, aber ich sollte jetzt wirklich auflegen. Ich bin müde.«

Misstrauisch erwiderte ich: »Okay, dann schlaf dich aus.«

Und dann klickte es in der Leitung, und Lana hatte einfach aufgelegt. Nachdenklich schob ich mein Handy in die Tasche meiner Jeans zurück, und während ich mit meiner Arbeit weitermachte, kreisten meine Gedanken um Lana. Ich musste unbedingt herausfinden, was mit ihr nicht stimmte. Allerdings musste das wohl oder übel warten.

...

Das Kreischen der Seevögel weckte mich ein paar Tage später früh am Morgen. Erschöpft schlug ich die Augen auf. Helles Sonnenlicht flutete durch die Ritzen der zugezogenen Vorhänge. Seufzend rollte ich mich auf die Seite und kniff die Augen zusammen. Liebend gerne hätte ich noch ein Nickerchen gemacht. Doch ich sollte endlich aufstehen, schließlich war heute mein großer Tag.

Schwungvoll schlug ich die Decke zurück und stand endlich auf. In der Küche aß ich Cornflakes mit Milch. Und während ich am Tisch hockte und lustlos in der Tageszeitung blätterte, musste ich mal wieder an Lana denken. Seit diesem seltsamen Telefonat hatte ich sie nicht mehr zu Gesicht bekommen. Jedes Mal, wenn ich mich mit ihr verabreden wollte, hatte sie mich unter fadenscheinigen Ausflüchten vertröstet. Das gab mir schon sehr zu denken, und deshalb fragte ich mich zum wiederholten Male, was passiert war.

Natürlich fiel mir meine Bitte wieder ein, und ich ahnte irgendwie, dass es damit etwas zu tun haben könnte. Ach, ich hätte sie wirklich nicht so überrumpeln sollen. Was hatte ich mir nur dabei gedacht, sie darum zu bitten, bei mir in Port Isaac zu bleiben? Was für eine verrückte Idee. Ich sollte mir dringend angewöhnen, erst zu denken und danach zu reden. Wenigstens hatte sie zugesagt, zur Eröffnung zu kommen. Das beruhigte mich irgendwie.

Als ich mit meinem Frühstück fertig war, machte ich einen Abstecher ins Bad und sprang unter die Dusche. Während ich mich danach anzog, warf ich einen Blick auf die Uhr. Erleichtert stellte ich fest, dass mir immer noch einige Stunden bis zur Eröffnung blieben.

•••

Die Tore der Werkstatt standen weit offen, als es plötzlich klopfte.

Langsam drehte ich mich um und erblickte Lana, die leger an einem der großen Tore lehnte und mich anlächelte. In dem Kleid, das sie trug, sah sie umwerfend aus, und ihr Anblick ließ meinen Puls in die Höhe schnellen. Ich versuchte locker zu bleiben und mir nicht allzu viele Gedanken zu machen. Vielleicht hatte sie in letzter Zeit wirklich zu viel um die Ohren gehabt, und ihr seltsames Verhalten lag gar nicht an mir.

»Tolles Kleid«, kommentierte ich, als ich auf sie zuging und meine Hände auf ihre Taille gleiten ließ. Langsam zog ich sie an mich.

»Danke«, flüsterte sie, und dann konnte ich einfach nicht anders. Ich musste sie küssen, weil ich es unbedingt wollte und es schon viel zu lange her war. »Komm her«, raunte ich und zog Lana an mich. Sie zu küssen fühlte sich einfach unglaublich toll an. »Wie wäre es, wenn wir die Türen schließen und die Eröffnung verschieben?«, schlug ich vor.

Lana schob mich energisch von sich. »Untersteh dich«, und dann fügte sie lächelnd hinzu: »Schließlich hast du heute etwas zu feiern.«

Nachdenklich musterte ich sie. Heute schien sie viel gelöster als die letzten Male, die wir miteinander telefoniert hatten, und ich hörte tatsächlich auf, mir Sorgen zu machen. Wahrscheinlich war ich einfach zu empfindlich gewesen.

Ich ließ sie los, was mir reichlich schwerfiel. Und deutete dann mit einem knappen Nicken auf die leere Werkstatt.

»Feiern? Ich glaube nicht. Wie du siehst, rennen mir die Leute nicht gerade die Bude ein.«

Lana schmiegte sich wieder an mich und flüsterte an meiner Brust. »Das wird noch«, versuchte sie mich zu beruhigen. Was ihr leider nur mäßig gelang. Vom Erfolg der Werkstatt hing einiges ab, eigentlich meine ganze Zukunft.

»Das hoffe ich«, gab ich zurück und gab mir redlich Mühe, nicht allzu enttäuscht zu klingen.

Dann rang ich mir ein Grinsen ab. »Mittlerweile, glaube ich, wäre es tatsächlich besser gewesen, auf dich zu hören.«

Lana schaute mich stirnrunzelnd an, und ich gab zu: »Vielleicht hätte ich doch kostenlosen Kaffee und Kuchen anbieten sollen.«

Lana lachte: »Vergiss bitte nicht die Luftballons, das Ponyreiten und die Musik!«

Bevor ich etwas erwidern konnte, hörten wir das Motorengeräusch eines Autos näher kommen.

Lana schaute mich lachend an. »Klingt nach Kundschaft«, meinte sie vergnügt und hauchte mir einen schnellen Kuss auf den Mund. Dann nahm sie meine Hand, und gemeinsam gingen wir nach draußen.

Es war Rick, der in seinem Auto langsam meine Einfahrt hinaufgefahren kam, und mein Enthusiasmus erhielt einen kleinen Dämpfer. Ansonsten war niemand in Sicht. Eigentlich hatte ich gehofft, dass wenigstens eine Handvoll Leute kommen würden, um bei der Eröffnung dabei zu sein. Doch scheinbar interessierte sich niemand dafür, dachte ich betrübt.

Wir schauten Rick entgegen, der die Tür öffnete und aus dem Wagen stieg. Und dann öffnete sich die Beifahrertür, und Isabella stieg ebenfalls aus.

Lana grinste breit und lief dann eilig auf Isabella zu. Die beiden fielen sich in die Arme, als hätten sie sich Wochen nicht gesehen. Rick und ich verkniffen uns beide ein Lächeln.

Als Lana und Isabella es endlich geschafft hatten, sich voneinander zu trennen, ergriff ich das Wort.

»Danke, dass ihr beiden hergekommen seid. Als Einzige«, fügte ich leicht lächelnd hinzu.

»Warte es ab, vielleicht kommt der große Ansturm noch«, meinte Rick und versuchte mich mit diesem kleinen Witz aufzuheitern.

Leider war er genauso erfolglos wie Lana vorhin.

»Und wenn nicht, dann kann ich dich vielleicht trösten. Debbie ist übrigens ganz begeistert von deinen Fähigkeiten.«

Lana und Isabella musterten mich, als hätte ich gerade jemanden um die Ecke gebracht.

»Debbie?«, fragte Lana stirnrunzelnd. Isabella warf mir misstrauische Blicke zu.

Bevor ich die Angelegenheit aufklären konnte, sprang Rick auch schon für mich in die Bresche.

»Okay, stopp. Bevor ihr euch auf Cole stürzt und ihn steinigt, lasst mich kurz erklären.«

Er hatte mich mit seiner Anspielung gerade heftig reingeritten. Jetzt konnte er den Schlamassel auch wieder ausbaden. Beinahe amüsiert lauschte ich ihm.

»Debbie ist die Leiterin des Kinderheims in Bodmin. Wir sind befreundet, und sie hat mich angerufen und um Hilfe gebeten. Der Kleinbus, der einige der Kinder aus einem Ferienlager abholen sollte, sprang nicht mehr an. Die nächste Werkstatt hatte keine Zeit, also hat sie mich um Hilfe gebeten, und da ist mir als Erstes Cole eingefallen.«

Schmunzelnd fügte Rick hinzu: »Der mir übrigens noch einen Gefallen schuldete.«

Isabella und Lana starrten mich nicht minder verwundert an.

»Dann hast du mich nur versetzt, weil du den Kleinbus des Kinderheims repariert hast?«

Ich nickte. »Ja klar, was hast du denn gedacht, was ich treibe?«, fragte ich argwöhnisch.

Es war alles so hektisch gewesen, jetzt erinnerte ich mich gar nicht mehr an den genauen Wortlaut unseres Telefongesprächs.

Lana bekam rote Wangen und warf Isabella einen undefinierbaren Blick zu. Isabella rollte mit den Augen.

Jetzt kam ich nicht mehr mit, und so wie Rick gerade dreinblickte, er auch nicht.

»Wollt ihr uns vielleicht irgendetwas erzählen?«, fragte Rick und schaute die beiden fragend an.

»Nein«, sagten die beiden prompt im Chor und mussten gleich darauf breit grinsen.

Rick schüttelte über das Gelächter hinweg den Kopf. »Frauen«, meinte er amüsiert. »Euch soll mal einer verstehen.«

»Hey«, schimpfte Isabella und stieß Rick ihren Ellenbogen in die Seite. Was ihn wiederum nur dazu veranlasste, noch ein bisschen breiter zu grinsen.

Gut gelaunt griff Lana nach meiner Hand, und ich zog sie in eine feste Umarmung. Leider schien tatsächlich niemand mehr zu meiner Eröffnung zu kommen. Doch seltsamerweise war ich trotzdem glücklich, und das lag einzig und allein an ihr.

»Also«, begann ich. »Ich gehe davon aus, dass sich heute niemand mehr in meine Werkstatt verirren wird.«

Lana drückte mich ein bisschen fester. »Schon okay«, murmelte ich in ihre Haare und fragte dann in die Runde: »Doch ich fände es schade, wenn die Steaks, die ich gekauft habe, verderben würden. Wie wäre es, habt ihr drei Lust auf ein kleines Barbecue?«

»Aber klar doch«, sagten alle wie aus einem Munde, und ich lachte.

»Dann nichts wie los. Der Grill steht hinter dem Haus, und die richtige Temperatur müsste er mittlerweile auch schon haben.«

• • •

Der Nachmittag verging wie im Flug. Rick und ich übernahmen das Grillen, während es sich Lana und Isabella auf zwei Liegestühlen bequem machten und sich die Wartezeit bis zum Essen verkürzten, indem sie sich lebhaft unterhielten.

Weiße Schleierwolken zogen gemächlich über den leuchtend blauen Himmel. Der Wind hatte etwas aufgefrischt, doch das tat den fast schon tropischen Temperaturen keinen Abbruch.

»Sag mal, läuft da etwas zwischen Isabella und dir?«, fragte ich Rick, während ich ein Steak nach dem anderen wendete.

Ich versuchte meine Frage so beiläufig wie möglich klingen zu lassen. Doch ich ging jede Wette ein, dass mir Rick das keine Sekunde abnahm. Was daran liegen könnte, dass mir die Neugier wohl buchstäblich ins Gesicht geschrieben stand.

Doch wider Erwarten schüttelte Rick den Kopf. »Nein, da läuft nichts. Wir kennen uns einfach nur schon ziemlich lange.«

»Reich mir mal einen Teller«, bat ich, und während ich die Steaks darauf ablegte, erwiderte ich: »Sorry, ich wollte dir nicht zu nahe treten, aber ihr beiden habt vorhin so vertraut gewirkt. Außerdem seid ihr zusammen hergekommen. Da habe ich eben nur eins und eins zusammengezählt.«

»Tja, da liegst du völlig falsch. Wir sind wirklich nur Freunde. Das ist auch schon alles«, beharrte er.

Ich bohrte nicht weiter nach, denn ich merkte schnell, dass sich Rick nicht in die Karten schauen ließ. Und im Grunde ging es mich ja auch gar nichts an. Er konnte tun und lassen, was er wollte. Das konnten sie natürlich beide. Schließlich hatte ich genug eigene Dinge, um die ich mich kümmern musste.

Nachdem ich die Grillzange beiseitegelegt hatte, nahm ich den Brotkorb und Rick den Teller mit den Steaks.

Während wir alles zum Tisch trugen, wollte Rick plötzlich wissen: »Was ist mit euch?«

Fragend schaute ich Rick an und gab mich unwissend, aber ich wusste natürlich genau, wovon er sprach.

Es war das Thema, das ich mittlerweile strikt mied. Und Lana umschiffte es mindestens ebenso gut.

»Ich meinte, was passiert zwischen euch, wenn Lanas Urlaub zu Ende geht?«, half mir Rick auf die Sprünge und stellte den Teller mit den Steaks auf den Tisch.

»Ich weiß, was du gemeint hast«, fuhr ich ihn an und murmelte gleich darauf ein entschuldigendes »Sorry«.

Doch Rick nickte verständnisvoll. »Ich sollte mich entschuldigen. Mit meiner Frage habe ich wohl einen wunden Punkt getroffen.«

»Kann man wohl sagen«, erwiderte ich, und dann ließen wir das Thema auf sich beruhen. Und das war auch besser so. Sonst würde mir noch der Appetit vergehen.

Während ich das Brot auf den Tisch stellte und Teller und Besteck für alle bereitlegte, rief Rick Lana und Isabella zu: »Das Essen ist jetzt fertig.«

Die beiden erhoben sich eilig. Ich blickte auf, als sie zu uns herüberkamen. Lanas Anblick und ihr Lächeln, im Grunde einfach alles an ihr, brachten mein Herz vor Freude zum Hüpfen. Und einmal mehr fragte ich mich, wie ich es ohne sie aushalten sollte.

• • •

»Tut mir wirklich leid, dass heute keiner zur Eröffnung gekommen ist«, sagte Lana und reichte mir einen Stapel Teller, den ich in die Spülmaschine einsortierte.

Enttäuschung hin oder her. Ich würde weiterhin an meine Geschäftsidee glauben.

Mit dem Oberschenkel drückte ich die Klappe des Spülers zu und zog Lana, die mittlerweile an der Küchenzeile lehnte, an mich.

»Schon okay«, flüsterte ich und neigte meinen Kopf zu ihr hinab. »Das hat mir nichts ausgemacht, denn ich glaube nach wie vor ganz fest daran, dass die Leute in nächster Zeit wie Heuschrecken in meiner Werkstatt einfallen werden«, witzelte ich. »Außerdem fand ich es gut, den Tag mit Rick und Isabella zu verbringen und mit dir natürlich.«

»Fand ich auch«, wisperte Lana, während ich ihren Lippen langsam, aber sicher näher kam.

Als wir uns endlich küssten, dachte ich nicht an meine Werkstatt oder wie sie sich entwickeln würde. Das alles rückte in den Hintergrund. Ich konnte nur an Lana denken und daran, wie unbeschreiblich glücklich ich war.

Lana schob ihre Hände unter mein Shirt, berührte meinen nackten Rücken. Strich hinauf und wieder hinab. Unser Kuss wurde heißer, intensiver, und ich wollte mit ihr schlafen, musste es einfach. Solange sie noch hier war, schoss es mir durch den Kopf, und ich versuchte, den Gedanken an ihre bevorstehende Abreise schnellstmöglich zu verdrängen. Aber es klappte nicht. Nicht einmal ihre verführerischen Küsse schafften es, mich von diesen Überlegungen abzubringen. Es gab so viele Dinge, über die wir noch nicht gesprochen hatten, aber die mir auf der Seele brannten. Ich hatte Fragen und wollte Antworten.

Doch dann glitten Lanas Hände auf den tief sitzenden Bund meiner Jeans und tasteten sich langsam nach vorne. Je näher sie meinem Hosenknopf und dem Reißverschluss kam, desto weniger klar konnte ich denken.

Lana hingegen schien nichts von dem Gefühlschaos mitzubekommen, das mich eigentlich schon beschäftigte, seit wir uns das erste Mal über den Weg gelaufen waren, beziehungsweise sie auf mich gefallen war.

Ihre Finger tasteten nach dem Kopf und öffneten ihn. Mein Herz raste, und ich hatte echt Schiss, dass es gleich stehen bleiben könnte, so heftig klopfte es in meiner Brust.

Ich war so verdammt verrückt nach ihr und konnte einfach an nichts anderes mehr denken als sie zu packen und hochzuheben. So gut es ging, versuchte ich mich zu beherrschen. Ich wollte Lana die Führung überlassen. Weil das fast noch besser war. Sie entschied, was als Nächstes passierte, und ich konnte es gar nicht erwarten, es endlich herauszufinden.

Während wir uns weiterküssten, spürte ich ihre Finger, die sich immer noch an meinen Jeans zu schaffen machten, und dann zog sie mir den Reißverschluss auf. Das war es dann auch schon mit den guten Vorsätzen. Stattdessen schob ich meine Hände unter ihr Kleid. Bei der Berührung ihrer seidig weichen Schenkel zog sich mein Bauch verlangend zusammen.

Schnell war ich bei ihrem Slip angelangt und strich mit den Fingerspitzen über den weichen Stoff. Ich ließ meine Hände auf ihrem Po liegen und zog sie an mich. Verlangend erwiderte sie den Druck, während sie sich gegen meinen Unterleib presste.

Ich hatte das Gefühl, kaum noch Luft zu bekommen. Ich liebte es, mit ihr zusammen zu sein, ich liebte sie, wurde mir plötzlich bewusst. Ich liebte einfach alles an ihr.

Nach meiner Trennung von Cherry hatte ich geglaubt, nie wieder jemanden so heftig und intensiv lieben zu können. Und bis jetzt war es tatsächlich nicht wieder geschehen. Was wirklich tragisch war. Weil ich eben auch mit Lana keine Zukunft hatte.

Lana schob mir die Jeans über den Hintern nach unten, und dann ließ sie auch meine Boxershorts folgen. Von da an war es sowieso aus und vorbei mit dem Denken. Ich tat es ihr gleich und folgte ihrem Beispiel, indem ich ihr kurzerhand das Höschen über die Schenkel nach unten streifte.

Mit verschleiertem Blick schaute Lana zu mir auf.

»Willst du nach oben ins Schlafzimmer gehen?«, raunte ich und konnte es nicht erwarten, wieder mit ihr zusammen zu sein.

Lana schüttelte langsam den Kopf. »Nein, möchte ich nicht.«

Ihre Antwort reichte mir aus. Ohne weiter nachzudenken, hob ich sie hoch, und Lana schloss sofort die Beine um meine Hüften.

Behutsam setzte ich sie auf die Arbeitsplatte und drängte mich zwischen ihre geöffneten Schenkel.

Ich liebte sie so sehr, und das war im Grunde vollkommen verrückt, so wie eigentlich alles an unserer Beziehung.

Lanas Küsse vernebelten mir den Verstand. Und dann zählte nichts mehr, nur Lana und das unglaubliche Gefühl, mit ihr zusammen zu sein.

• • •

»Musst du wirklich schon gehen?«, raunte ich, während ich mich durch das Seitenfenster ins Innere von Lanas Auto beugte und ihr einen Kuss auf die Wange hauchte.

Lana kicherte. »Dein Dreitagebart kitzelt«, gab sie lachend zurück.

Augenzwinkernd erwiderte ich: »Gestern Abend hat dich das nicht gestört.«

Meine Lippen wanderten zu ihrem Ohrläppchen, und ich küsste sie auf die zarte Haut unterhalb.

»Wenn du aussteigst und wieder mit ins Haus kommst, kann ich deine Erinnerungen gerne ein bisschen auffrischen«, fügte ich hinzu und wünschte, sie würde tatsächlich wieder mit reinkommen.

Gerade als ich diesbezüglich einen Plan schmiedete, vernahm ich das Knirschen von Autoreifen.

Seufzend ließ ich von Lana ab und zog mich zurück. Langsam richtete ich mich auf und blickte dem Wagen entgegen, der jetzt in meiner Einfahrt anhielt.

Mein angespannter Blick ruhte auf dem schäbigen roten Jeep.

»Was ist denn los?«, hörte ich Lana fragen, während ich einen Schritt von ihrem Auto zurücktrat.

Als ich ihr keine Antwort gab, öffnete Lana die Tür. Wohl um mit eigenen Augen zu sehen, was gerade passierte. Sie stutzte, als sie das Auto erblickte, und ich merkte, wie sie sich neben mir versteifte.

Angespannt blickte ich Randy entgegen, der nun ebenfalls aus seinem Auto ausstieg und mit ausdrucksloser Miene auf uns zuschlenderte.

»Du hast hier nichts verloren«, schleuderte ich Randy entgegen, als der zwei Schritte vor uns stehen blieb.

Seine Miene bleib ausdruckslos und kalt. Dann glitt sein Blick zu Lana, die immer noch neben mir stand und jetzt ungeduldig von einem Fuß auf den anderen trat. Sie wirkte sichtlich nervös.

Randy musterte sie, und dann huschte ein Lächeln über sein Gesicht, und ich fragte mich augenblicklich, was das sollte. Wahrscheinlich wollte er mich nur wieder reizen. Ich griff nach Lanas Hand und nahm sie fest in meine. Wenn ich sie spürte, hatte ich mich hoffentlich besser im Griff und würde nicht Gefahr laufen, mich auf meinen Bruder zu stürzen.

»Dad ist gestern Nacht gestorben«, sagte Randy plötzlich, als er den Blick von Lana abgewandt hatte und wieder mich anschaute. Seine Augen sprühten vor Feindseligkeit Funken.

»Und das interessiert jetzt wen?«, erwiderte ich ausdruckslos, und Randy machte einen Schritt auf mich zu.

Lana umklammerte meine Hand fester, und das war gut so, weil ich kurz davor war zuzuschlagen. Allein die Anwesenheit meines Bruders ließ mich vor Wut fast aus der Haut fahren.

Randy ballte seine Hände zu Fäusten. So als müsste auch er sich schwer zusammenreißen. So wie es schien, waren wir nur noch Haaresbreite von einer Schlägerei entfernt. Die übrigens seit Jahren fällig war.

»Die Beerdigung ist für kommenden Sonntag geplant. Dad wird in Wadebridge beigesetzt. Wirst du kommen?«

»Ja, werde ich«, gab ich zurück und spürte nicht nur Lanas, sondern auch Randys überraschten Blick auf mir.

Dann fügte ich kalt hinzu: »Aber nur um zu sehen, ob der Bastard auch wirklich tot ist.«

Randy machte einen Satz auf mich zu. Sofort ließ ich Lanas Hand los, die einen Schritt rückwärts taumelte, während Randy und ich übereinander herfielen.

Ich teilte einen heftigen Schlag aus und kassierte dann einen ordentlichen Schwinger. Bevor ich erneut ausholen konnte, packte mich Lana von hinten, umklammerte meine Hüften und versuchte mich von Randy wegzuziehen.

Für einen Augenblick hielt ich dagegen. Weil ich Randy endlich das geben wollte, was er verdiente. Aber dann rief sie aufgebracht: »Hört auf, verdammt! Hört endlich auf!«

Schnaufend ließ ich zu, dass sie mich von meinem Bruder wegzog. Aber nur, weil sie mir so viel bedeutete.

Randy richtete sich zu seiner vollen Größe auf, klopfte sich den Schmutz vom Shirt, und dann sagte er: »Ja, du solltest lieber auf Lana hören.«

Dann wandte er sich direkt an Lana. »Danke für deine Hilfe. Seit unserer Unterhaltung weiß ich, dass ich auf dich zählen kann.«

Perplex schaute ich Lana an. Was redete Randy da?

»Wovon spricht er?«, wollte ich wissen. Lanas Wangen überzogen sich mit einer sanften Röte, und sie wirkte verdächtig wie jemand, der etwas verzapft hat.

Bevor Lana antworten konnte, mischte sich Randy ein und sagte: »Hast du ihm etwa nicht von unserem Gespräch erzählt? Ach, das hättest du besser tun sollen. Cole reagiert allergisch auf Lügen. Was ziemlich lächerlich ist, wenn man bedenkt, dass er früher immer der Lügner war.«

»Halt deinen Mund«, fuhr ich dazwischen, weil ich mir Randys Gerede nicht länger anhören wollte.

Ich beschloss, dass es besser war, Randy vorerst zu ignorieren, weil ich ihn sonst wahrscheinlich umgebracht hätte. Stattdessen wandte ich mich wieder Lana zu.

»Stimmt es, was er sagt?«, fragte ich leise.

Lana schnappte nach Luft, warf Randy einen Blick zu und schaute mir dann direkt ins Gesicht.

»Es ist nicht so, wie du jetzt denkst«, stammelte sie, während ihre Wangen vor Unbehagen zu glühen schienen.

Also log Randy ausnahmsweise nicht.

»Das war eine Ja-oder-nein-Frage«, erwiderte ich knapp.

»Dass wir uns begegnet sind, war reiner Zufall, wirklich«, versuchte sie zu erklären. Aber das machte es nicht besser. Sie redete sich um Kopf und Kragen.

Und ich hatte gar keine Lust mehr, ihren Ausflüchten zuzuhören. Randy stand wie angewurzelt in meiner Einfahrt und verfolgte scheinbar amüsiert unsere Auseinandersetzung.

»Verschwinde, oder ich mach dir Beine«, fuhr ich ihn an.

»Schade, dass ich nicht bleiben kann«, gab er gedehnt zurück und lächelte hinterhältig. »Diesen Streit würde ich wirklich um nichts in der Welt verpassen wollen.«

Randy lachte hämisch, als er sich umdrehte und zu seiner alten Karre marschierte.

Zornig blickte ich ihm nach.

Lanas Hand glitt auf meine Schulter, und ich fuhr zu ihr herum.

Ich schaute sie an. Bis eben dachte ich, ich wüsste genau, wer sie war. Und plötzlich kam es mir so vor, als würde ich sie gar nicht mehr kennen. Jegliche Vertrautheit zwischen uns schien wie in Luft aufgelöst, dachte ich frustriert.

»Ich saß in diesem kleinen Café in Wadebridge, und plötzlich stand Randy vor mir. Ich wollte nicht mit ihm reden, aber er hat nicht lockergelassen. Wir haben uns nur ganz kurz unterhalten, wirklich«, versicherte Lana.

Keine Ahnung, was mich in diesem Moment mehr verletzte, dass sie überhaupt mit Randy geredet hatte oder dass sie mir nichts davon erzählt hatte.

Ich stoppte sie, indem ich ihr sagte: »Es ist mir egal, wie es dazu gekommen ist. Wie konntest du das tun, nach allem, was ich dir über

Randy und meinen Vater und über das, was sie mir angetan haben, erzählt habe?«

Ich fühlte mich verraten, hintergangen, enttäuscht und schlicht und einfach schrecklich wütend. Das war also auch der Grund, weshalb sich Lana so seltsam verhalten hatte.

»Wir haben doch nur miteinander geredet. Sonst nichts«, beteuerte Lana.

»Ich weiß nicht, ob ich dir das glauben soll.«

»Cole, bitte«, flüsterte sie. »Lass uns in Ruhe darüber reden.«

Ich schüttelte den Kopf. »Ich möchte jetzt lieber allein sein«, sagte ich, und Lana starrte mich fassungslos an.

Und dann fügte ich hinzu: »Du solltest jetzt besser gehen.«

Es tat unheimlich weh, Lana das zu sagen. Aber mindestens genauso weh tat es, zu wissen, dass sie sich hinter meinem Rücken mit Randy getroffen hatte.

Lana starrte mich an. Sie sah aus, als würde sie etwas sagen wollen. Doch dann drehte sie sich um und öffnete die Autotür. Nachdem sie eingestiegen war und den Motor angelassen hatte, schaute sie mich noch einmal an. Ich hatte mich nicht von der Stelle gerührt. Die Fensterscheibe glitt surrend nach unten.

»Das habe ich nicht gewollt«, sagte sie mit erstickter Stimme.

Am liebsten hätte ich mich in den Wagen gebeugt, sie geküsst und das Ganze einfach vergessen. Aber das konnte ich nicht. Nicht bei dem, was in meiner Vergangenheit passiert war. Ich erwiderte nichts, und dann wendete Lana ihr Auto und fuhr weg. Sie fuhr einfach weg. Diese Tatsache riss mir das Herz aus der Brust. Sehnsüchtig blickte ich ihr nach, presste die Lippen aufeinander. Als sie um die Ecke gebogen war, wandte ich mich ab und ging ins Haus zurück. Wütend schlug ich die Tür hinter mir zu, raufte mir die Haare und stieß einen verzweifelten Schrei aus. Zornig schlug ich mit der Faust gegen die Wand.

Am liebsten hätte ich vor Wut alles kurz und klein geschlagen. Ich musste unbedingt den Kopf frei kriegen, wieder runterkommen, bevor ich komplett durchdrehte.

Ich spurtete hinauf in mein Schlafzimmer und riss Sekunden später die Türen meines Kleiderschranks auf. Dann schnappte ich mir ein Handtuch und ging eilig wieder nach unten. Ich musste mich abreagieren, und was war da besser als ein Bad im Atlantik, dachte ich, riss die Haustür auf, stürmte nach draußen und rannte Richtung Strand.

Kapitel 13

Lana

Als ich in Isabellas Salon stürmte, war sie gerade dabei, einer Kundin die Haare zu schneiden. Beim Läuten der Türglocke hob Isabella den Kopf. Als sie mich erblickte, zog sie die Stirn kraus und musterte mich besorgt.

Ich versuchte mich normal zu verhalten, deshalb ging ich hinter den Empfangstresen und nahm meine Arbeit auf. Eigentlich hatten wir vereinbart, dass ich erst mal Pause machte, um meine restlichen Urlaubstage noch ein wenig zu genießen. Aber nach meiner heftigen Auseinandersetzung mit Cole wollte ich nicht allein sein. Deshalb war ich in den Salon und nicht zu Isabella nach Hause gefahren.

Ich ließ meine Tasche fallen, schob sie unter den Tresen und atmete tief durch, während ich versuchte, die aufsteigenden Tränen wegzublinzeln. Was mir leider immer weniger gut gelang.

Dauernd spürte ich Isabellas besorgte Blicke. Als sie mit ihrer Arbeit fertig war und die Kundin den Laden verlassen hatte, trat sie zu mir an den Tresen.

»Geht es dir gut?«, fragte Isabella flüsternd.

Ich konnte nicht antworten, weil ich sonst in Tränen ausgebrochen wäre, deshalb nickte ich schwach und suchte dann schnell das Weite, um mir einen Besen zu schnappen und die Haare zusammenzufegen.

Kurzerhand packte mich Isabella am Arm und nahm mir vorsichtig den Besen aus der Hand.

»Was ist denn los?«, fragte sie mitfühlend und schaute mich besorgt an. Als ich nichts erwiderte, lotste sie mich zum Hinterzimmer. Sie schob mich vorwärts und schloss dann leise die Tür hinter uns.

Mit verschränkten Armen blieb sie vor mir stehen. »Was ist passiert? Als Rick und ich gestern gefahren sind, schien doch noch alles in Ordnung zu sein«, fügte sie hinzu, und ich versteifte mich innerlich. Denn ich hatte nicht nur Cole meine Unterhaltung mit Randy verschwiegen, sondern ich hatte auch Isabella nichts davon erzählt.

Nervös knetete ich meine Hände, während mich Isabella abwartend anblickte. Ich wusste gar nicht, wo ich anfangen sollte. Aber Isabella war meine beste Freundin, und irgendjemandem musste ich mich einfach anvertrauen.

Leise seufzend erzählte ich: »Erinnerst du dich an meinen kleinen Ausflug nach Wadebridge?«

Isabella nickte. »Klar, ich leide schließlich nicht an Gedächtnisschwund.«

Ich sprang über meinen Schatten und sprach weiter: »In einem Café bin ich Randy begegnet, und dann habe ich mich mit ihm unterhalten.«

Mein Herz klopfte schneller, als ich auf ihre Reaktion wartete. Isabella schaute mich fragend an. »Was ist jetzt so schlimm daran?«

Okay, Isabella verstand augenscheinlich die Tragweite dieses Desasters nicht. Deshalb sollte ich es ihr erklären.

»Verstehst du nicht? Cole und Randy verabscheuen sich. Die beiden wünschen sich buchstäblich die Pest an den Hals. Und jetzt hat Cole herausgefunden, dass ich mit seinem verhassten Bruder geplaudert habe, und das nimmt er mir natürlich übel. Wir hatten deshalb einen Riesenkrach.«

»Und über was habt ihr gesprochen?«

»Nichts Weltbewegendes. Randy hat mich lediglich gebeten, ein gutes Wort für ihn bei Cole einzulegen. Aber ich habe ihm gesagt, dass ich mich nicht einmischen will. Das war es dann auch schon«, erklärte ich.

»Dann verstehe ich erst recht nicht, warum er sich so aufregt. Mein Gott, das war doch nur ein harmloses Gespräch. Außerdem wird er dir doch nicht vorschreiben wollen, mit wem du dich unterhältst«, entgegnete sie.

Isabella redete sich gerade richtig in Rage.

Bevor sie sich zu sehr aufregte, erklärte ich: »Ich denke, das ist auch nicht der Grund, warum er sauer auf mich ist. Ich glaube, er fühlte sich einfach total verraten. Du hättest sehen sollen, wie enttäuscht Cole aussah, als er es erfahren hat, und irgendwie kann ich seine Reaktion sogar verstehen. Wahrscheinlich hätte ich mich genauso verhalten.«

Isabella musterte mich eindringlich. Wenn sie gewusst hätte, was Cole in seiner Kindheit durchmachen musste und welche Rolle sein Bruder und vor allem sein Vater dabei gespielt hatten, würde sie das Ganze vielleicht besser verstehen.

Schweigend starrten wir uns an. Dann fragte sie schon etwas einfühlsamer: »Was meinst du, wie hoch stehen die Chancen, dass ihr euch wieder zusammenrauft?«

Ich schüttelte den Kopf. »Die laufen gen null«, gab ich resigniert zurück. »Unser Streit war einfach zu heftig.« Isabella schaute mitfühlend drein.

Ich war kurz davor, in Tränen auszubrechen. Warum war nur alles so schrecklich kompliziert? Konnte Cole nicht einfach eine normale Familie haben, so wie ich? Eltern, auf die er sich in jeder Lebenslage verlassen konnte? Tja, dieses Glück war eben nicht jedem vergönnt, dachte ich bitter und war ganz plötzlich wahnsinnig für meine wunderbare Kindheit dankbar. Der starke Wunsch, meine Eltern anzurufen, überkam mich.

»Ich muss wieder nach draußen«, meinte Isabella nach einem kurzen Blick auf ihre Armbanduhr und riss mich damit aus meinen Gedanken. »Ich habe gleich einen neuen Kunden«, fügte sie hinzu, und ich nickte schwach.

»Geh nur«, gab ich zurück.

Isabella blickte besorgt drein. Und da waren sie auch schon, die dummen Tränen, die mir die Luft abzuschnüren drohten.

Isabella griff nach meiner Hand und drückte sie fest.

»Es wird bestimmt alles wieder gut. Deine Beziehung zu Cole war schließlich von Anfang an schwierig.«

Ich blinzelte die Tränen weg.

»Das glaube ich nicht«, stammelte ich und konnte die Verzweiflung in meiner Stimme nur schwer unterdrücken.

Isabella zog mich in ihre Arme und hielt mich fest. Beruhigend redete sie auf mich ein. Aber es half nichts. Ich war einfach immer noch fruchtbar traurig. Schließlich machte ich mich von Isabella los und wischte mir über die Augen.

»Du musst wieder reingehen«, sagte ich schniefend, und Isabella nickte bedauernd. »Ja, das muss ich wirklich. Kann ich dich kurz allein lassen?«

»Sicher. Mach dir keine Sorgen. Das Zimmer hier hat kein Fenster, also besteht auch keine Gefahr, dass ich springe«, erwiderte ich und wischte mir abermals die Tränen weg.

Isabella lächelte vorsichtig. »Selbst wenn es eins hätte, würdest du dir bei einem Sprung höchstwahrscheinlich nicht mal den Fuß umknicken. Wir sind schließlich im Erdgeschoss.«

»Damit könntest du recht haben«, erwiderte ich tonlos.

»Bin gleich wieder da«, meinte Isabella und warf mir einen letzten sorgenvollen Blick zu, bevor sie das Hinterzimmer verließ und in den Salon zurückging.

Mutlos sank ich auf einen Stuhl und schlug die Hände vors Gesicht. Ich war froh, endlich wieder allein zu sein.

Das mit Cole und mir war vorbei. Und das war auch besser so, redete ich mir ein. Immerhin würde ich demnächst eh wieder nach London fahren. Unsere Beziehung hatte sowieso keine Zukunft gehabt. Und auch wenn ich das rational wusste, warum tat es dann so weh, dass alles vorbei war? Ich wollte mich wirklich zusammenreißen und nicht weinen, aber dann dachte ich an die nächsten Tage, und die Tränen flossen irgendwie von selbst.

• • •

Zwei Tage später fühlte ich mich immer noch elend. Während Isabella im Salon war, verschanzte ich mich die meiste Zeit in ihrem Haus. Einzig und allein das schöne Wetter lockte mich nach draußen. Dann ging ich hinaus in den Garten, setzte mich auf die Terrasse und blickte gedankenversunken aufs Meer hinaus.

In die Stadt ging ich nicht. Die Gefahr, Cole über den Weg zu laufen, war zu groß. Ich wollte ihn nicht sehen und er mich schließlich auch nicht, dachte ich bitter und machte es mir in einem von Isabellas Gartenstühlen gemütlich. Der laue Wind wehte mir um die Nase, und die Sonne beschien auf angenehme Weise mein Gesicht. Ich schloss die Augen und sog die salzige Meeresluft tief in meine Lungen. Diese Stille, die einzig und allein von Naturgeräuschen unterbrochen wurde, würde ich vermissen, wenn ich wieder in London war, dachte ich schmerzlich, und noch jemand würde mir schrecklich fehlen. Beim Gedanken an Cole schnürte es mir die Kehle zu.

Während ich dem Schreien der Möwen lauschte, die über dem Strand ihre Kreise zogen, kehrten meine Gedanken immer und immer wieder zu unserem heftigen Streit zurück. Innerlich verfluchte ich Randy. Wenn er mir im Café nicht über den Weg gelaufen wäre, dann hätte ich diese Auseinandersetzung mit Cole überhaupt nicht gehabt. Seufzend schlug ich die Augen auf und starrte in den azurblauen Himmel. Nur wenige Schleierwölkchen zogen gemächlich vorüber.

Als plötzlich mein Handy, das auf dem kleinen Gartentisch lag, der neben mir stand, klingelte, zuckte ich zusammen, so gedankenversunken war ich gewesen.

Als ich Melissas Namen auf dem Display las, zog sich mein Magen unbehaglich zusammen, und ich fragte mich augenblicklich, warum sie mich während meines Urlaubs anrief.

»Hey, Melissa«, meldete ich mich, als ich das Gespräch angenommen hatte.

Melissa kam ohne große Umschweife zur Sache. »Hey, Lana, eigentlich hatte ich nicht vor, dich zu stören. Aber ich muss es leider tun, weil wir dringend deine Hilfe brauchen.«

»Was ist denn passiert?«, fragte ich sofort und war ganz Ohr. Das klang ziemlich dramatisch.

»Der Bauantrag, der damals abgelehnt wurde, ist jetzt doch genehmigt worden.«

»Das ist ja wunderbar«, rief ich enthusiastisch und richtete mich in meiner Gartenliege auf.

Melissa schnaubte leise. »Ja, das ist es wirklich. Aber nun zu meiner Bitte. Du weißt ja, dass der Neubau an unser Archiv angrenzt, und das bedeutet, dass wir es vor Baubeginn unbedingt ausräumen müssen. Und zwar so schnell wie möglich. Natürlich haben wir damit angefangen und sind gut dabei. Allerdings dauert es schrecklich lange. Du kennst ja die Aktenberge, die sich dort auftürmen.«

Oh ja, die kannte ich nur allzu gut.

»Lass mich raten. Alle Dokumente müssen gescannt und im Computer abgelegt werden?«

»Genauso ist es. Und dafür muss ich jede Hilfe heranziehen, die ich kriegen kann.«

Ich nahm Melissa die Worte aus dem Mund, als ich sagte: »Und mich betrifft das dann wohl ebenfalls. Wann soll ich zurück sein?«

»Am besten gestern«, erwiderte sie, und dann fügte Melissa hinzu: »Komm einfach so schnell du kannst.«

Ich dachte an Isabella, und dann fiel mir der Klippenlauf ein, und ich erinnerte mich auch an das Versprechen mitzulaufen, das ich ihr gegeben hatte.

»Ich kann frühestens in zwei Tagen zurück in London sein«, antwortete ich, und Melissa stieß einen Laut der Frustration aus.

»Okay«, antwortet sie schließlich, und ich fragte perplex: »Wirklich?«

Ich hatte einfach nicht damit gerechnet, dass ich sie so einfach hatte überzeugen können.

»Ja, wirklich«, erwiderte Melissa, und dann meinte sie: »Ich bin einfach froh, dass du deinen Urlaub abbrichst und früher zurückkommst.«

»Schon gut«, erwiderte ich.

»Dann bis in zwei Tagen«, verabschiedete sich Melissa, und ich legte mein Handy beiseite.

Schwer atmend lehnte ich mich zurück. Dass mein Urlaub ein solch schnelles und vor allem abruptes Ende fand, hatte ich nicht erwartet. Aber was sollte es schon? Mit Cole war es sowieso aus und vorbei. Ihm war es bestimmt egal, ob ich in Port Isaac war oder in London. Zumindest hatte er mir das mehr als deutlich zu verstehen gegeben.

Und was Isabella anging, bedauerte ich, dass wir nicht alles, was wir zu Beginn meines Urlaubs geplant hatten, umsetzen konnten. Mir fiel unser Bootsausflug ein, den wir nun doch nicht unternommen hatten. Das war wirklich schade. Es hätte bestimmt wieder eine Menge Spaß gemacht.

Zumindest konnten wir gemeinsam am Lauf teilnehmen. Mittlerweile bereute ich meine Zusage dazu noch nicht einmal mehr. Ganz im Gegenteil, jetzt, wo mein Urlaub so gut wie zu Ende war, fand ich es schön, noch einmal einen ganzen Tag mit Isabella zu verbringen. Ich würde sie wirklich vermissen, wenn ich wieder zu Hause war. So viel stand auf jeden Fall fest.

•••

Schwer atmend rannte ich neben Isabella her. Es war heiß heute. Natürlich war es das, dachte ich säuerlich, während mir der Schweiß über den Rücken rann.

Isabella joggte munter neben mir her und schien dabei richtig gut gelaunt zu sein.

»Ist dir denn gar nicht heiß?«, fragte ich schnaufend. Isabella warf mir ein breites Lächeln zu und zuckte kurz mit den Schultern. »Nicht besonders«, gab sie zurück und war anscheinend kein bisschen außer Atem.

Das war so was von unfair, dachte ich frustriert.

Der schmale Weg, auf dem wir gemeinsam mit Dutzenden Menschen unterwegs waren, stieg jetzt langsam an.

Ich warf einen kurzen Blick über die Schulter und stellte erschrocken fest, dass wir Port Isaac noch nicht sehr lange hinter uns gelassen hatten.

»Oh, Mann«, stöhnte ich, während ich kaum mit Isabella mithalten konnte. »Warum musste ich mich auch von dir überreden lassen?«

Isabella zwinkerte mir grinsend zu. »Weil du immer bereit bist, Gutes zu tun«, erwiderte sie. »Und jetzt sollten wir aufhören, miteinander zu reden, sonst bekommen wir Seitenstechen.«

Na toll, das würde mir natürlich noch fehlen. Als ob diese Tortur hier nicht schon schlimm genug wäre.

Schweigend rannten wir nebeneinanderher. Während Isabella ihr Tempo halten konnte, wurde ich allmählich langsamer und langsamer und langsamer. Isabella ließ sich zurückfallen und musterte mich besorgt. »Geht es dir gut?«, fragte sie, und ich brachte nicht einmal mehr ein Nicken zustande. Meine Wangen glühten, die Hitze stieg mir mehr und mehr zu Kopf.

»Sollen wir eine Pause machen?«, schlug Isabella vor.

»Nein«, gab ich knapp zurück.

Wenn ich jetzt anhielt, dann würde ich um nichts auf der Welt wieder loslaufen.

»Ich schaffe das schon«, fügte ich sicherheitshalber keuchend hinzu und gab mir Mühe, mich auf den Beinen zu halten. Zum Teufel noch mal, wie weit war es noch bis zum nächsten Versorgungspunkt, fragte ich mich verzweifelt.

»Du kannst gerne schon vorauslaufen«, schlug ich Isabella vor.

Isabella musterte mich nachdenklich. »Meinst du wirklich?«

Ich nickte knapp.

»Okay, dann sehen wir uns später im Ziel.«

Wohl kaum, dachte ich und stand kurz vor dem körperlichen Zusammenbruch.

Und einen Augenblick später geschah genau das, was Isabella mir eben prophezeit hatte. Ich bekam heftiges Seitenstechen.

Schnaufend schleppte ich mich vorwärts. Immer schön Schritt für Schritt.

Es dauerte nicht sehr lange, und schon hatte ich Isabella aus den Augen verloren. Ich war kurz davor, einfach anzuhalten und aufzugeben.

Aber dann joggte eine Gruppe Senioren gemütlich an mir vorbei, und ich verwarf diesen Gedanken umgehend wieder. Also wenn die das schafften, dann musste ich das auch hinbekommen. Also zwang ich mich durchzuhalten, außerdem hatte ich Isabella versprochen, mein Bestes zu geben. Ich musste ins Ziel kommen, egal wie, nahm ich mir fest vor. Allmählich flachte der Weg ab, und nach einer Weile bewegte sich mein Puls wider Erwarten im niedrigeren Bereich.

In einiger Entfernung tauchte das Fähnchen des nächsten Versorgungsstandes auf, und am liebsten wäre ich auf die Knie gefallen und hätte Gott dafür gedankt. Aber dann stellte ich mit Entsetzen fest, dass ich mich längst auf Coles Grundstück befand. Ich war so damit beschäftigt gewesen, mich zum Weiterlaufen zu animieren, dass ich kaum auf meine Umgebung geachtet hatte. Ich wurde langsamer, ja, das ging tatsächlich, und dann näherte ich mich zögerlich dem Stand. Nervös hielt ich nach Cole Ausschau. Aber ich konnte ihn nirgendwo entdecken. Erleichtert atmete ich auf, während ich auf den Stand zustrebte. Aus der kurzen Distanz konnte ich eine Frau und einen Mann erkennen, die sich hinter dem Stand aufhielten. Beide hatten mir den Rücken zugewandt und beugten sich nach unten. Sie wühlten in mehreren Pappkisten. Ich schmeckte das frische kühle Wasser bereits in meinem Mund und konnte es nicht erwarten, endlich etwas zu trinken. Schwer atmend hielt ich am Stand an.

»Ich brauche Wasser.«

Sekunden später erhoben sich beide und blickten mich an.

Mir blieb fast das Herz stehen, als ich plötzlich Cole gegenüberstand. Was machte er denn hier? Davon, dass er am Versorgungspunkt helfen würde, war nie die Rede gewesen.

Während ich ihn noch erhitzt anstarrte, reichte er mir schon einen Becher Wasser.

»Für dich«, sagte er und schaute mir direkt in die Augen.

Ich schaute Cole an, dann sah ich den Becher an. Das Wasser war so verführerisch, und ich sehnte mich danach zu trinken. Aber anstatt den Becher entgegenzunehmen, ergriff ich Hals über Kopf die Flucht und rannte so schnell weg, wie ich es eben schaffte. Doch plötzlich tauchte Cole neben mir auf. Locker joggte er neben mir her. »Lauf doch nicht einfach weg. Du solltest wirklich etwas trinken. Du schaffst es nicht bis zum nächsten Versorgungspunkt.«

Abrupt hielt ich an und starrte ihm leise keuchend ins Gesicht. Ich war richtig wütend, weil ich durstig war, mir die Beine wehtaten und ich schwitzte wie noch nie zuvor in meinem Leben. Aber vor allem, weil er mich mal wieder davongejagt hatte. Er brauchte nicht so zu tun, als ob er sich um mich sorgte. Nach unserem Streit war ich mir ziemlich sicher, dass ihm egal war, was mit mir passierte.

»Spiel nicht den Besorgten«, sagte ich wütend und bohrte ohne nachzudenken meinen Zeigefinger in seine stahlharte Brust. »Im Grunde bin ich dir vollkommen egal.«

Cole starrte mich wortlos an und bewegte sich keinen Zentimeter vom Fleck.

»Und ob ich es bis zum nächsten Punkt schaffe. Ich komme sogar bis zum Ziel. Nur damit du es weißt«, sagte ich schroff, während ich meine Hand sinken ließ.

»Was du da behauptest, stimmt nicht. Du bist mir keinesfalls egal. Wahrscheinlich haben wir auch deshalb andauernd diese Meinungsverschiedenheiten. Wir sollten nicht schon wieder streiten. Bitte, trink etwas«, beharrte Cole.

Anstatt darauf einzugehen, schickte ich mich an weiterzulaufen. Doch Cole hielt mich zurück. »Ich meine es ernst. Du musst trinken. Und ich würde gerne mit dir reden. Ich denke, wir müssen etwas klären.«

»Jetzt möchtest du reden?«, fragte ich ungläubig, und er nickte mit ernster Miene

Ich schüttelte den Kopf. »Nein«, gab ich sofort zurück. »Ich werde dieses Rennen zu Ende bringen, und ich lasse mich auf keinen Fall davon abhalten. Auch nicht von dir.«

Mit diesen Worten drehte ich mich um und rannte kurzerhand davon. Mir klopfte das Herz derb in der Brust, und das lag nicht am Laufen, zumindest nicht nur.

Dem Drang, mich nach Cole umzuschauen, widerstand ich nur mühsam. Ich wusste sowieso nicht mehr, was ich von diesem ganzen Durcheinander und diesem ewigen Hin und Her halten sollte. Seine Launen konnten einen schier in den Wahnsinn treiben.

Ich konnte dem, was er wollte, schon gar nicht mehr folgen. Außerdem, was hätte ein Gespräch schon bewirkt? Bekümmert dachte ich an meine Rückkehr nach Hause. Ab morgen würde ich Cole sowieso nicht mehr sehen, und wann ich das nächste Mal zu Besuch nach Port Isaac kommen konnte, stand in den Sternen.

Bevor ich noch weiter Trübsal blasen konnte, rief ich mich zur Ordnung und verdrängte jegliche Gedanken an Cole. Stattdessen bemühte ich mich, das Tempo anzuziehen. Blöd war nur, jetzt, da ich gerade mal versuchte, nicht an Cole zu denken, fiel mir wieder ein, wie schrecklich durstig ich immer noch war. Ich hätte doch etwas trinken sollen. Cole hin oder her, dachte ich nun keuchend.

•••

Als der Zieleinlauf in einiger Entfernung in Sicht kam, hätte ich vor Erleichterung weinen können, so fix und fertig war ich mittlerweile. Alles in mir schrie danach aufzugeben, aber ich schaffte es irgendwie, über meinen eigenen Schatten zu springen, und biss die Zähne zusammen. Ich nahm all meine Kraft zusammen, spornte mich zum Durchhalten an und rannte weiter und weiter. Als ich die Zielflagge endlich passierte, stöhnte ich vor Erleichterung auf, blieb dann keuchend stehen und stützte die Hände auf den Knien ab. Völlig fertig schnappte ich nach Luft.

Isabella erschien neben mir und klopfte mir aufmunternd auf den

Rücken. »Du hast es geschafft«, jubelte sie, und ich richtete mich langsam auf. Ich war immer noch ziemlich fertig, und es fiel mir schwer, Isabellas Enthusiasmus zu teilen.

Sie hingegen umarmte mich überschwänglich. »Ich danke dir, dass du mitgemacht hast, und die Tiere im Tierheim werden uns auch allen sehr dankbar sein. Durch das Startgeld der vielen Teilnehmer haben wir mehrere Hundert Pfund zusammenbekommen«, meinte Isabella lächelnd und umarmte mich noch einmal fest.

»Dann hat sich die Schinderei zumindest gelohnt«, erwiderte ich und hatte das Gefühl, dass mein Puls langsam wieder im Normalbereich lag.

Isabella ließ mich los, dann fragte sie: »Wie sieht es aus, hast du Lust, später noch mit mir und ein paar Freunden nach Wadebridge zu fahren? Wir wollen ein bisschen feiern. Es wäre wirklich toll, wenn du mitkommen würdest.«

Ich überlegte kurz, dann sagte ich: »Klingt gut. Vorher muss ich allerdings nach Hause, um zu duschen.«

Lachend erwiderte Isabella: »Keine Bange, das muss ich natürlich auch.«

Kapitel 14

Cole

Nervös tigerte ich auf meiner Veranda auf und ab. Was tat ich hier eigentlich, dachte ich und blieb abrupt stehen. Überlegte ich wirklich, heute Abend noch nach Wadebridge zu fahren, um mit Lana zu sprechen? Dieser Gedanke spukte mir seit ungefähr einer Stunde durch den Kopf. Um genau zu sein, seit der Nachricht von Rick, in der er mir mitteilte, dass Lana dort mit ein paar Freunden in einer Bar feierte.

Mein Kopf sagte eindeutig, dass die Idee schwachsinnig war. Lana hatte mir vorhin klar zu verstehen gegeben, dass sie nicht noch einmal mit mir reden wollte. Und ich konnte es ihr nicht verdenken. Schließlich hatte ich mich tatsächlich wie der hinterletzte Idiot verhalten.

Ich hätte ihr zuhören sollen. Es gab sicher einen triftigen Grund für ihr Gespräch mit Randy. Vermutlich hatte er sich ihr aufgedrängt. Von allein wäre sie nie auf ihn zugegangen. Wer wusste schon, was Randy im Schilde führte? Aber ich musste ja auf stur schalten und diesen dummen Streit anfangen. Kein Wunder, dass sie nichts mehr mit mir zu tun haben wollte.

Zig Mal war ich jetzt schon mit dem Autoschlüssel in der Hand zur Haustür gelaufen, aber kurz bevor ich die Stufen nach unten geeilt war, hatte mich der Mut verlassen, und ich war wieder umgekehrt. Jetzt stand ich auf meiner Terrasse und überlegte abermals, ob ich nun nach Wadebridge fahren sollte oder lieber doch nicht. Was sollte ich ihr sagen? Einfach die Wahrheit, dachte ich, und zwar, dass ich ein Idiot gewesen war, mal wieder. Jetzt fragte sich nur noch, würde sie mir zuhören und mir vielleicht noch einmal verzeihen? Denn ich hatte das untrügliche Gefühl, dass ich Lanas Verständnis inzwischen vollkommen ausgereizt hatte.

Nervös begann ich hin und her zu laufen. Tja, es gab wohl nur einen Weg, das herauszufinden, beschloss ich schließlich, schnappte mir erneut meine Autoschlüssel und verließ mein Haus.

...

»Was willst du denn hier?«, fragte Isabella ungehalten und baute sich vor mir auf.

Ich wusste nur allzu gut, dass sie mich nicht ausstehen konnte. Aber das war mir gerade ziemlich egal, außerdem befand sie sich in guter Gesellschaft, denn es gab noch eine ganze Reihe Menschen, die mich nicht mochten.

»Mit Lana reden«, erwiderte ich knapp und fragte dann schnell: »Wo ist sie?«

Bis jetzt hatte ich sie noch nirgendwo entdecken können.

Isabella schnaubte leise und blickte mich dann ziemlich abschätzig an.

»Ich habe mir echt Mühe gegeben, dich zu mögen. Und als wir vier diesen tollen Nachmittag miteinander verbracht haben, dachte ich wirklich, dass du vielleicht ein ganz netter Kerl bist. Aber du hast mal wieder keine Gelegenheit ausgelassen, um das Gegenteil zu beweisen. Und so wie es jetzt aussieht, hatte ich von Anfang an recht. Ich wusste, dass du Lana nicht guttun würdest«.

»Bist du dann fertig mit deiner kleinen Ansprache?«

»Nein«, erwiderte sie kopfschüttelnd. »Das bin ich nicht. Lass mich dir einen guten Rat geben. Du solltest sie endlich in Ruhe lassen. Lana fährt morgen nach London zurück. Fahr nach Hause, und kümmere dich um deine Werkstatt. Fang neu an. Lana macht das hoffentlich auch.«

»Danke, aber ich verzichte lieber auf deine Ratschläge. Außerdem geht es dich nichts an, was ich tue. Ich will nur wissen, ob sie noch hier ist. Wenn du mir das nicht sagen willst, dann frage ich eben jemand anderen.«

Ich schaute mich in der Bar um. Leider konnte ich Rick im Moment nicht entdecken. Aber er musste hier sein.

Isabella folgte meinem Blick.

»Nach wem suchst du denn? Etwa nach Rick?«

Ich erwiderte nichts.

»Hat er dir etwa gesagt, dass Lana hier ist?«, bohrte sie nach.

»Ja, was dagegen?«, fragte ich angriffslustig.

Isabella stieß einen leisen Fluch aus. »Das hätte ich mir doch gleich denken können«, erwiderte sie.

»Können wir das Gestreite nicht einfach lassen?« Ich hatte diese dumme Diskussion echt satt. »Jetzt sag mir doch einfach, wo ich sie finden kann«, forderte ich ungehalten. Isabella starrte mich einen Moment schweigend an, fast so, als würde sie überlegen, ob sie mir Lanas Aufenthaltsort verraten sollte.

»Sie ist schon nach Hause gefahren«, erklärte sie, und ich blickte sie stirnrunzelnd an.

»Erzählst du das nur, um mich loszuwerden, oder stimmt es wirklich?«, wollte ich sicherheitshalber wissen.

»Es stimmt«, beharrte sie. »Auch wenn ich dich nicht leiden kann, würde ich dich trotzdem nicht anlügen.«

Ich schnaubte frustriert.

»Das soll ich dir glauben?«

Schulterzuckend erwiderte sie: »Denk doch, was du willst.«

»Okay«, erwiderte ich und konnte nur hoffen, dass Isabella wirklich die Wahrheit sagte und mich jetzt nicht aus Jux und Tollerei nach Port Isaac zurückfahren ließ, obwohl Lana hier noch irgendwo steckte.

Ohne eine Verabschiedung drehte ich mich um und verließ die Bar.

Auf der Fahrt zurück musste ich über mein Gespräch mit Isabella nachdenken. Dass sie sich dauernd in unsere Angelegenheiten mischen musste, fand ich langsam, aber sicher verdammt nervend. Allerdings musste ich mir eingestehen, dass sie gar nicht so falsch lag. War es wirklich eine gute Idee, mit Lana zu reden, oder sollte ich Isabellas Rat befolgen und es lieber auf sich beruhen lassen? Dass wir in dieser verfahrenen Situation steckten, war eindeutig meine Schuld. Sie hatte mir von Anfang an Offenheit und Freundlichkeit entgegengebracht, während ich alles infrage gestellt hatte. Ich hatte es nicht auf die Reihe bekommen, im Hier und Jetzt zu leben, sondern zugelassen, dass meine Vergangenheit meine Gegenwart bestimmte. Ich hatte nicht loslassen können. Vielleicht sollte ich Lana jetzt loslassen, dachte ich betrübt.

Ich fuhr langsamer und hielt schließlich am Straßenrand an. Port Isaac hob sich funkelnd und glitzernd von der Dunkelheit ab. Was Lana wohl gerade tat, überlegte ich.

Ich wollte jetzt so gerne bei ihr sein. Aber Isabella hatte recht: Ich war nicht gut genug für Lana. Sie hatte eindeutig etwas Besseres verdient. Nämlich jemanden, der ihr nicht andauernd nur Kummer bereitete.

Ich atmete tief durch. Während ich nach Hause fuhr, beschloss ich, Lana ziehen zu lassen. So schmerzhaft es auch war. Diesmal wollte ich das Richtige tun. Auch wenn ich sie mehr liebte als alles andere und wenn diese Entscheidung mich beinahe umbrachte.

• • •

Unruhig wälzte ich mich im Bett herum. Ich fand einfach keinen Schlaf. Fluchend starrte ich an die Decke. Der Mond schickte sein helles Licht ins Zimmer. Entnervt stand ich auf, zog die Vorhänge zu und legte mich wieder hin. Aber auch die Dunkelheit, die nun in meinem Schlafzimmer herrschte, ließ mich nicht einschlafen. Ich drehte mich hin und her und kam doch nicht zur Ruhe.

Stunde um Stunde verging, die ich ausnahmslos damit verbrachte, an Lana zu denken. Und als am Morgen helle Sonnenstrahlen durch die Vorhänge in mein Schlafzimmer schienen, fühlte ich mich wie gerädert.

Wenigstens war ich zu einem Entschluss gekommen. Eilig schlug ich das Laken zurück und schwang die Beine aus dem Bett. So schnell ich konnte, machte ich mich fertig und rannte dann nach draußen zu meinem Auto.

Mit quietschenden Reifen stoppte ich mein Auto vor Isabellas Salon. Auch auf die Gefahr hin, dass sie mich hochkant rausschmeißen würde, musste ich ein Gespräch mit ihr trotzdem riskieren. Denn eins war mir in der vergangenen Nacht klar geworden: Ich liebte Lana, und ich würde sie nicht einfach gehen lassen.

Die Türglocke läutete, als ich die Tür aufstieß und eintrat. Suchend blickte ich mich um, und je länger ich nach Lana Ausschau hielt, sie aber nicht entdecken konnte, umso unruhiger wurde ich. Wo steckte sie bloß? Bei Isabella zu Hause hatte ich sie ebenfalls nicht mehr angetroffen. Hoffentlich hatte ich sie nicht verpasst.

Isabella kam auf mich zu und blieb dann mit hochgezogenen Augenbrauen vor mir stehen.

»Was willst du denn schon wieder hier?«, fragte sie kurz angebunden.

»Glaub es, oder glaub es nicht. Ich habe tatsächlich versucht, deinen Ratschlag zu befolgen. Aber ich kann es einfach nicht. Ich kann Lana nicht einfach so gehen lassen. Ich muss mit ihr reden und mich wenigstens entschuldigen«, platzte ich heraus und wurde jede Sekunde, die Isabella schwieg, nervöser.

Ihre Miene, die von Überraschung zu Bedauern wechselte, machte mich vollkommen fertig, und als sie sagte: »Du kommst zu spät. Lana ist weg«, setzte sie dem Gefühlschaos, das in mir tobte, die Krone auf.

Ungläubig starrte ich sie an.

»Sie ist heute Morgen nach London zurückgefahren«, fügte sie hinzu.

Mein Herz sank mindestens eine Etage tiefer. Aber dann hellte sich meine Laune ein kleines bisschen auf. Vielleicht gab es noch die Möglichkeit, sie zu erwischen. Ich meine, es war erst Vormittag. Sicher schaffte ich es, sie einzuholen. Ich musste mich nur beeilen.

Gerade, als ich mich umdrehen und aus dem Laden stürmen wollte, hielt mich Isabella zurück, indem sie mich am Arm packte.

»Denk nicht mal dran«, sagte sie, als ich zu ihr herumwirbelte. »Lana ist ganz früh losgefahren. Du kannst sie jetzt nicht mehr einholen. Lass es. So ist es besser«, beharrte sie.

»Nicht für mich«, presste ich hervor. »Sorry für die Störung. Ich verschwinde jetzt lieber.«

Doch Isabella ließ mich nicht los.

»Es ist doch nicht für immer. Lana wird wiederkommen, und sei es nur, um bei mir Ferien zu machen. Jetzt lass den Kopf nicht hängen. Wie sagt man doch so schön: Man begegnet sich immer zweimal im Leben. Vielleicht könnt ihr dann noch mal von vorne anfangen.«

Ich räusperte mich leise. »Wir sind uns schon zweimal begegnet«, erinnerte ich sie, und über Isabellas Gesicht huschte tatsächlich so etwas Ähnliches wie ein Lächeln.

»Warum sagst du mir das eigentlich? Versuchst du etwa gerade wirklich, mich aufzumuntern?«

Nach unserer gestrigen Auseinandersetzung konnte ich das gar nicht richtig fassen.

Isabella zuckte kurz mit den Schultern. »Ob du es glaubst oder nicht. Aber in meiner Brust schlägt ein Herz, und im Moment habe ich einfach Mitleid mit dir und lasse meine persönlichen Gefühle für dich einfach mal außer Acht.«

Das bedeutete dann wohl, dass sie mich immer noch nicht besonders mochte. Aber was soll´s?

Bevor ich etwas erwidern konnte, fuhr Isabella fort: »Übrigens habe ich Lana, bevor sie gefahren ist, gesagt, dass du gestern Abend nach ihr gesucht hast.«

Das machte die Enttäuschung noch größer. Schließlich sagte das alles über ihre Gefühle für mich aus. Wenn sie irgendetwas für mich empfinden würde, wäre sie nicht einfach abgehauen.

»Ich weiß, du versuchst mich aufzuheitern. Die Nummer ist nach hinten losgegangen. Ich bin dann weg«, gab ich tonlos zurück.

Die Enttäuschung saß verdammt tief.

»Gib ihr einfach Zeit«, schlug Isabella schnell vor, und ich nickte kurz.

»Klar, was sollte ich auch sonst tun?«

Schließlich drehte ich mich um und verließ Isabellas Geschäft.

Diesmal hielt sie mich nicht auf.

Gedankenversunken fuhr ich wieder nach Hause. Meine Laune war auf einen absoluten Tiefpunkt gesunken. Lana war weg. Ich würde sie monatelang nicht wiedersehen. Wenn überhaupt.

Ich hatte keine Augen für das schöne Wetter oder das funkelnde, glitzernde Wasser, das Einzige, an das ich denken konnte, war Lana. Alles andere war mir im Moment vollkommen egal.

Der Kies knirschte unter meinen Reifen, als ich langsam meine Einfahrt hinaufrollte. Abrupt hielt ich an, als ich Randys Schrottkarre vor meinem Haus parken sah. Na, der hatte vielleicht Nerven, dachte ich aufgebracht, als ich die Zündung ausschaltete und die Tür aufriss, um auszusteigen.

Wutentbrannt stapfte ich auf mein Haus zu. Randy hockte auf den Stufen vor meiner Haustür und erhob sich langsam, als er mich näher kommen sah.

»Du solltest echt einen verdammt guten Grund haben, um hier zu sein«, maulte ich Randy an, der mich seinerseits nur feindselig anstarrte. Bevor er wieder die üblichen haltlosen Drohungen ausstoßen konnte, nahm ich ihm den Wind aus den Segeln, indem ich hinzufügte: »Falls du hergekommen bist, um mich zu bedrohen, dann lass es bleiben.«

»Hauptsächlich gekommen bin ich eigentlich, um dir zu sagen, dass

Vater dir etwas hinterlassen hat«, sagte Randy plötzlich, und ich konnte meine Verwunderung kaum verbergen.

»Egal, was es ist, ich will es nicht haben.«

Randy schnaubte. »Was, bist du dir etwa zu fein, etwas von Dad zu nehmen?«

»Drehst du jetzt völlig durch? Glaubst du etwa, nach allem, was er mir angetan hat, will ich auch nur irgendetwas von ihm haben? Von mir aus kannst du den ganzen Plunder entsorgen«, fügte ich hinzu und wusste nur allzu gut, wie kaltherzig das klang. Aber der Schmerz und die Wunden waren einfach zu tief, um auch nur irgendjemandem aus unserer Familie zu verzeihen.

Damit er es endlich kapierte, fügte ich hinzu: »Und das Gleiche gilt für dich. Wir haben uns nichts mehr zu sagen.«

Randy kam näher. »Das sehe ich anders. Ich lasse es nicht einfach auf sich beruhen.«

Fragend starrte ich Randy an.

Freudlos lachte er auf.

»Glaubst du etwa, ich habe nicht gespürt, dass sie dich immer bevorzugt hat?«

»Sprichst du von Mutter?«

»Von wem denn sonst? Natürlich rede ich von ihr. Sie hat dich geliebt. Mit mir konnte sie nie etwas anfangen. Auch wenn es dir wahrscheinlich nie in den Sinn gekommen ist, aber sie hat nicht nur dich zurückgelassen, sondern auch mich. Von mir hat sie sich nicht mal verabschiedet, und mir hat sie auch nicht versprochen, mich nachzuholen. Nein, mich hat sie einfach im Stich gelassen.«

Ich holte tief Luft. Von der Seite aus hatte ich es noch nie gesehen.

»Weißt du von Vater, dass sie vorhatte, mich nachzuholen?«

Randy schüttelte den Kopf.

»In der Nacht, als sie verschwand, habe ich euch belauscht und alles gehört.«

»Tja, dann hat sie uns eben beide hängen lassen«, stellte ich schonungslos fest und zuckte gleichgültig mit den Schultern. Nie und nimmer würde ich zulassen, dass Randy merkte, wie schmerzlich dieses Gespräch noch immer für mich war. Ich wollte nicht, dass er dachte, ich wäre schwach.

»Sieht so aus«, gab er jetzt ungerührt zurück und fiel wieder in seine alte Rolle zurück, jetzt, nachdem sich der Schleier für einen kurzen Augenblick gelüftet hatte.

»Dad hat mich genauso verprügelt wie dich.«

Ja, daran konnte ich mich erinnern.

»Aber wenigstens hat sie dich geliebt. Du warst ihr wichtig. Für mich hingegen hat sie sich kaum interessiert.«

Randy kam noch ein bisschen näher und blieb dann in einem Schritt Entfernung vor mir stehen.

»Aber das war nicht so schlimm. Weil ich ja immer noch dich hatte. Du warst mein Bruder, und damals dachte ich, wir beide würden zusammenhalten und immer füreinander einstehen. Zumindest so lange, bis du mich ans Messer geliefert hast, um deine Haut zu retten. Du hast alles kaputt gemacht.«

»Und deswegen willst du Rache?«

Randy verzog keine Miene, aber er nickte. Sein Blick war eiskalt.

»Was Mutter nicht zerstört hat, hast du auf dem Gewissen. Und jetzt vernichte ich alles, was dir wichtig ist.«

Jetzt war ich derjenige, der lachte.

»Verdammt, dann tu es endlich. Bestrafe mich, räche dich endlich an mir. Worauf wartest du denn noch? Ich stehe hier, direkt vor dir. Komm schon. Was immer du vorhast, tu es.«

Randy schnaubte. »Nein, so einfach lasse ich dich nicht davonkommen. Meine Rache wirst du nicht kommen sehen. Darauf gebe ich dir mein Wort. Ich werde dir alles wegnehmen, was dir etwas bedeutet«, drohte er.

Jetzt war ich derjenige, der auflachte.

»Tja, falls du vorhattest, Lana für deine Rache zu benutzen, muss ich dir leider sagen, dass du zu spät kommst.«

Randys dummes Gesicht ließ mich noch ein bisschen breiter grinsen.

»Du hast schon richtig gehört. Sie ist weg, und sie kommt auch nicht zurück. Jetzt wird es schon schwerer, es mir heimzuzahlen, was?«, stellte ich seinem Gesichtsausdruck entsprechend wohl ziemlich richtig fest.

Verbittert erwiderte Randy: »Warten wir es ab.«

Er konnte es nicht lassen.

»Verschwinde jetzt einfach«, legte ich ihm ans Herz, und dann tat ich das, was ich längst hätte tun sollen. Ich ließ ihn stehen, marschierte an ihm vorbei, stieg die Stufen nach oben und knallte anschließend die Haustür hinter mir zu. Mit Randy war ich fertig.

Die nächsten Stunden brachte ich in meiner Werkstatt zu und stürzte mich voll und ganz in die Arbeit. Mir hatte tatsächlich jemand sein Auto zur Reparatur anvertraut.

Die Tore standen weit offen, sodass die frische Luft gut zirkulieren konnte. Ich war gerade dabei, die Ölwanne des Autos zu wechseln, als ich Motorengeräusche vernahm. Sofort hielt ich mit der Arbeit inne und lauschte. Es war eindeutig, dass gerade ein Wagen in meine Auffahrt bog.

Ich stand auf, wischte mir die schmutzigen Hände an einem Tuch ab und machte mich dann auf den Weg nach draußen. Sollte das Randy sein, dann würde ich ihn hochkant rausschmeißen. Dass er ständig hier auftauchte, ging mir gehörig auf die Nerven.

Als ich nach draußen trat, stutzte ich. Es war nicht Randys Auto, das in meiner Auffahrt parkte. Und es war auf jeden Fall auch nicht mein Bruder, der einen Augenblick später auf der Beifahrerseite aus dem Wagen stieg.

Mir blieb fast das Herz stehen, als ich der jungen Frau entgegenblickte, die jetzt langsam auf mich zulief.

Ich konnte mich gar nicht rühren, sondern blieb angespannt vor meiner Werkstatt stehen.

Es war so furchtbar lange her, und trotzdem erkannte ich Roxy auf den ersten Blick.

»Hey, Dad«, sagte sie zur Begrüßung, als sie vor mir stehen blieb und nervös von einem Fuß auf den anderen trat.

Ich musste mich zusammenreißen, weil ich spürte, wie mir die Tränen in die Augen stiegen.

Langsam schüttelte ich den Kopf, und dann flüsterte ich: »Ich kann nicht glauben, dass du hier bist.«

Aber das war sie. Sie stand vor mir. Die Sonne ließ ihre blonden Haare fast schon golden leuchten. Und der Wind ließ ihre lange Mähne wild um ihren Kopf fliegen.

Ich konnte es einfach nicht fassen. Meine Tochter stand vor mir. Nach all diesen langen Jahren stand sie endlich vor mir.

Am liebsten hätte ich sie umarmt, aber ich bremste mich, weil ich sie nicht überfallen wollte.

Ich hatte so viel zu sagen, und jetzt fiel mir überhaupt nichts ein. Ich stand vor ihr, als wäre ich stumm.

»Ich habe deine Briefe bekommen«, begann Roxy, und ich blickte sie erstaunt an.

»Cherry hat sie dir endlich gezeigt? Etwa alle?«

Roxys Wangen wurden von einer feinen Röte überzogen, dann erklärte sie: »Anfangs nicht. Aber ich habe euer Gespräch mitbekommen. Damals hat Mum behauptet, ich wäre nicht zu Hause. Doch ich war da. Ich habe alles gehört. Danach habe ich Mum auf die Briefe angesprochen. Sie hat sie mir widerwillig gegeben, und in den letzten Wochen und Monaten habe ich versucht, so viele wie möglich davon zu lesen. Es sind wirklich eine Menge«, fügte sie lächelnd hinzu, und ich nickte.

»Ich bin so froh, dass du da bist.«

»Na ja, ich bin nicht allein«, sagte Roxy und stockte dann. »Ist Cherry mitgekommen?«, fragte ich sofort.

Roxy blickte zu Boden, starrte für einen Augenblick ihre Schuhe an. Dann schaute sie mich kopfschüttelnd an. »Nein, Mum ist nicht hier.«

Sie warf einen Blick über ihre Schulter, und die Fahrertür öffnete sich langsam.

»Wer ist das?«, fragte ich meine Tochter argwöhnisch, als ein junger Kerl, der wahrscheinlich gerade mal 18 war, aus dem Auto ausstieg. Er schlug die Tür hinter sich zu, vergrub die Hände in den Taschen seiner verschlissenen blauen Jeans und kam dann lässig auf uns zu. Seine Füße steckten in schmutzigen Boots.

Einen Augenblick später blieb er neben Roxy stehen und reichte mir die Hand.

»Ich bin Jasper«, stellte er sich vor, als wir uns begrüßten.

»Cole«, erwiderte ich knapp. Während mein Blick von Jasper zu Roxy glitt.

Ein breites Lächeln hatte sich auf ihrem Gesicht manifestiert.

»Jasper ist mein Freund«, fügte Roxy hinzu und konnte scheinbar gar nicht mehr aufhören zu grinsen. Jasper schlang den Arm um Roxys Schultern und zog sie dicht an sich heran.

Oh, Mann, sie war 16 und hatte einen Freund. Wusste Cherry von Jasper? Sie hätte mich vorwarnen können, dachte ich und fragte mich gleich darauf, warum sie mich nicht angerufen hatte, um Bescheid zu sagen, dass Roxy mit Jasper auf dem Weg zu mir war. Eine Menge Fragen wirbelten durch meinen Kopf. Schließlich sagte ich: »Deine Mum hat mir gar nicht gesagt, dass du, ich meine ihr, nach Port Isaac kommt.«

Nicht, dass ich einen guten Kontakt zu Cherry gehabt hätte, aber wenn Roxy auf dem Weg zu mir war, dann hätte sie es mir bestimmt gesagt. Da war ich mir ziemlich sicher.

Roxy lief rot an. Ich bekam eine ungute Ahnung und schaute meine Tochter eindringlich an.

»Was ist los, Roxy?«, fragte ich und hatte plötzlich ein flaues Gefühl in der Magengegend.

Die beiden wechselten einen kurzen Blick, und dann erklärte Roxy: »Wahrscheinlich hat dir Mum nicht von meinem Besuch erzählt, weil sie noch gar nicht weiß, dass ich hier bin.«

Roxy kaute nervös auf ihrer Unterlippe, während mir vor Erstaunen die Kinnlade runterklappte. Ich fiel aus allen Wolken. Verdammt, war sie etwa wirklich einfach abgehauen? Cherry war bestimmt schon krank vor Sorge.

Nervös fuhr ich mir durch die Haare und überlegte, was als Nächstes zu tun war. Eigentlich hatten wir nur eine Option.

»Du musst Cherry anrufen, und zwar sofort.«

»Was, ich? Kannst du das nicht für mich machen?«

Roxy schaute mich bittend an, und es war einfach erstaunlich, wie schnell sie erwachsen geworden war. Und mit einem Mal wurde mir richtig bewusst, was ich in den vergangenen Jahren alles verpasst hatte.

Bei ihrer Einschulung hatte ich schon im Gefängnis gesessen. Ich hatte nicht miterlebt, wie sie das Lesen und das Schreiben erlernt hatte. Und ich war nicht dabei gewesen, als sie schwimmen und Rad fahren gelernt hatte. Seit sie fünf war, hatten wir keine gemeinsamen Erinnerungen, und jetzt, als sie vor mir stand, bereute ich es mehr als alles andere, dass ich nicht härter um sie gekämpft hatte.

»Bitte, Dad. Mach du das für mich. Mum wird bestimmt schrecklich sauer sein, wenn sie erfährt, dass ich ohne ihr Wissen hergekommen bin.«

»Ach, und du denkst, es ist besser, wenn sie auf mich wütend ist anstatt auf dich.«

Roxy lief rot an, und ich zuckte schließlich mit den Schultern.

»Okay, meinetwegen. Deine Mum hasst mich sowieso. Also, was soll´s. Ich werde sie anrufen.«

Ich wandte mich an Jasper, der immer noch neben Roxy stand und unser Gespräch interessiert verfolgt hatte.

»Am besten, ihr beiden kommt erst mal mit rein. Und dann überlegen wir noch mal, was wir deiner Mutter sagen.«

Roxys Miene hellte sich auf, und auch Jasper wirkte ziemlich erleichtert.

»Danke, Dad«, sagte Roxy, und als sie mich wieder Dad nannte, ging mir vor Freude und Erleichterung das Herz auf.

Ich ging voran, und die beiden folgten mir in meine Küche. Während Jasper und Roxy am Küchentisch Platz nahmen, öffnete ich den Kühlschrank und holte eine Flasche Wasser heraus.

Während ich zwei Gläser füllte und diese an die beiden weiterreichte, überlegte ich fieberhaft, wie ich Cherry die Situation erklären sollte.

Roxy und Jasper tranken schweigend, während ich die beiden genauestens musterte.

»Warum hat Cherry eigentlich noch nicht bemerkt, dass du weg bist?«, wollte ich wissen, während ich anscheinend relaxt an der Küchenzeile lehnte.

»Mum ist bei der Arbeit.«

Das brachte mich auf den nächsten Gedanken.

»Und warum bist du eigentlich nicht in der Schule?«, wollte ich wissen und hoffte, dass Roxy nicht einfach geschwänzt hatte. War ihr denn nicht klar, wie wichtig eine gute Ausbildung war.

»Ich bin nicht in der Schule, weil gerade Ferien sind.«

»Oh«, gab ich knapp zurück. »Das wusste ich nicht.«

Roxy zuckte mit den Schultern. »Woher auch?«, erwiderte sie.

»Was ist mit dir?«, wandte ich mich an Jasper. »Besucht ihr die gleiche Schule?«

Jasper nickte. »Ja, ich bin ein paar Klassen über Roxy.«

Roxy stellte ihr Glas geräuschvoll auf den Tisch und schaute mich an.

»Ich weiß, wir haben eine Menge zu besprechen, aber könnten wir die Fragerei bitte auf einen späteren Zeitpunkt verschieben und jetzt erst mal dieses Telefongespräch hinter uns bringen?«

»Meinetwegen. Zum Glück ist Cherry so weit weg, dann kann sie mir wenigstens nicht den Hals umdrehen«, scherzte ich. Denn schließlich wussten wir doch alle, dass ich derjenige war, dem sie die Schuld an dieser ganzen Misere geben würde.

»Okay, dann wollen wir mal«, sagte ich und wählte Cherrys Nummer.

Nach dem dritten Klingeln ging sie ans Telefon.

Mein Herz zog sich unbehaglich zusammen, als ich ihre Stimme hörte.

Sie sparte sich jedwede Begrüßung, sondern kam gleich zur Sache. »Ich habe jetzt keine Zeit, um mit dir zu reden«, meinte sie kurz angebunden.

»Mag sein, aber ich muss mit dir sprechen«, beharrte ich. Cherry seufzte lautstark auf.

»Dann fass dich kurz. Ich muss nach Hause, Roxy wartet sicher schon auf mich. Wir wollen zusammen noch etwas essen gehen und heute Abend vielleicht ins Kino.«

Ich warf Roxy einen angespannten Blick zu. Jetzt wurde es ernst.

»Ich fürchte, daraus wird nichts«, sagte ich gedehnt.

»Wie bitte? Was redest du da?«

Okay, jetzt ging es los. Cherry kam langsam in Fahrt.

»Am besten, wir machen es kurz. Roxy wartet nicht zu Hause auf dich, und zwar deshalb, weil sie bei mir ist.«

»Roxy ist in Port Isaac? Aber das ist vollkommen unmöglich«, sagte Cherry mit schriller Stimme.

»Nein, ist es nicht. Roxy ist hier, und wir rufen an, um dir das zu sagen. Wir wollten nicht, dass du dir unnötig Sorgen machst.«

»Unnötig Sorgen«, ereiferte sich Cherry. »Anscheinend ist meine Tochter heimlich abgehauen, und du sagst mir ernsthaft, dass ich mir keine Sorgen machen soll. Das ist ja wohl ein schlechter Scherz. Das ist übrigens nur deine Schuld«, fügte sie aufgewühlt hinzu.

»Ist es das nicht immer?«, erwiderte ich und wunderte mich, wie gelassen ich angesichts ihres Vorwurfs bleiben konnte.

»Ich denke, dass dein Sarkasmus gerade völlig fehl am Platz ist«, gab Cherry zurück. »Wenn du nicht bei uns aufgetaucht wärst, hätte Roxy unsere Unterhaltung nicht mitbekommen und somit auch nichts von den Briefen erfahren. Aber du konntest uns ja nicht in Ruhe lassen«, warf sie mir aufgebracht vor.

»Das könnte daran liegen, dass sie meine Tochter ist«, gab ich zurück und versuchte gelassen zu bleiben, obwohl ich innerlich vor Wut kochte.

»Wie ist sie überhaupt zu dir gekommen? Ist sie mit dem Zug gefahren, und woher hat sie eigentlich das Geld für ein Ticket bekommen?«

»Sie ist mit Jasper hier«, fiel ich Cherry ins Wort.

Ihre Stimme drohte sich zu überschlagen, als sie antwortete: »Wer zum Teufel soll das sein?«

Roxy und Jasper schauten mich mit großen Augen an.

Hatte Roxy ihrer Mutter etwa noch nicht von ihm erzählt? Das hätte sie mir doch sagen müssen.

»Du hörst mir jetzt ganz genau zu. Ich komme zu euch, und zwar noch heute, und hole Roxy ab. Lass sie ja nicht wieder verschwinden«, raunzte mich Cherry an.

Angesichts ihrer Aggressivität konnte ich mir nicht verkneifen zu sagen: »Es ist nicht nötig, mich fertigzumachen. Schließlich bin ich nicht derjenige, dem unsere Tochter davongelaufen ist.«

Cherry schnappte nach Luft.

»Du hast gut reden«, erwiderte sie vorwurfsvoll. »Und jetzt tu einmal, um was ich dich bitte«, fügte sie hinzu.

»Keine Sorge, Roxy und Jasper sind gut bei mir aufgehoben. Komm einfach her, sobald du kannst.«

Cherry grummelte eine Verabschiedung ins Telefon und beendete dann unser Gespräch. Seufzend legte ich mein Handy auf die Arbeitsplatte.

»Deine Mum ist sauer. Aber du hast Glück, sie ist zwar wütend, allerdings glaube ich eher auf mich als auf euch.«

Roxy atmete tief durch. »Will sie mich wirklich abholen kommen?«, wollte sie wissen, und ich nickte. »Ja, und wie ich deine Mum kenne, ist sie jetzt schon auf den Weg hierher.«

Roxy zögerte. »Ich will aber nicht nach Hause. Ich will hier bei dir bleiben«, erklärte sie plötzlich ohne Umschweife.

Ich war so perplex, dass ich gar nicht wusste, was ich dazu sagen sollte.

»Das würde mir gefallen. Wir haben so viel aufzuholen. Leider habe ich das nicht zu entscheiden«, erwiderte ich bedauernd und fügte dann hinzu: »Aber wir haben ja noch Zeit. Bis Cherry hier ist, wird es noch ein paar Stunden dauern. Also, hat jemand von euch beiden Hunger?«

Jasper nickte und erwiderte: »Ehrlich gesagt, sterbe ich gleich vor Hunger.«

»Ja, unbedingt. Wollen wir etwas zusammen kochen«, schlug sie im nächsten Atemzug vor.

»Wir könnten den Grill anmachen, und während die Steaks brutzeln, unterhalten wir uns ein bisschen.«

Jasper wechselte mit Roxy einen kurzen Blick. Dann nickten beide zustimmend.

• • •

Während Jasper nach dem Essen in einem meiner Liegestühle lungerte und aufs Meer hinausschaute, stand ich mit Roxy etwas abseits auf meiner Veranda und hielt den Blick ebenfalls geradeaus gerichtet.

»Weißt du, es gibt so viele Dinge, die ich dir schon immer sagen wollte, und jetzt weiß ich gar nicht, wo ich eigentlich beginnen soll.« Unsicher schaute ich Roxy an und konnte noch immer nicht richtig glauben, dass sie tatsächlich hergekommen war. Sie war so erwachsen geworden!

Aufmunternd lächelte sie mich an. »Es gab auch viele Fragen, die ich dir stellen wollte. Aber nachdem ich so viele deiner Briefe gelesen habe, wurden bereits die meisten davon beantwortet.«

Erleichtert gab ich zurück. »Das freut mich zu hören.«

»Was denkst du, wie es jetzt zwischen uns weitergeht?«, fragte ich reichlich aufgeregt.

Roxy zuckte scheinbar gleichgültig mit den Schultern. »Beim Lesen ist mir eins klar geworden: Die Zeit lässt sich nicht zurückdrehen, und wir beide können es unmöglich schaffen, die Vergangenheit nachzuholen.«

Ich nickte angespannt und brachte keinen Ton heraus. Bedeutete das etwa, dass sie kein Interesse daran hatte, mich wieder kennenzulernen? Ich hatte mich mit der Hoffnung getragen, dass wir irgendwann zueinanderfinden würden.

»Ich bin nicht hier, um dir Vorwürfe zu machen. Aber du sollst wissen, nur weil wir keine gemeinsame Vergangenheit haben, bedeutet das nicht, dass wir auch keine Zukunft haben können. Wenn es für dich okay ist, würde ich dich ab jetzt gerne öfter besuchen. Ich finde es cool hier«, sagte sie plötzlich, und dann fügte sie hinzu: »Wenn Mum es erlaubt, würde ich am liebsten den Rest der Ferien bei dir bleiben.«

Erleichtert stieß ich den Atem aus und nickte lächelnd. »Das fände ich wirklich richtig gut.«

Die Sonne war gerade untergegangen, als ein schwarzer Sportwagen in meine Einfahrt bog. Der Kies spritzte unter den Reifen, als er abrupt bremste. Einen Moment später flog die Tür auf, und Cherry sprang aus dem Auto. Sie strebte auf den Garten zu, und angesichts ihres Gesichtsausdrucks verspannte ich mich zusehends. Ich warf einen kurzen Blick zu Roxy und Jasper hinüber. Den beiden schien es ähnlich zu gehen. Roxy trat nervös von einem Bein aufs andere, und Jasper war vor lauter Aufregung ganz rot im Gesicht. Cherry stieß schwungvoll das Gartentor auf.

»Was hast du dir dabei gedacht?«, platzte sie heraus, als sie mit wutverzerrtem Gesicht vor Roxy stehen blieb.

Roxy lief vor Verlegenheit rot an, und Jaspers Gesichtsfarbe wechselte von Krebsrot zu Schneeweiß.

»Jetzt mal langsam. Es ist ja nichts passiert, den beiden geht es gut«, mischte ich mich ein und wollte meiner Tochter und ihrem Freund beistehen.

Cherry wirbelte zu mir herum. Ihre Augen blitzten zornig auf.

»Nichts passiert?«, fragte sie aufgebracht. »Roxy ist sechzehn, ich habe die Verantwortung für sie, und es ist absolut inakzeptabel, dass sie mit ihrem Freund einfach durchbrennt.«

»Ich bin nicht durchgebrannt. Ich wollte einfach nur Dad besuchen«, rechtfertigte sie sich, und Cherry schaute sie wütend an.

»Mir ist egal, was du wolltest. Du kannst nicht einfach verschwinden. Herrgott, ich war krank vor Sorge um dich.«

Roxy baute sich zu voller Größe auf und bot ihrer Mutter die Stirn.

»Krank vor Sorge? Du hast doch noch nicht mal gemerkt, dass ich überhaupt weg bin. Wenn Dad dich nicht angerufen hätte, wäre es dir vielleicht jetzt noch nicht einmal aufgefallen.«

Cherrys Wangen schienen zu glühen.

»Was redest du denn da?«

Roxy schnaubte und erwiderte dann aufgebracht: »Ach, komm schon, seit du mit Chris zusammen bist, interessiert es dich doch überhaupt nicht mehr, was ich tue. Du bist nur mit ihm beschäftigt«, warf sie Cherry vor.

Cherry schnappte nach Luft. »Wie kannst du so etwas nur sagen? Das ist nicht wahr. Ich interessiere mich sehr wohl für dich.«

»Wirklich?«, fragte Roxy sarkastisch und griff nach Jaspers Hand, der die Auseinandersetzung still verfolgte.

»Ich wollte dir Jasper schon seit Wochen vorstellen. Aber jedes Mal, wenn ich ihn zum Abendessen einladen wollte, hattest du schon etwas Besseres zu tun«, hielt sie Cherry vor, die unter all diesen Anschuldigungen mehr und mehr rot anlief.

»Trotzdem kannst du nicht einfach verschwinden. Dir hätte sonst was passieren können.«

»Ihr ist aber nichts passiert«, mischte ich mich ein und schaffte es mit diesen wenigen Worten, Cherry noch mal mächtig in Rage zu versetzen.

Sie schnaubte wütend. »Du hast leicht reden. Wenn du nicht bei uns aufgetaucht wärst, dann wäre Roxy nie von zu Hause weggelaufen.«

»Roxy wollte doch nur endlich ihren Vater wiedersehen«, mischte sich Jasper ein, und Cherry schaute ihn ärgerlich an. Aber anstatt einzuknicken baute er sich vor Cherry auf. »Jeder hat jawohl ein Recht darauf, seine Eltern zu kennen«, fügte er hinzu, und ich befürchtete, Cherry würde sich jeden Moment auf ihn stürzen.

Jasper war schweigsam, aber wenn es darauf ankam, war er wirklich ein mutiges Bürschchen.

An Cherrys Gesichtsausdruck konnte ich allerdings erkennen, dass sie wohl kurz davor stand zu explodieren. Höchste Zeit, einzuschreiten. Wenn sie mich hasste, dann war das okay. Mittlerweile hatte ich das akzeptiert. Aber ich wollte nicht, dass sie in der Hitze des Gefechts etwas sagte, das ihrer Beziehung zu Roxy für immer schaden könnte. Auch wenn ich Cherry nicht besonders mochte, so musste ich doch zugeben, dass sie Roxy zu einer wohl anständigen jungen Frau erzogen hatte. Zumindest wenn man außer Acht ließ, dass sie mit Jasper heute getürmt war.

»Wir sollten aufhören zu streiten«, schlug ich vor, bevor diese Diskussion noch vollständig aus dem Ruder lief.

Es brachte schließlich nichts, sich sinnlos Vorwürfe zu machen. Roxy war hier, und solange das der Fall war, wollte ich die Zeit mit meiner Tochter genießen.

Roxy pflichtete mir bei, indem sie nickte, und auch Jasper fügte zustimmend hinzu: »Gute Idee. Allerdings ist wohl noch eine Entschuldigung fällig.«

Er warf Cherry einen Blick zu, obwohl ich allerdings bezweifelte, dass seine Worte sie versöhnlicher stimmen konnten. Wenn Cherry erst mal sauer war, war es reichlich schwer, sie wieder zu besänftigen. Davon konnte ich ein Lied singen.

»Roxy und ich hätten nicht einfach drauflosfahren dürfen. Tut uns leid«, gestand er ein, und Cherry entspannte sich angesichts seiner Schmeicheleien tatsächlich ein wenig.

Sie atmete tief durch und musterte die beiden mit strengem Blick. »Entschuldigung angenommen, aber so etwas macht ihr nie wieder. Ich war wirklich in Sorge.«

Roxy nickte und schien mächtig erleichtert zu sein, und dann fiel sie Cherry in die Arme und drückte sie fest.

»Tut mir leid, Mum«, flüsterte Roxy und fügte dann hinzu: »Ich wollte dir wirklich nicht wehtun.«

Cherry nickte. »Und mir tut es leid, dass du dich zurückgesetzt gefühlt hast. Das war nicht meine Absicht. Das kommt bestimmt nicht wieder vor.«

Lächelnd strich sie Roxy eine Strähne ihrer langen blonden Haare zurück. Und während sich die beiden versöhnlich anblickten, wurde mir einmal mehr klar, wie viel ich verpasst hatte. Um dieses innige Verhältnis, das Cherry und Roxy miteinander teilten, beneidete ich sie wirklich sehr.

Cherry entließ Roxy aus ihrer Umarmung und trat einen Schritt zurück.

»Wir sollten fahren«, sagte Cherry und ließ Roxys Hand los.

»Jetzt?« fragte Roxy überrascht, und Cherry nickte. »Ja, wenn wir uns beeilen, sind wir in ein paar Stunden zu Hause.«

Jasper und Roxy wechselten einen Blick.

»Aber ich will noch nicht fahren«, warf Roxy ein. Mein Herz schlug schneller, und dann fügte sie nachdrücklich hinzu: »Ich möchte bei Dad bleiben.«

Cherry schüttelte sofort den Kopf.

»Du möchtest was?«, fragte sie ungläubig.

»Ich will hierbleiben«, wiederholte Roxy, und ich hatte angesichts ihrer Worte das Gefühl, vor Glück jeden Moment zu explodieren.

»Nur für den Rest der Sommerferien«, mischte sich Jasper in das Gespräch ein und schlang den Arm um Roxy.

Cherry starrte die beiden zweifelnd an. Langsam schüttelte sie den Kopf.

»Das geht nicht«, beharrte sie dann und fügte bestimmt hinzu: »Du kommst jetzt mit mir nach Hause, und zwar auf der Stelle«.

Roxy rückte näher an Jasper heran, und dann schüttelte sie den Kopf. »Nein, das mache ich nicht.«

Cherry stieß wütend die Luft aus, und ich fragte mich ernstlich, wie lange es noch dauerte, bis die ganze Situation eskalierte.

»Kannst du vielleicht auch mal etwas dazu sagen?«, blaffte mich Cherry an, und damit geriet ich mitten in die Schusslinie.

Schulterzuckend erwiderte ich: »Ich hätte nichts dagegen. Meinetwegen können die beiden gerne für den Rest der Ferien bleiben. Das Haus ist groß genug für uns alle.«

Roxys Gesicht hellte sich auf, und Jasper nickte begeistert. »Das wäre wirklich spitzenmäßig.«

»Wunderbar, dass ihr drei euch einig seid. Aber ich sage trotzdem Nein.«

Alle Augen richteten sich auf Cherry.

Als ich Roxys enttäuschte Miene sah, nahm ich Cherry beiseite.

»Können wir unter vier Augen reden?«, fragte ich.

Cherry seufzte leise auf. »Meinetwegen«, gab sie dann zurück, und wir gingen zusammen ein paar Schritte.

»Warum möchtest du Roxy unbedingt verbieten, hierzubleiben?«

»Ist die Frage jetzt ernst gemeint?«, gab sie sarkastisch zurück.

»Es geht um unsere Tochter. Also sollten wir sachlich bleiben und unsere persönlichen Differenzen erst einmal außen vor lassen, soweit das möglich ist.«

Cherry verschränkte die Arme vor der Brust, erwiderte aber nichts.

»Also gut, ich habe wirklich nichts dagegen, wenn die beiden hierbleiben würden, und es wäre ja auch nur während der Ferien. Dann hätte ich die Chance, zumindest einen winzig kleinen Teil unserer verlorenen Zeit aufzuholen und Roxy kennenzulernen.«

Nervös wartete ich auf Cherrys Reaktion.

»Ich will einfach nicht, dass sie mit diesem Jungen hier bei dir bleibt. Die beiden werden wer weiß was tun, sobald sie allein sind.«

Ich verkniff mir ein Lachen und versuchte ernst zu erwidern: »Ich vermute ziemlich stark, dass die beiden das auch tun werden, wenn sie miteinander zu Hause sind. Du kannst nicht andauernd auf Roxy aufpassen. Theoretisch ist sie sogar erwachsen genug, um Auto zu fahren.«

Cherry schnaubte: »Ach, und deshalb denkst du auch, sie ist erwachsen genug, um Sex zu haben. Tut mir leid, das sehe ich anders.

Und nur zu deiner Information. Auto fahren darf sie nur in Begleitung eines Erwachsenen. So viel zu deiner Theorie.«

»Ich denke, du weißt, was ich meine.« Seufzend fügte ich hinzu: »Ich denke, Jasper ist ein netter Kerl.«

»Ach, und das kannst du beurteilen, weil du ihn seit ein paar Stunden kennst.«

Cherry war wirklich eine harte Nuss.

Sie kam näher, stieß ihren Zeigefinger gegen meine Brust und blickte mir erhobenen Hauptes in die Augen. »Du hörst mir jetzt ganz genau zu, Cole Knox. Ich bin bereit, zu erlauben, dass Roxy die nächsten Wochen bei dir bleiben kann. Aber nur unter einer Bedingung.«

Mit hochgezogenen Augenbrauen schaute ich Cherry an. »Die wäre?«

»Du wirst mir versprechen, gut auf sie aufzupassen. Sollte ihr irgendetwas zustoßen, dann siehst du sie nie wieder, und das garantiere ich dir.«

Cherrys Drohungen waren durchaus ernst zu nehmen.

Ich wollte, dass Roxy blieb, und wie schwer konnte es schon sein, auf sie achtzugeben, dachte ich. Ich hätte endlich die Chance, eine ernsthafte Beziehung zu meiner Tochter aufzubauen. Diese Möglichkeit konnte ich nicht ungenutzt verstreichen lassen. Deshalb nickte ich zustimmend.

»Ich passe auf sie auf, und ich werde nicht zulassen, dass ihr etwas zustößt.«

Cherry warf Roxy einen Blick zu und seufzte dann leise.

»Sorg dafür, dass Jasper seine Finger von ihr lässt.«

Ich nickte abermals, obwohl ich nicht die geringste Ahnung hatte, wie ich das anstellen sollte. Getrennte Zimmer wären wohl ein guter Anfang, sinnierte ich.

»Ich war noch nie länger als fünf Tage von Roxy getrennt«, sagte Cherry und unterbrach damit meine Gedanken. Ich konnte ziemlich gut nachvollziehen, wie schwer ihr die Trennung fallen musste.

»Es sind nur ein paar Wochen«, versuchte ich sie zu beruhigen. »Dann hast du sie wieder ganz für dich.«

Cherry schnaubte leise. »Sie ist sechzehn, Cole. Die Zeiten, in denen ich sie ganz für mich habe, sind längst vorbei. Es fällt mir einfach schwer, loszulassen«, gestand sie ein, und ich wunderte mich über ihre Ehrlichkeit. »Na gut«, sagte Cherry schließlich seufzend. »So wie es aussieht, bin ich überstimmt.«

»Wirklich?«, hakte ich sicherheitshalber nach, und Cherry nickte.

»Ja, Roxy kann bis zum Ende der Ferien bleiben.«

Versöhnlich blickte ich Cherry an. »Ich danke dir«, sagte ich schlicht.

»Ich will, dass Roxy glücklich ist. Das ist der einzige Grund, weshalb ich ihr meine Zustimmung geben werde.«

Ich nickte. »Das ist für mich genug. Ich freue mich einfach nur auf die gemeinsame Zeit mit unserer Tochter.«

Es schien, als hätten wir das Kriegsbeil erst mal begraben. Eine Waffenruhe geschlossen. Hoffentlich hielt sie an, dachte ich, während ich Cherry nachdenklich musterte.

»Dann fahre ich jetzt wieder nach Hause«, sagte sie. Bevor sie gehen konnte, hielt ich sie zurück. »Warte noch. Wenn du möchtest, kannst du die Nacht über hierbleiben und morgen früh fahren«, schlug ich vor.

Cherry aber schüttelte den Kopf. Ihre Mundwinkel bogen sich nach oben, sie lächelte leicht. »Übertreib es nicht«, sagte sie und wandte sich dann von mir ab, um zurück zu Roxy und Jasper zu gehen.

»Du kannst für den Sommer in Port Isaac bleiben.«

Roxy grinste breit, und auch Jasper schien zufrieden zu sein.

»Danke, Mum«, sagte Roxy, während Cherry sie fest im Arm hielt.

Was für ein verrückter Tag, dachte ich, als ich die beiden betrachtete.

Und musste mir eingestehen, dass ich reichlich nervös war. Schließlich hatte ich keine Ahnung, was mich in den nächsten Wochen erwartete. Leichte Beklommenheit machte sich in mir breit, als ich an das

Versprechen dachte, das ich Cherry gegeben hatte, und ich hoffte inständig, dass ich es halten konnte.

Kapitel 15

Drei Wochen später

Lana

»Wahnsinn, endlich erwische ich dich. Ich probiere schon seit Tagen, dich anzurufen«, sagte Isabella, und ich bekam ein schlechtes Gewissen, weil ich sie nicht zurückgerufen hatte.

»Tut mir wirklich leid«, erwiderte ich und klemmte mein Handy zwischen Kopf und Schulter ein, weil ich beide Hände brauchte, um einen Karton vom obersten Regalfach zu hieven. Meine Güte, war der schwer. »Es ist im Moment alles ein bisschen stressig«, fügte ich hinzu und pustete eine dicke Staubschicht vom Karton, bevor ich ihn vor meinen Füßen abstellte.

»Lass mich raten, ihr seid immer noch damit beschäftigt, das Archiv auszuräumen?«

»Genau«, erwiderte ich seufzend und ging dann in die Hocke, um den Karton zu öffnen. »Wir haben noch nicht einmal die Hälfte der Akten gesichtet, geschweige denn gescannt und abgespeichert. Ich kann dir sagen, mittlerweile träume ich schon von diesen Aktenbergen.«

»Oh ja, das klingt nicht gerade besonders toll.«

Ich setzte mich auf den schmutzigen Boden und ließ den Karton vorerst einfach Karton sein. Wenigstens ein paar Minuten wollte ich mich nur auf Isabella und dieses Gespräch hier konzentrieren. Außerdem brauchte ich sowieso endlich eine kleine Pause.

»Da hast du recht. Reden wir lieber über dich. Wie geht es dir? Gibt es etwas Neues?«, fragte ich interessiert.

Am anderen Ende der Leitung hörte ich Isabella leise seufzen und fragte mich natürlich sofort, was das zu bedeuten hatte.

»Na ja, ich bin immer noch allein im Salon. Aber keine Sorge, ich schlage mich ganz gut. Allerdings habe ich so viele Neuigkeiten für dich, dass ich kurz davor bin, zu platzen, ehrlich. Aber ich habe dir versprochen, mich an unsere Vereinbarung zu halten, und das werde ich auch tun. Ich werde Cole mit keinem Wort erwähnen«, erwiderte Isabella bekräftigend.

Nach ihren Anspielungen kam ich natürlich fast um vor Neugier.

»Vergiss die Vereinbarung, und erzähl mir alles«, bat ich sofort. Der Satz hatte gerade meinen Mund verlassen, da legte Isabella auch schon los.

»Du wirst nicht glauben, was ich dir jetzt erzähle, aber Coles Tochter ist in Port Isaac aufgetaucht, und zwar schon vor knapp drei Wochen.«

»Warum hast du mir das denn nicht schon viel früher erzählt?«

»Ähm, hallo, hast du die Vereinbarung vergessen? Du warst doch diejenige, die darauf bestanden hat, das Thema Cole zu meiden. Ich habe mich nur an deine Anweisungen gehalten. Doch jetzt halte ich es einfach nicht mehr aus.«

Ich musste zugeben, dass das leider stimmte. Trotzdem hätte ich es gerne gewusst.

»Heißt das, dass Roxy jetzt bei Cole wohnt?«

Eifrig erwiderte Isabella: »Nicht nur Roxy, sondern auch ihr Freund.«

»Wow, das wird ja immer besser. Wie geht es Cole dabei? Kommt er mit den beiden klar?«

Ich versuchte mir Cole als Vater vorzustellen. Er war bestimmt gut in diesem Job, dachte ich und bekam Herzschmerzen, wie immer, wenn ich an ihn dachte, was übrigens ziemlich häufig vorkam.

»Wenn man dem glauben will, was sich die Leute erzählen, dann scheint er gut zurechtzukommen. Obwohl Teenager natürlich immer ein bisschen schwierig sind. Roxy war letztens bei mir im Laden und ziemlich redselig, wenn ich das so sagen darf. Sie hat mir erzählt, dass sie bis zum Ende der Ferien bei Cole bleiben will.«

Cole musste unbeschreiblich glücklich sein. Seine Tochter zu sehen, hat er sich seit Jahren gewünscht. Schade, dass ich jetzt nicht bei ihm sein konnte, um diese Freude gemeinsam mit ihm zu genießen, dachte ich mit einem Anflug von Melancholie.

Gerade als ich etwas erwidern wollte, hörte ich Isabellas Türglocke im Hintergrund läuten.

»Können wir später weitersprechen?«, fragte sie gleich darauf. »Mein nächster Kunde kommt nämlich gerade herein.«

»Ja, klar«, gab ich schnell zurück. »Ich habe auch noch zu tun. Wir reden einfach ein anderes Mal. Ich rufe dich an«, versprach ich.

»Super«, flüsterte Isabella und legte dann auf.

Schade, ich hätte gerne noch ausführlicher mit Isabella gesprochen. Ich hatte so viele Fragen, was Cole betraf, aber die mussten jetzt leider bis später warten.

Nachdem ich mein Handy weggepackt hatte, nahm ich mir den Karton vor. Ich stand vom Boden auf und trug die Unterlagen zum Tisch hinüber, dann nahm ich mir Akte für Akte vor und begann damit, die losen Blätter zu studieren.

Stundenlang hockte ich in der gleichen Position und ging die Papiere durch. Alles Wichtige scannte ich ein und lud die Dateien dann in die entsprechenden Ordner hoch, um sie auf dem Computer abzuspeichern. Mehr und mehr verschwammen die Buchstaben, die Schrift begann zu flimmern, und ich rieb mir mit der Hand über die müden Augen. Schließlich legte ich die letzte Akte aus dem Karton beiseite. Stand auf und bog stöhnend den Rücken durch. Ich war fix und fertig. Nach einem Blick auf meine Armbanduhr stellte ich fest, dass es bereits weit nach fünf war. Ich betrachtete die beiden Kartons, die noch immer auf dem obersten Regalbrett standen. Eigentlich hatte ich mir für heute vorgenommen, diese Kisten ebenfalls durchzusehen. Allerdings war ich in zwei Stunden mit meinen Eltern zum Abendessen verabredet. Und ich fragte mich, wie ich meine Arbeit bis dahin schaffen sollte. Hoffentlich musste ich unser gemeinsames Essen nicht absagen, dachte ich. Immerhin hatte ich mich schon so sehr darauf gefreut.

Als die Tür plötzlich aufschwang, zuckte ich zusammen und wandte mich dann mit laut pochendem Herzen um.

Melissa schaute mich überrascht an. »Bitte, entschuldige, ich wollte dich nicht erschrecken, ich dachte, du wärst mittlerweile gegangen.«

Ich schüttelte den Kopf. »Das wollte ich. Gerade habe ich überlegt, ob ich mir die beiden Kisten dort oben noch anschaue.« Mit einem leichten Nicken deutete ich zum Regal. Melissa folgte meinem Blick und seufzte dann leise auf.

»Ich kann diese alten, verstaubten Kisten nicht mehr sehen«, gestand sie dann ein, und ich lächelte.

»Geht mir genauso«, erwiderte ich dann.

»Weißt du was, ich helfe dir. Jede nimmt eine Kiste, und wenn wir die durchgeschaut haben, machen wir für heute Schluss. Wie klingt das?«

»Sehr gut«, sagte ich und folgte Melissa zum Regal, um mir auch einen Karton zu holen.

Melissa und ich arbeiteten schweigend. Einzig und allein das Rascheln des alten Papiers, die Geräusche des Scanners, das Klappern der Tastatur und das leise Surren unserer Computer erfüllten den Raum.

Die Zeit schlich dahin, und ich sehnte das Ende meiner Arbeitszeit herbei. Nach meinem Abendessen mit Mum und Dad würde ich ein warmes Bad nehmen, dachte ich gerade, als ich plötzlich über etwas in der Akte, die ich gerade scannte, stutzte. Sofort war ich wieder hochkonzentriert.

Ich las die Seite mehrmals, um ganz sicherzugehen, und je länger ich die Blätter studierte, desto aufgeregter wurde ich. Sogar Melissa musste das gespürt haben. Denn sie blickte zu mir auf und musterte mich fragend.

»Stimmt etwas nicht?«, hakte sie nach.

Ich sah mir das Datum des Schreibens an und überschlug in Gedanken die Jahre, die Melissa bereits hier arbeitete.

Mir schlug das Herz bis zum Hals, als ich fragte: »Erinnerst du dich an eine Frau namens Mary Knox?«

Melissa überlegte einen Augenblick, dann sagte sie: »Zeig mal her.«

Meine Hände zitterten unmerklich, als ich ihr die Akte reichte.

Melissa las angeregt, blätterte hin und her, während mein Puls vor Nervosität raste.

Langsam nickte sie. »Ja, ich glaube, ich erinnere mich an sie.«

Melissa gab mir die Akte zurück, und mir blieb vor Aufregung fast das Herz stehen.

»Mary Knox«, las ich leise. Ich hatte gerade Coles Mutter gefunden. Das war einfach unglaublich.

• • •

Gedankenversunken stocherte ich auf meinem Teller herum und schob das Essen nachdenklich hin und her ohne die geringste Lust, davon zu kosten.

»Was hast du denn?«, fragte Mum, und ich blickte überrascht zu ihr auf. »Ist etwas passiert? Du wirkst heute noch nachdenklicher als sonst.«

Ich zögerte mit meiner Antwort, blickte mich stattdessen im Restaurant um. Es herrschte rege Betriebsamkeit. Die Tische waren fast alle besetzt. Es wurde laut gelacht, geredet, und die ganze Szenerie wurde von einer entspannten Musik untermalt. Eigentlich sollte das hier ein perfekter Abend sein, dachte ich. Aber seit ich auf die Akte gestoßen war, bekam ich Coles Mutter nicht mehr aus dem Kopf. Ich hatte so viele Fragen an Melissa gehabt, doch leider hatte sie mich auf morgen vertröstet. Bis dahin musste ich mich also gedulden und meine Neugier zügeln. Leider war das leichter gesagt als getan.

Liebevoll legte Mum ihre Hand auf meine und schaute mich aufmunternd an. »Komm schon, mir kannst du es erzählen. Du kannst mir alles sagen«, versicherte sie.

Und das stimmte wirklich. Meiner Mum und meinem Dad hatte ich schon immer alles anvertrauen können. Mein ganzes bisheriges Leben lang haben sie mich bei allem unterstützt, was mir in den Kopf geschossen war. Sie haben Erfolge mit mir gefeiert und mich nach Niederlagen aufgebaut. Zwangsläufig kam mir Coles Vergangenheit in den Sinn. Familienrückhalt hatte er wohl nie erlebt, überlegte ich traurig. Wenn ich an seine Kindheit dachte, wurde mir das Herz schwer. Was er als Kind durchgemacht hatte, muss einfach schrecklich gewesen sein.

»Das weiß ich doch, Mum.« Und deshalb beschloss ich, ihr auch von der Akte zu erzählen. Von meiner Beziehung mit Cole hatte ich ihr schließlich auch schon berichtet.

»Erinnerst du dich an Coles Mutter? Ich hatte sie einmal kurz erwähnt«, fragte ich, und Mum nickte.

»Ja, ich erinnere mich. Wie war doch gleich ihr Name?«, überlegte Mum, und bevor ich antworten konnte, fiel es ihr auch schon ein: »Mary Knox, richtig?«

Ich nickte. »Ja, so hieß sie.«

Mum trank einen Schluck von ihrem Espresso. »Warum beschäftigt sie dich?«, fragte sie und stellte ihre Tasse zurück auf den Tisch.

Interessiert schaute sie mich an, und dann erzählte ich ihr von der Akte, auf die ich gestoßen war, und von allen Einzelheiten, die ich durch Coles Erzählungen von ihr wusste.

Mum schüttelte langsam den Kopf. »Es ist unglaublich, was sein Vater der Familie angetan hat.«

Mum zögerte, aber dann fügte sie hinzu: »Ich weiß, es steht mir nicht zu, über diese Mary zu urteilen. Also sei mir nicht böse, aber ich finde es dennoch unmöglich, dass sie ihre beiden Jungs einfach verlassen hat, wenn sie doch genau wusste, dass der Vater die zwei auch verprügelte.«

»Ich weiß, das geht mir doch genauso. Ich meine, Cole und Randy waren doch ihre Söhne. Sie waren damals noch so jung, und sie muss sie doch geliebt haben.«

Mum seufzte tief. »Wohl nicht genug. Sonst wäre sie nicht gegangen. Auch wenn ich sie nicht kannte, denke ich doch, dass ich das als Mutter gut beurteilen kann. Wenn ich an ihrer Stelle gewesen wäre, hätte ich dich niemals zurückgelassen. Unter keinen Umständen.«

Gerührt nickte ich. »Ich weiß«, erwiderte ich knapp und drückte Mums Hand.

Coles Vergangenheit ging mir immer noch nahe. Keine Ahnung, warum ich so emotional reagierte. Die Sache zwischen Cole und mir war vorbei. Es sollte mich nicht mehr interessieren. Und doch berührte mich seine Vergangenheit ganz tief in meinem Herzen. Vielleicht konnte er ja so einfach weitermachen und alles vergessen, was zwischen uns passiert war. Doch jetzt schien es mir mehr denn je so, dass ich das nicht konnte. Ich schaffte es nicht, einfach zur Tagesordnung überzugehen. Sicherheitshalber wechselte ich das Thema, sonst würde ich im schlimmsten Fall wirklich noch anfangen zu weinen.

»Glaubst du, es dauert noch lange, bis Dad kommt?«, fragte ich, und Mum warf einen Blick auf ihre Armbanduhr. Sie akzeptierte den abrupten Themawechsel, ohne nachzubohren.

»Ich denke, es wird noch eine Weile dauern«, sagte sie, und dann fügte sie hinzu: »Als er vorhin anrief, um Bescheid zu geben, dass er sich verspäten wird, sagte er, dass gerade ein Notfall eingeliefert wurde.«

Ich schob meinen halb vollen Teller von mir und tupfte mir gleich darauf meinen Mund mit einer weißen Leinenserviette ab.

»Möchtest du denn gar nichts mehr essen?«, fragte Mum und deutete auf meinen Teller.

Bedauernd schüttelte ich den Kopf. »Mir ist der Appetit vergangen«, erwiderte ich und trank dann einen Schluck von meinem Wasser.

»Wenn das so ist, schlag ich vor, wir machen uns auf den Heimweg. Ich warte einfach zu Hause auf deinen Vater.«

Zustimmend nickte ich. »Gute Idee. Ich bin sowieso ziemlich erschöpft.«

»Du hast in den letzten Wochen ja auch fast ununterbrochen gearbeitet. Du musst dich mehr ausruhen«, riet Mum.

»Ich wünschte, das könnte ich, aber das geht erst, wenn wir das Archiv leer und alle Unterlagen gescannt und gespeichert haben.«

Als wir die Rechnung beglichen hatten, schob Mum ihren Stuhl zurück und stand auf. Ich tat es ihr gleich, streifte meine Jacke über, und dann verließen wir zusammen das Restaurant.

Wir gingen noch ein Stück miteinander. Der Abend war zu schön, um sofort ins Taxi zu steigen. Auch wenn meine Müdigkeit mir mehr und mehr zusetzte, genoss ich es doch, mit Mum über den Bürgersteig zu schlendern. Wir kamen an Restaurants, Bars und Boutiquen vorbei. Hin und wieder warf ich einen Blick in die hübsch dekorierten Schaufenster.

»Verzeih, wenn ich schon wieder davon anfange. Aber was hast du jetzt in Bezug auf die Akte von Coles Mutter vor?«, fragte Mum und hakte sich bei mir unter.

»Bis jetzt hatte ich noch keine Gelegenheit, die kompletten Unterlagen genau zu studieren. Morgen will ich mich mit Melissa darüber unterhalten. Sie erinnert sich an Mary, und morgen will sie mir mehr über Coles Mutter erzählen«, gab ich zurück. Mum drückte meinen Arm. »Das hört sich vielversprechend an. Scheint so, als würdest du das Rätsel um Marys Vergangenheit lösen oder ihm zumindest auf die Spur kommen.«

Ich hoffte es. Was Cole wohl dazu sagen würde, fragte ich mich. Sollte ich ihn anrufen und von den Neuigkeiten erzählen? Ich schob diesen Gedanken schnell beiseite. Zumindest, bis ich mehr herausgefunden hatte, entschied ich.

Als ein Taxi an uns vorbeirollte, streckte Mum die Hand aus und stoppte es.

»Lass uns nach Hause fahren«, sagte sie und öffnete die Autotür. Meine Wohnung lag direkt auf ihrem Heimweg, und so stiegen wir zusammen ein. Ich nannte dem Fahrer die Adressen, und gleich darauf fädelte er sich im fließenden Verkehr ein.

...

Mit einem leisen Klicken schloss ich die Wohnungstür hinter mir und lehnte mich erschöpft dagegen. Es war ein harter Tag, und ich sehnte mich nach meinem Bett.

Und doch legte ich mich nicht gleich schlafen, ich checkte meine E-Mails. Ich gestand es mir nicht gerne ein, aber jeden Tag, wenn ich mich durch die Liste scrollte, hoffte ich, dass eine Nachricht von Cole dabei wäre. Und das, obwohl ich wusste, dass Cole kein Typ war, der Mails schrieb. Allerdings rief er auch nicht an oder schrieb einen Brief, zumindest mir nicht.

Seufzend legte ich mein Handy beiseite und ging ins Bad. Im Flur blinkte der Anrufbeantworter. Kurzerhand blieb ich stehen und hörte meine Nachrichten ab. Eine war von Rachel, die unser Mittagessen morgen absagte, und die andere von Melissa, die mich bat, morgen eine Stunde früher im Archiv zu sein.

Na, toll, das wurde ja immer besser.

Erschöpft kam ich im Bad an. Mein Blick fiel auf die Badewanne. Aber anstatt zu baden entschied ich mich dafür zu duschen. Für ein warmes Bad war ich einfach zu erschöpft.

Schließlich zog ich mich aus und stellte mich unter die warme Dusche. Der Duft meines Duschgels stieg mir in die Nase und beflügelte meine Sinne. Das heiße Wasser tat meinen Muskeln gut, und ich spürte, wie ich mich nach und nach entspannte. Ich atmete tief durch, schloss die Augen und genoss das Wasser, das warm und wohltuend über meinen Körper strömte. Nach einer Weile stellte ich die Dusche ab, wickelte mich in ein großes weiches Handtuch und verließ mein Badezimmer.

Als ich im Bett lag, streckte ich mich entspannt auf meiner Matratze aus. Ich hatte mir das Laken bis zur Brust nach oben gezogen und die Augen fest geschlossen. Ich war hundemüde, und trotzdem fiel es mir schwer, einzuschlafen. Unruhig drehte ich mich auf die Seite. Die Vorhänge meines Fensters waren geschlossen, aber durch einen Spalt in der Mitte drang das Licht der Straßenbeleuchtung herein. Es war jetzt bereits nach zehn. Trotz der späteren Stunde war die Hauptstraße unterhalb meines Fensters gut frequentiert. Der Straßenlärm, der mich normalerweise nicht besonders störte, ging mir in dieser Nacht mehr und mehr auf die Nerven. Seufzend vergrub ich den Kopf im Kissen und versuchte die störenden Geräusche auszublenden. Aber natürlich funktionierte das nur bedingt.

Genervt rollte ich mich wieder auf den Rücken, starrte meine Zimmerdecke an, und je mehr ich versuchte, nicht auf den Straßenlärm zu achten, desto intensiver nahm ich ihn wahr. In Port Isaac hat mich kein Straßenlärm vom Schlafen abgehalten. Dort hörte ich nur das Rauschen der Wellen, die gemächlich gegen den Strand rollten. Ich dachte an mein Gespräch mit Isabella und daran, dass Roxy zu Cole gekommen war. Das musste ihn wirklich glücklich machen, dachte ich wieder, und mein Herz zog sich sehnsuchtsvoll zusammen. Wie gerne hätte ich dieses Glück mit ihm geteilt. Wenn ich jetzt weiter an Cole dachte, würde ich heute bestimmt nicht mehr einschlafen können. Deshalb gab ich mir Mühe, nicht an ihn zu denken. Aber das klappte natürlich nicht. Stattdessen stand ich auf, ging zurück in mein Arbeitszimmer und schaltete die Lampe wieder ein. Ich suchte die Akte von Coles Mutter heraus. Eigentlich hätte ich sie nicht mit nach Hause nehmen dürfen. Aber ich konnte einfach nicht widerstehen.

Ich ließ mich auf meinen Schreibtischstuhl sinken und begann zu lesen. Sorgfältig studierte ich Seite um Seite. Währenddessen versuchte ich mich an das wenige zu erinnern, was Cole über seine Mutter und seinen Vater erzählt hatte. Je mehr ich las, desto mehr Fragen tauchten auf. Am Ende hatte ich mehr Fragen als Antworten. Entnervt ließ ich die Akte sinken, schob die Papiere zusammen und legte alles zurück in den Ordner. Müde rieb ich mir über die Augen und beschloss, wieder ins Bett zurückzugehen. Gähnend ließ ich mich auf die Matratze fallen und verkroch mich unter der Decke. Ich schloss die Augen, und dann schlief ich tatsächlich endlich ein.

• • •

Hektisch rannte ich die Stufen der U-Bahn-Station nach oben und drängte mich durch die Menschenmengen, die sich auf dem Gehweg tummelten. Ich warf einen schnellen Blick auf meine Armbanduhr und stellte mit Entsetzen fest, dass ich schon über 15 Minuten zu spät war.

Gestern konnte ich nicht einschlafen, und heute Morgen hatte ich prompt verschlafen. Melissa würde bestimmt stinksauer auf mich sein. Schließlich hatte sie mich extra darum gebeten, eine Stunde früher da zu sein.

Gute 25 Minuten zu spät, kam ich völlig außer Atem im Archiv an.

»Tut mir wirklich leid, dass ich zu spät gekommen bin. Aber ich hatte eine furchtbare Nacht«, versuchte ich zu erklären, während ich meine Tasche auf einen Tisch fallen ließ. Melissa erwiderte seufzend: »Jetzt bist du ja da.«

Sie klang resigniert und erschöpft. Eigentlich hatte ich mir fest vorgenommen, sie gleich bei meinem Eintreffen auf die Akte von Coles Mutter anzusprechen. Aber angesichts der Umstände meines Zuspätkommens und Melissas mieser Laune verschob ich es vorerst. Obwohl ich meine Neugier kaum noch im Zaum halten konnte. Doch ich riss mich zusammen, nahm mir eine neue Akte und setzte mich zu Maja an den Tisch.

»Guten Morgen«, sagte ich, als ich die Akte aufschlug.

»Morgen«, raunte Maja kurz angebunden und war vollkommen in ihre Arbeit versunken. Konzentriert tippte sie eine Reihe von Zahlen in ihren Computer ein.

Und so verging der Vormittag. Irgendwann hielt es nicht mehr aus. Ich konnte gar nicht mehr still sitzen. Meine Neugier trieb mich um, deshalb beschloss ich, dem Geheimnis um Coles Mutter endlich auf den Grund zu gehen. Energisch schob ich meinen Stuhl zurück und stand auf.

»Machst du jetzt Mittagspause?«, fragte Maja und blickte mich fragend an.

»Nein, ich habe keinen Hunger. Ich muss unbedingt mit Melissa reden«, sagte ich und sparte mir aber jede weitere Erklärung. Obwohl ich wusste, dass Maja sicher gerne erfahren hätte, worüber ich mit ihr sprechen wollte. Allerdings hatte ich nicht vor, Coles Vergangenheit in die Welt hinauszuposaunen.

»Wir müssen uns über die Akte von Mary Knox unterhalten«, sagte ich ohne Umschweife, als ich vor Melissas Arbeitsplatz stehen blieb.

Melissa seufzte leise und deutete auf die Papierberge auf dem Tisch vor ihr.

»Muss das jetzt sein? Ich habe wahnsinnig viel zu tun. Kann das nicht warten?«

Energisch schüttelte ich den Kopf. »Nein, kann es nicht«, beharrte ich und zog mir einen Stuhl heran, um mich ungefragt zu setzen.

»Ja, bitte, mach es dir nur bequem«, entgegnete Melissa sarkastisch, nachdem ich mich gesetzt hatte.

Ich ließ mich von ihrem ablehnenden Verhalten nicht beirren, stattdessen legte ich die Unterlagen vor ihr auf den Tisch und breitete sie so gut wie möglich aus.

Melissa warf einen Blick auf das Durcheinander und fragte schließlich: »Also gut, was willst du denn wissen, und überhaupt, warum interessierst du dich so für die Frau? Kanntest du sie etwa? Allerdings kann ich mir das beim besten Willen nicht vorstellen. Sie ist seit vielen Jahren tot.«

Ich überlegte, was ich ihr erzählen konnte. Aber dann beschloss ich, dass es besser war, mit offenen Karten zu spielen, und erzählte ihr einfach von Cole und dem, was er mir über seine Vergangenheit preisgegeben hatte. Dass wir eine Affäre hatten und ich ihn noch immer liebte, ließ ich natürlich unerwähnt.

Während ich plapperte, hörte Melissa angestrengt zu und kaute dabei nachdenklich auf ihrer Unterlippe. Das tat sie oft, wenn sie tief in Gedanken versunken war. Als ich geendet hatte, nickte Melissa und blätterte wieder in den Papieren.

»Es ist wahnsinnig lange her, aber ich erinnere mich tatsächlich an die Frau. Als sie bei uns ankam, hatte sie nichts bei sich außer einem Koffer. Zumindest war sie damals ehrlich, was ihre Personendaten anging, denn ihre Aussagen von damals und das, was wir in den Unterlagen festgehalten haben, deckt sich mit dem, was du mir gerade erzählt hast.«

Ich nickte ungeduldig. Das wusste ich doch alles schon.

»An was erinnerst du dich noch? Hat sie dir vielleicht mal etwas Persönliches erzählt?«, fragte ich drängend.

Melissa schaute mich an und nickte. »Natürlich hat sie das.«

Vor Neugierde hielt es mich kaum noch auf dem Stuhl. Aber ich versuchte, geduldig zu sein und, bevor ich Melissa mit meinen Fragen bestürmte, erst einmal dem zuzuhören, was sie zu erzählen hatte.

»Wir haben oft geredet. Ihr Mann muss ein furchtbarer Bastard gewesen sein. Er hat sie dauernd verprügelt.«

»Ich weiß«, warf ich ein. »Gab es denn niemanden aus ihrer Familie, der ihr hätte helfen können?«

Melissa schnaubte verächtlich. »Du darfst nicht vergessen, dass sich die damalige Zeit von der heutigen unterschieden hat. Da lagen Welten dazwischen.

Heutzutage gibt es eine ganze Reihe Anlaufstellen, an die sich von Gewalt betroffene Frauen und auch Männer wenden können. Und trotzdem ist die Dunkelziffer derer, die sich nicht melden, unglaublich hoch. Und jetzt stell dir vor, wie es vor fast 30 Jahren war? Da konnte man sich als Frau nicht einfach scheiden lassen oder den Mann verlassen oder ihn der häuslichen Gewalt bezichtigen. Die Frauen hatten Angst vor Stigmatisierung und davor, dass ihnen niemand glaubte.«

Das waren alles gute Argumente.

»Klingt einleuchtend«, erwiderte ich.

Melissa erzählte weiter. Die Informationen sprudelten förmlich aus ihr heraus.

»Auch wenn du ihre Methode jetzt infrage stellst, aber sie hat es gewagt. Ihr Mut war groß genug, den prügelnden Ehemann zu verlassen.«

»Das mag ja sein«, erwiderte ich. »Ich verstehe nur nicht, wie sie es über sich gebracht hat, ihre Kinder bei ihm zu lassen.«

»Sie hat einmal zu mir gesagt, das wäre das Härteste und Schwierigste von allem gewesen. Sie hat oft von ihrem Jüngsten gesprochen.«

»Das muss Cole gewesen sein«, warf ich ein, und Melissa nickte. »Ja, genau. So war sein Name. Ach, sie hat ihn geliebt.«

Schwer vorstellbar, dachte ich.

»Sie sprach oft von ihm. Er sei ein guter Junge gewesen. Ganz anders als sein Vater.«

»Hat Mary auch von Randy erzählt? Das war ihr anderer Sohn.«

Melissa nickte. »Der Junge tat mir ehrlich gesagt ein bisschen leid. An ihm hat sie kein gutes Haar gelassen. Er sei ein Abbild seines Vaters gewesen, und sie hätte ihn längst an ihn verloren. Bei Cole war das anders. Ihn wollte sie zu sich holen. Dafür hat sie gekämpft, wie eine Löwin.«

Ich wurde hellhörig. Dann hatte sie etwa wirklich versucht, Cole vor seinem Vater zu retten! Aber warum hatte sie es dann doch nicht getan?

»Aber dazu ist es nie gekommen.«

Melissa nickte. »Ja, ich weiß. Schon damals haben wir die Frauen auch in rechtlichen Fragen beraten und unterstützt. Aber ich kann dir sagen, allein die Scheidung über die Bühne zu bekommen, war ein schier endloses Unterfangen. Als das endlich geschafft war, waren Jahre ins Land gegangen.«

Jahre, in denen Cole bei seinem Vater lebte. Mir Cole als diesen kleinen Jungen vorzustellen, der Tag für Tag ausharrte in der Hoffnung, endlich abgeholt zu werden, machte mich immer wieder aufs Neue furchtbar traurig und auch wütend.

»Bedeutet das, sie hat den Kampf um ihr Kind aufgegeben?«

Melissa schüttelte den Kopf. »Nein, ganz im Gegenteil. In der damaligen Zeit grenzte es fast schon an ein Wunder, aber das Gericht hat ihr tatsächlich das alleinige Sorgerecht für den Jungen übertragen.«

»Warum hat sie ihn nicht abgeholt?«

Die Anspannung schnürte mir beinahe die Luft ab.

»Weil sie vorher gestorben ist«, erwiderte Melissa, und mir lief es kalt über den Rücken.

Langsam nickte sie. »Das war damals wirklich traurig.« Melissa klappte die Akte zu. »Und damit blieb der Junge dann einfach beim Vater.«

»Das war ungerecht«, erwiderte ich.

Melissa nickte. »Ja, aber damals leider nicht zu ändern.«

Melissa schob mir die Akte zu. »Scannst du sie und erfasst dann alles Wichtige im Computer, oder soll ich das machen?«

Kopfschüttelnd erwiderte ich. »Nein, das übernehme ich.«

Doch bevor Melissa sich wieder ihrer eigentlichen Arbeit zuwenden konnte, fiel mir ein: »Wer hat sich eigentlich um die Beerdigung gekümmert? Die muss doch jemand bezahlt haben.«

Ich konnte mir nur schwer vorstellen, dass Coles Vater dafür auch nur einen Cent ausgegeben hätte.

»Du gibst einfach keine Ruhe, stimmt´s?«

Melissa nahm mir die Akte aus der Hand und blätterte erneut darin.

»Was suchst du denn?«

»Hier muss irgendwo das Verzeichnis der Besucherliste stecken. Es könnte auch verschwunden sein. Seit dem Wasserrohrbruch vor einigen Jahren sind viele der Akten leider nicht mehr vollständig.«

Davon hatte ich schon gehört.

Melissa schüttelte bedauernd den Kopf. »Nein, da ist leider nichts mehr. Tut mir leid. Da kann ich dir nicht helfen.«

Aber so leicht konnte ich nicht aufgeben. »Überlege doch bitte noch einmal ganz genau. Vielleicht fällt dir doch noch ein Name ein.«

»Herrje, ist das denn wirklich so wichtig?«

»Für mich nicht, aber für Cole mit Sicherheit. Ich denke, er sollte endlich erfahren, was mit seiner Mutter passiert ist.«

»Dann lass mich nachdenken.«

Ich konnte förmlich sehen, wie sich die Rädchen in Melissas Gehirn drehten.

»Es gab da einen Mann. Sie wirkten sehr vertraut, so als würden sie sich schon lange kennen. Er hat sie oft besucht. Wenn er da war, war sie immer sehr glücklich. Ich glaube, beide waren richtig verliebt ineinander und haben andauernd Zukunftspläne geschmiedet.«

»Wer war der ominöse Fremde? Bitte, denk nach«, drängte ich.

»Ich versuche es ja, also hör auf, mir Druck zu machen.«

Aber dann schüttelte Melissa den Kopf. »Es tut mir wirklich leid. Aber ich erinnere mich einfach nicht mehr. Das ist zu lange her.«

Resigniert ließ ich die Schultern sinken. Ich war so dicht dran gewesen. Irgendjemand musste etwas wissen. In der Akte stand zumindest, auf welchem Friedhof sie begraben lag. Vielleicht konnte ich über die Friedhofsverwaltung etwas herausbekommen, überlegte ich gerade, als mich Melissas Stimme aus meinen Gedanken riss.

»Aber mir fällt jemand ein, der es wissen könnte.«

Sofort wurde ich hellhörig, und neue Hoffnung kehrte zurück.

»Wer denn?«, wollte ich ungeduldig wissen und richtete mich gespannt in meinem Stuhl auf.

»Leona Willis. Sie war damals zur gleichen Zeit wie Mary hier. Die beiden waren befreundet, und Leona arbeitet heute noch ehrenamtlich in einem Obdachlosenheim. Wir haben nie den Kontakt verloren. Ich rufe sie an und gebe dir später Bescheid.«

Hartnäckig blieb ich auf meinem Stuhl sitzen. »Wenn du mich heute noch einmal loswerden willst, versuchst du sie bitte gleich zu erreichen«, riet ich Melissa. Ich konnte wirklich sehr störrisch sein.

»Du raubst mir mit deiner Hartnäckigkeit noch den letzten Nerv. Also gut, ich rufe sie gleich an.«

»Danke«, erwiderte ich lächelnd und war schrecklich nervös. Diese Leona war vielleicht die letzte Chance, mehr über Mary Knox und diesen geheimnisvollen Fremden zu erfahren.

Hibbelig schaute ich Melissa dabei zu, wie sie die Nummer heraussuchte und dann wählte. Mit jedem Klingeln wurde ich nervöser. Ungeduldig rutschte ich auf meinem Stuhl hin und her.

Melissa schaltete das Telefon auf Lautsprecher, sodass ich mithören konnte.

»Willis«, meldete sich schließlich eine Stimme, und mir rutschte das Herz vor Aufregung regelrecht in die Hose.

Nach ein paar nicht enden wollenden Begrüßungsfloskeln kam Melissa schließlich zur Sache.

»Erinnerst du dich an deine alte Freundin Mary Knox?«

Mein Puls hämmerte mir in den Schläfen, als ich auf Leonas Antwort wartete.

»An Mary? Ja, natürlich. Herrje, ich habe schon ewig nicht mehr an sie gedacht.«

»Erinnerst du dich auch noch an ihren Freund? Da gab es doch diesen Mann, der sie oft besuchte.«

Melissa wurde von Leona unterbrochen.

»Sprichst du von dem Vater ihres Sohnes?«, fiel ihr Leona ins Wort.

Melissa verneinte. »Nein, nicht der Vater der Kinder. Nicht der Mistkerl, der sie verprügelt hat. Der andere, der, mit dem sie immer die Zukunftspläne geschmiedet hat.«

»Genau den meine ich doch. Wie war doch gleich sein Name?«, sinnierte Leona, während Melissa und ich ungeduldig lauschten.

»Ja, richtig. Sein Name war Hank Rodgers. Ich erinnere mich genau an ihn. Er hatte ihr immer diese leckeren Blaubeermuffins mitgebracht. Mary liebte diese Dinger, und mir hat sie immer welche davon abgegeben.«

Vor Überraschung klappte mir die Kinnlade herunter. Hank Rodgers, der Bäcker. Das Gefühlschaos war perfekt, als mir die Begegnung zwischen Cole und Hank in dessen Bäckerei einfiel. Hank hatte Cole dermaßen mies behandelt. Konnte er da wirklich sein Vater sein? Dann mussten Mary und Hank schon vor Coles Geburt eine Affäre zusammen gehabt haben. Und was war mit Randy? War er etwa auch Hanks Sohn? Die Fragen in meinem Kopf überschlugen sich.

Melissas Stimme ließ mich aufhorchen. »Bist du dir ganz sicher, dass Hank der Vater ihres kleinen Jungen war?«

Melissas Frage sprach mir aus der Seele, und ich war froh, dass sie

sie gestellt hatte. Denn ich war viel zu überfordert, um gerade klar zu denken.

Eifrig erwiderte Leona: »Mary hat es mir selbst erzählt. Die beiden haben sich so gefreut, als der Brief vom Gericht kam, in dem stand, dass Mary den Jungen zu sich holen kann. Hank hatte schon eine kleine Wohnung gemietet. Sie wollten eine richtige Familie sein.«

Leona klang traurig, als sie mit erstickter Stimme hinzufügte: »Aber dann passierte der Unfall.«

»Unfall?«, hakte ich sofort nach. »Aber ja. Mary wurde zwei Tage, bevor sie nach Hause fahren wollte, um den Kleinen abzuholen, von einem Auto überfahren. Ich war dabei und habe alles gesehen. Der Fahrer hat damals Fahrerflucht begangen. Das war ein solcher Schock. Bis heute weiß man nicht, wer Mary auf dem Gewissen hat.«

Ich bekam eine Gänsehaut.

Während Melissa schweigend zuhörte, wollte ich wissen: »Hatte man denn keine Vermutung?«

»Doch, doch. Die hatte die Polizei schon. Es dauerte nicht lange, und ihr Ex-Mann geriet unter Verdacht. Aber damals gab es noch keine Forensik, keine DNS-Spuren, und somit konnte man dem Mistkerl auch nicht das Handwerk legen. Der Fall wurde meines Wissens zu den Akten gelegt. Obwohl ich fast sicher bin, dass er es war.«

»Warum haben Sie der Polizei nicht von Ihrer Vermutung erzählt?«

»Das habe ich«, erwiderte Leona sofort. »Aber wie gesagt, dafür gab es keine Beweise. An dem Abend war es dunkel, und es hat geregnet. Alles ging wahnsinnig schnell. Der Unfall passierte vollkommen unvorhergesehen. Das Einzige, das ich zum Unfallfahrzeug sagen konnte, war, dass es sich um einen blauen Jeep gehandelt hat.«

Seufzend lehnte ich mich auf meinem Stuhl zurück.

Dann sagte Leona plötzlich: »Nach Marys Tod habe ich Hank leider nie wiedergesehen. Er ging als emotional gebrochener Mann. Ich wüsste zu gerne, was aus ihm geworden ist.«

»Er besitzt eine kleine Bäckerei in Port Isaac, und seine Blaubeermuffins sind immer noch der Renner.«

Melissa starrte mich fragend an, während Leona leicht auflachte. »Das freut mich wirklich zu hören.«

Mir schwirrte der Kopf von all den Informationen, und ich hörte kaum zu, während sich die beiden voneinander verabschiedeten.

»Wenn Hank wirklich der Vater ist, warum hat er dann nicht um Cole gekämpft?«, fragte ich, nachdem Melissa den Hörer aufgelegt hatte.

»Du musst das verstehen. Als Mary starb, war der Fall für uns erledigt. Es gab andere Frauen, die dringend unsere Hilfe brauchten und na ja, die eben noch am Leben waren. Darauf lag unser Fokus. Es ist wirklich eine Schande, doch der Junge ist damals einfach in Vergessenheit geraten, zumindest für uns. Was Hank betrifft, da kann ich nur Mutmaßungen anstellen. Da er nicht mit Mary verheiratet war und seine Vaterschaft nicht offiziell, wäre dieser Kampf mit Sicherheit aussichtslos gewesen, das nehme ich zumindest an.«

»Ja, wahrscheinlich«, gab ich tonlos zurück und seufzte leise.

»Was Hank betrifft: Kennst du ihn etwa?«, wollte Melissa wissen, und langsam, aber sicher schien der Fall ihre Neugier zu wecken.

Ich bejahte ihre Frage.

»Ich kenne Hank genauso lange, wie ich schon bei meiner Cousine in Port Isaac Urlaub mache«, erwiderte ich und dachte an die vielen Besuche in seiner Bäckerei zurück.

»Schon seltsam, wie das Leben manchmal so spielt.«

Nickend erwiderte ich: »Das kann man wohl sagen.«

»So, jetzt sollten wir aber wirklich weiterarbeiten.« Melissa deutete auf die rappelvollen Regale. »Wir haben schließlich noch eine ganze Menge Unterlagen abzuarbeiten.«

Sie schloss Marys Akte abermals und schob sie mir über den Tisch hinweg zu.

Gerade als ich zugreifen wollte, stutzte Melissa und griff noch einmal nach der Mappe. Fragend blickte ich sie an.

»Ist noch irgendetwas?«

Melissa hielt inne. Doch dann tippte sie mit dem Zeigefinger auf eine kleine Zahl, die mit Bleistift auf der Rückseite notiert war. Der Vermerk war kaum leserlich und stand ganz unten auf der letzten Seite. Ich hatte mir die Unterlagen gestern ganz genau angesehen. Wie hatte mir das entgehen können? Wahrscheinlich wegen meiner Müdigkeit, dachte ich und fragte Melissa im nächsten Augenblick, was es damit auf sich hatte.

»Das bedeutet, dass wir im Haus noch Marys Habseligkeiten eingelagert haben müssen. Auf dem Dachboden herrscht einiges Durcheinander, aber dort müssen die Sachen sein. Vorausgesetzt, sie haben den Wasserrohrbruch überstanden.

Ungläubig starrte ich Melissa an.

»Dann müssen wir die Sachen finden, und zwar unbedingt.«

»Dich darum zu bitten, das auf später zu verschieben, bringt sicher nichts, habe ich recht?«

Ich nickte. »So ist es. Bitte, lass uns sofort nachschauen.«

»Meinetwegen, du lässt dich ja doch nicht vertrösten. Also komm schon mit.«

Meine Nervosität und Anspannung stiegen, je näher wir der Tür zum Dachboden kamen. Melissa behielt recht. Hier oben herrschte das reinste Chaos.

»Wie sollen wir hier Marys Sachen finden?«, fragte ich resigniert.

»Zeig mir noch mal die Nummer.«

Ich hielt Melissa die Unterlagen hin, und sie wiederholte die Nummer flüsternd. Dann schaute sie sich kurz um, schien sich einen kleinen Überblick zu verschaffen.

»Am besten, wir fangen hier vorne an und arbeiten uns dann weiter durch«, schlug sie vor und ging zielstrebig auf das am nächsten stehende Schwerlastregal zu.

Okay, das war eine Menge Arbeit. Doch der Wille, die Sachen zu finden, war zu groß, um mich jetzt davon abhalten zu lassen.

Ich folgte Melissas Vorbild und ging die Kartons mit den beschrifteten Nummern durch.

Nach dem zweiten Regal hielt Melissa inne. »Das wird eine Ewigkeit dauern. Hör zu, ich habe zu viel zu tun, um damit meine Zeit zu verschwenden. Aber du kannst ja alleine weitersuchen«, schlug sie vor, und ich nickte zustimmend.

»Das mache ich.« Während mich Melissa allein ließ, wandte ich mich wieder den Regalen zu.

Die Tür zum Dachboden fiel ins Schloss, und ich machte mich voller Elan auf die Suche.

Aber als ich nach knapp über drei Stunden den fraglichen Karton noch immer nicht gefunden hatte, war ich gewillt aufzugeben. Die Hitze, die unter dem Dach herrschte, setzte mir zusätzlich zu.

Wahrscheinlich hatte Melissa recht, und die Sachen existierten mittlerweile gar nicht mehr. Ich schaute mir noch einmal die Nummer an, die auf die letzte Seite gekritzelt war. Das, was ich für eine Acht gehalten hatte, könnte ebenso gut eine Sechs sein, oder eine Neun. Wer wusste das schon so genau?

Niedergeschlagen ließ ich mich auf einen harten Holzstuhl plumpsen und starrte die verblassten Ziffern an. Aber dadurch entschlüsselte sich das Rätsel leider auch nicht. Die Sonne warf ihr Streiflicht durch die verschmutzten Fenster. Staubpartikel tanzten und flimmerten in der stickigen Luft.

Als mein Handy klingelte, zuckte ich zusammen. Bestimmt war das Melissa, die sich mit Sicherheit fragte, wo ich abgeblieben war, und sich den Weg vom Archiv unten im Keller bis hinauf auf den Dachboden sparen wollte.

Das Handy klingelte munter weiter, während ich mich hektisch umschaute. Wo hatte ich das blöde Ding nur hingelegt, überlegte ich. Längst war ich von meinem Stuhl aufgesprungen, bückte mich nun und kramte zwischen den vielen Kisten, die mittlerweile überall verstreut standen, auf dem Boden herum. Diese Unordnung wieder aufzuräumen würde eine Heidenarbeit werden. Und da lag es plötzlich, eingekeilt zwischen zwei alten Schachteln. Auf Knien kroch ich vorwärts und angelte mein Telefon hervor.

»Hallo«, meldete ich mich schnaufend und pustete mir eine meiner Haarsträhnen aus dem Gesicht.

Es war nicht Melissa, deren Stimme ich einen Moment später vernahm, sondern Isabella, und dann fiel mir auch ein, dass ich sie noch einmal zurückrufen wollte und dass ich das mal wieder völlig vergessen hatte. Herrje, ich war aber auch ein Schussel.

»Sorry, dass ich vergessen habe, mich bei dir zu melden. Aber hier war einfach die Hölle los.«

»Ich muss dir unbedingt etwas erzählen«, platzte Isabella heraus und ging mit keinem Wort auf meine Entschuldigung ein. Auch gut, dachte ich und hörte gespannt zu.

Und was soll ich sagen, Isabella hatte tatsächlich eine Hiobsbotschaft zu verkünden.

»Cole ist heute Morgen verhaftet worden«, platzte sie heraus, und ich hätte mich setzen müssen, wenn ich nicht noch immer auf dem alten Fußboden gehockt hätte.

»Wie, warum? Was hat er gemacht?«, stammelte ich und war völlig von den Socken.

Verhaftet? Das konnte ich mir einfach nicht vorstellen. Das musste ein Irrtum sein. Ja, genau, ein furchtbarer Irrtum.

»Die Gerüchteküche im Ort brodelt, das kannst du dir sicher denken.«

»Na und ob«, stieß ich hervor.

Isabella ließ sich nicht beirren, sondern erzählte aufgeregt weiter: »Und in meinem Salon haben die Leute heute über nichts anderes gesprochen. Cole war das heißeste Gesprächsthema.«

»Bitte komm endlich zum Punkt«, drängte ich, weil ich unbedingt wissen wollte, was nun genau passiert war.

»Ich weiß mit Bestimmtheit, dass Hank in die Sache involviert ist. Mir ist zu Ohren gekommen, dass er sein Auto zur Reparatur in Coles Werkstatt abgegeben hat. Und als er es am nächsten Tag wieder abholen wollte, war es verschwunden. Cole hat natürlich behauptet, dass es gestohlen wurde, aber du kannst dir sicher denken, dass ihm niemand geglaubt hat. Ich übrigens auch nicht. Ich bin mir ziemlich sicher, dass er das Auto verschoben hat. Einmal kriminell, immer kriminell«, meinte Isabella und drückte mit ihrer Meinung Cole seinen alten Stempel auf.

Aber er war nicht so, nicht mehr, das konnte ich einfach nicht glauben. Ich hatte doch miterlebt, wie hart er für seinen Traum gearbeitet hatte und wie viel Herzblut er in die Renovierung der alten Gebäude gesteckt hatte. Wie konnte auch nur irgendjemand glauben, dass er das alles aufs Spiel setzen würde? Herrgott, die Leute konnten manchmal ganz schön engstirnig sein.

»Sitzt er etwa immer noch im Knast?«, hakte ich nach. Langsam wurde mir durch die Hitze hier oben schwindelig.

»Rick hat ihn zum Verhör mit auf die Wache genommen. Aber meines Wissens musste die Polizei ihn wieder gehen lassen. Es fehlen die Beweise. Im Moment jedenfalls.«

»Was daran liegen wird, dass er es nicht gewesen ist«, beharrte ich. Dass es ausgerechnet Hanks Auto war, das unter diesen mysteriösen Umständen verschwunden war, war natürlich doppelt prekär.

Isabella seufzte. »Was muss eigentlich noch passieren, damit du endlich verstehst, dass Cole ein gemeiner Typ ist?«

Gerade als ich Cole in Schutz nehmen wollte, fiel mein Blick auf ein kleines Kästchen im Regal vor mir. Völlig unscheinbar und nicht größer als ein kleiner Schuhkarton war es und stand dort im untersten Fach.

Sofort rappelte ich mich auf, um mir die Kiste genauer anzuschauen. Das Handy klemmte jetzt zwischen Schulter und Kinn, angespannt verglich ich die Nummer, und tatsächlich, ich hatte die Habseligkeiten von Coles Mutter gefunden. Vor Glück hätte ich laut schreien können.

»Lana, bist du noch dran?«, fragte Isabella am Telefon.

»Ich muss auflegen«, erwiderte ich unwirsch und zog das Kästchen mit beiden Händen heraus.

»Was jetzt?«, hakte Isabella ungläubig nach.

»Ich melde mich wieder«, gab ich hastig zurück und ließ das Handy auf den Boden sinken.

Nervös und aufgeregt betrachtete ich die kleine Schachtel. Was da wohl drin sein mochte, überlegte ich und kaute nachdenklich auf meiner Unterlippe.

Gerade, als ich vorsichtig den Deckel öffnen wollte, klingelte das Handy erneut, und wieder zuckte ich zusammen, geradeso, als wäre ich dabei ertappt worden, etwas Unrechtes zu tun. Was einfach albern war.

Nach einem kurzen Blick aufs Display nahm ich das Gespräch an.

»Hey, Mum«, sagte ich atemlos.

»Geht's dir gut?«, kam es prompt zurück.

»Klar doch, und wie geht es dir?«

»Alles wunderbar. Gestern Abend hattest du übrigens recht. Es war richtig, nicht im Restaurant auf deinen Vater zu warten.«

»Wann war er denn zu Hause?«, wollte ich wissen, während ich den Blick nicht von der Schachtel lösen konnte.

»Er war erst gute zwei Stunden später da. Gerade als er das Krankenhaus verlassen wollte, wurde eine Frau mit bereits heftigen Wehen eingeliefert. Ihr Baby musste per Notkaiserschnitt entbunden werden.«

»Oh, das hört sich aber nicht besonders gut an.«

»Ich kann dich beruhigen. Der Patientin und dem Baby geht es hervorragend. Da fällt mir ein, hast du eigentlich mit Melissa schon über die Akte von Coles Mutter gesprochen? Wusste sie etwas über Mary?«

»Sogar eine ganze Menge. Mum, du glaubst nicht, wie verworren die ganze Situation ist. Das muss ich dir alles in Ruhe erzählen, versprochen. Allerdings habe ich gerade eine Kiste vor mir stehen, darin befinden sich mit großer Wahrscheinlichkeit die Sachen von Mary, und nun bin ich gerade dabei, die Schachtel zu öffnen und mir die Dinge anzusehen.«

»Wäre das nicht eigentlich Coles Aufgabe?«, warf meine Mum ein und schürte mit diesem Kommentar einmal mehr meine Bedenken.

»Na ja, schon. Aber er ist nicht hier, und ich kann ihm die Sachen wohl kaum mit der Post schicken. Vielleicht ist es auch nur belangloser Kram und der Rede nicht wert. Ich will keine schlafenden Hunde wecken, wenn du verstehst, was ich meine.«

»Das verstehe ich schon. Allerdings glaube ich, es ist vollkommen egal, was in der Schachtel ist. Dir mag der Inhalt eventuell unnütz erscheinen, aber für Cole wäre das sicher nicht so. Die Gegenstände haben schließlich seiner Mutter gehört, egal, um was es sich dabei handeln sollte.«

»Das sind gute Argumente.«

Ich hörte Mum leise lächeln. »Heißt das, du machst die Schachtel nicht auf?«

Ich zögerte. »Ich will sie ihm nicht mit der Post schicken«, gab ich zu bedenken. »Dann fahr nach Port Isaac und übergib sie ihm persönlich«, schlug Mum prompt vor.

Perplex erwiderte ich: »Nein, das geht nicht. Ich kann hier nicht weg. Melissa springt im Dreieck, wenn ich sie ausgerechnet jetzt nach Urlaub frage.«

»Das wirst du erst wissen, wenn du mit ihr gesprochen hast. Ich an deiner Stelle würde ihm die Sachen bringen. Außerdem weiß ich, wie dringend du ihn wiedersehen willst.«

»Will ich gar nicht«, gab ich sofort zurück.

Mum lachte abermals.

»Hör auf zu flunkern. Du sprichst andauernd von ihm«, erinnerte sie mich.

»Das ist doch nur wegen der Akte seiner Mutter«, wehrte ich vehement ab.

»Nein, ist es nicht. Du hast auch schon vorher immerzu von ihm geredet«, beharrte sie, und wir wussten natürlich beide, dass Mum mal wieder recht hatte.

»Hör zu, Schätzchen, ich will dich wirklich nicht dazu überreden. Ich habe dir lediglich gesagt, was ich tun würde. Der Rest ist natürlich deine Entscheidung.«

»Danke, Mum«, erwiderte ich.

»Kein Problem. Ich bin deine Mutter und dafür da. Ich liebe dich, Schätzchen.«

»Ich dich auch. Grüß Dad bitte von mir.«

»Das mache ich. Hab noch einen schönen Tag, und halt mich auf dem Laufenden, wie du dich entscheidest.«

»Das werde ich.«

Nach einer kurzen Verabschiedung legten wir beide auf. Nachdenklich ließ ich das Handy sinken und starrte die Schachtel an. Meine Neugier fraß mich fast auf. Doch dann beschloss ich, die Finger davon zu lassen. Mary war nicht meine Mutter, und wenn jemand die Kiste bekommen sollte, dann ja wohl Cole oder Randy oder am besten die beiden zusammen. Obwohl mir nicht klar war, wie das funktionieren sollte. Dafür hassten sich die zwei einfach zu sehr. Ich nahm die Kiste unter den Arm und rappelte mich auf und beschloss, Mums Rat zu folgen und nach Port Isaac zu fahren, um Cole den letzten Besitz seiner Mum zu übergeben. Jetzt musste ich nur noch Melissa von der Idee überzeugen, dachte ich, während ich die schmale Treppe zum Dachboden hinabstieg.

»Können wir kurz reden?«

Melissa schaute von ihrem Aktenberg auf, der sich vor ihr auf ihrem Schreibtisch auftürmte.

Sie rieb sich die Augen und seufzte leise.

»Wenn es unbedingt sein muss. Ich dachte schon, du hättest dich auf dem Weg vom Dachboden zurück ins Archiv verlaufen.«

»Es hat einfach wahnsinnig lange gedauert, die Kiste zu finden. Ich wollte schon fast aufgeben, aber dann …«

»Okay, stopp.« Melissa deutete auf die Schachtel unter meinem Arm. »Ich sehe schon, du hast sie gefunden. Also, machen wir es kurz. Du hast genau drei Minuten. Über was möchtest du denn jetzt mit mir reden? Ich habe noch schrecklich viel zu tun.«

»Ich finde, Marys Sohn sollte ihre persönlichen Sachen bekommen.«

Schulterzuckend erwiderte Melissa: »Meinetwegen. Schick sie ihm mit der Post.«

Melissa wandte sich augenblicklich wieder ihren Unterlagen zu.

»Das geht nicht«, gab ich sofort zurück.

»Wenn es um die Adresse geht: Ich denke, die kann man sicher in Erfahrung bringen«, erwiderte Melissa, während sie die aufgefächerten Papiere, die vor ihr lagen, studierte.

»Darum geht es nicht. Außerdem habe ich doch seine Adresse«, fügte ich mit einem Anflug leichter Verwirrung hinzu.

Seufzend blickte sie zu mir auf. »Um was geht es denn dann?«

»Ich möchte Cole Marys Besitz persönlich übergeben.«

Melissa riss die Augen auf.

»Das geht nicht«, sagte sie sofort und machte eine alles umfassende Geste.

»Hast du dich mal hier umgesehen? Wir werden noch Wochen brauchen, um alles zu scannen und abzuspeichern. Du kannst jetzt keinen Urlaub machen!«

»Ich habe auch nicht vor, Urlaub zu machen. Ich brauche nur drei Tage, um alles zu regeln. Dann komme ich zurück und bin wieder vollkommen bei der Sache«, stellte ich klar.

Melissa seufzte lautstark auf, aber bevor sie etwas sagen konnte, erinnerte ich sie an ihr Versprechen, das sie mir erst kürzlich gegeben hatte.

»Bevor du jetzt Nein sagst, bitte denk daran, dass du mir noch einen Gefallen schuldest.«

»Ich wusste, dass ich den irgendwann einlösen musste. Doch ich hatte nicht angenommen, dass es schon so bald geschieht.«

»Bitte Melissa, nur drei Tage. Dann komme ich zurück«, bat ich und wartete angespannt auf ihre Antwort.

Melissa schüttelte den Kopf. »Ich muss wirklich verrückt sein«, sagte sie dann. »Dann fahr, und bring ihm die Sachen vorbei. Du hast genau zwei Tage und keine Stunde länger«, fügte sie hinzu und warf mir einen Blick zu, der sagte, dass sie absolut keinen Widerspruch duldete.

Dann gab ich mich besser mit dem zufrieden, was sie mir anbot, und nickte. »Okay, in zwei Tagen bin ich wieder da.«

Melissa nickte. »Das kann ich dir nur raten. Und jetzt möchte ich gerne weiterarbeiten, und du solltest das auch tun«, riet sie mir und beugte sich wieder über ihre Papiere.

Da ich Melissa lieber nicht verärgern wollte, tat ich, was sie mir sagte, und machte mich wieder an die Arbeit. Gleich morgen früh würde ich mich auf den Weg nach Port Isaac machen. Als ich an Cole dachte, bekam ich einen Kloß im Hals. Wie würde er auf mein plötzliches Auftauchen reagieren, fragte ich mich und wurde bei dem Gedanken ziemlich nervös. Dann fiel mir ein, dass ich unbedingt Isabella anrufen musste, um ihr zu sagen, dass ich kam, und Mum wollte ich auch Bescheid geben und ihr unbedingt für ihren guten Tipp danken.

Meine Gedanken überschlugen sich. Doch ich gab mir trotzdem Mühe, mich auf meine Aufgaben zu konzentrieren. Es dauerte schließlich noch eine Weile, bis ich endlich Feierabend machen konnte.

• • •

Je näher ich Port Isaac kam, umso stärker wurde das flaue Gefühl in meinem Bauch. Ich warf einen kurzen Blick auf den Beifahrersitz, denn dort stand die ramponierte Schachtel von Mary. Der Gedanke an Cole und mein Vorhaben verstärkte das mulmige Gefühl um ein Vielfaches.

Seufzend schaute ich wieder geradeaus und konzentrierte mich auf die Küstenstraße, die direkt nach Port Isaac führte. Ich gestand es mir nicht gerne ein, aber ich hatte wirklich Schiss, mit Cole zu reden. Was, wenn er mich wegschickte, weil er nichts mehr mit mir zu tun haben wollte? Wir hatten uns schließlich nicht gerade im Guten getrennt.

Deshalb beschloss ich, den Moment unseres Zusammentreffens so lange wie möglich hinauszuzögern, auch wenn das total feige war. Schließlich parkte ich mein Auto am Hafen. Vereinzelte Schiffe schaukelten träge in den Wellen, während die Sonne von einem wolkenlosen Himmel schien.

Zeit, sich noch ein bisschen abzulenken, bevor es ernst wurde. Schwungvoll stieg ich aus meinem Auto und schlug dann die Tür hinter mir zu. Eigentlich wollte ich zu Isabella, aber dann fiel mein Blick auf

Hanks Bäckerei, und mein Herzschlag beschleunigte sich. Ich musste an Melissas Worte und ihren letzten Versuch denken, mich von meinem Vorhaben abzuhalten. Sie fand es nicht richtig, sich einzumischen. Vielleicht hatte sie recht, vielleicht auch nicht. Ich war mir selbst nicht sicher, allerdings gab es eine Sache, die ich mit Gewissheit wusste, und zwar, dass Cole bis heute unter der Zurückweisung seiner Mutter litt, und ich fand einfach, er hatte ein Recht, zu erfahren, was sich wirklich abgespielt hatte.

Ich zögerte, blickte nachdenklich zu Isabellas Salon hinüber. Aber dann folgte ich einfach meinem Instinkt und schlug den Weg zur Bäckerei ein. Mein Herz klopfte wie verrückt in meiner Brust. Mit jedem Schritt wurde die Anspannung größer. Einen Augenblick zögerte ich und überlegte sogar umzukehren. Aber dann fasste ich mir ein Herz und stieß die Ladentür auf. Das kleine Messingglöckchen klingelte bei meinem Eintreten.

Einen Moment später kam Hank aus dem Hinterzimmer in den Laden und lächelte mich freundlich, aber auch überrascht an.

»Du bist wieder da! Ich hätte nicht gedacht, dich so schnell wieder in Port Isaac zu sehen«, sagte er.

Zögernd erwiderte ich: »Ich bleibe für zwei Tage und bin nur zurückgekommen, um etwas Wichtiges zu erledigen«, plauderte ich, während mein Herzschlag kurz davor war auszusetzen.

Hank hingegen nickte ahnungslos. »Na, wenn das so ist. Also, was darf es denn sein?«

Ich atmete tief durch und nahm dann all meinen Mut zusammen. »Ich bin nicht hier, um etwas zu kaufen. Sondern um mit dir zu reden. Es ist wirklich wichtig.«

Hank sah mich fragend an. »Das klingt ja richtig geheimnisvoll. Auch wenn ich nicht genau weiß, was wir beide zu besprechen hätten, aber nun gut, dann reden wir.«

Hank verließ seinen Platz hinter dem Verkaufstresen und gesellte sich zu mir.

»Was hast du auf dem Herzen?«, fragte er fast schon freundschaftlich. Noch konnte ich einen Rückzieher machen. Das wäre mit Sicherheit der einfachere Weg gewesen. Aber einfach bedeutet nicht gleichzeitig richtig.

Deshalb sagte ich: »Ich würde gerne über Mary Knox sprechen.«

Jegliche Farbe wich aus Hanks Gesicht, während er mich völlig perplex anstarrte.

Dann räusperte er sich, versuchte sich scheinbar wieder zu fangen und seine wahren Gefühle hinter einer ausdruckslosen Miene zu verbergen. Was ihm nicht so gut gelang.

»Mary, Mary. Ich kenne keine Mary«, stammelte er, und ich hob die Hand, um ihn zu stoppen.

»Es ist nicht nötig, es abzustreiten. Ich weiß, dass du sie kanntest, und ich weiß auch, dass ihr beiden euch sehr geliebt habt«, erwiderte ich ohne Umschweife. Mir war es nämlich lieber, wir kamen gleich zur Sache.

Hank ließ seufzend die Schultern sinken.

»Ich muss mich setzen«, raunte er und schlurfte langsam zu einer kleinen Bank, die am Fenster stand. Zögernd folgte ich ihm und ließ mich neben ihn sinken.

Hank blickte mich lange an. »Woher weißt du von Mary und mir?«, fragte er schließlich.

»Seit ein paar Jahren arbeite ich in London in einem Frauenhaus. Zurzeit sind wir damit beschäftigt, unser Archiv auszuräumen, und dabei bin ich auf Marys Akte gestoßen«, erklärte ich.

Hank nickte, und ich dachte, er würde etwas sagen, aber als er nichts erwiderte, sprach ich weiter.

»Erinnerst du dich an Melissa und Leona?«

Hank nickte abermals. »Ja, das tue ich. Melissa war damals die Leiterin des Heimes, und Leona war Marys beste Freundin.«

»Ich habe mit beiden gesprochen. Leona hat sich sehr gefreut zu hören, dass es dir recht gut geht.«

Hank lächelte schwach.

»Kann ich dir eine Frage stellen?«, bat ich Hank.

Er räusperte sich. »Ich stelle mich zwar nicht gerne den Geistern meiner Vergangenheit, aber irgendetwas sagt mir, dass du nicht klein beigeben wirst. Also mach schon, was willst du wissen?«

»Bist du Coles Vater?«, fragte ich geradeheraus und traute mich kaum zu atmen. Die Sekunden bis zu seiner Antwort schienen sich eine gefühlte Ewigkeit hinzuziehen.

Hank schlug die Augen nieder und bejahte schließlich meine Frage. »Wie hast du das herausgefunden?«

»Leona hat es erzählt. Ich wollte nur sichergehen.«

Seufzend stand Hank auf. »Jetzt hast du ja deine Gewissheit. Wirst du jetzt zu ihm rennen und es ihm brühwarm auf die Nase binden?«

Ich schüttelte den Kopf. »Nein, das werde ich nicht tun. Da mische ich mich nicht ein. Ihm das zu sagen obliegt einzig und allein dir.«

Hank zögerte, aber dann wollte er wieder hinter den Verkaufstresen zurückgehen, doch ich hielt ihn zurück, indem ich wissen wollte: »Warum hat sie Cole an dem Abend, als sie die Familie verließ, nicht mitgenommen?«

Hank wandte sich zu mir um. »Sagtest du nicht, du wolltest mir nur eine Frage stellen?«

»Habe es mir anders überlegt«, erwiderte ich knapp und fügte dann hinzu: »Sie wusste doch, dass Cole geschlagen wurde. Sie hätte ihn mitnehmen sollen. Sie hätte ihn beschützen müssen. Sie war doch seine Mutter. Mary hätte Cole *und* Randy vor ihrem Vater schützen sollen«, fügte ich vorwurfsvoll hinzu. »Und du hättest für sie da sein müssen.«

Hank kam auf mich zu. »Bist du mit deinen Vorwürfen jetzt fertig?«, fuhr er mich an. Er war wütend, vielleicht auch enttäuscht, aufgewühlt, das konnte ich verstehen. So würde es mir sicher auch gehen, wenn ich an seiner Stelle wäre. Aber ich ließ mich nicht einschüchtern, daher trat ich auch nicht zurück, sondern starrte ihm hartnäckig ins Gesicht.

Hank schnaubte. »Hör auf, deine Nase in Angelegenheiten zu stecken, die dich nichts angehen. Du hast doch keine Ahnung, was damals vorgefallen ist.«

»Dann erkläre es mir bitte.«

»Es geht dich aber nichts an, also warum sollte ich?«

Ich atmete tief durch. »Weil du es vorhin schon richtig erkannt hast. Ich werde nicht aufhören, dir Fragen zu stellen. Deshalb.«

Hank seufzte resigniert auf und schüttelte dann leicht den Kopf.

»Dass wir uns verlieben, war nicht geplant. Es ist einfach passiert. Ich habe Mary getroffen, und ich musste sie nur einmal anschauen und war sofort fasziniert von ihr. Leider war sie damals schon verheiratet. Randy war bereits vier Jahre alt. Zuerst haben wir versucht, unsere Gefühle füreinander zu unterdrücken, doch lange ist uns das nicht gelungen.«

Hank fuhr sich nachdenklich durch die leicht ergrauten Haare und lief dann nervös im Geschäft auf und ab.

»Wir begannen eine Affäre, und es dauerte nicht lange, bis Mary schwanger wurde. Sie wollte ihren Mann verlassen und Randy und das ungeborene Kind mit mir aufziehen. Aber sich scheiden zu lassen, war zu dieser Zeit nicht so einfach. Mary hätte alles verloren. Auch ihr Kind. Sie hätte Randy verloren. Sie hat den Jungen geliebt, wirklich geliebt. Das Opfer, ihren Sohn zu verlassen, konnte ich ihr nicht abverlangen. Also blieb sie bei ihrem Mann.«

Hank blieb stehen, starrte mich an. »Am Anfang wusste ich nicht, dass der Bastard Mary schlägt. Aber dann habe ich es herausgefunden. Am liebsten hätte ich den Mistkerl umgebracht. Auch als Cole geboren wurde, hörten die Misshandlungen nicht auf. Ich bin mir nicht sicher, aber ich denke, er hat von Anfang an gewusst, dass er nicht sein Vater war. Ich konnte das nicht länger mitansehen. Also habe ich Mary versucht davon zu überzeugen, mit mir durchzubrennen und die Kinder einfach mitzunehmen.«

Seufzend ließ sich Hank wieder neben mich auf die Bank fallen.

»Aber sie hat sich geweigert, und das war auch richtig so. Den eigenen Mann zu verlassen wäre das eine gewesen, aber die Kinder einfach mitzunehmen etwas ganz anderes. Wir hätten wegen Kindesentführung eingesperrt werden können«, gab er zu bedenken, und ich nickte.

»Mary wollte es also auf dem rechtlich korrekten Weg regeln«, schlussfolgerte ich, und Hank bejahte meine Frage. »So ist es. Deshalb ist sie mitten in der Nacht ins Frauenhaus geflüchtet, und von da an ist kein Tag vergangen, an dem Mary nicht um die Jungs gekämpft hat.«

»Wohl eher um Cole«, gab ich zu bedenken.

Hank schüttelte umgehend den Kopf. »Nein, es war immer geplant, das Sorgerecht für beide zu bekommen. Aber je mehr Zeit verstrich, je älter Randy wurde und je länger sich die Scheidung und der Sorgerechtsstreit hinzogen, desto mehr stand Randy unter der Fuchtel seines Vaters. Und am Ende hatte er den Jungen so vereinnahmt, dass Mary keine Chance mehr hatte, an ihn heranzukommen. Sein Vater hatte ihn sozusagen geimpft, und Randy wollte seine Mutter nicht einmal mehr sehen. Das hat ihr das Herz aus der Brust gerissen. Umso erbitterter hat Mary angefangen, um Cole zu kämpfen. Sie wollte ihn nicht auch noch verlieren.«

Hank wandte den Blick ab, starrte zum Fenster hinaus. Es war eindeutig, dass er mit den Tränen kämpfte.

»Du musst nichts mehr sagen, ich weiß, wie es ausgegangen ist«, sagte ich beruhigend.

Hank wischte sich über die Augen, schickte sich an aufzustehen, aber ich hielt ihn nochmals zurück.

Fragend blickte er mich an. »Was ist denn noch?«, fragte er mit schwacher Stimme.

»Cole ist dein Sohn. Nach Marys Tod hättest du dich um ihn kümmern können.«

Hank schüttelte den Kopf. »Nein, ich hatte nicht die geringste Chance. Mary und ich waren nicht verheiratet, und offiziell wusste ja auch niemand, dass ich der Vater war. Ich bin nicht an Cole herangekommen. Dafür hat der Mistkerl gesorgt. Aber ich habe es versucht, das kannst du mir glauben.«

Nach einer kurzen Pause fügte Hank hinzu: »Es war schrecklich, all die Jahre mitanzusehen, wie der eigene Sohn auf die schiefe Bahn geriet, ohne etwas dagegen unternehmen zu können. Und ehrlich gesagt hatte ich auch nicht den Mut, Cole die Wahrheit zu sagen.«

»Das kann ich mir vorstellen. Aber warum warst du so fies zu ihm, als er damals bei dir im Laden war?«

Die Croissant-Geschichte hatte ich Hank noch immer nicht verziehen.

Hank zuckte mit den Schultern. »Das war nicht gerade die feine Art, ich weiß. Aber in den letzten Jahren hat sich so viel Wut, so viel Frustration angestaut. Mary hat nie gewollt, dass Cole so wird wie sein Vater. Sie würde sich im Grab umdrehen, wenn sie wüsste, was aus ihrem Jungen geworden ist.«

»Er hat sich geändert«, erwiderte ich sofort. Mittlerweile war es mir in Fleisch und Blut übergegangen, für Cole Partei zu ergreifen.

Hank blickte mich stirnrunzelnd an. »Glaubst du das wirklich? Ich habe ihm mein Auto anvertraut, jetzt ist es weg. Ich denke, nichts hat sich geändert. Rein gar nichts.«

Bevor ich etwas erwidern konnte, ging die Tür auf, das Glöckchen läutete. Hank wandte den Blick ab, räusperte sich und stand auf, um zurück hinter seinen Verkaufstresen zu gehen.

• • •

Ich machte mich auch auf den Weg, schließlich hatte ich Isabella versprochen vorbeizukommen. Sicherlich wartete sie schon auf mich. Warme Sonnenstrahlen begrüßten mich, als ich Hanks Bäckerei verließ und auf den Bürgersteig hinaustrat. Das Zwitschern der Vögel und die lauten unverwechselbaren Rufe der Möwen drangen an mein Ohr, als ich auf der Suche nach meinem Handy meine Umhängetasche durchwühlte. Durch meine Plauderei mit Hank hatte ich wenigstens ein bisschen Klarheit bekommen. Doch wenn ich an meine bevorstehende Unterhaltung mit Cole dachte, kehrte das flaue Bauchgefühl sofort wieder zurück. Wäre es nicht doch besser, sich herauszuhalten? Noch konnte ich alles auf sich beruhen lassen. Es wäre um so vieles einfacher gewesen, nach Hause zu fahren und zu kneifen.

Ich war mit meinen Gedanken mal wieder ganz woanders. So, dass ich gar nicht merkte, dass jemand meinen Weg kreuzte. Erst als wir aufeinanderprallten, hob ich erschrocken den Kopf.

»Tut mir leid«, stammelte ich auch schon.

Als ich sah, dass die Einkäufe des Mädchens teilweise verstreut auf dem Boden lagen, fügte ich betreten hinzu: »Ich habe Sie gar nicht gesehen«, und dann bückte ich mich schnell zu ihr hinab, um ihr beim Aufheben behilflich zu sein.

»Ist ja nichts passiert«, erwiderte sie lächelnd und klaubte ihre Sachen zusammen.

Ich reichte ihr einen Lipgloss, ein Haarspray, und neben dem Päckchen Taschentücher lag auch noch eine Packung Kondome. Beides gab ich ihr ebenfalls zurück. Ihre Wangen färbten sich puderrosa, als sie die Sachen entgegennahm.

Dann stand sie auf, und ich erhob mich ebenfalls. »Danke für Ihre Hilfe«, sagte sie und stopfte die Packung Kondome schnell in ihre Handtasche.

»Kein Problem«, erwiderte ich schulterzuckend. »Schließlich war es meine Schuld.«

Wir verabschiedeten uns. Das Mädchen ging eilig davon, und ich setzte meinen Weg fort. Doch dann blieb ich stehen, kramte endlich mein Handy aus der Tasche und schrieb Isabella eine Nachricht, um ihr Bescheid zu geben, dass ich doch erst später zu ihr kommen würde.

Ich wollte mein Aufeinandertreffen mit Cole lieber gleich hinter mich bringen. Bevor mich meine Nervosität noch vollkommen um den Verstand brachte. Zielstrebig marschierte ich auf mein Auto zu und stieg ein. Nach einem kurzen Blick auf die Schachtel, die noch immer auf dem Beifahrersitz lag, legte ich den Rückwärtsgang ein und fuhr aus der Parklücke auf die Straße.

Jetzt gab es kein Zurück mehr, dachte ich, als ich die schmale Küstenstraße, die an kleinen Geschäften und Restaurants vorbeiführte, hinauffuhr, um mich auf den Weg zu Cole zu machen.

Kapitel 16

Cole

Dösend lag ich in meiner Hängematte, die zwischen zwei Bäumen gespannt war und träge hin und her schaukelte. Ich hatte mir mein Basecap tief in die Stirn gezogen und die Augen geschlossen. Das Rauschen des Meeres und die lockenden Rufe der Seemöwen machten mich schläfrig.

Es war warm heute, die Sonne schien strahlend von einem fast wolkenlosen Himmel. Aber anders als sonst nervte die Hitze nicht. Heute empfand ich sie als sehr angenehm, weil der laue Sommerwind für eine klitzekleine Abkühlung sorgte.

Der Tag war perfekt. Na ja, sagen wir, fast perfekt. Wenn man mal davon absah, dass ich erst vor Kurzem aus dem Knast gekommen war, denn die örtliche Polizei hat es sich natürlich nicht nehmen lassen, mich für eine Nacht einzubuchten. Wenn man es einem Knox zeigen konnte, dann ließ man diese Chance natürlich nicht ungenutzt verstreichen. Nicht mal Rick hatte meinen kleinen Gefängnisaufenthalt abwenden können. Vorschriften waren nun mal Vorschriften, und daran hatte auch er sich zu halten.

Und dann war da natürlich noch die Tatsache, dass, nachdem Hanks Auto über Nacht aus meiner Werkstatt verschwunden war, mein eh schon miserabler Ruf vollends ruiniert war. Deshalb lag ich auch mitten am Tag in meiner Hängematte, anstatt meinen Job zu machen. Es gab nämlich nichts zu tun, und das würde mit Sicherheit noch eine lange Zeit so bleiben.

Im Grunde konnte ich die Werkstatt dichtmachen.

Plötzlich fiel ein Schatten auf mein Gesicht. Waren Roxy und Jasper schon wieder da?

Ich schob mein Basecap zurück, schlug die Augen auf, aber nicht die beiden standen vor mir, sondern Lana blickte mich aus ihren großen braunen Augen an und brachte mein Herz vor lauter Überraschung um Haaresbreite zum Stillstand.

»Was machst du denn hier?«, fragte ich verblüfft und richtete mich hastig auf. Was zur Folge hatte, dass ich beinahe aus meiner Hängematte gestürzt wäre. In letzter Sekunde konnte ich das Malheur abwenden und schaffte es sogar, halbwegs vernünftig aufzustehen.

Verlegen nahm ich mein Cap ab und strich mir die Haare zurück. »Können wir reden?«, fragte sie und blickte mich abwartend an. Sie sah einfach toll aus, dachte ich und musste mich zwingen, sie nicht pausenlos anzustarren.

»Klar«, erwiderte ich und machte eine alles umfassende Geste. »Ich habe sowieso nichts Besseres zu tun.«

Und dann fragte ich, weil es der Anstand gebührte: »Wollen wir uns setzen, möchtest du vielleicht etwas trinken?«

Lana schüttelte den Kopf. »Nein, danke, weder noch.«

»Okay, dann bleiben wir einfach stehen«, gab ich zurück und fühlte mich wie der hinterletzte Idiot.

Erst jetzt bemerkte ich die ramponierte Schachtel, die Lana unter dem Arm trug.

Mit einem leichten Nicken deutete ich darauf. »Was ist da drin?«

Lana atmete hörbar aus.

Ihr Verhalten machte mich langsam nervös.

»Davon erzähle ich dir gleich. Aber vorher wollte ich noch wissen, wie es dir geht. Ich habe von deinem kleinen Ausflug hinter Gitter gehört.«

»Kann ich mir denken. Lass mich raten, Isabella konnte mal wieder ihren Mund nicht halten.« Aber dann zuckte ich mit den Schultern. »Na ja, ist ja auch egal. Die Leute zerreißen sich sowieso gerade die Münder über mich. Egal wie oft ich beteuere, dass ich nichts mit dem Verschwinden von Hanks Auto zu tun habe. Mir glaubt ohnehin niemand. Also habe ich es aufgegeben, mich zu rechtfertigen.«

»Ich glaube dir«, warf Lana ein, und ich blickte sie überrascht an.

»Im Ernst?«, fragte ich sicherheitshalber nach, und Lana nickte bekräftigend.

»Hast du schon mal in Erwägung gezogen, dass Randy etwas damit zu tun haben könnte?«

Ich nickte. »Vom ersten Moment an. Das habe ich auch der Polizei und Rick erzählt. Rick will der Sache nachgehen, aber bis jetzt fehlen dafür die Beweise.« Nach einer Pause fügte ich hinzu: »Für den Verlust des Autos kommt meine Versicherung auf. Schlimmer für mich ist allerdings, dass mein Ruf endgültig im Eimer ist.«

»Der war ja von Anfang an nicht der beste«, erwiderte Lana, und ich blickte sie stirnrunzelnd an.

»Danke, dass du mich daran erinnerst«, erwiderte ich mit einer Spur Sarkasmus in der Stimme.

»Tut mir leid. Das klang jetzt anders, als ich es gemeint hatte«, entschuldigte sie sich sofort. Doch ich winkte ab. »Lass nur. Du hast ja recht. Jedenfalls werden sich die Leute hüten, mir ihren Besitz anzuvertrauen. Ich bin demnach so gut wie ruiniert.«

Lana blickte betroffen drein.

»Bist du etwa extra aus London hergekommen, um mit mir über Hanks verschwundenes Auto zu reden?«

Das konnte ich mir beim besten Willen nicht vorstellen.

»Nein, bin ich nicht. Ich muss über etwas anderes mit dir sprechen«, begann sie und blickte mich ernst an. Sie schien reichlich nervös zu sein.

»Na gut«, entgegnete ich leichthin und hoffte ihr mit meiner sorglosen Reaktion die Bedenken zu nehmen. »Dann mal raus mit der Sprache.«

Lana schien einen Moment zu brauchen, um sich zu sammeln. Dann atmete sie tief durch und begann mir vom Grund ihrer Rückkehr nach Port Isaac zu erzählen.

»Du weißt doch, dass ich in einem Frauenhaus arbeite.«

Ich nickte. »Und was hat das mit mir zu tun?«

Lana zögerte einen kurzen Moment, aber dann fuhr sie fort: »Wir räumen gerade unser Archiv, und im Zuge dessen bin ich auf Unterlagen gestoßen, die eindeutig belegen, dass deine Mum nach ihrem Weggang von euch dort Zuflucht gesucht und auch gefunden hat.«

Sprachlos starrte ich sie an. »Bist du dir ganz sicher?«, vergewisserte ich mich.

Lana nickte sofort. »Ja, das bin ich.«

»Ich weiß gar nicht, was ich dazu sagen soll«, gestand ich.

Lana kam näher, blieb aber in gebührendem Abstand vor mir stehen.

»Meine Chefin, Melissa, erinnert sich sogar an deine Mum. Außerdem habe ich hier eine Telefonnummer für dich.«

Lana kramte einen Zettel aus der Hosentasche ihrer Skinny Jeans und reichte ihn mir. Zögernd nahm ich ihn entgegen und starrte die Nummer an.

»Von wem ist die?«, wollte ich wissen.

»Die Nummer gehört einer Frau Namens Leona Willis. Die beiden haben sich im Frauenhaus kennengelernt und waren richtig gute Freundinnen. Du solltest sie anrufen. Ich denke, sie kann dir viele Geschichten über deine Mum erzählen«, riet sie mir, und ich nickte langsam. Brachte aber noch immer keinen Ton heraus. Ich war einfach vollkommen überfordert.

»Leona war auch dabei, als deine Mum gestorben ist«, fügte Lana mitfühlend hinzu.

Ich starrte sie einfach nur an. Diese Flut an Informationen musste ich erst einmal sacken lassen.

»Okay«, sagte Lana schließlich und reichte mir eine Mappe. »Das ist übrigens die Akte deiner Mum. Hier steht alles Wichtige drin. Auch der Ort, an dem sie begraben liegt.«

Ich sollte ihr die Mappe abnehmen. Aber ich konnte nicht. Ich war wie erstarrt.

Lana seufzte leise. »Ich kann mir vorstellen, dass das alles gerade ein bisschen viel für dich ist.«

»Wie ist sie gestorben?«, wollte ich wissen und fügte dann hinzu: »Das weißt du doch sicher, oder?«

»Ja, schon. Aber ich kenne natürlich nicht alle Einzelheiten«, gab Lana zurück. »Du solltest lieber Leona anrufen. Sie weiß viel besser, was damals passiert ist.«

Ich schüttelte den Kopf. »Nein, ich möchte einfach, dass du es mir sagst.«

Lana biss sich auf die Unterlippe und meinte schließlich: »Leona sagte, es sei ein Unfall mit Fahrerflucht gewesen.«

»Fahrerflucht?«

Lana nickte zögerlich. »Wenn ich richtig informiert bin, hat man den Fahrer nie ermitteln können. Leona hatte deinen Vater in Verdacht. Aber das konnte die Polizei natürlich nie beweisen, wie du dir sicher denken kannst.«

»Ich würde es ihm zutrauen«, sagte ich, auch wenn es kalt und hartherzig klang. Aber ihm traute ich so gut wie alles zu.

»Sprich mit Leona«, legte Lana mir abermals ans Herz. »Ich glaube, sie könnte einige deiner Fragen beantworten.«

Seufzend fuhr ich mir durch die Haare, wandte den Blick von Lana ab. »Ist es nicht manchmal besser, die Dinge ruhen zu lassen?«

Aus den Augenwinkeln sah ich, wie Lana kurz mit den Schultern zuckte. »Dazu kann ich nichts sagen. Ich finde allerdings, es kommt ganz auf dich an und darauf, was du möchtest.«

Einen Moment schwiegen wir, Lana war die Erste, die unser Schweigen brach. »Ich weiß genau, dass ich nicht das Recht habe, mich einzumischen. Aber ich denke, du solltest einfach wissen, dass sie dich geliebt hat und dass sie um dich gekämpft hat, und zwar wie eine Löwin.«

Überrascht schaute ich Lana an.

»Sie hat vor Gericht das Sorgerecht für dich erstritten. Cole«, sagte Lana eindringlich, »deine Mum wollte ihr Versprechen halten. Sie wollte kommen und dich abholen. Aber dann ...«

»... ist sie gestorben«, vollendete ich Lanas Satz, und sie nickte betrübt.

»Ja, leider.«

»Was ist in der Schachtel? Ist die auch für mich?«

Lana nickte hastig. »Das ist der Hauptgrund meines Kommens.«

Lana reichte mir die Schachtel, und diesmal streckte ich die Hände danach aus und nahm sie entgegen. Bei der Gelegenheit drückte sie mir auch die Aktenmappe in die Hand.

»Das sind die persönlichen Dinge deiner Mum. Ich denke, du solltest sie bekommen. Sie waren bei uns auf dem Dachboden eingelagert. Es hat eine Ewigkeit gedauert, die Sachen zu finden.«

Nachdenklich starrte ich den Karton an. »Hast du reingesehen?«

Lana schüttelte den Kopf. »Nein, habe ich nicht. Aber ich wollte es«, gab sie zu. Dann lächelte sie, übrigens das erste Mal, seit sie hier war, und fügte hinzu: »Du weißt ja, wie neugierig ich sein kann.«

Schmunzelnd erwiderte ich: »Ja, ich erinnere mich.«

Als ich keine Anstalten machte, den Karton zu öffnen, sagte Lana: »Ich denke, es ist am besten, wenn ich dich jetzt allein lasse. Dann kannst du in Ruhe nachsehen, was darin ist«, schlug Lana vor und fügte dann hinzu: »Außerdem bin ich noch mit Isabella verabredet, und ich will sie nicht zu lange warten lassen.«

Als sie sich anschickte zu gehen, hielt ich sie zurück, indem ich geradeheraus sagte: »Ich will das nicht allein machen.«

»Ich denke nicht, dass du dir über den Inhalt große Sorgen machen musst. Sie hat dich geliebt, und daran werden die Dinge in der Schachtel sicher nichts ändern.«

Bevor ich etwas erwidern konnte, fuhr Jaspers Auto die Einfahrt herauf, und ich entspannte mich sofort. Dass die beiden ausgerechnet jetzt nach Hause kamen, traf sich hervorragend. Denn das war eine willkommene Ablenkung von der Vergangenheit.

»Weißt du, dass meine Tochter hier ist?«, wollte ich von Lana wissen, und sie nickte.

»Isabella hat mir von ihr erzählt. Du bist bestimmt wahnsinnig glücklich darüber.«

»Das bin ich. Komm mit, ich stelle euch vor.«

Bevor Lana ablehnen konnte, klemmte ich mir die Kiste unter den Arm und ging den beiden entgegen. Langsam folgte mir Lana. Als der Wagen parkte und die Türen aufflogen, hielt sich Lana im Hintergrund, indem sie einen Schritt abseits stehen blieb.

Lächelnd blickte ich Roxy und Jasper entgegen.

»Hey, Dad«, begrüßte mich Roxy, während mir Jasper entspannt zunickte.

»Das ist übrigens Lana.«

Ich warf einen Blick über meine Schulter und fügte dann hinzu: »Eine gute Freundin.«

»Schön, Sie kennenzulernen«, erwiderten Roxy und Jasper wie aus einem Munde.

Lana trat neben mich und nickte lächelnd. »Finde ich auch.«

Roxy und Lana warfen sich einen bedeutungsvollen Blick zu, der mich stutzen ließ.

»Kennt ihr beiden euch schon?«, wollte ich wissen. Aber Lana und Roxy schüttelten umgehend den Kopf.

»Nein, wir sind uns noch nie begegnet«, meinte Lana schulterzuckend, und mir kam die ganze Situation irgendwie seltsam vor. Ich verwarf den Gedanken schnell wieder und fragte stattdessen: »Wie war es beim Einkaufen?«

Roxys Blick huschte erneut von mir zu Lana. Ihre Wangen färbten sich eine Nuance tiefer, und dann schaute sie mich wieder an. Sie wirkte verlegen, aber dann räusperte sie sich und antwortete: »Wir haben alles bekommen, was wir brauchen. Aber wir wollen euch wirklich nicht stören. Lass uns schon mal reingehen, Jasper. Wir haben vor zu lernen.«

Ich nickte. »Okay, dann macht das.«

Jasper legte einen Arm um Roxys Schultern, und dann verschwanden die beiden nach einer kurzen Verabschiedung nach drinnen.

Als die beiden weg waren, wandte ich mich wieder Lana zu.

»Roxy ist ein tolles Mädchen. Cherry hat das mit der Erziehung ziemlich gut hinbekommen.«

»Das solltest du deiner Ex-Frau vielleicht mal sagen. Ich denke, das könnte die Wogen zwischen euch eventuell ein bisschen glätten«, empfahl sie mir.

Grinsend erwiderte ich: »Ja, das sollte ich unbedingt machen. Deine Tipps haben mir übrigens echt gefehlt.«

Lana erwiderte lächelnd: »Das kann ich mir vorstellen.«

Nach einer kurzen Pause sagte sie: »Aber du weißt schon, dass die beiden jetzt alles machen außer lernen.«

Überrascht blickte ich Lana an.

»Was meinst du damit?«, fragte ich unwirsch.

»Wahrscheinlich reißen sich die beiden gerade die Klamotten vom Leib.«

»Herrgott, jetzt sag doch nicht so etwas. Roxy ist immerhin meine Tochter. Diese Dinge will ich am liebsten gar nicht über sie wissen. Außerdem habe ich Cherry versprochen, dass ich auf Roxy aufpassen werde. Wenn du verstehst, was ich damit meine.«

»Klar. Allerdings nehme ich an, dass Roxy nicht vorhat, dich diesbezüglich um Erlaubnis zu bitten.«

Mir schwirrte der Kopf. Aber eines wusste ich, ich würde nicht zulassen, dass Jasper über meine Tochter herfiel.

Ich beeilte mich, ins Haus zu gelangen. Aber ich kam nicht weit, denn Lana packte mich am Arm und hielt mich zurück.

»Was ist denn?«, fragte ich drängend.

»Ich will mich ja nicht einmischen. Aber was hast du denn jetzt vor?«

»Ich will verhindern, dass Roxy mit Jasper, na ja, du weißt schon ...«, stammelte ich.

»Sex hat«, beendete Lana meinen Satz, und ich nickte. »Genau.«

»Lass das lieber«, riet sie mir.

Aber ich hielt das für keine gute Idee.

»Glaubst du nicht, Roxy weiß, was sie tut? Ich meine, immerhin ist sie alt genug, um Auto zu fahren«, gab Lana zu bedenken.

»Das hat doch nichts damit zu tun«, rechtfertigte ich mich und hörte mich an wie Cherry vor ein paar Wochen.

»Außerdem sind die beiden vernünftig genug, sich zu schützen. Darüber brauchst du dir also keine Gedanken zu machen«, versuchte mich Lana zu beruhigen. Doch dieser Versuch ging eher nach hinten los. Jetzt war ich nämlich noch beunruhigter.

Überrascht riss ich die Augen auf. »Und das weißt du jetzt woher?«, fragte ich wie aus der Pistole geschossen.

Lana zögerte: »Das möchte ich dir eigentlich nicht erzählen.« Aber dann seufzte sie leise auf. »Na gut, also ehrlich gesagt, habe ich dich gerade angeflunkert. Ich habe Roxy vorhin in der Stadt getroffen. Ihre Tasche war heruntergefallen, und die Kondome sind dabei herausgefallen. Ich wollte sie eben nur nicht in Verlegenheit bringen, deshalb habe ich behauptet, sie nicht zu kennen. Und zu meiner Verteidigung muss ich noch sagen, dass ich vorhin nicht wusste, dass sie deine Tochter ist«, erwiderte Lana beschwichtigend.

»Herrgott, ist das alles kompliziert.«

Lana lächelte. »Ich muss jetzt wirklich gehen.« Dann deutete sie auf den Karton, den ich immer noch unter dem Arm trug. »Vergiss nicht reinzusehen.«

Lana drehte sich um und ging davon. Kurzerhand lief ich ihr nach und hielt sie am Arm zurück. Sie drehte sich zu mir herum und stand auf einmal so nah vor mir, dass ich die winzigen Sommersprossen auf ihrer Nase und die hellen Sprenkel in ihren Augen gut sehen konnte. Mein Shirt berührte ihres, und ich geriet in echte Versuchung, sie noch näher an mich zu ziehen. Ich hatte sie so schrecklich vermisst.

»Du kannst jetzt nicht gehen«, sagte ich, und Lana blickt mich mit hochgezogenen Augenbrauen an.

»Und warum nicht?«

Ich ließ ihr Handgelenk los.

»Weil ich denke, dass du unbedingt wissen möchtest, was in der Schachtel ist, und wenn du jetzt gehst, wirst du höchstwahrscheinlich vor Neugier umkommen, und weil ich ein wirklich netter Kerl bin, will ich das natürlich auf gar keinen Fall riskieren«, lockte ich sie und hoffte, sie würde anbeißen. Im Grunde ging es mir nicht um die Schachtel. Die konnte ich gut und gerne allein aufmachen. Ich wollte einfach nur mehr Zeit mit Lana verbringen, und um sie dazu zu überreden, waren mir alle Mittel recht. Auch die unlauteren.

Lana starrte mich schweigend an und nickte dann langsam.

»Meinetwegen. Dann lass es uns zusammen machen.«

Ich versuchte gelassen zu bleiben und meine Freude über ihr Bleiben nicht allzu offen zu zeigen.

»Wir sollten uns vielleicht setzen«, schlug ich vor und deutete zu den Resten eines alten Nebengebäudes, das sich etwas abseits meines Hauses erhob, und zu der Gartenbank, die direkt davorstand.

Ich ging voran, und Lana folgte mir. Schließlich setzten wir uns. Die verwitterten Mauern, die mit Moosen und Flechten und allerlei Gräsern bewachsen waren, schützen uns vor Wind und schirmten uns vor Blicken ab.

Nachdenklich starrte ich die Schachtel an, die ich noch immer in den Händen hielt, während Lana abwartend neben mir saß.

»Jetzt schau schon rein«, drängte sie, und ich blickte leise lächelnd zu ihr hinüber.

»Okay, ich mache es.« Und dann hob ich den Deckel von der Schachtel ab und legte ihn beiseite.

Schweigend starrten wir den Inhalt an, der eher spärlich ausfiel, was mich wiederum ein bisschen enttäuschte. Keine Ahnung, was ich erwartet hatte.

Neugierig lehnte sich Lana zu mir herüber und schaute interessiert hinein.

»Also, mal sehen, was wir hier haben«, sagte ich und nahm eine kleine abgeschabte schwarze Ledermappe heraus. Wortlos öffnete ich sie. Die Mappe enthielt die persönlichen Dokumente meiner Mum. Ihren Ausweis, den Führerschein und eine Fotografie. Die Ecken waren abgestoßen und das Foto an sich schon ziemlich vergilbt.

Ich betrachtete es genauer. »Die Frau auf dem Bild ist eindeutig meine Mum, aber wer ist der Mann neben ihr? Mein Vater ist es auf jeden Fall nicht«, bemerkte ich und starrte das Bild weiterhin an.

»Lass mal sehen«, erwiderte Lana und rückte noch näher an mich heran, um einen besseren Blick auf das Foto zu erhaschen. Interessiert beugte sie sich zu mir herüber. Und je näher sie kam, desto schwieriger wurde es für mich, mich zu konzentrieren. Ich versuchte die Tatsache zu ignorieren, dass sich ihr Oberschenkel gegen meinen drückte. Was mir sehr schwerfiel, und das Ganze wurde nicht leichter für mich, als sie sich weiter zu mir beugte und dann auch noch ihre Brüste gegen meinen Oberarm presste.

Ich schaffte es kaum, zu atmen, während Lana auf den Mann tippte. »Irgendwie kommt er mir bekannt vor.«

Langsam wandte ich den Kopf und schaute ihr direkt ins Gesicht. Ich nickte zustimmend. »Ich glaube, ich habe ihn schon mal irgendwo gesehen«, erwiderte ich und hielt ihrem Blick stand. Uns trennten nur wenige Zentimeter, und ich wagte mich gar nicht zu rühren, weil ich diesen Moment nicht ruinieren wollte. Ich hätte sie so gerne geküsst, aber ich wagte es einfach nicht. Lanas Wangen färbten sich rosa. Leise räusperte sie sich und wandte schließlich den Blick ab, um sich noch einmal das Foto anzusehen.

Ich folgte leise seufzend ihrem Beispiel, und gerade, als ich das Bild beiseitelegen wollte, fiel mir ein, wer der Mann war.

Stirnrunzelnd sagte ich: »Ich glaube, das ist Hank.«

Lana blickte mich an, ihre Wangen färbten sich eine Nuance tiefer. »Meinst du wirklich?«, stammelte sie.

»Na ja, er ist auf dem Bild natürlich viel jünger. Aber ja, ich denke, das ist er. Aber die Frage ist doch, was er mit meiner Mum zu tun hatte? Ich wusste nicht mal, dass die beiden sich kannten.«

»Leona sagte, dass Hank und deine Mum sich nahegestanden haben. Rede doch mal mit Hank«, schlug Lana vor, und ich warf ihr einen zweifelnden Blick zu. »Nimm es mir nicht übel, aber ich denke, nach unserem Auftritt in seiner Bäckerei und nach dem Drama mit seinem Auto bin ich wohl der Letzte, mit dem Hank im Moment reden will«, gab ich zu bedenken.

Lana zuckte mit den Schultern. »Möglich, ich an deiner Stelle würde trotzdem mit ihm reden. Lass uns jetzt nachsehen, was noch in der Schachtel ist.«

»Meinetwegen«, erwiderte ich nachdenklich, legte das Bild schließlich zur Seite.

Ich förderte ein kleines schwarzes Samtkästchen zutage. »Daran erinnere ich mich. Es stand immer auf ihrem Nachttisch«, stieß ich hervor und klappte es einen Moment später auf. Schweigend blickte ich auf einen schmalen goldenen Ring und eine ebenfalls goldene Kette, an der ein Medaillon hing. Vorsichtig öffnete ich es. Die eine Seite füllte ein Bild von mir und die andere eins von Randy.

Lana betrachte den Anhänger ebenfalls. »So hatte sie euch beide immer bei sich«, sagte sie leicht lächelnd.

»Was ist das?«, fragte Lana und deutete ins Innere der Schachtel. Ich legte das Samtkästchen zurück und holte einen Umschlag hervor. Er enthielt noch mehr Fotos und Zeichnungen.

Langsam sahen wir uns die Bilder an. Zuerst ich, dann reichte ich sie jedes Mal an Lana weiter und erklärte ihr, wer auf den Fotos zu sehen war. Es waren überwiegend Fotos von Randy und mir. Manchmal erinnerte ich mich an den Tag, an dem sie aufgenommen wurden, manchmal auch nicht.

»Die Bilder anzusehen macht mich traurig«, gab ich zu. Lanas Hand glitt auf meinen Oberschenkel. Diese Geste war sicher als Beruhigung gedacht. Aber sie bewirkte das komplette Gegenteil. Denn jedes Mal, wenn sie mich berührte, wurde mir mehr und mehr bewusst, wie sehr ich sie vermisst hatte.

»Die Fotos waren ihr scheinbar sehr wichtig, sonst hätte sie die Bilder nicht mitgenommen, geschweige denn aufgehoben«, sagte Lana und schaute mich mitfühlend an.

»Ja, wahrscheinlich.« Ich legte die Fotos schließlich ebenfalls beiseite und nahm dann die Zeichnungen heraus, die noch in der Kiste lagen.

Es waren Kinderzeichnungen von Randy und mir. Ich blätterte die Bilder durch und hielt dann inne.

»Was hast du?«, fragte Lana, und ich zeigte ihr die Zeichnung.

»Das habe ich meiner Mum zum Muttertag gemalt. Ich glaube, da war ich fünf.«

»Sorry, wenn ich frage, aber was soll das darstellen?«

Entrüstet blickte ich sie an. »Sag bloß, das erkennst du nicht?«, fragte ich und konnte mir ein Lächeln nicht verkneifen.

Lana lächelte zurück, was meinen Herzschlag sofort beschleunigte.

»Nein, kann ich leider nicht. Also, erklärst du es mir?«

»Das ist meine Mum, Dad, Randy, ich und der Hund, den ich mir damals gewünscht habe, aber nie gekriegt habe.«

Lana grinste ein bisschen breiter. »Und wer von den Gestalten soll jetzt der Hund sein?«, scherzte sie und schaffte es, mich mit ihrem Kommentar tatsächlich richtig zum Lachen zu bringen.

»Ist noch mehr in der Schachtel?«, fragte sie schließlich, und ich schüttelte den Kopf.

»Nein, es ist nichts weiter drin.«

Ich packte die Habseligkeiten meiner Mum wieder zurück und schloss den Deckel.

»Danke, dass du mir ihre Sachen vorbeigebracht hast. Das bedeutet mir wirklich eine Menge.«

Lana nickte. »Das habe ich gerne gemacht.«

Schweigen dehnte sich zwischen uns aus, während sich Lana nach hinten lehnte und sie es sich neben mir bequem zu machen versuchte.

Währenddessen richtete ich meinen Blick starr nach vorne.

Aus den Augenwinkeln sah ich, dass Lana mich nachdenklich zu betrachten schien.

»Geht es dir gut?«, fragte sie, und ich seufzte leise auf.

»Ich bin mir nicht sicher. Ich dachte nur gerade, wie deprimierend es ist, dass sich ihr ganzes Leben auf diese winzige Schachtel reduziert.«

Lana drückte meine Hand, aber ich konnte sie nicht anschauen, stattdessen blickte ich weiter aufs Meer hinaus und konzentrierte mich auf ein paar Möwen, die ihre Kreise über den gekräuselten Wellen zogen.

»Ich denke, es geht nicht darum, was man besitzt, sondern darum, was man im Herzen trägt. Und der Inhalt dieser Schachtel offenbart eindeutig, dass es im Fall deiner Mum die Liebe war, die sie für ihre beiden Söhne empfunden hat, und der feste Glaube, dass alles wieder in Ordnung kommt. Das ist wirklicher Reichtum.«

»Das hast du schön gesagt, schade, dass sich dieser Glaube als Irrtum herausgestellt hat.«

»So muss es aber nicht sein. Du könntest dich immer noch mit Randy versöhnen«, erwiderte Lana, und ich blickte sie stirnrunzelnd an.

»Ist das jetzt so was wie ein Witz? Darüber kann ich ehrlich gesagt nicht lachen.«

»Ich meine es ernst. Vielleicht solltet ihr euch zusammensetzen und in Ruhe über alles reden. Ein klärendes Gespräch kann manchmal Wunder bewirken.«

Ungehalten sprang ich von meinem Platz auf der Gartenbank auf und lief zwei Schritte. Ich konnte nicht fassen, dass sie das tatsächlich vorschlug.

»Nein«, gab ich schonungslos zurück. »Randy und ich werden uns nie aussöhnen. Dafür ist zu viel passiert.«

Lana seufzte leise. »Kein Grund, so aufbrausend zu reagieren. Es war nur ein Vorschlag. Sonst nichts.«

Lana hatte recht. Ich sollte sie nicht für meine Probleme verantwortlich machen.

»Tut mir leid. So war das nicht gemeint. Aber ihre persönlichen Dinge zu sehen hat mich mehr mitgenommen als gedacht.«

Lana blickte mich verständnisvoll an, während ich fortfuhr: »Ich wünschte einfach, ich könnte sie noch einmal sehen und mit ihr reden. Ich hätte eine Menge Fragen gehabt.«

»Ich weiß. Deshalb solltest du Leona anrufen. Mit ihr kannst du über deine Mum sprechen.«

»Ja, ich denke, das werde ich tun.«

Schweigend schauten wir uns an, schließlich sagte Lana: »Ich sollte jetzt aber wirklich endlich gehen.«

»Wie lange bleibst du in Port Isaac?«, fragte ich und hoffte, sie würde ein paar Tage bleiben. Aber diese Hoffnung zerstörte sie jäh, als sie erwiderte: »Ich fahre morgen Nachmittag nach London zurück. Aber vorher hole ich gemeinsam mit Isabella unseren Bootsausflug nach. Während meines Urlaubs sind wir nicht dazu gekommen. So, und nun gehe ich besser.«

Lana stand auf. Mir war klar, dass ich sie lieber gehen lassen sollte, aber ich konnte einfach nicht, weil ich sie zu gern hatte.

»Wollen wir wirklich so tun, als würden wir einander nichts mehr bedeuten? Keine Ahnung, wie es dir geht, aber ich für meinen Teil schaffe das einfach nicht.«

Mit klopfendem Herzen schaute ich Lana an, während sich ein Kloß in meiner Brust bildete und ich nervös auf ihre Reaktion wartete.

Lana blickte mich lange an, dann seufzte sie leise auf.

»Was erwartest du jetzt von mir?«, fragte sie und blickte mir ins Gesicht.

Lana musste nun den Kopf heben, um mich anzuschauen.

»Bist du wirklich nur hergekommen, um mir die persönlichen Dinge meiner Mum zu bringen? Oder gab es noch einen anderen Grund?«, fragte ich eindringlich.

Lana biss sich auf die Lippen.

»Du hast Isabella und den Bootsausflug vergessen«, erwiderte sie, und ich schüttelte langsam den Kopf.

»Ich meine es ernst«, flüsterte ich.

Je länger Lana schwieg, desto nervöser wurde ich.

Leise seufzend gab sie schließlich zu: »Einer der Gründe, weshalb ich wieder hier bin, könnte natürlich sein, dass ich dich sehen wollte«, gab sie zu, und mein Herz klopfte vor Freude schneller.

Vorsichtig griff ich nach ihrer Hand. Lanas Atem ging rascher.

»Ich bin froh, dass du gekommen bist«, gestand ich ihr dann und beugte mich langsam zu ihr hinab.

»Was hast du vor?«, wisperte Lana.

»Ich denke, das weißt du genau«, gab ich wispernd zurück und beugte mich weiter zu ihr hinab.

Unsere Lippen waren nur noch einen Hauch voneinander entfernt.

»Aber das ist keine gute Idee«, widersprach sie.

»Nenn mir nur einen Grund?«, hielt ich dagegen.

»Wir hatten heftigen Streit«, erinnerte sie mich. »Dann vergessen wir den jetzt einfach«, hielt ich dagegen und fügte dann flüsternd hinzu: »Also, wenn dir sonst nichts weiter einfällt.«

Einen kurzen Augenblick später berührten sich unsere Lippen. Was langsam und vorsichtig begann, wurde schnell intensiver. Lana presste sich gegen mich, und ich erwiderte diesen Druck nur allzu gerne. Meine Hände strichen ihren Rücken hinab. Ich stoppte erst, als sich meine Handflächen auf ihrem verführerischen Po befanden. Ich zog sie noch näher an mich, und Lana stöhnte an meinen Lippen seufzend auf.

»Geh noch nicht«, raunte ich, als ich kurz von ihrem Mund abließ, und bevor sie antworten konnte, bat ich: »Gib uns noch einen Abend und eine Nacht. Danach gehen wir getrennte Wege, wenn du es so willst.«

Lana wich zurück, gerade so, dass sie mir in die Augen blicken konnte.

Ich konnte förmlich spüren, dass sie zögerte.

»Bitte«, bat ich drängend.

Und wusste nicht, wie ich ein Nein ertragen sollte.

»Was ist mit Roxy?«, fragte Lana, und ich atmete erleichtert auf, wenigstens hatte sie nicht gleich abgelehnt.

»Die beiden wollen heute Abend nach Wadebridge ins Kino fahren. Wir wären also allein«, erwiderte ich.

Lana zögerte: »Wann soll ich bei dir sein?«

»Gegen acht«, gab ich mit rasendem Puls zurück, und zu meiner Erleichterung nickte Lana. Sie löste sich langsam von mir. Ich ließ sie nur widerwillig los. Am liebsten hätte ich sie gar nicht gehen lassen. Nie mehr, um genauer zu sein.

»Okay, dann sehen wir uns später«, verabschiedete sie sich, und dann drehte sie sich um und ging davon. Leise seufzend blickte ich ihr nach und konnte es gar nicht erwarten, sie heute Abend wiederzusehen.

...

Angespannt stand ich auf meiner Veranda und wartete darauf, dass Lanas Auto meine Einfahrt heraufgefahren kam. Ich warf einen Blick auf meine Uhr. Sie war schon zehn Minuten über der Zeit. Nervös trat ich von einem Bein aufs andere. Hoffentlich hatte sie es sich nicht anders überlegt, dachte ich gerade, als ihr Wagen in meine Auffahrt bog.

Ohne zu zögern ging ich ihr entgegen, und mein Herzschlag beschleunigte sich, als Lana ausstieg und die Tür hinter sich zuschlug. Bei ihrem Anblick stockte mir der Atem. Sie sah umwerfend aus. Das hellblaue Kleid mit den weißen Tupfen stand ihr einfach hervorragend. Die Haare trug sie offen, genauso, wie ich es mochte. Während sie die wenigen Schritte auf mich zulief, zauberte sie eine Flasche Champagner hinter ihrem Rücken hervor und hielt sie mir dann lächelnd hin, während sie vor mir stehen blieb.

»Die habe ich für uns mitgebracht.«

Erfreut besah ich die Flasche. »Willst du mich etwa betrunken machen?«

Lana tat meine Bemerkung schmunzelnd ab. »Ach, das ist sicher nicht nötig. Ich denke, ich bekomme auch so, was ich möchte. Du bist nicht besonders schwer zu haben«, neckte sie mich, und mein Bauch zog sich bei dieser Bemerkung verheißungsvoll zusammen.

»Also, was machen wir jetzt?«, fragte sie und schaute mich erwartungsvoll an. »Ich hoffe du hast einen Plan.«

Grinsend erwiderte ich: »Glaub mir, ich habe eine ganze Menge Ideen, wie wir diesen Abend auf sehr angenehme Weise gestalten können, und eine ist besser als die andere, versprochen«, meinte ich augenzwinkernd.

Dann streckte ich Lana die Hand entgegen. Sie zögerte kurz, aber dann griff sie beherzt zu.

Ich verflocht meine Finger mit ihren und zog sie dann mit mir. »Wo gehen wir hin?«, fragte sie.

»An den Strand«, entgegnete ich und deutete auf die Flasche. »Und die hier nehmen wir am besten mit.«

Gemeinsam gingen wir den schmalen Trampelpfad entlang, der zur Steilküste führte. Ich ging voran, und Lana folgte mir. Die ganze Zeit über hielt ich ihre Hand, und es fühlte sich einfach unglaublich toll an. Der Wind frischte etwas auf, während die Sonne ganz langsam versank und den Himmel in orangerotes Licht tauchte.

Wir liefen bis zu einer Stelle, an der die Küste abfiel, und stiegen dann die wenigen ausgetretenen Stufen hinab.

Am Strand angekommen, ließ ich Lanas Hand für einen Moment los, um meine Schuhe auszuziehen. Lana streifte ihre Sandalen ebenfalls von den Füßen. Wir ließen unsere Schuhe in den Sand fallen und gingen dann ein Stück den menschenleeren Strand entlang. Als wäre es selbstverständlich, griff ich wieder nach ihrer Hand. Lana erwiderte lächelnd meinen Händedruck.

Schließlich ließen wir uns in den noch immer warmen Sand fallen und schauten dabei zu, wie die Sonne gänzlich am Horizont versank.

Gemächlich rollten die Wellen an den Strand, während ich die Champagnerflasche öffnete.

»Der erste Schluck gebührt natürlich dir«, sagte ich und reichte die Flasche feierlich an Lana weiter.

»Wir haben keine Gläser«, gab Lana zu bedenken, während sie den Schampus entgegennahm, und ich zuckte lässig mit den Schultern. »Ich weiß, mach mir keine Vorwürfe, du warst schließlich diejenige, die das Blubberwasser mitgebracht hat.«

Schmunzelnd griff sie zu und trank dann einen Schluck aus der Flasche.

»Ich kann nicht glauben, dass ich das gerade getan habe«, meinte sie lachend, nachdem sie abgesetzt hatte.

»Du solltest das noch mal nicht tun«, ermunterte ich sie mit einem leichten Grinsen.

»Dann hast du wohl vor, mich betrunken zu machen?«, fragte sie schelmisch lachend zurück.

»Nur, wenn sich herausstellt, dass du am Ende nicht so leicht zu haben bist wie ich«, erwiderte ich.

Lana rückte näher an mich heran. Bei ihren nachfolgenden Worten stockte mir schier der Atem. Denn wie es schien, hatte sie ihre Bedenken, was unser Zusammensein betraf, längst über Bord geworfen.

»Vielleicht solltest du es einfach darauf ankommen lassen«, forderte sie mich auf.

Ein Abend, eine Nacht. Dann würden sich unsere Wege wie vereinbart trennen. Also, warum die Zeit nicht einfach bedenkenlos genießen?

Wortlos nahm ich ihr die Champagnerflasche aus der Hand und stellte sie neben mir in den weißen Sand. Ich beugte mich über Lana. Sie starrte mich fast schon herausfordernd an.

»Ich will dich so sehr, dass ich kaum noch atmen, geschweige denn einen klaren Gedanken fassen kann«, raunte ich und schaffte es nur schwerlich, mich zurückzuhalten.

Lana strich mit den Händen durch meine Haare und hielt mich dann fest.

Ich war nicht darauf gefasst, aber es gefiel mir außerordentlich gut, als sie sich plötzlich auf mich rollte und mich in den weichen Sand drückte.

Ohne Umschweife küsste sie mich, während meine Hände sofort über ihren Rücken abwärtswanderten. Der Saum ihres Kleides war nach oben gerutscht. Meine Finger glitten über die seidenglatte Haut ihrer Oberschenkel, was Lana dazu brachte, leise aufzuseufzen. Ich musste schwer an mich halten, um nicht die Kontrolle zu verlieren. Denn mittlerweile kannte ich nur ein Ziel. Ich wollte in ihr sein, und zwar unbedingt.

Für einen flüchtigen Moment löste sie ihre Lippen von meinem Mund und raunte mir ins Ohr: »Wir sollten ein paar Regeln für heute Abend aufstellen.«

»Alles, was du möchtest«, erwiderte ich atemlos.

Ich hätte ihr wirklich alles versprochen.

Sie küsste mich wieder, und ich drohte alles um mich herum zu vergessen.

»Also, Regel Nummer eins: Keine Reue danach.«

Ich nickte knapp. »Einverstanden. Was noch?«

Sie küsste mich wieder, rieb ihr Becken sanft an meinem Unterleib, was mich fast zum Durchdrehen brachte.

Seufzend fuhr sie fort: »Regel Nummer 2: Keine Versprechungen, uns wiederzusehen oder nach dieser Nacht anzurufen. Wir gehen in Zukunft getrennte Wege, genauso wie vereinbart. Ich habe mein Leben in London, du hast deines hier.«

Ich zögerte. Lana senkte den Kopf und strich mit ihren Lippen meine Halsbeuge hinab. Seufzend bog ich den Kopf zur Seite. Keine Ahnung, wie ich das aushalten sollte. Aber ich war schwach und wollte endlich mit ihr zusammen sein. Ich hätte ihr alles versprochen, wirklich alles.

»Einverstanden«, stieß ich widerwillig hervor. »War das jetzt alles?«

Oh Gott, ich hoffte es.

Aber Lana schüttelte den Kopf. »Eine Sache wäre da noch.«

»Welche?«, fragte ich seufzend.

»Wenn das hier vorbei ist, gehe ich einfach. Kein langer Abschied.«

Ich schaute Lana eindringlich an. Und ich fragte mich augenblicklich, ob ihr unsere Trennung vielleicht doch schwerer fiel, als sie es mir gegenüber zugeben wollte. Wen versuchte sie mit diesen Regeln eigentlich zu schützen? Mich, oder doch eher sich selbst?

»Bist du einverstanden?«, drängte Lana, und ich nickte widerstrebend.

»Meinetwegen. Keine Verabschiedung.«

Lana nickte. »Gut, dass wir uns diesbezüglich einig sind.«

Das waren wir keinesfalls, dachte ich. Doch ich würde mich hüten, deshalb jetzt einen Streit vom Zaun zu brechen. Dafür wäre später schließlich immer noch Zeit. So einfach würde ich sie nicht gehen lassen, schwor ich mir.

Aber dann küsste mich Lana wieder und zerstreute damit meine Bedenken. Die Dämmerung war längst hereingebrochen, und der Mond spiegelte sich im aufgewühlten Ozean. Lana öffnete ihre Lippen, und ich ließ meine Zunge federleicht in ihren Mund gleiten. Sie seufzte leise auf, bewegte sich drängend auf mir, während ich meine Daumen in ihren Slip hakte. Lana hob ihre Hüften, und irgendwie schaffte ich es, ihr das Höschen abzustreifen.

Kapitel 17

Lana

Cole ließ meine Unterwäsche achtlos in den Sand fallen, während ich mich wieder über ihn beugte und ihn verlangend küsste. Denn ich wollte mehr. Mit ihm zusammen zu sein war schlicht und einfach berauschend. Von ihm berührt zu werden brachte mein Herz jedes Mal fast zum Stillstand. Ich wollte ihn in diesem Moment so sehr, dass ich es mit Worten nicht hätte beschreiben können.

Er schob den Saum meines Kleides ein Stück nach oben, und ich seufzte auf, als seine Hände über meine Oberschenkel hinauf zu meinem Po glitten und er sanft zudrückte. Verlangend presste ich mich gegen ihn, und Cole seufzte sehnsüchtig auf. Und dann packte er mich plötzlich, hielt mich ganz fest und rollte sich lächelnd auf mich.

Er bedeckte mein Gesicht mit Küssen, zuerst meine Nase, dann meine Lippen, schließlich glitt er mit seinem Mund abwärts, küsste mich sanft in die Halsbeuge. Verteilte Küsse auf meiner erhitzten Haut.

Stöhnend bog ich den Kopf ein Stückchen zurück und befürchtete schon, ich würde vor Verlangen und Sehnsucht gleich ohnmächtig werden.

Bevor es wirklich noch dazu kam, suchte und fand ich den Knopf und Reißverschluss seiner Jeans. Cole hielt ganz still, als ich beides öffnete. Ich konnte das schnelle Klopfen seines Herzens fast schon hören. Sein Brustkorb hob und senkte sich in tiefen Atemzügen.

Ich versuchte ihm Jeans und Boxershorts gleichzeitig auszuziehen, aber ich scheiterte kläglich bei diesem Versuch.

»Ich brauche Hilfe«, flüsterte ich an Coles Lippen.

»Kein Problem, die bekommst du gerne«, erwiderte er leichthin und schenkte mir ein bezauberndes Lächeln, das glatt die Kraft gehabt hätte, mich umzuwerfen, wenn ich nicht schon auf dem Rücken gelegen hätte.

Als wir das lästige Hosenproblem endlich gelöst hatten, schlang ich die Beine um seine Taille. Coles Hüfte schwebte über meiner. Er hielt meinem Blick stand, während er raunte: »Warte einen Moment«, bat er, und einen kurzen Augenblick später hörte ich über das Rauschen der Wellen hinweg, wie ein Kondompäckchen aufgerissen wurde. Und noch einen Moment später beugte er sich wieder über mich und flüsterte leicht lächelnd an meinem Hals.

»Ich bin bereit.«

Schmunzelnd küsste ich ihn auf den Mund. »Bist du das nicht immer?«, gab ich zurück, und Cole küsste mich neckend auf den Mund. »Ja, irgendwie schon, denke ich. Allerdings nur, wenn es darum geht, dich zu vernaschen.«

Aber dann wurde er plötzlich ganz ernst. »Komm her«, raunte er. Mein Herzschlag beschleunigte sich, mein Puls raste, als ich Cole meine Hüften entgegenhob. Vor Lust stockte mir schier der Atem, während ihm ein langes Stöhnen entfuhr. Ich hielt mich an seinen starken Schultern fest, während wir uns zusammen bewegten. Wie eine Einheit, als müsste es so sein, als würden wir tatsächlich zusammengehören, schoss es mir durch den Kopf. Cole küsste mich innig und vertrieb damit jeden rationalen Gedanken. Was auch gut so war, denn ich wollte nicht an die Zukunft denken. Dafür war das, was gerade passierte, einfach zu schön.

»Du hast mir wahnsinnig gefehlt«, raunte er, während er seinen Kopf in meinen Haaren vergrub und stöhnend aufseufzte.

Seine Worte berührten mein Herz. Er hatte nicht die geringste Ahnung, wie sehr ich ihn vermisst hatte. Und trotzdem konnten wir nicht zusammen sein, dachte ich mit einem Anflug von Trübsinn.

Doch davon wollte ich mir diese einmaligen Momente nicht kaputt machen lassen. Ich drängte Cole zurück, und er drehte sich nur allzu gerne auf den Rücken.

»Es gefällt mir, wenn du die Führung übernehmen willst«, flüsterte er, während ich mich auf ihm bewegte. Doch einen Moment später kam er mir entgegen, indem er seinen Oberkörper aufrichtete, und strich dann mit den Händen meinen Rücken hinab. Stöhnend packte er meinen Po, zog mich noch drängender an sich, was die Gefühle, die seine Bewegungen in mir auslösten, nur noch mehr intensivierte. Stöhnend verbarg ich den Kopf an seiner Schulter und gab mich ihm ganz hin, während Cole mir Worte ins Ohr wisperte, die meinen Herzschlag vor Glück und Lust beflügelten und meinen Puls vor Verlangen und Aufregung in ungeahnte Höhen trieben, und mit jeder Berührung brachte er mich der Erlösung ein bisschen näher.

• • •

Schweigend hielt Cole meine Hand, als wir, nur vom hellen Mondschein begleitet, den schmalen Trampelpfad, der ganz in der Nähe seines Hauses endete, entlanggingen.

Vor seiner Einfahrt blieben wir schließlich stehen. Meine Lippen brannten noch immer von seinen intensiven Küssen, meine Knie fühlten sich noch immer wie Wackelpudding an, als ich mit heftig klopfendem Herzen zu ihm aufsah.

»Roxy und Jasper sind noch nicht wieder zurück«, sagte er, während er noch immer meine Hand hielt und auch keine Anstalten machte, mich loszulassen.

Ich nickte zögerlich und hatte keine Ahnung, was ich eigentlich sagen sollte.

Cole war schließlich derjenige, der die ganze Zeit redete.

»Ich weiß, ich sollte nicht fragen. Aber ich kann nicht anders. Also, willst du reinkommen?«

Das hatte ich befürchtet. Am liebsten hätte ich einfach Ja gesagt und wäre ihm nach drinnen gefolgt. Aber es war besser, realistisch zu bleiben. Unsere Leben waren einfach zu unterschiedlich.

Daher schüttelte ich den Kopf. »Lieber nicht, denk daran, was wir vereinbart haben.«

Cole schnaubte frustriert. »Deine Regeln, nicht meine«, erwiderte er und ließ schließlich meine Hand los.

»Du hast versprochen, dich daran zu halten.«

Schulterzuckend erwiderte er: »Das war gelogen. Geh nicht«, bat er eindringlich.

Seine Offenheit berührte mich. Ich gab mir Mühe, stark zu bleiben, als ich einen Schritt zurücktrat und vorsichtig den Kopf schüttelte.

»Wir wollten keine Verabschiedung«, erinnerte ich ihn.

Aber Cole hatte wohl nicht vor, das gelten zu lassen, denn er kam zu mir, griff nach meiner Hand.

»Vergiss einfach die blöden Regeln«, drängte er.

Ich entzog ihm meine Hand und schüttelte den Kopf.

»Tut mir leid, aber das kann ich einfach nicht.«

Ohne auf eine Reaktion seinerseits zu warten, rannte ich zu meinem Auto, stieg ein und fuhr eilig davon.

Im Wagen wischte ich mir die Tränen ab, und für einen kurzen Moment war ich wirklich nur Haaresbreite entfernt, umzudrehen und zu Cole zurückzufahren. Aber ich riss mich zusammen. Herrje, wie stellte er sich das denn in Zukunft vor? Ich konnte mir nicht vorstellen, immerzu zwischen Port Isaac und London hin und her zu pendeln. Entweder ich war mit jemandem zusammen oder nicht. Und eine Fernbeziehung war auch nicht in Coles Sinn. So viel war mir klar. Und alles aufzugeben, was ich in London hatte, Familie, Freunde, meinen Job? Was, wenn es zwischen Cole und mir nicht funktionierte, fragte mein Verstand. Und wenn doch, gab mein Herz zu bedenken. Meine Augen schwammen in

Tränen, als ich zu Isabella zurückfuhr, sodass ich am Straßenrand anhalten musste, um mich zu beruhigen. Ich stieg aus, sog die kühle, klare Meeresluft tief in meine Lungen, und das beklemmende Gefühl von eben, schwand langsam. Erschöpft schloss ich die Augen und lehnte mich gegen die Karosserie, als das Aufheulen eines Motors in der Ferne meine Aufmerksamkeit erregt.

Einen Moment später hielt ein Wagen hinter meinem. Die Scheinwerfer des Autos blendeten mich, und ich beschattete automatisch meine Augen mit der Hand. Im ersten Moment dachte ich, Cole wäre mir nachgefahren, aber dann stand Randy plötzlich vor mir, und ich zuckte zusammen.

»Du hast mich erschreckt«, stieß ich aufgeregt hervor und presste meine Handfläche auf mein heftig klopfendes Herz.

»War nicht meine Absicht«, erwiderte Randy gelassen. »So spät noch unterwegs?«, fragte er.

Schnell beschloss ich, dass er nichts von Cole wissen musste.

»Ja, ich komme gerade aus Wadebridge«, schwindelte ich und hoffte, Randy würde einfach wieder verschwinden.

»Ist denn alles okay bei dir?«, wollte er wissen und verwickelte mich mit seinen Fragen in einen belanglosen Small Talk, auf den ich gut und gerne verzichtet hätte.

»Klar, alles bestens«, behauptete ich. Aber Randy schaute mich misstrauisch an. »Sorry, aber das glaube ich dir nicht. Wenn alles gut wäre, würdest du nicht mitten in der Nacht mutterseelenallein am Straßenrand stehen, und außerdem siehst du aus, als hättest du geweint.«

Ich fühlte mich eindeutig ertappt, erwiderte aber nichts.

Das war auch nicht nötig, denn Randy sagte sofort: »Lass mich raten, mein Bruder hat etwas mit deinem Zustand zu tun.«

Langsam nervten mich seine Bemerkungen. Was wusste er denn schon? »Ich kann dir versichern, dass es mir ganz hervorragend geht. Du brauchst dir also keine Gedanken um *meinen Zustand* zu machen«, blaffte ich und wollte mich wieder in mein Auto setzen. Aber Randy packte mich am Arm und hinderte mich daran.

»Was soll das?«, fragte ich und versuchte seinen lästigen Arm abzuschütteln. Leider vergeblich. Ich war wirklich ein geduldiger Mensch, aber langsam brachte mich der Typ auf die Palme. »Lass mich sofort los«, zischte ich und fixierte Randy mit unnachgiebigem Blick.

Er zögerte einen Moment, aber dann ließ er endlich meinen Arm los.

»Wurde aber auch Zeit«, murmelte ich und rieb mir über mein Handgelenk.

»Tut mir leid«, sagte er dann und trat einen Schritt zurück. »Ich wollte dir nicht zu nahe treten. Ich habe mich nur gefragt, was mit dir los ist. Das ist alles. Aber wenn du sagst, es geht dir gut, dann muss ich dir natürlich glauben.«

Randy musterte mich einen kurzen Augenblick, dann drehte er sich um und stiefelte zu seinem Wagen zurück.

Nachdenklich blickte ich ihm nach. Ich dachte an all die Informationen, die ich über Mary hatte, und überlegte natürlich, ob ich Randy davon erzählen sollte. Ich meine, schließlich war sie auch seine Mutter, und er sollte zumindest Bescheid wissen, egal wie er und Cole zueinander standen.

»Randy, warte«, forderte ich ihn schließlich auf. Er blieb stehen und drehte sich dann langsam zu mir herum. »Es gibt ein paar Dinge, die du wissen musst. Können wir uns kurz unterhalten?«

Randy starrte mich an, nickte dann aber zustimmend.

»Meinetwegen, dann lass uns reden.«

»Es geht um deine Mutter«, sagte ich geradeheraus, und Randy schaute mich überrascht an.

»Meine Mutter?«, fragte er verwundert.

»Ja, genau. Ich will es kurz machen. In London arbeite ich als Sozialarbeiterin in einem Frauenhaus. Es ist genau das Frauenhaus, in das eure Mutter nach ihrem Weggang geflüchtet ist. Auf jeden Fall habe ich kürzlich Unterlagen über ihren Aufenthalt gefunden.«

Randy blickte nachdenklich drein.

»Und was stand dort drin?«, fragte er schließlich.

»Verschiedenes, zum Beispiel hat sie vor Gericht um das Sorgerecht gekämpft.«

Randy schnaubte. »Um das von Cole meinst du?«

Ich schwieg. Das war ein heikles Thema, das ich jetzt nicht mitten in der Nacht mit ihm erörtern wollte.

»Hör zu, ich habe Cole alles erzählt, was ich weiß, und er hat auch alle Unterlagen von mir bekommen, die ich gefunden habe. Ich denke, es wäre sicherlich eine gute Idee, wenn ihr euch mal zusammensetzen würdet, um über alles zu reden«, schlug ich vor.

Irgendetwas an Randy veränderte sich. Er wirkte kälter und distanzierter als eh und je.

Fröstelnd verschränkte ich die Arme vor der Brust. Ich wollte zurück in mein Auto und so schnell wie möglich zu Isabella fahren.

»Na gut, ich muss dann los. Es ist schon sehr spät«, erinnerte ich ihn und wollte mich abwenden. Aber Randy hielt mich zurück.

»Noch nicht. Du hast gesagt, wir reden, und das sollten wir jetzt auch tun. Also, was stand noch in den Unterlagen?«

Es war ein Fehler, überhaupt davon anzufangen, dachte ich beklommen und wünschte, ich hätte Randy nichts von den Ereignissen der letzten Tage erzählt.

Schließlich fragte ich zögernd: »Weißt du, unter welchen Umständen eure Mum ums Leben gekommen ist?«

Randy starrte mich regungslos an.

Als er stumm blieb, erklärte ich: »Mary wurde überfahren. Zeugen sagen, es sei ein Unfall mit Fahrerflucht gewesen.«

Etwas Dunkles, Bedrohliches lag plötzlich in seinem Blick.

Mir wurde unheimlich zumute.

»Hat man herausgefunden, wer es gewesen ist?«, wollte er wissen.

Ich schüttelte langsam den Kopf.

»Nein, die Polizei hatte damals keine Anhaltspunkte. Du musst wissen, an dem Abend, als sie starb, war sie nicht allein unterwegs. Sie war mit ihrer besten Freundin zusammen. Die musste damals alles miterleben. Sie hat das Auto zwar gesehen, konnte aber später weder Angaben zum Nummernschild noch zum Modell des Fahrzeugs machen. Sie wusste nur, dass es ein blauer …«

»… Jeep war«, fiel mir Randy ins Wort, und ich starrte ihn verblüfft an.

»Genau«, stieß ich verwundert hervor. »Aber woher weißt du das denn?«

Randy starrte mich aus kalten, toten Augen an.

Mir wurde die Kehle trocken. Mein Puls raste, als er ausdruckslos erwiderte: »Weil ich dabei war.«

Ich begriff sofort und wollte mich umdrehen, um so schnell wie möglich wegzurennen. Mein Herz schlug vor Angst wie ein Trommelfeuer in meiner Brust. Aber Randy schnappte mich, bevor ich auch nur Anstalten machen konnte, mich zu rühren.

»Spar dir die Mühe«, sagte Randy gelassen. »Du kommst hier nicht weg.«

Während ich starr vor Angst war, zerrte er mich zu seiner offenen Autotür.

Kapitel 18

Cole

Ein leises Wimmern riss mich aus dem Schlaf. Augenblicklich setzte ich mich im Bett auf. Sekunden später stand ich im Flur und lauschte an Roxys Zimmertür. Kam das leise Weinen etwa von ihr?

Mit klopfendem Herzen hörte ich genauer hin. Aber es war alles ruhig. Erleichtert stieß ich den Atem aus und merkte erst jetzt, dass ich ihn angehalten hatte.

Kopfschüttelnd ging ich wieder zurück in mein Schlafzimmer. Wahrscheinlich hatte ich nur geträumt. Später in dieser Nacht wälzte ich mich unruhig im Bett herum. Döste immer wieder ein und wachte dann wieder auf, nur um gleich darauf wieder in einen unruhigen Schlaf zu fallen. Doch plötzlich hörte ich das leise Wimmern erneut. Schläfrig öffnete ich die Augen und zuckte erschrocken zusammen. Das Fenster stand weit offen, und von dem hereinfallenden Mondlicht hob sich eine dunkle Silhouette ab.

Verschlafen rieb ich mir über die Augen. »Was zum Teufel«, raunte ich ungläubig und starrte die Frau an, die mir zugewandt in meinem Schlafzimmer stand. Der Wind zerzauste ihre Haare, die wild um ihren Kopf flatterten. Sie sah gespenstisch aus. Ich war wie erstarrt und konnte mich keinen Millimeter rühren. Die Frau blickte mich aus leblosen Augen an, und dann flüsterte sie: »Sie ertrinkt, sie ertrinkt.«

»Was? Wer ertrinkt?«, stotterte ich.

Verdammt, war das ein Traum, oder redete ich tatsächlich mit einem Geist?

Ich war wohl auf dem besten Weg verrückt zu werden.

Und dann sagte die Frau wieder: »Sie ertrinkt, sie ertrinkt.«

Ich sprang aus dem Bett. »Wer, verdammt, wer ertrinkt?«

»Dad, ist alles okay?«, vernahm ich plötzlich Roxys Stimme hinter mir und wirbelte zu ihr herum. Sie knipste das Licht an, und ich schützte meine Augen, um mich vor der grellen Helligkeit zu schützen.

Jasper und Roxy blickten mich besorgt an. Schnell schaute ich wieder zum Fenster. Es war geschlossen, von der Frau nichts mehr zu sehen.

Mein Atem ging schnell und stoßweise.

»Ja, ja. Es ist alles okay«, stieß ich verwirrt hervor. Dann war das also doch nur ein Traum.

»Dann ist es ja gut«, erwiderte Jasper und schaute mich zweifelnd an.

»Du hast geschrien. Das klang ziemlich verstörend«, fügte Roxy hinzu.

»Tut mir leid«, entschuldigte ich mich. »Ich wollte euch nicht erschrecken. Ich habe schlecht geträumt.«

Roxy zuckte kurz mit den Schultern.

»Also gut. Dann gehen wir mal wieder ins Bett«, erwiderte sie. Jaspers Arm lag um ihre Taille, als die beiden kehrtmachten.

»Hoffentlich nicht zusammen«, sagte ich alarmiert und dachte an das Versprechen, das ich Cherry gegeben hatte.

Roxy schaute mich mit hochgezogenen Augenbrauen an.

»Meinst du das ernst, Dad? Ich hoffe, du weißt, dass deine Einwände ein bisschen spät kommen.«

Jasper hatte wenigstens genug Anstand, rot anzulaufen.

Seufzend stieß ich den Atem aus.

»Wenn deine Mum Wind davon bekommt, wird sie mich steinigen«, stieß ich hervor.

Meine Bemerkung rang Roxy ein kleines Lächeln ab.

»Keine Sorge, um Mum kümmere ich mich schon. Im Grunde weiß sie es doch längst, sie will es wohl einfach nicht wahrhaben. Fast so wie du«, fügte sie schmunzelnd hinzu und griff nach Jaspers Hand.

»Wir gehen jetzt«, informierte sie mich knapp, und schon waren die beiden verschwunden und ich wieder allein.

Ich machte das Licht wieder aus, ging zum Fenster hinüber, checkte, ob es wirklich geschlossen war, und sank dann einen Augenblick später auf die Matratze. An Schlaf war jetzt gar nicht mehr zu denken.

• • •

»Möchtest du Rührei zum Frühstück?«, fragte ich Roxy, während ich zwei Teller auf den Tisch stellte und der Toast gerade aus dem Toaster sprang. Roxy starte gedankenversunken auf ihr Handy und reagierte gar nicht auf meine Frage.

»An wen denkst du gerade?«, hakte ich nach. Roxy blickte endlich zu mir auf und murmelte eine Entschuldigung.

Bevor sie allerdings etwas sagen konnte, fügte ich hinzu: »Warte, ich glaube, ich habe da so eine Vermutung.«

Seufzend nickte Roxy. »Ich vermisse Jasper so sehr«, klagte sie.

»Er ist erst seit einer halben Stunde weg«, erinnerte ich sie vorsichtig.

Roxy seufzte leise. »Ich weiß. Ich kann es eben einfach nicht erwarten, ihn wiederzusehen.«

Nachdenklich betrachtete ich meine Tochter: »Kann ich mir vorstellen. Also«, wechselte ich das Thema, »möchtest du jetzt dein Rührei haben?«

Roxy nickte. »Unbedingt. Dein Rührei ist spitze.«

Lächelnd erwiderte ich: »Danke für das Kompliment«.

Ich befüllte beide Teller und stellte noch ein Glas Marmelade auf den Tisch.

»Milch oder Orangensaft?«, fragte ich dann und hielt beide Flaschen hoch.

Roxy grinste. »Ich sage es dir jetzt zum hundertsten Mal, ich bin kein Baby mehr. Mir ist Kaffee nach wie vor am liebsten.«

Missmutig verzog ich die Lippen.

»Ich mag es einfach nicht, wenn du jetzt schon dieses Koffeinzeugs in dich reinschüttest. Kannst du nicht ein bisschen langsamer erwachsen werden?«

Roxy grinste noch etwas breiter und schüttelte vehement den Kopf. »Nein, leider nicht.«

Seufzend schenkte ich ihr Kaffee ein und erinnerte sie an ihr Rührei. »Du solltest essen, sonst wird es kalt.«

»Bin schon dabei.«

Roxy schob sich eine Gabel mit Rührei in den Mund und bestrich sich gleich darauf einen knusprigen Toast mit Marmelade.

»Übrigens habe ich vorhin mit Mum telefoniert. Sie kommt am Donnerstag erst gegen Nachmittag. Sie muss wohl länger arbeiten. Eine ihrer Kolleginnen ist krank geworden.«

»Macht nichts. Dann haben wir wenigstens noch etwas mehr Zeit zusammen. Übrigens finde ich es richtig super, dass du wie Cherry Krankenschwester werden willst. Das ist auf jeden Fall besser als mir nachzueifern«, fügte ich schmunzelnd hinzu, woraufhin Roxy laut auflachte.

»Warte mal, redest du jetzt von deiner Werkstatt oder von deiner früheren Verbrecherkarriere?«

»Von beidem«, erwiderte ich grinsend. »Deine Mutter hat das mit deiner Erziehung wirklich super hinbekommen.«

Roxy war gerade dabei, ihre Gabel an den Mund zu führen. Auf halbem Weg hielt sie inne. »Danke«, erwiderte sie. »Weißt du, du solltest das Mum vielleicht mal sagen. Dann gäbe es eventuell die Möglichkeit, dass sich eure Beziehung entspannt.«

Leise seufzend schob ich meinen leeren Teller von mir. »Diesen Tipp kriege ich nicht zum ersten Mal.«

Stirnrunzelnd fragte Roxy: »Redest du von Lana?«

Ich nickte und stand dann auf. Ich wollte lieber nicht an sie denken und schon gar nicht von ihr sprechen.

»Ach, komm schon, Dad. Ein Blinder sieht doch, dass sie dir eine Menge bedeutet. Was läuft eigentlich zwischen euch?«, bohrte sie nach, und ich wusste gar nicht, was ich Roxy erzählen sollte. Am besten einfach die Wahrheit, entschied ich.

»Na ja, die Sache ist ziemlich kompliziert«, gab ich ausweichend zurück.

Roxy zerkaute den letzten Bissen Marmeladentoast und erwiderte dann: »Kompliziert ist gut. Ich stehe auf verworrene Geschichten. Dann mal raus mit der Sprache. Mir kannst du es auf jeden Fall erzählen«, sagte sie und blickte verschwörerisch drein.

Bevor ich etwas sagen konnte, rettete mich das Klingeln meines Handys.

»Da sollte ich lieber rangehen«, sagte ich sofort und sprang förmlich von meinem Stuhl auf. Mein Telefon lag auf der Küchenzeile und klingelte fröhlich vor sich hin. Ich warf einen kurzen Blick aufs Display. Aber die Nummer war mir unbekannt. Während ich abnahm, warf ich Roxy einen entschuldigenden Blick zu, doch sie winkte nur lächelnd ab und nahm sich noch einen Toast.

»Knox«, meldete ich mich.

»Ist sie etwa noch bei dir?«

Auch ohne ihren Namen auf meinem Display erkannte ich Isabellas zornige Stimme sofort.

»Redest du von Lana?«

Isabella schnaubte. »Aber klar doch. Von wem denn sonst?«, schimpfte sie und fügte dann aufgebracht hinzu: »Ich warte jetzt schon seit über einer Stunde am Hafen. Jetzt sag bloß nicht, sie liegt noch bei dir im Bett.«

Isabella war mächtig sauer, und ich musste erst mal meine Gedanken sortieren, um zu begreifen, was hier eigentlich gerade passierte.

»Lana ist nicht bei mir«, erwiderte ich, und Isabella wurde plötzlich ganz still.

»Wirklich nicht?«, fragte sie verwundert nach und klang schon etwas versöhnlicher.

»Sie war gestern Abend bei mir«, lenkte ich ein, war mir allerdings ziemlich sicher, dass Isabella das schon wusste. »Aber sie ist gestern Nacht noch nach Hause gefahren. Sie wollte es unbedingt.«

Isabella schwieg den Bruchteil einer Minute, dann erwiderte sie nachdenklich: »Sie ist aber nicht bei mir angekommen.«

Nervös fragte ich: »Wo könnte sie sein? Hast du schon versucht, sie anzurufen?«

Ein echt mieses Gefühl beschlich mich.

»Keine Ahnung, wo sie sich rumtreibt. Ich habe es bestimmt schon zehn Mal versucht, aber es meldet sich immer nur die Mailbox«, erwiderte Isabella und klang mittlerweile ziemlich besorgt. »Glaubst du, ihr könnte etwas zugestoßen sein?«

Bei Isabellas Frage drehte sich mir der Magen um.

Meine Gedanken überschlugen sich. Konnte es sein, dass Lana sich kurzfristig dafür entschieden hatte, noch in der Nacht zurück nach London zu fahren? Nein, dachte ich dann. Bestimmt nicht, ohne sich von Isabella zu verabschieden. Lana hätte ihre Cousine wohl kaum über eine Stunde sinnlos warten lassen. Da war ich mir sicher. Doch das bedeutete, dass ihr etwas zugestoßen sein musste. Mir wurde das Herz schwer, und in meiner Kehle bildete sich ein Kloß.

»Sie wäre auf keinen Fall ohne sich zu verabschieden nach Hause gefahren«, beteuerte Isabella.

»Das sehe ich genauso«, gab ich zurück und schlug dann vor: »Wir sollten unbedingt die Polizei anrufen und Lana als vermisst melden.«

»Okay, am besten, ich rufe gleich bei Rick an.«

»Gute Idee«, erwiderte ich knapp und überlegte fieberhaft, was mit Lana geschehen sein könnte.

»Ich fahre die Straße ab und halte nach ihrem Auto Ausschau«, sagte ich dann. Weil ich keinen Nerv dafür hatte, hier herumzusitzen und darauf zu warten, bis die Polizei Lana gefunden hatte.

Roxy, die das Telefonat mit angehört hatte, war mittlerweile neben mich getreten und tippte mir jetzt auf den Arm, um meine Aufmerksamkeit zu erregen.

»Warte mal kurz, Roxy will mir was sagen«, vertröstete ich Isabella und blickte meine Tochter fragend an.

»Was hast du denn?«

»Keine Ahnung, ob es wichtig ist. Aber als ich gestern Nacht mit Jasper nach Hause gekommen bin, haben wir Onkel Randy mit seinem Pick-up gesehen. Er parkte am Straßenrand und ist sofort weggefahren, als er uns kommen sah.«

Tausend Gedanken schossen mir gleichzeitig durch den Kopf. Aber der beängstigendste von allen verfestigte sich. Hatte Randy etwas mit Lanas Verschwinden zu tun? Ein kalter Schauer rann über meinen Rücken, als ich an Randys Worte dachte. Genau damit hatte er mir gedroht. Mir wegzunehmen, was mir am meisten bedeutete. An Roxy würde nicht mal er sich vergreifen. Blieb also nur Lana.

Dankend nickte ich Roxy zu und hielt mir dann wieder mein Handy ans Ohr.

»Hör zu, ich glaube, Randy könnte etwas mit ihrem Verschwinden zu tun haben«, sagte ich, während mein Puls in schwindelerregende Höhen kletterte.

»Oh, mein Gott«, stammelte Isabella. »Traust du ihm etwa wirklich zu, dass er ihr etwas antun würde?«, fragte Isabella zweifelnd nach.

»Ich hoffe nicht. Aber sicher bin ich mir nicht.«

»Okay«, sagte Isabella schließlich. »Dann rufe ich jetzt die Polizei an und erzähle denen von unserer Vermutung.«

»Und ich mache mich ebenfalls auf den Weg und suche sie.«

Gleich nachdem ich aufgelegt hatte, fragte Roxy: »Was ist denn genau passiert?«

Mit fahrigen Fingern schob ich mein Handy in meine Hosentasche.

»Lana war gestern Abend hier. Später ist sie gefahren, aber nie zu Hause angekommen.«

Mir wurde furchtbar schlecht bei dem Gedanken, dass Lana bei Randy sein könnte.

»Hör zu, kann ich dich allein lassen? Ich muss unbedingt nach ihr suchen.«

»Klar doch. Geh, ich komme zurecht. Mach dir keine Gedanken um mich.« Aber bevor ich die Küche verlassen konnte, hielt mich Roxy zurück. »Glaubst du wirklich, Onkel Randy hat etwas mit ihrem Verschwinden zu tun?«

Roxy sah ängstlich und mitgenommen aus. Wir hatten über Randy und über das Verhältnis, das ich zu ihm und meinem Vater hatte, gesprochen, und ich hatte versucht, ihr zu erklären, was damals geschehen war, ohne zu sehr ins Detail zu gehen.

Ich nickte langsam. »Ja, ich würde es ihm zutrauen.«

Roxy wurde blass, und es tat mir leid, dass ich gehen musste.

Zögernd stand ich vor ihr und wusste nicht, was ich machen sollte.

Roxy räusperte sich hastig. »Du musst los«, sagte sie dann drängend, und ich nickte ihr kurz zu.

»Wir unterhalten uns nachher«, versprach ich und stürmte dann zur Küche hinaus. Einen Augenblick später stieß ich die Haustür auf, sprang mit einem Satz die Stufen hinab und rannte zu meinem Auto.

Mit hämmerndem Herzen fuhr ich los, getrieben von dem Gedanken, Lana zu finden.

Tatsächlich musste ich nicht weit fahren. Hinter der dritten Biegung stand Lanas Auto am Fahrbahnrand. Ich stoppte abrupt und riss gleich darauf die Tür meines eigenen Autos auf, um zu ihrem zu rennen. Es war verlassen. Gerade als ich mich abwenden wollte, fand ich ihr Telefon auf dem staubigen Boden liegend. Ich bückte mich, um es aufzuheben. Der Akku war leer. Ohne nachzudenken zog ich mein eigenes Handy aus der Hosentasche und wählte Ricks Nummer. Der ging nach dem zweiten Klingeln ran.

»Hat dich Isabella schon angerufen?«, fragte ich knapp.

»Ich bin über alles informiert«, gab er zurück.

»Ich habe ihr Auto und ihr Handy entdeckt. Es steht verlassen an der Küstenstraße nach Port Isaac nicht weit von meinem Haus entfernt. Außerdem hat Roxy gestern Nacht Randy vor meinem Haus gesehen. Ich denke, er hat sie«, sagte ich geradeheraus und hoffte nur, Rick würde mich nicht für vollkommen verrückt halten.

»Na ja, das sind bestenfalls Vermutungen, aber noch lange keine Beweise.«

»Fahr trotzdem zu ihm«, bat ich Rick eindringlich. Er seufzte leise auf. »Okay, ich schaue bei Randy vorbei. Ich melde mich später wieder.«

Gerade als ich mein Gespräch mit Rick beendet hatte, klingelte mein Handy erneut.

»Bitte sag mir, dass sie sich inzwischen bei dir gemeldet hat.«

Isabella verneinte, und ich fluchte frustriert.

»Ich habe gerade ihr Auto entdeckt«, sagte ich.

»Was machen wir jetzt?«, wollte Isabella wissen und klang recht hilflos.

»Rick ist auf dem Weg zu Randy. Er will uns auf dem Laufenden halten. Ich hoffe, wir wissen bald mehr.«

»Das hoffe ich auch«, gab sie mit schwacher Stimme zurück.

»Wir hören wieder voneinander«, versprach ich und schob mein Handy, nachdem ich aufgelegt hatte, zurück in meine Hosentasche.

Nervös starrte ich Lanas Handy an, das ich noch immer in der Hand hielt. Wo steckst du, Lana, fragte ich mich verzweifelt.

Ich dachte an Randy, an alles, was er mir an den Kopf geworfen hatte. Ich ließ all unsere Streitgespräche aus der jüngsten Vergangenheit noch einmal Revue passieren und suchte in diesen Unterhaltungen nach Hinweisen auf das, was er geplant haben könnte. Aber mir wollte einfach nichts einfallen. Mein Kopf schien wie leer gefegt.

Schließlich beschloss ich, einfach weiter nach Lana zu suchen. Nachdenklich stieg ich wieder ins Auto und fuhr los.

Ziellos durchkämmte ich die Gegend. Diese Sucherei war zermürbend, vor allem, weil ich nicht wusste, wo genau ich suchen sollte. Als mein Handy klingelte, fuhr ich sofort an den Straßenrand. Ein kurzer Blick aufs Display verriet mir, dass Rick der Anrufer war.

»Rick, weißt du etwas Neues?«, kam ich sofort zur Sache.

»Zusammen mit meinem Kollegen bin ich gerade in der Wohnung deines Bruders.«

Mein Herz klopfte schneller. »Irgendeine Spur von Lana?«

Rick verneinte, und ich fluchte leise auf. »Hat der Mistkerl irgendetwas gesagt? Hat er sie gesehen, weiß er, wo Lana ist?«

Nervös umklammerte ich das Lenkrad und wartete ungeduldig auf Ricks Reaktion.

Er schien mit einer Antwort zu zögern.

»Verdammt, wenn Randy Lana irgendwie verletzt hat. Dann bringe ich den Bastard um, das schwöre ich«, platzte ich heraus.

»Da kommst du zu spät«, erwiderte Rick, und noch bevor ich fragen konnte, was das heißen sollte, erklärte er: »Randy ist tot.«

Ungläubig lehnte ich mich im Sitz zurück und starrte zum Fenster hinaus.

»Er ist was?«, fragte ich fassungslos.

»Im Moment deutet alles darauf hin, dass er sich selbst umgebracht hat. Die Waffe neben seinem Körper, die Schmauchspuren an seinen Fingern und das Loch im Kopf sprechen zumindest dafür. Aber natürlich werden wir das noch prüfen. Mehr kann ich dir im Moment nicht sagen.«

»Okay«, stammelte ich.

Randy war tot! Ich konnte es gar nicht fassen.

»Was Lana betrifft. Du solltest dich nicht verrückt machen. Ich wette, du machst dir ganz umsonst Sorgen. Wahrscheinlich ist Lana längst in London und wohlauf«, versuchte er mich zu beschwichtigen.

»Nein, sie wäre nie weggefahren, ohne sich von Isabella zu verabschieden«, beharrte ich.

Rick atmete laut auf. »Na gut. Ich werde sehen, was ich tun kann. Sobald ich etwas Neues weiß, melde ich mich bei dir«, versprach Rick und fügte dann hinzu: »Aber vorerst, denke ich, haben wir noch eine Weile in der Wohnung deines Bruders zu tun.«

Für mich klang das ganz und gar nicht nach einem Versprechen, sondern eher nach einer Ausrede. Trotzdem erwiderte ich: »Danke«, und legte dann auf.

Die Polizei würde sicher nur sporadisch nach Lana suchen. Wenn überhaupt, dachte ich frustriert.

Ich starrte Lanas Handy an, das auf meinem Beifahrersitz lag. Ihr war etwas zugestoßen, da war ich mir ganz sicher. Aber was?

Ich zermarterte mir das Gehirn, als mir plötzlich mein verrückter Traum von letzter Nacht einfiel. Was hatte die Ausgeburt meiner Fantasie gleich noch einmal gesagt?

»Sie ertrinkt.« Nur diesen einen Satz. »Sie ertrinkt.« Immer wieder dachte ich darüber nach, und dann durchfuhr es mich siedend heiß.

Ich war als Kind selbst einmal fast ertrunken, erinnerte ich mich und dachte angestrengt über diesen Tag nach.

Damals war ich mit Randy umhergezogen. Er war es auch gewesen, der mich dazu überredet hatte, in einen der schmalen Einstiege zu klettern, die sich zu einer Höhle öffneten und die sich, wenn die Flut kam, sehr schnell mit Wasser füllten.

»Die Höhlen von St. Agnes«, raunte ich fassungslos und war mir plötzlich sicher, dass, wenn Randy etwas mit Lanas Verschwinden zu tun hatte, er sie vielleicht dorthin gebracht hatte.

Wenn sie seit Stunden dort drin war, dann war die Chance, sie lebend zu finden, gleich null.

Ich überlegte Rick anzurufen. Ließ es aber dann. Zuerst wollte ich selbst hinfahren. Vielleicht irrte ich mich ja auch.

Eilig startete ich den Wagen und machte mich auf den Weg. Wenn ich mich beeilte, konnte ich es in 45 Minuten schaffen, dort zu sein.

• • •

Der starke Wind zerrte an meinem Shirt, als ich oberhalb der Klippen stand und angestrengt nach unten blickte. Ein schmaler Trampelpfad führte zum Strand hinunter. Ich zögerte nicht lange, sondern hastete so schnell wie möglich nach unten.

Als ich die Hälfte des Weges geschafft hatte, strauchelte ich und rutschte auf einigen losen Steinen aus. Ein paar Meter schlitterte ich nach unten, bevor ich wieder Halt fand.

Mit heftig klopfendem Herzen hielt ich mich fest und setzte dann meinen Weg fort. Diesmal achtete ich aber besser darauf, wo ich hintrat.

Endlich unten angekommen, blickte ich mich suchend um. Niemand hielt sich hier auf. Der Strand war an den schmalsten Stellen höchstens einen Meter breit.

Das Wasser brach sich an den spitzen Steinen und spritzte die Gischt meterweit in die Luft. Der Lärm, den die Wellen verursachten, war ohrenbetäubend laut. Mir war egal, in welche Gefahr ich mich gerade begab, wenn Lana wirklich hier war, dann brauchte sie dringend Hilfe.

Mit Entsetzen stellte ich fest, dass der Höhleneingang unter Wasser lag. Mir wurde flau im Magen. Ich wusste, dass es weiter oberhalb noch einen Einstieg gab. Es war der, durch den ich mich als Kind vor dem Ertrinken hatte retten können.

Der Wind zerrte an mir, als ich das Stück bis zum Eingang hinaufkletterte. An den glitschigen Steinen fand ich kaum Halt, während mir jede Welle, die gegen die Felsen brandete, Wasser ins Gesicht spritzte. Um ein Haar wäre abgerutscht. Aber ich schaffte es, mich festzuhalten. Adrenalin pumpte durch meine Adern, während ich mich unermüdlich dem Eingang näherte. Als ich endlich angekommen war, strich ich mir die nassen Haare zurück und rieb mir über das Gesicht. Ich versuchte einen Blick ins Innere der Höhle zu erhaschen. Wellen schlugen gegen die verwinkelten Höhlenwände, und Gischt spritzte auf. Die Sicht war nur eingeschränkt, der Lärm kaum auszuhalten. Mein Puls raste, mein Herz schlug auf Hochtouren, und dann hatte ich plötzlich das Gefühl ohnmächtig zu werden, als ich Lana entdeckte. Ihr Kopf und Oberkörper ragten aus dem sprudelnden Wasser, der Rest ihres Körpers war unter der Oberfläche. Sie regte sich nicht.

Geistesgegenwärtig zog ich mein Handy aus der Tasche und wählte den Notruf. Ich brüllte ins Telefon und konnte aufgrund der ohrenbetäubenden Lautstärke kein Wort meines Gesprächspartners verstehen.

Ohne mir die Mühe zu machen, aufzulegen, ließ ich mein Handy fallen. Ich zwängte mich durch das schmale Loch, mir war egal, dass ich mir an den spitzen und scharfen Gesteinskanten die Haut aufritzte. Ich wollte einfach nur zu Lana. Ich konnte nicht warten, bis Hilfe da war. Wenn sie überhaupt rechtzeitig kam. Und dann sprang ich kurzerhand ins tosende Wasser.

Die Wellen schlugen über mir zusammen, als ich untertauchte und einen Augenblick später wieder auf. Prustend schnappte ich nach Luft und schaute mich um. Nur spärliches Licht drang in die dunkle Höhle, und es dauerte einen kurzen Moment, bis ich Lana wiederfand. Ich schwamm zwei Züge vorwärts, als ich plötzlich vom Sog einer Welle mitgerissen wurde. Ich schaffte es gerade noch, mich an den zerklüfteten Gesteinsbrocken festzuhalten, bevor mich die Wucht des Wassers gegen einen Felsen schleudern konnte.

Als der Sog nachließ, hangelte ich mich an den scharfen Kanten entlang und kämpfte mich immer weiter zu Lana vor. Sie trieb immer noch reglos im Wasser. Als ich sie endlich erreicht hatte, hob ich ihren Kopf vorsichtig an. Ihre Augen waren geschlossen. Ich suchte nach ihrem Puls. Und als ich den nicht fand, geriet ich in Panik. Ich versuchte sie wachzurütteln, aber auch das schlug fehl. Erneut tastete ich nach ihrem Puls, und dann endlich konnte ich ihn fühlen. Nur ein flüchtiges Flattern unter der kalten nassen Haut, aber besser als gar nichts. Trotzdem musste ich sie irgendwie wach kriegen. Ich rüttelte sie abermals, gab ihr aus Verzweiflung mit der flachen Hand einen Klaps ins Gesicht. Und tatsächlich begann sie sich zu regen. Sie öffnete die Augen einen kleinen Spalt.

»Lana, Lana«, schrie ich gegen die tosenden Wellen an. Sie blinzelte, und dann fielen ihre Augen wieder zu. Sie war total unterkühlt und musste unbedingt aus dem Wasser raus. Ich kletterte die glitschigen Steine nach oben und zog Lana dann ebenfalls an Land.

Schnaufend blickte ich mich in der dämmrigen Höhle um und

schaute zu dem Ausstieg zurück, durch den ich vorhin ins Wasser gesprungen war. Dort würde ich es nie zusammen mit Lana raus schaffen, dachte ich frustriert. Es musste noch einen anderen Weg nach draußen geben, dachte ich und blickte mich angestrengt um. Und dann entdeckte ich etwa zwei Meter entfernt einen schmalen Spalt, durch den helles Sonnenlicht drang. Ich würde wahrscheinlich nicht durchpassen, aber für Lana könnte das die Rettung sein, überlegte ich. Doch um dort hinzukommen, mussten wir wieder ins Wasser. Ich schaute auf die dunklen sprudelnden Fluten, die gegen die spitzen Steine schlugen, und fragte mich, ob ich das wirklich riskieren sollte. Oder wäre es besser, auf die Rettungskräfte zu warten?

Lanas Augenlider flatterten plötzlich, und für wenige Sekunden schaute sie mich an. Das war der Moment, in dem ich mich fürs Handeln entschied.

»Ich bringe dich hier raus«, versprach ich. Sie konnte mich aufgrund des Lärms nicht hören, aber das machte nichts. Wichtig war nur, dass ich mein Versprechen halten würde.

Ich rutschte ein Stück über die schroffen Felsen nach unten, bis ich mit den Füßen wieder im Wasser stand. Dann drehte ich mich um und hievte Lana zu mir nach unten. Mittlerweile waren ihre Augen wieder geschlossen. Aber sie lebte, und das musste für den Moment einfach genügen.

Lana war nicht besonders schwer, aber sie zu tragen, wenn sie keinerlei Körperspannung hatte, würde mit Sicherheit nicht einfach werden, und die widrigen Umstände taten ihr Übriges. Irgendwie musste ich sie durch dieses Wasser bringen. Ich musste sie festhalten, aber ich brauchte auch mindestens eine freie Hand, um selbst Halt zu finden. Sonst würden wir es nicht heil bis zur anderen Seite schaffen.

Daher hievte ich sie mir kurzerhand über die Schulter. Schließlich watete ich ins kalte Wasser. Unerbittlich kämpfte ich mich vorwärts und hatte Glück, weil es nicht höher als bis zu meinem Bauch stieg.

Wir kamen nur schwer voran, aber schließlich schafften wir es auf die andere Seite hinüber. Dort angekommen, schleppte ich mich an

Land und ließ Lana dann ganz langsam runter. Schnaufend schaute ich zum sprudelnden Wasser zurück. Der schmale Spalt war jetzt ganz nah, und das letzte Stück bis zum Ausgang konnte ich Lana auf den Armen tragen, und so hob ich sie hoch und trug sie die letzten Schritte über den unwegsamen, steinigen, rutschigen Boden. Angestrengt blickte ich durch den Spalt nach draußen. Ich hatte recht. Ich würde dort nie und nimmer ganz durchpassen. Aber Lana hatte gute Chancen. Ich bot all meine Kräfte auf und schob Lanas schlaffen Körper durch den Spalt nach oben. Als das geschafft war, kletterte ich wieder ins kalte Wasser hinunter, watete zurück und erklomm dann die kleine Erhöhung, nur um mich kurz darauf wieder ins eisige Wasser gleiten zu lassen.

Als ich eintauchte, schnappte ich nach Luft. Verdammt, war das Wasser kalt. Da ich jetzt wusste, wo der Strudel war, lief ich nicht Gefahr, wieder von dem Sog erfasst zu werden. Daher kam ich gut voran und kletterte gleich darauf an Land. Schwer atmend richtete ich mich auf und starrte durch das Loch nach oben, durch das ich vorhin gesprungen war. Meine Klamotten waren vollständig durchnässt, und die Kälte setzte mir mächtig zu. Ich wollte nur noch schnellstmöglich hier raus. Es gab nur einen Weg, um es nach oben zu schaffen. Ich musste klettern. Seufzend schaute ich meine zitternden Hände an. Reiß dich zusammen, schalt ich mich und zwang mich, Ruhe zu bewahren. Sorgfältig betrachtete ich die Felsen und überlegte mir, wo ich am besten vorwärtskommen konnte und wo ich mich am besten festhielt.

Schließlich griff ich mit beiden Händen zu und zog dann die Beine nach. Mit den Kräften war ich so gut wie am Ende, und es fiel mir schwer, nicht den Halt zu verlieren. Aber ich ließ nicht los, stattdessen kämpfte ich mich weiter vorwärts, und schließlich erreichte ich den Ausstieg. Leise fluchend zog ich mich das letzte Stück nach oben.

Die Sonne schien mir ins Gesicht, und ich atmete erleichtert auf. Schließlich kämpfte ich mich auf die Füße und rannte so schnell wie möglich zu Lana hinüber. Meine Beine schmerzten, die Schürfwunden, die ich an Armen und Händen hatte, brannten. Aber das war egal, völlig egal, Hauptsache, Lana würde es schaffen.

Als ich bei ihr ankam, hielt sie die Augen noch immer geschlossen, aber ihr Brustkorb hob und senkte sich in schwachen Atemzügen. Ich berührte ihr Gesicht. Auf den ersten Blick sah sie aus, als wäre sie tot. Sie war eiskalt.

Mir fiel ein, dass ich im Auto eine Decke hatte, und ich rannte los, um sie zu holen. Ich musste wenigstens versuchen, sie aufzuwärmen.

Gerade als ich zurück bei Lana war und die Decke über ihren reglosen Körper breitete, hörte ich Motorengeräusche näher kommen. Ich hob den Kopf und seufzte erleichtert auf, als ich den Krankenwagen auf uns zufahren sah.

...

»Cole«, flüsterte Lana und schlug die Augen auf. Ihre Lider flatterten, als sie sich suchend umsah.

»Ich bin hier«, sagte ich schnell und verließ meinen Platz am Fenster, um mich wieder an ihr Bett zu setzen. Seit Stunden war ich in ihrem Krankenzimmer und rührte mich kaum vom Fleck. Es war längst dunkel geworden. Aber ich hatte nicht vor, nach Hause zu gehen und Lana allein zu lassen. Nicht, nachdem ich sie endlich gefunden hatte. Vorsichtig nahm ich ihre Hand und drückte sanft zu.

»Isabella ist auch hier. Sie holt sich nur gerade einen Kaffee, und deine Eltern sind schon auf dem Weg. Sie müssten bald da sein.«

Lana nickte langsam und brachte dann ein mühsames Lächeln zustande.

»Ich fühle mich schrecklich«, flüsterte sie.

»Das kann ich mir vorstellen«, gab ich zurück und drückte sie beruhigend.

»Randy«, stieß sie dann mühsam hervor.

»Ist tot«, ergänzte ich, und Lana starrte mich an.

Bevor sie fragen konnte, erzählte ich ihr vom Tod meines Bruders.

»Ich hätte mich nicht einmischen sollen«, sagte Lana schließlich langsam.

»Schon gut«, erwiderte ich. »Du brauchst mir nichts zu erklären.«

»Doch«, gab sie mühsam zurück. »Ich habe ihm von Mary erzählt und davon, was ich über sie rausgefunden habe.«

»Das ist schon okay, wirklich«, versicherte ich ihr. Ich wollte nicht, dass sie sich sinnlos aufregte. Randy war tot, mein Vater war tot, es war vorbei. Tatsächlich vorbei.

Doch Lana brachte mich mit einer kurzen Handbewegung zum Schweigen. »Es gibt noch etwas, was du wissen musst. Randy hat zugegeben, dass dein Dad deine Mum überfahren hat.«

Ich schnappte nach Luft. »Was, woher will er das wissen?«, stammelte ich.

Jetzt war Lana diejenige, die kurz meine Hand drückte. »Weil dein Vater ihn mitgenommen hat, Cole. Randy hat an dem Abend auf dem Beifahrersitz gesessen.«

Ich spürte, wie mir jegliche Farbe aus dem Gesicht wich. Wie hatte er das tun können? Kein Wunder, dass Randy so verkorkst gewesen war, dachte ich und kämpfte gegen das aufkeimende Schwindelgefühl an.

»Das Auto war gestohlen. Und danach hat dein Vater das Unfallauto ausgeschlachtet und komplett zerlegt. Deshalb ist ihnen die Polizei nicht auf die Spur gekommen.«

Ich nickte gedankenversunken. Das klang plausibel.

»Du solltest jetzt nicht mehr reden«, schlug ich vor. »Ruh dich aus.«

Lana schüttelte erneut den Kopf. »Er hat mich gezwungen zu springen«, stieß Lana hervor, und ihre Augen füllten sich mit Tränen. »Ich habe gedacht, ich würde sterben«, gab sie schniefend zu. Ich wollte sie küssen, trösten und in den Arm nehmen. Aber vor allem wollte ich sie nie wieder loslassen, dachte ich und musste all meine Kraft aufbringen, um es nicht zu tun.

»Danke, dass du gekommen bist, um mich zu retten«, fügte sie hinzu, und dann fragte sie: »Woher hast du überhaupt gewusst, wo ich bin?«

Seufzend schüttelte ich den Kopf. »Das ist eine komplizierte Geschichte. Bei Gelegenheit werde ich sie dir mal erzählen.«

Dann fiel mir ein: »Übrigens hat mich Hank heute Nachmittag angerufen. Er will sich mit mir treffen, meinte, er hätte etwas Wichtiges mit mir zu besprechen. Ich hoffe, es geht um die Anzeige, und er lässt sie fallen.«

Lana rang sich ein schwaches Lächeln ab. »Ich hoffe für dich, dass am Ende doch noch alles gut wird.«

Ich zuckte mit den Schultern. »Abwarten«, erwiderte ich. »Ich werde dich auf jeden Fall auf dem Laufendem halten«, fügte ich ergänzend hinzu.

Dann verfielen wir beide in Schweigen. Ich hatte Lana eine Menge zu sagen, wusste aber nicht, wie ich anfangen sollte.

»Als du reglos im Wasser lagst, wusste ich plötzlich, was echte Angst ist. Solche Angst hatte ich als Kind noch nicht mal vor meinem Vater. Ich dachte, du wärst tot und ich hätte dich für immer verloren.«

Lana lächelte schwach. »Hast du aber nicht«, sagte sie, und ich nickte langsam.

»Ich weiß, du hast deine Regeln. Aber die sind dumm, furchtbar dumm. Und weißt du auch, warum? Weil sie trennen, was zusammengehört. Du gehörst zu mir. Auch wenn du es nicht wahrhaben willst. Wir beide sind füreinander bestimmt, und ich kann dich nicht einfach gehen lassen. Nicht jetzt und nicht nach dem, was passiert ist.«

Lana starrte mich mit roten Wangen an. Aber bevor sie etwas erwidern konnte, sagte ich: »Ich habe dich schon mal darum gebeten, und jetzt tue ich es wieder. Bitte, bleib bei mir. Geh nicht wieder weg, weil ich dich liebe, und zwar mehr als mein eignes Leben«, stieß ich hervor und meinte jedes Wort genau so, wie ich es gerade gesagt hatte.

Leise stöhnend richtete sich Lana im Bett auf und schaute mich eindringlich an. Sie griff nach meiner Hand. »Ich liebe dich auch«, flüsterte sie, und ich musste sie einfach umarmen.

»Aua«, sagte Lana, und ich ließ sie wieder los.

»Tut mir leid«, gab ich zurück. »Ich hoffe, ich habe dir nicht wehgetan.«

Lana schüttelte den Kopf. »Nichts passiert.«

»Was sagst du dazu? Wirst du bleiben?«

Lana zögerte. Bevor sie Einwände erheben konnte, sagte ich: »Übrigens wird im Kinderheim eine Sozialarbeiterin gesucht. Einen neuen Job hätte ich also schon für dich gefunden.«

Lana riss überrascht die Augen auf. »Du hast tatsächlich ernsthaft darüber nachgedacht.«

»Pausenlos. Weißt du, ich glaube, ganz langsam bekomme ich mein Leben auf die Reihe. Roxy und ich haben es geschafft, eine Beziehung aufzubauen. Sie ist meine Tochter, und von nun an ein fester Bestandteil meines Lebens. Aber etwas fehlt mir noch für mein vollkommenes Glück.«

Als Lana nichts erwiderte, sagte ich schlicht und einfach: »Und das bist du. Also, was muss ich tun, um dich davon zu überzeugen, dass du hier bei mir am besten aufgehoben bist?«

Lana lächelte, und mein Bauch kribbelte vor Aufregung.

»Mich zu küssen wäre ein guter Anfang«, schlug sie vor und zog mich an sich.

Es war perfekt, dachte ich, als ich ihre Lippen auf meinen spürte. Einfach absolut perfekt. Und genau das sagte auch meine innere Stimme. Und mittlerweile hatte ich gelernt, auf sie zu hören.